Der Regionalkrimi

# GOTTESKINDER

## Bielefeld vs. Münster

Jette Kühn

Bibliografische Information der Deutschen Nationalbibliothek:
Die Deutsche Nationalbibliothek verzeichnet diese Publikation in der Deutschen Nationalbibliografie; detaillierte bibliografische Daten sind im Internet über http://dnb.dnb.de abrufbar.

Umschlaggestaltung: 8G DESIGN Münster
Herstellung und Verlag: BoD – Books on Demand, Norderstedt

ISBN: 978-3-7392-0271-6

Jeden Tag geschieht es tausendfach. Im Schutze einer feuchtwarmen Dunkelheit ereignet sich, von der Welt gänzlich unbemerkt, ein Wunder. Zwei Teile eines neuen Ganzen bewegen sich in einem ewig gleichen, vorherbestimmten Hochzeitstanz aufeinander zu, lassen ihre Hüllen fallen und vereinen sich. Was damit in Gang gesetzt wird, ist unumkehrbar - und es wird die Welt verändern.

# Prolog

*Er konnte keinen Gedanken mehr fassen. Seine Gelenke schmerzten, die Hände spürte er kaum noch, doch das hatte keine Bedeutung mehr für ihn. Seine Handgelenke wurden von breiten Lederbändern an dicken Balken gehalten. An ihnen spürte er die ganze Schwere seines Körpers. Er konnte mit seinen bloßen Zehen gerade den kalten Boden berühren und so hin und wieder ein bisschen Gewicht von den Armen nehmen, denn das Kreuz, an dem er hing, war kleiner, als sein berühmtes Vorbild es gewesen sein musste. Seine Beine versagten ihm immer wieder und er knallte nackt und ungeschützt gegen das raue Holz. Seine Füße schienen eingefroren. Trotzdem schwitzte er.*

*Ganz am Anfang hatte er überall eine Gänsehaut gehabt und sich gefragt, wie lange es her war, dass er dieses Gefühl empfunden hatte. Dann hatte er sich vor allem über diesen merkwürdigen Gedanken gewundert. Etwas später war ihm auch dieser Gedanke abhandengekommen - er fühlte nur noch.*

*Seine Beine zitterten. In seinem geschundenen Brustkorb pochte sein Herz wie verrückt. Blut rann seinen Körper herab. Denken war endgültig Vergangenheit. Jetzt existierte nur noch sein Leib. Es war eine Reduktion auf das Äußerste. Er lernte sein innerstes, tierisches Wesen kennen. Seine Identität war ausgelöscht. Es gab keinen Ehemann mehr und erst recht keinen überlegenen Psychologen. Er befand sich außerhalb von Raum und Zeit nur noch in sich selbst. Alles, was er jetzt noch konnte, war zu stöhnen.*

»Was machst du da?«

Verwundert sah Sarah Jakobson ihrem Mann nach, der plötzlich und zum unpassendsten Zeitpunkt aus dem Bett gesprungen war.

»Du hast einen Ständer – und die Vorhänge sind auf, falls dir das nicht aufgefallen ist, mein Schatz. Du verschreckst die ganze Nachbarschaft. Gleich ruft einer die Polizei, dann kommst du dran wegen Erregung öffentlichen Ärgernisses.«

»Wenn du *Schatz* sagst, fällt die ganze Pracht gleich wieder in sich zusammen. Du weißt genau, *Schatzimausi* und Konsorten haben in meinem Schlafzimmer nichts zu suchen.«

Thomas Jakobson grinste sie frech an. Er lauschte in den Flur, schloss zuerst behutsam die Zimmertür und danach, in aller Ruhe und mit sonnenbeschienener Erektion, die Vorhänge. Mit einem zufriedenen Lächeln stieg er zurück ins Bett.

»Hättest du vielleicht Verwendung dafür?«, fragte er und zog ihr die Boxershorts aus, die eigentlich ihm gehörten.

Sarah schmiegte sich an ihn.

»Aber ganz schnell, wir haben höchstens zehn Minuten.«

»Alles möglich.«

Er ließ sich auf sie nieder, um dann in ihr zu versinken.

Genau zwölf Minuten später ließ ihn ein lauter Schrei hochfahren.

»Ich komme!«, rief Sarah Jakobson mit geröteten Wangen und schlug hastig das dünne Laken beiseite. Sie sprang aus dem Bett und rannte aus dem Zimmer. Milla hatte wahrscheinlich wieder einmal schlecht geträumt.

Thomas seufzte, stand auf und angelte nach seiner Jeans, die unter dem Bett lag. Vielleicht sollte man sich den Wecker mal auf fünf Uhr stellen, um den Morgen etwas länger ungestört genießen zu können. Andererseits war er beileibe kein

Frühaufsteher. Fünf Uhr schien daher auch keine wirkliche Lösung zu sein. Im Moment war das auch völlig egal, denn heute hatte es geklappt. Die zehn Minuten hatten ausgereicht, um ihn in eine nachhaltig gute Laune zu versetzen.

Im Bad brummte er während des Rasierens vergnügt vor sich hin und sein Gurgeln nach dem Zähneputzen klang wie *Nothing Else Matters*.

Jakobson bemerkte, dass er noch immer lächelte, als er die Treppe zum Präsidium nahm. Das war schon länger nicht mehr vorgekommen.

Seit Milla da war, gab es zu Hause kaum eine Verschnaufpause, und bei der Polizei war sowieso ständig etwas los. Und wenn er mal keine Verbrecher jagte, hatte er jede Menge Papierkram zu erledigen, was ihn eigentlich noch mehr nervte als nervenaufreibende Ermittlungen. Aber seit klar war, dass Milla einen Kindergartenplatz haben würde, war Sarah etwas entspannter und das entspannte auch ihn. Wenn auch auf eine etwas simplere Weise als sie, dachte er. Ihm reichte schnöder Morgensex und schon sah der Tag ganz anders aus. Zufrieden konstatierte er, dass die Feministinnen-Fraktion unter Sarahs Freundinnen ihn für einen Primitivling halten würde. Ein perfekter primitiver Mann zu sein fühlte sich allerdings sehr gut an und schien an diesem Morgen genau das Richtige zu sein.

Sein Lächeln wurde noch breiter, als er das Büro betrat.

»Morgen, Karl. Na, schon was los heute? Irgendwelche Anrufe von verstörten Frauen aus meiner Nachbarschaft?«

Sein Kollege Karl Benrich sah ihn mit gerunzelter Stirn an. Er schien weniger gut gelaunt zu sein. Jakobson wunderte das nicht. Benrich hatte zur Zeit keine Frau. Geschieden. Er hätte aber gern wieder eine gehabt. Nur wusste er nicht mehr so richtig, wie er an eine rankommen sollte. Wahrscheinlich war er auch in einem schwierigen Alter für so etwas. Jenseits der Fünfzig lernte man nicht mehr so leicht jemanden kennen, zumal Benrich auch nicht anspruchslos war. Jakobson wollte gerade anfangen, in diese Richtung zu sticheln, da erhob sich sein Partner und winkte ihn hinter sich her.

»Toter Arzt in der Innenstadt, Niederwall. Wir müssen sofort los. Die Spurensicherung ist schon da.«

Jakobsons Lächeln verflog. Er nahm die Brötchentüte und die Thermostasse, die er gerade auf seinem Schreibtisch abgelegt hatte, wieder an sich und folgte seinem Kollegen.

»Ein Dr. Hermann hat angerufen, eine Sprechstundenhilfe hat eben seinen Kompagnon gefunden, Dr. Mathias Büscher. Er sitzt tot in seiner Praxis. Es muss heute Nacht passiert sein.«

Schweigend liefen sie nebeneinander her. Als sie vor dem Wagen standen, nahm Benrich ihm sein Frühstück aus der Hand.

»Du fährst. Bei mir ist es gestern spät geworden.«

Immer wenn die Gefahr bestand, dass Restalkohol in der Blutbahn seines Kollegen zirkulierte, durfte er ans Steuer.

Benrich assistierte ihm beim Frühstück. Abwechselnd reichte er ihm Salamibrötchen und Kaffee. Zwischendurch fummelte er an Jakobsons Thermosbecher herum, den ein pinkfarbener *Hello Kitty*-Aufkleber zierte.

»Langsam musst du anfangen, deiner Tochter ein bisschen Respekt vor wahren Helden beizubringen. Das geht ja wirklich gar nicht.«

Thomas blickte ihn fragend an.

»Den hast doch nicht du dahin geklebt, oder?«

Jakobson grinste.

»Wieso? Gefällt er dir nicht? Ist doch lebensbejahend und verletzt weder Anstand noch Sittlichkeit.«

Der Kaffeebecher war schon seit Beginn ihrer Zusammenarbeit vor zwei Jahren ein stetiges Thema. Ursprünglich hatte ein Totenkopf darauf geklebt. Das hatte Benrich allerdings als total unmöglich empfunden – bei der Mordkommission! Also hatte er nach einigem Hin und Her einen politisch korrekten und in seinen Augen pietätmäßig neutralen *Arminia Bielefeld*-Aufkleber über den Totenschädel gepappt. Der war dann wiederum von Jakobson mit dem *Bad Religion*-Kreuz überklebt worden, das einige Tage später ebenfalls unter Arminiablau verschwunden war.

Mittlerweile kaufte Benrich *Arminia*-Sticker im Vorteilspack und Jakobson kam kaum noch auf Konzerte oder Comicbörsen, um sich mit neuen Statements einzudecken. Dafür war seine Tochter langsam alt genug, um mitzumischen. Kitty wäre (naturgemäß?) nicht seine Wahl gewesen, aber sie hatte in seinen Augen auch was - zumindest bei der Mordkommission. Milla brachte frischen Wind in die Geschichte, gewissermaßen einen jungen, trashigen Ansatz.

Jakobson fuhr bis zur Nummer zwölf und setzte den Wagen vor der Praxis ab, mitten im Halteverbot. Sie standen vor einem vierstöckigen Altbau mit tadelloser Klinkerfassade und zahlreichen Sandsteinverzierungen. Putten und Blumengirlanden waren zu Zierbändern verwunden, die die Stockwerke voneinander zu trennen schienen. Vor einigen Fenstern im oberen Bereich gab es französische Balkone aus hellen, fast gedrechselt wirkenden Sandsteinsäulen.

Benrich kramte im Handschuhfach und legte das Schild mit der Aufschrift *Polizei* auf die Ablage. Jakobson schnappte sich seinen Kaffeebecher, obwohl der bereits fast leer war. Richtig Spaß machte der Aufkleberstreit nämlich erst vor Publikum. Seine Umhängetasche musste auch mit. Mädchenhaft, aber praktisch. Allerdings war sie aus LKW-Plane, also irgendwie doch männlich. In der Tasche hatte er wahrscheinlich ebenso viel Zeug wie seine Frau in ihrer Handtasche, nur dass seine Sachen fast alle elektronisch waren oder Klingen besaßen, wobei seine Frau nach seinem Kenntnisstand außer einem Einmalrasierer für eventuelle Notfälle - wie auch immer Rasiernotfälle bei Frauen aussahen - nur unnützes Zeug mit sich herumschleppte.

Ein uniformierter Kollege nahm sie in Empfang. Benrich stieß die Tür auf. Ein moderner Glasaufzug war mit Absperrband verklebt und wirkte so noch unpassender in dem antiken Treppenhaus. Die Deckenhöhe war beachtlich. An den Wänden hingen Jugendstilleuchter mit Glasanhängern, die ein unwirkliches Licht verbreiteten. Die breite, sandfarbene Steintreppe war mit einem endlosen roten Teppich veredelt.

Benrich und Jakobson stiegen die Stufen bis ins vierte Stockwerk empor, wo eine Messingtafel auf die *Praxis Dr. med. Büscher und Dr. med. Hermann, Psychiatrie und Psychotherapie* verwies.

Jakobson stöhnte auf.

»Müssen wir gleich einen Psychiater befragen?«

Benrich antwortete mit einem Blick auf Kitty.

»Ich wäre neugierig, was ein Psychologe dazu sagen würde. Vielleicht kannst du gleich hierbleiben. Möglicherweise wirst du dann auch deine Zweitidentität los.«

Er amüsierte sich sichtlich. Jakobsons Miene dagegen verfinsterte sich kurz. Das Aufklebergefrotzel war ein nettes Spiel zwischen ihnen, aber dass er manchmal, nur so zum Spaß, mittlerweile vor allem für seine Frau, in die Rolle eines Superhelden schlüpfte, hätte er Benrich lieber nicht erzählen sollen. Dass Benrich sich über diesen harmlosen Spieltrieb lustig machte, verletzte ihn ein bisschen. *Batman* war er schon in der Schule gewesen. Da hatte er die Comics gelesen und nachgespielt, die er jetzt nur noch sammelte. Damals war sein zweites Ich geboren worden. Später war es dann nach und nach ein hin und wieder von Sarah (!) eingeforderter Bestandteil seines vorehelichen Sexuallebens geworden. Ein Bestandteil, den er nicht missen wollte und den er als nunmehr verheirateter, siebenunddreißigjähriger Familienvater durchaus öfter praktizieren könnte. Jedenfalls war das ein Teil seiner Persönlichkeit, über den man sich besser nicht lustig machte. Eigentlich war das sogar der bessere Teil von ihm - der verspieltere. Der Kommissar, der nüchtern Mordsachen klärte, war ihm persönlich weniger sympathisch. Zu normal. Und weil er eher eine Vorliebe für das Ungewöhnliche im Menschen hatte, spürte er jetzt schon eine Abneigung gegen die beiden Psychiater – gegen den toten ebenso wie gegen den lebenden. Wer alles Schräge als etwas Krankhaftes betrachtete und mit irgendwelchen Hammerpillen therapierte, war ihm suspekt. Danke sehr. So einen brauchte er sicher nicht.

Benrich drückte die schwere Holztür auf und die beiden Polizisten betraten einen modernen Empfang. Ein schwarzer Hochglanztresen wuchs ihnen aus dem ebenfalls dunkel glänzenden Fußboden entgegen. An den Wänden hingen großformatige Bilder mit wirren Kritzeleien in schreienden Farben und schwarzen Rahmen. Aus den Gedanken, die ihren Patienten beim Anblick dieser Kunstwerke durch den Kopf gingen, schmiedeten die Herren Psychiater sicher ihre Diagnosen.

Jakobson suchte nach dem *Bat*-Emblem, fand jedoch nur eine vage weibliche Intimzone. Auch interessant. Vielleicht sollte man aber auch wirklich eine Vagina erkennen. Das war ja in der Kunst auch schon lange Standard. Keine Theaterinszenierung ohne Nackte und keine Bilder ohne Vaginas oder Phalli (war das überhaupt der Plural für Phallus?). Diese Basics über Kunst hatte er anlässlich seines einzigen Theaterbesuchs jenseits des Kindesalters gelernt, zu dem er von seinem Schwiegervater mit ebendieser Einführung überredet worden war.

Sein Blick wanderte den Flur entlang, der sich an den Anmeldebereich anschloss. Goldfarbene Strahler leuchteten nach oben und nach unten und veranstalteten ein Licht- und Schattenspiel an den Wänden. An jeder Seite des Ganges gab es drei satinierte Glastüren. Eine davon führte in ein Wartezimmer, in dem etwas Großes, Buntes, Baumartiges stand, das wohl eine Skulptur sein sollte, und jedem Patienten gleich verdeutlichte, in was für einer modernen Praxis er sich befand. Oder handelte es sich um eine Garderobe? Die hintere Tür auf der rechten Seite, die zu einem Raum im rückwärtigen Teil des Hauses führte, stand offen.

Eine junge Arzthelferin trat mit einem Telefon in der Hand aus einem weiteren Raum heraus und kam auf sie zu. Jakobson stellte seinen Becher auf die Theke und streckte ihr die Hand entgegen. Sie war schlank. Ihre Bluse hatte den Ansatz eines Ausschnittes, darunter war aber wohl nicht viel vorhanden, eher kleine, runde Mädchenbrüste, wie es schien. Sie war blond oder blondiert, gutaussehend. Der grelle Lippenstift störte etwas. Ihre Lippen waren unnatürlich zusammengepresst. Jakobson musterte das Mädchen. Sie war eine Frau, natürlich. Aber sie wirkte sehr mädchenhaft, wie sie dastand und mit ihrer schlanken Figur. Ein als Frau verkleidetes Mädchen – und das in einer psychiatrischen Praxis.

»Guten Morgen. Mein Name ist Jakobson. Von der Mordkommission.«

Die Frau nahm seine Hand und schaute zu Boden. Sie wirkte verstört.

Jakobson versuchte mitfühlend zu lächeln. Er fragte sich, wie sie wohl mit den gestörten Patienten zurechtkam.

Da schaltete sich Benrich ein.

»Haben Sie Dr. Büscher heute Morgen gefunden?«

Sie nickte und sah sich Hilfe suchend um, aber der Flur war leer.

»Dr. Hermann kommt bestimmt gleich, er wollte nur kurz etwas Wichtiges erledigen.«

Benrich hob kritisch eine Augenbraue und warf dann einen Blick in den Raum, aus dem die junge Frau gekommen war. Es handelte sich um eine Art Aufenthaltsraum mit einem kleinen Bistrotisch und einer Pantryküche mit einer alles dominierenden Espressomaschine.

Er wies auf zwei ungemütlich wirkende Hocker an einem schmalen Tisch.

»Vielleicht könnten wir uns kurz setzen und Sie beantworten mir ein paar Fragen. Mein Kollege spricht in der Zeit mit den Leuten von der Spurensicherung. Was hat Ihr Chef denn jetzt so Wichtiges zu erledigen?«

Die Frau ließ sich auf dem Stuhl nieder, auf den Benrich sie bugsierte. Sie zuckte mit den Schultern und sah ihn ratlos an. Man konnte spüren, dass auch sie sich das fragte und dass sie jetzt lieber nicht allein mit einer Leiche und der Polizei gewesen wäre.

»Kommen heute noch Patienten?«, fragte Jakobson noch durch die Tür.

Sie hob kurz den Kopf.

»Nein. Dr. Hermann hat gesagt, ich soll all seine Termine absagen und Dr. Büscher hat heute sowieso niemanden erwartet. Ich weiß gar nicht ...«, sie brach ab und sah Benrich hilflos an. Der nickte beschwichtigend und schloss die Tür.

Jakobson fragte sich, ob Psychiater vielleicht Patienten hatten, die noch irgendwie beruhigt werden mussten, wenn man ihren Termin strich. Dann versuchte er sich zu sammeln und auf alles gefasst zu sein. Das war wichtig. Das hatte er bei der Mordkommission so ziemlich als Erstes gelernt. Man musste sich hart machen können. Im Kino waren das die besten, die spannendsten Stellen – im echten Leben die ekligsten. Auf die konnte er gern verzichten.

Er ging einige Schritte weiter in den Flur hinein und trat dann vorsichtig in den offen stehenden Raum, aus dem schon die Jungs von der Spurensicherung zu hören waren. Wenigstens stank es diesmal nicht.

Zwei Männer in weißen Einmalanzügen waren dabei, nach Spuren zu suchen, die auf ein Gewaltverbrechen hindeuteten. Es schien nicht viel zu geben, jedenfalls waren kaum Nummern im Raum verteilt, die mögliche Indizien markierten und katalogisierbar machten.

Jakobson erkannte die beiden. Es waren Jürgen Spelling und Panagiotis Adamidis, den alle nur Takis nannten, weil ihn einerseits seine Mutter so nannte und, was entscheidender war, die elterliche Gyrosbude ebenfalls *Takis* hieß. Das hatte Takis zu innerpolizeilichem Ruhm verholfen, denn seine Eltern versorgten weite Teile der Einheit mit Pitas der Extraklasse, wenn man sie bat, Takis schön zu grüßen. Und auch Jakobson und Benrich hatten schon den ein oder anderen Dienst mit einem Ouzo auf Takis beschlossen.

Spelling hatte einen Fotoapparat um den Hals hängen und machte stehend über den Schreibtisch gebeugt Notizen auf einem Formbogen, während Takis an der Leiche arbeitete. Er leuchtete mit einer kleinen Stablampe grüßend in Jakobsons Richtung. Normalerweise machte er zur Begrüßung einen Spruch oder lächelte wenigstens. Heute nichts. Spelling sah ebenfalls nur kurz zu ihm herüber und deutete ein Nicken an.

Jakobson sah sich um. An den beiden seitlichen Wänden waren mannshohe schwarze Bücherregale voller Fachliteratur aufgebaut. Außerdem standen da einige Gläser, in denen eingelegte Organe zu schwimmen schienen. Er stutze. Was sollte das denn? Solche Gefäße hatte er das letzte Mal in der Biologiesammlung seines Gymnasiums gesehen, in die er mal mit seinen Kumpels eingestiegen war, um für einen lahmen Scherz das Skelett auszuleihen. Er wusste noch genau, dass er die Behälter mit den Eingeweiden unheimlich gefunden hatte, obwohl sie auch eine gewisse Faszination auf ihn ausgeübt hatten. Es hatte sogar eine kleine Reihe Föten gegeben. Sie hätten diese Präparate kaum erkannt, aber alles in der Biologie war genauestens beschriftet gewesen und so hatte man an jedem toten Kind die Bezeichnung der Spezies und eine Altersangabe ablesen können. Genau genommen waren das die ersten Leichen seines Lebens gewesen und er hatte schon damals nicht umhingekonnt sich zu fragen, wie und warum diese kleinen Wesen gestorben waren und wie sie dann in diese Gläschen und in die staubigen Regale einer öffentliche Schule gekommen waren. Über die Herkunft der Objekte hatte jedoch nichts auf den Etiketten gestanden und im normalen Unterricht hatten sie diese Anschauungsmittel nie zu sehen bekommen, so dass er nie Gelegenheit gehabt hatte, sich danach zu erkundigen. Jetzt fragte er sich, was Dr. Büscher wohl in seinen Gläsern aufbewahrte und was einen Psychiater dazu veranlassen konnte, seinen Patienten eine solche Dekoration zu präsentieren. In einem Gefäß jedenfalls schien ein menschliches Gehirn zu schwimmen. Wie kam man nur an solche Sachen heran?

Jakobson machte langsam einige Schritte in den Raum hinein und ließ den Blick von den Regalen zur rückwärtigen Fensterfront wandern. Hier stand ein hoher Schrank, der einen Spalt weit geöffnet war. Die Fenster waren durch einen Lamellenvorhang verdeckt. Es drang nur wenig Tageslicht in den Raum. Vor ihm standen zwei Patientenstühle mit schwarzem Lederbezug, dahinter ein massiger Schreibtisch aus Stahl und Glas, unter den an beiden Seiten schwarze Rollcontainer geschoben waren. Auf der Schreibtischplatte lagen eine Menge Papiere und der Oberkörper der Leiche.

*Dr. Büscher*, versuchte Jakobson zu denken, aber es fiel ihm schwer, einen Toten in Gedanken anders als *Leiche* zu nennen. Dr. Büscher war die Vergangenheit dieser Leiche. Dass die Toten, mit denen er zu tun hatte, Menschen waren, die noch einige Stunden zuvor mehr oder weniger munter durch ihr Leben spaziert waren, konnte er sich nie wirklich vorstellen. Er wusste natürlich auf irgendeine Weise, dass dieser Mann eine Vergangenheit als lebendiger Mensch, mit allen Wünschen, Hoffnungen, Leidenschaften und nichtigen oder gravierenderen Sorgen gehabt haben musste. In seine Gefühlswelt drang dieses Wissen aber nicht vor.

Der Körper auf dem Tisch war sehr hellhäutig. Das war nicht ungewöhnlich, denn eine Durchblutung fand ja nicht mehr statt. Der Kopf war verdreht und wendete ihm die linke Wange und die überstreckte Kehle zu. Der Mund stand leicht auf und die Zunge sah zu einem Mundwinkel heraus. Die Augen waren geschlossen. Jakobson fühlte sich an einen großen, im Schlaf sabbernden Hund erinnert. Er trat näher. Allerdings war da kein Sabber. Unter der Mundöffnung war alles trocken. Die Zunge hing wie ein vertrockneter Lappen an spröden, farblosen Lippen. Die Nase des Toten wirkte wächsern. Sie war übersät mit Hunderten vielfach vergrößerten Poren. Schwarze Haare mit deutlichen Einwürfen von Grau klebten am Kopf. Vielleicht hatte Dr. Büscher geschwitzt. Die zerstörte Frisur gab der Leiche etwas Verwegenes, als handelte es sich hier um das Ende einer wilden Zecherei. Es passte nicht zu der korrekten Kleidung des Mannes. Er trug eine schwarze Anzughose und ein hellblaues, an den Ärmeln aufgekrempeltes Hemd. Der rechte Arm der Leiche war nass, hier hatte sich das Hemd dunkel verfärbt. Er lag abgewinkelt auf der Glasplatte des Tisches in einer wässrigen Pfütze, die an den Rändern schon leicht dunkel eingetrocknet war. Ein Teil der Papiere, die den Schreibtisch bedeckten, war schon darin aufgeweicht. Dem Geruch und der Farbe nach zu schließen, handelte es sich um Whisky. Der Menge nach zu urteilen, um mehr als einen kleinen abendlichen Absacker.

Auf dem Boden, neben dem breiten Psychiater-Lederdrehsessel, setzte sich die Lache fort. In der Flüssigkeit lagen die Scherben eines zerbrochenen Glases. Es war wahrscheinlich heruntergefallen, als Dr. Büscher zusammengebrochen war.

»Habt ihr davon eine Probe?«

Jakobson deutete vor sich auf den Tisch.

Takis nickte.

»Jaja, kommt alles ins Labor. Das sind ausschließlich medizinische Unterlagen. Die Suppe analysieren wir, aber ich gehe davon aus, dass es Whisky ist. Es riecht deutlich und wir haben eine halbvolle Karaffe in seinem Schrank gefunden, neben einer neuen Flasche *Ardbeg Highland Single Malt Scotch Whisky*. Sieht teuer aus. Was meinst du, Jürgen?«

»Ardbeg ist teuer. Aber schau dich doch mal hier um. Hast du erwartet, dass der Herforder trinkt?«

Takis blickte Jakobson an.

»Wir haben weder Einbruchsspuren noch Kampfspuren. Keine Nadeleinstiche, soweit das bis jetzt zu sagen ist. Auch keine direkten Hinweise auf Fremdeinwirkung. Nur ein paar Überreste von Quetschungen und Abschürfungen. Die sind aber schon älter.«

Takis deutete auf das rechte Handgelenk des Toten, an dem eine minimale Verdunkelung der Haut zu erkennen war. Dann richtete er sich auf.

»Außerdem haben wir normale Todesflecken. Sie sind allerdings klein und rötlich, noch nicht einmal violett. Das heißt, sie sind noch nicht sehr alt. Die Hypostase hat erst begonnen.«

Er zeigte wieder auf das Handgelenk und das Gesicht des Toten.

Jakobson entdeckte oberhalb der Auflageflächen des toten Körpers dunkler wirkende Ränder mit kleinen rostfarbenen Sprenkeln. Er sah Adamidis fragend an.

»An den Fesseln kannst du es besser sehen. Mit Eintritt des Todes beginnt die Schwerkraft, die Körperflüssigkeiten nach unten zu ziehen. Es bilden sich dann auch die Todesflecken, lokale Blutansammlungen. Das sind sichere

Todeszeichen. Normalerweise kommen wir erst ins Spiel, wenn das schon sehr weit fortgeschritten ist, dann sind die Flecken größer und eher blau gefärbt, weil der Sauerstoff dann aufgezehrt ist. Wir werden noch die Kerntemperatur des Körpers einbeziehen, aber ich bin mir jetzt schon sicher, dass der Zeitpunkt des Todeseintritts noch nicht lange her ist. Er ist auch noch nicht steif. Der Rigor Mortis beginnt gerade erst am Kiefer und an den Augen.«

Takis fummelte, wohl zur Verdeutlichung seiner Worte, an den Augenlidern der Leiche herum. Sie schienen sich aber zu Jakobsons Erleichterung nicht mehr hochschieben zu lassen. Danach hob Adamidis eine Hand des Toten und schüttelte sie, worauf diese grotesk zu winken begann. Dann nahm er die tote Hand in seine und formte sie zu einer Faust.

»Siehst du? Die Fingergelenke sind noch beweglich.«

Adamidis sah Jakobson in die Augen.

»Es ist ziemlich bitter, aber ich schätze, dass der Mann hier noch gelebt hat, als er gefunden worden ist. Die Helferin hat ihn kurz vor sieben gefunden und sofort Dr. Hermann geholt, der dann den Tod festgestellt hat. Möglicherweise war er zu dem Zeitpunkt tatsächlich gerade gestorben, aber ich gehe eher davon aus, dass der Herr Dr. med. Psychiater nur mal so drüber geschaut und dann Tod vermutet und nicht diagnostiziert hat.«

Jakobson runzelte die Stirn.

»Meinst du, er hat ihn sterben lassen?«

»Hundertprozentig kann ich es nicht sagen. Ansonsten ist er kurz vorher gestorben. Aber dass der Totenschein schon ausgefüllt wird, während der Patient noch lebt, ist auch bei anderen Ärzten nicht so ungewöhnlich, wie es klingt. Es gibt eine Studie, die besagt, dass die meisten nicht einmal die sicheren Anzeichen des Todes kennen. Die untersuchen immer noch Kreislauf und Atmung und schätzen dann übern Daumen, ob der Mensch noch lebt oder ob er bereits tot ist.«

Jürgen Spelling sah von seinen Berichtsbögen zu ihnen hinauf.

»In Paderborn hatten sie auch mal so einen Fall. Da hatte ein Hausarzt auch schon den Totenschein ausgestellt. Dann hat er die Polizei zu seiner Leiche gerufen, weil ihm irgendwas Ungewöhnliches aufgefallen war. Und als die Kollegen die Tote untersuchen, sieht einer auf einmal, dass sich der Brustkorb hebt und senkt. Und der Arzt erklärt denen dann auch noch, dass das Schnappatmung wäre, postmortale Krämpfe und so ein Scheiß. Tja, die Kollegen haben die *Leiche* ins Krankenhaus gebracht und nach einigen Blutwäschen war sie wieder quietschlebendig.«

Adamidis nickte und blickte auf den Toten.

»Ärzte werden nicht unbedingt für die Leichenschau ausgebildet. Unter bestimmten Umständen ist die Atmung eben so flach, dass man nichts mehr feststellt, und der Puls ist auch nicht immer verlässlich zu fühlen. Vielleicht sollte ich die Anzeichen eines sicheren Todes auf meinem Organspendeausweis vermerken - nur so zur Sicherheit.«

Spelling grinste.

»Dafür hast du doch mich. Ich geb dich schon nicht vorzeitig frei. Wobei – vor versammelter Trauergemeinde am Sarg kratzen, das wäre vielleicht auch ein denkwürdiger Auftritt!«

Jakobson beugte sich zu den zahlreichen kleinen Flecken am Handgelenk. Sollte dieser Mann wirklich noch gelebt haben, als sein Partner ihn einfach für tot erklärt hat? Und jetzt war der Mann verschwunden, um etwas Wichtiges zu erledigen.

»Das einzig Ungewöhnliche, das ich gefunden habe, ist der trockene Mund«, fuhr Adamidis fort.

Jakobson sah ihn an.

»Der Leichnam ist, wie gesagt, ziemlich frisch. Da müsste der Mund eigentlich feucht sein. Er ist aber trocken. Das könnte auf eine Medikamentenvergiftung hinweisen. Genaueres wissen wir nach der toxikologischen Untersuchung.«

Spelling machte sich daran, die Glasscherben, die überall in der Whiskypfütze lagen, mit einer Pinzette in einen Klarsichtbeutel zu verfrachten.

»Okay. Kann ich mal an die Schubladen ran?«

Jakobson nahm sich zwei Einmalhandschuhe aus seiner Tasche und streifte sie über. Dann fasste er mit einem Blick zu Spellig den Griff der oberen Schublade und zog sie auf. Sie war voller Unterlagen, obenauf lagen einige Medikamentenpackungen. Doch noch bevor er sich den Inhalt genauer ansehen konnte, sah er, wie jemand die Tür öffnete.

Ein lang gewachsener, hagerer Mann trat vorsichtig in den Raum. Er trug eine dunkle Hose, ein graues Hemd und eine dunkle Weste. Vor dem Schreibtisch blieb er stehen und schaute fast andächtig über eine zu kleine runde Metallbrille auf den toten Mann herab, der nun direkt vor ihm lag. Er wirkte sehr gefasst.

»Mordkommission, Jakobson.«

Der Mann besah noch einen Augenblick lang die Leiche. Dann wandte er sich dem Kommissar zu und streckte ihm seine Hand entgegen.

»Dr. Hermann.«

Sein rechtes Auge zuckte leicht. Der Mann wirkte alt, obwohl er das nicht zu sein schien. Er hatte nur noch wenige helle, sehr kurz geschnittene Haare. Sein Gesicht wirkte wie das eines Mittvierzigers, aber verbraucht und müde. Vielleicht sah er aus wie ein Psychiater, der schon zu viele kranke Geschichten gehört hatte.

»Ich müsste Ihnen noch einige Fragen stellen. Können wir uns irgendwo zusammen hinsetzen?«

Er musterte den Arzt. Das Zucken wurde stärker. Seine Augen wanderten unschlüssig hin und her. Dann streckte er die Hand aus und wies zu Tür.

»Kommen Sie mit in mein Sprechzimmer, da sind wir ungestört.«

Jakobson ließ sich auf genau dem gleichen Besucherstuhl nieder, den er auch schon in Dr. Büschers Zimmer gesehen hatte. Dr. Hermanns Sprechzimmer war die exakte Kopie des Tatortes. Es standen die gleichen Regale an der Wand, die die gleiche Literatur enthalten zu schienen. Der gleiche Schreibtisch, der gleiche Schrank und die gleichen Vorhänge. Nur die Gläser mit den Eingeweiden fehlten hier. Dafür standen Familienfotos im Regal und auf dem Schreibtisch herum. Jakobson nahm eines davon in die Hand. Es war dunkel gerahmt und zeigte Dr. Hermann mit einer hübschen Frau und zwei Kindern, einem Jungen, der sicher schon zehn war, und einem etwas jüngeren Mädchen. Die Frau hockte zwischen den Kindern und hatte ihre Arme um die beiden gelegt. Dr. Hermann stand hinter ihnen.

Jakobson blickte auf. Dr. Hermann schien nicht zu gefallen, dass er sich für seine Familie interessierte. Seine Züge wirkten angespannt. Auf dem Foto sah er gelöster aus.

»Wie kann ich Ihnen helfen?«, begann er.

Hilfe? Ich brauche keine Hilfe, dachte Jakobson. Brauchst du welche?

»Wer hat diese Räume eingerichtet? Das sieht hier ja genauso aus wie nebenan.«

Er deutete mit einer Kopfbewegung auf die Regale hinter sich. Dr. Hermann runzelte die Stirn.

»Dr. Büscher hat die ganze Praxis eingerichtet. Das ist aber schon einige Zeit her. Noch bevor ich hier angefangen habe.«

»Die Praxis gehört also Dr. Büscher?«

»Nein, wir sind Partner. Genau genommen übernehme ich schon seit Längerem den Großteil der Patienten. Ich arbeite Vollzeit, Mathias hat hier nur montags und ganz gelegentlich donnerstags praktiziert. Sein Sprechzimmer war eher ein Rückzugsort für ihn.«

Jakobson nickte vor sich hin.

»Wovor zog er sich zurück?«

»Vor allem, was ihn störte, nehme ich an.«

Tolle Antwort. Jakobson stöhnte innerlich auf.

»Ist ein Tag Arbeit pro Woche nicht ein bisschen wenig, um seinen Lebensunterhalt zu finanzieren?«

Dr. Hermann hob leicht die Schultern und sah Jakobson über den Rand seiner Brille hinweg an.

»Mathias hatte finanziell ausgesorgt. Seine Frau ist von Haus aus relativ vermögend, eine geborene von Storck. Sie ist hier stille Teilhaberin. Sie hat die Praxisgründung damals finanziert. Außerdem hatte er noch andere Verpflichtungen. Er hat zum Beispiel einige Tage im Monat die psychologische Betreuung in einer Kinderwunschpraxis übernommen und er hatte, soweit ich weiß, auch einige Ehrenämter in Bethel inne - in der Frauenpsychiatrie und in einem Behindertenheim, aber da kann ich Ihnen leider nicht so genau Auskunft geben.«

Jakobson nickte weiter vor sich hin und griff in seine Umhängetasche, um sein Tablet hervorzukramen. Er machte sich Notizen. *Bethel* war ihm natürlich ein Begriff. Dahinter verbarg sich eine kirchliche Mammutorganisation, die zahlreiche Krankenhäuser, Behinderteneinrichtungen und andere soziale Dienste in einem eigenen Stadtteil betrieb.

»Erzählen Sie mir bitte, wie Dr. Büscher entdeckt worden ist.«

»Frau Sandemann vom Empfang hat ihn gefunden. Sie war ganz aufgelöst. Aber das ist ganz natürlich, sie hat einen ihr bekannten Menschen tot aufgefunden und wusste sich nicht zu helfen. Bei uns ist der Tod, ich meine den realen Tod, nicht den medialen, der ist natürlich in allen Formen gegenwärtig, der reale Tod ist in unserer Gesellschaft allerdings so aus dem Leben ausgeschlossen, dass er die Menschen schockiert, auch wenn sie gar keine richtige Beziehung zu dem Verstorbenen haben. Er erinnert uns an unsere eigene Sterblichkeit, die eine Kultur, in der Jugend Alles ist, nur allzu gern verdrängt.«

Dr. Hermann schien froh zu sein auf allgemeine Ausführungen ausweichen zu können. Ziemlich selbstgefällig, dachte Jakobson. Ob er seinen Patienten auch solche Vorträge hielt? Er versuchte unbeeindruckt zu wirken.

»Wie ist das mit Ihnen? Schockiert Sie der Tod Ihres Kollegen auch oder sehen Sie das, wo Sie ja im Gegensatz zur Gesellschaft um den Tod wissen, professionell distanziert?«

Dr. Hermann hob ratlos die Hände.

»Ich weiß es nicht. Ich würde es als ambivalentes Gefühl beschreiben. Ich bin wirklich überrascht. Ich hätte natürlich nicht damit gerechnet, dass Mathias heute tot sein würde. Er war, mal abgesehen von Bluthochdruck, nicht krank, soweit ich weiß. Er war noch nicht alt. Ich kann mir nicht vorstellen, dass er einfach so gestorben ist, mit seinem Lieblingswhisky in der Hand. Ich will Ihnen natürlich in keiner Weise vorgreifen, aber ich für mich gehe davon aus, dass es seine freie Entscheidung war, zu sterben. In diesem Fall wäre ich zwar traurig, aber ich denke, jeder Mensch hat das Recht, über sein Leben und Nichtleben frei zu entscheiden, wenn er nicht vorübergehend unzurechnungsfähig ist, und das schien mir Mathias nicht zu sein. Beruflich muss ich zwar meine Patienten daran hindern, ihr Leben zu beenden, aber ich halte das privat für eine staatliche Anmaßung, die nur die Angst unserer Gesellschaft vor dem Tod widerspiegelt. Wir sterben ohnehin, ob jetzt oder später ist letzten Endes unbedeutend. Und Mathias war mein Partner, nicht mein Patient. Andererseits denke ich, es hätte unter Umständen noch einen anderen Weg gegeben. Ich bin sogar ein bisschen wütend, dass er nichts gesagt hat. Eigentlich hat man immer noch Optionen. Ich hätte ihm vielleicht helfen können, aber ich habe wirklich nicht geahnt, dass es so schlimm war. Aber wie gesagt, ich will Ihnen nicht vorgreifen, möglicherweise war es auch ein natürlicher Tod und alle Spekulationen sind hinfällig.«

»Wieso glauben Sie, dass Dr. Büscher sich hätte umbringen wollen? Hatte er Probleme?«

»Ich denke schon. Er hat aber nicht mit mir darüber gesprochen. Ich schätze, das ist auch schwierig mit einem Kollegen, den man ständig sieht.«

»Und wie kommen Sie dann darauf?«

»Er hat Medikamente genommen.«

»Was für Medikamente?«

»Psychopharmaka. Zur Beruhigung und zur Stimmungsaufhellung.«

»Woher wissen Sie das?«

»Wir nutzen den Medikamentenschrank gemeinsam und es muss Buch geführt werden.«

»Haben Sie ihn mal darauf angesprochen? Wäre es denkbar, dass er psychisch krank war oder abhängig?«

»Ich habe mal mit ihm darüber geredet, aber er hat gesagt, das wäre nicht so wild. Er hatte manchmal eben Stress. Und es hielt sich auch wirklich in Grenzen. Abhängig war er meiner Einschätzung nach nicht. Er konnte diese Substanzen gut einschätzen. Er war ein außerordentlich fähiger Arzt.«

»Sie haben vorhin so betont, dass Dr. Büscher keine Beziehung zu Ihrer Sprechstundenhilfe hatte. Wieso hielten Sie das für erwähnenswert?«

»Habe ich das getan? Das sollte nichts heißen. Da war nichts.«

»Warum waren Sie vorhin nicht da, als wir kamen?«

»Ich wollte Mathias Frau informieren. Ich konnte sie telefonisch nicht erreichen, also bin ich hingefahren. Aber sie war nicht zu Hause. Sie weiß es noch nicht.«

»Wir werden sie informieren. Das ist Aufgabe der Polizei. Wir werden auch mit ihr sprechen müssen.«

Dr. Hermann nickte.

»Wie war denn sein Verhältnis zu seiner Frau?«

Sein Gegenüber sah ihn unschlüssig an. War die Frage zu komplex für einen Seelenklempner?

»Gut, würde ich sagen.«

»Würden Sie sagen? Wieso verwenden Sie den Konjunktiv, Dr. Hermann? Meinen Sie eigentlich etwas anderes?«

Jetzt würde er dem Typen mal zeigen, dass er auch Kurse in Kommunikationspsychologie belegt hatte.

Dr. Hermanns Blick wurde kritischer.

»Ich kann das natürlich nicht mit Sicherheit sagen, aber ich hatte immer diesen Eindruck. Die beiden sind schon seit einer ganzen Zeit verheiratet. Eine leidenschaftliche Liebe verband die beiden wohl eher nicht mehr, aber ich halte das für normal nach einigen Jahren. Es gibt sogar Theorien, die besagen, dass Leidenschaft, die auf sexueller Anziehung beruht, nicht länger als sieben Jahre anhält. Natürlich pro Partner. Das erklärt auch den Hang des Menschen zu serieller Monogamie.«

»Heißt das, Dr. Büscher war auf dem Sprung zu einer neuen Partnerin?«

»Nein. Das war eine allgemeine Anmerkung.«

Dr. Hermann wirkte zunehmend angespannt und Jakobsons Aversion gegen Psychologen verstärkte sich in gleichem Maße.

»Allgemeine Anmerkungen interessieren mich im Moment nicht.«

»Soweit ich weiß, hat er sich seiner Frau gegenüber jedenfalls immer korrekt verhalten.«

»Er hatte also keine Affäre? Oder Feinde?«

Dr. Hermann schwieg. Er sah auf seine Akten.

»Dr. Hermann? Das sind wichtige Dinge für uns. Das verstehen Sie doch.«

»Ich weiß nicht, ob er eine Affäre hatte. Mathias hatte schon eine Affinität zu Frauen. Da war er impulsiv und unüberlegt. Vielleicht gab es mal so etwas, aber ich weiß es nicht wirklich. Das ist nur eine subjektive Einschätzung.«

»Wie kommen Sie dann darauf?«

»Ich kannte Mathias eben etwas.«

»Und wie war Ihre Beziehung zu ihm?«

»Freundschaftlich. Wir waren Partner, Kollegen und lockere Freunde. Ab und zu haben wir ein Glas Wein getrunken. Wir sind auch schon mal mit unseren Frauen Essen gewesen und haben uns gegenseitig zu Geburtstagen eingeladen. Sie kennen das sicher.«

»Haben Sie Ihren Freund deshalb sterben lassen, weil Sie dachten, es wäre sein Wunsch, tot zu sein?«

Dr. Hermann richtete sich nun sichtlich verärgert auf. Sein Gesicht lief rot an und sein Tonfall wurde schärfer.

»Wie kommen Sie darauf, dass ich ihn sterben lassen hätte? Er war schon tot, als Frau Sandemann ihn gefunden hat. Ich habe seinen Puls gefühlt. Da war nichts mehr.«

»Unser Gerichtsmediziner sieht das anders«, erwiderte Jakobson ruhig, »und er empfiehlt Ihnen, sich noch einmal die sicheren Zeichen des Todes anzusehen.«

Er dehnte und betonte das Wort *sicheren* und versuchte dabei, jede Regung in Dr. Hermanns Gesicht zu registrieren.

Seine Augen verschmälerten sich und an der Stirn verstärkte sich die senkrechte Falte, die bereits bei der letzten Frage entstanden war.

»Ich musste davon ausgehen, dass er tot war«, wiederholte Dr. Hermann, stemmte beide Hände auf die Tischplatte und erhob sich.

Jakobson stand ebenfalls von seinem Stuhl auf, hielt den Blick aber starr auf sein Gegenüber gerichtet. Irgendetwas war hier merkwürdig, er konnte nur nicht greifen, was es war. Vielleicht war einfach der Mann seltsam. Auf jeden Fall einer, der einen Fehler nicht zugeben würde. Einer, der zwar zeigen wollte, dass er alles wusste, aber nichts Konkretes rausrücken wollte.

Ein Klopfen unterbrach seine Überlegungen.

»Möchten Sie und Ihre Kollegen vielleicht etwas Kaffee?«

Die blonde Helferin schob mit einer roten Designerkanne in der Linken und einem Tablett mit Tassen, Kaffeesahne und Süßstoff in der Rechten die Tür auf. Jakobson ließ seine Konzentration fallen.

Er nickte und nahm dem Mädchen die Kanne und das übrige Zeug ab.

»Danke. Haben Sie vielleicht auch Zucker?«

Verlegen senkte die Sprechstundenhilfe den Blick.

»Nein, tut mir leid.«

Dr. Herrmann kam zu ihnen an die Zimmertür. Er sah zunächst an sich herunter und dann auf seine Angestellte.

»Wir achten hier alle auf unsere gute Linie«, sagte er in einem spöttischen Tonfall.

Jakobson wandte sich zur Tür, drehte sich dann aber doch noch einmal zu dem Psychiater um.

»Woher stammen eigentlich die Präparate in Dr. Büschers Zimmer?«

»Die hat er von einem verstorbenen Professor aus Bethel geerbt. Mathias hatte da Kontakte.«

Natürlich. In Bethel lief alles über Kontakte. Zumindest sagte man das.


»Wollt ihr Kaffee?«

Jakobson war zum Spusi-Team zurückgegangen und hielt die Kanne hoch.

»Es gibt aber nur Süßstoff. Hier achten - im Gegensatz zu uns - alle auf ihre gute Linie.«

Wie erwartet fühlte Takis sich gleich angesprochen.

»Es müssen doch nicht alle so abgemagert sein. Ich kann dir versichern, dass Männerbäuche auch ihre Liebhaberinnen haben. Das ist gemütlich, so was mögen Frauen.«

»Aber sicher, Takis.«

Zufrieden grinsend goss Jakobson sich Kaffee in seinen eigenen Becher. Menschen waren doch berechenbar. In seinem Job war das etwas ungemein Beruhigendes.

»Und außerdem macht Süßstoff erst recht dick! Das Zeug wird sogar als Appetitanreger in der Schweinemast verwendet. Nach deiner Cola-light bekommst du erst einmal einen amtlichen Fressanfall, wenn du dich nicht höllisch zusammennimmst. Aber das ist ja für die Industrie gar nicht schlecht, oder? Erst verkaufen sie dir Diätprodukte und einen Gartensalat, weil du nicht mehr wiegen willst als so ein Topmodel und eine halbe Stunde später stehst du als Fast-Food-Zombie wieder an der Theke und kaufst noch zwei Burger und Pommes Majo. Dann ist die vernünftige Kaloriengrenze mit Sicherheit überschritten. Es sei denn, du gibst danach alles wieder von dir, aber das ist auch keine reelle Lösung, oder? Wobei, dann ist wieder Platz für neue Ware. Rein volkswirtschaftlich betrachtet wäre das doch vorteilhaft. Lässt natürlich später die Kosten im Gesundheitswesen steigen.«

»Alles klar. Hab schon verstanden. Keinen Süßstoff. Hattest du bei Gelegenheit schon mal erwähnt. Ich hab Zucker dabei.«

Jakobson schlug die Abdeckplane seiner Tasche um und kramte einen Moment darin herum. Dann brummte er zufrieden und reichte Takis triumphierend ein kleines Kunststoffröhrchen.

Adamidis nahm es und sah ihn verwundert an.

»Das ist ein homöopathisches Arzneimittel in Zuckerkügelchen«, erklärte Jakobson.

»Oh, ein Oxymoron!«

»Ein was?«

»Oxymoron – ein innerer Widerspruch - süße Bitternis, hast du nicht Abi gemacht, Alter?«

»Also Zucker, bitte sehr.«

»Ein bisschen teurer Zucker. Wozu hast du das?«

»Das hab ich zur Renovierung von Millas Zimmer bekommen.«

»Muss ich das verstehen?«

Adamidis runzelte die Stirn.

»Sarah hat letzte Woche beschlossen, dass ausgerechnet jetzt der richtige Zeitpunkt ist, Millas Zimmer zu renovieren. Vor ihrer Geburt durfte ich ja nicht, wegen der bösen Ausdünstungen. Und nach der Geburt auch nicht, wegen der Ausdünstungen. Jetzt gibt es offenbar keine giftigen Dämpfe mehr. Ich weiß nicht, vielleicht gute Mondphase oder Feng-Shui-Zeitraum oder so was. Jedenfalls musste ich am Wochenende Millas Zimmer streichen, Laminat verlegen, Fußleisten und der ganze Kram und dann einen riesigen Ikea-Einkauf zusammenbauen. Und weil ich keine Lust hatte und dachte, dass ich eigentlich wirklich mal Entspannung brauchen könnte, hat Sarah unsere Homöopathin kontaktiert und mir dieses Zeug mitgebracht. Damit findet man zu seiner inneren Mitte zurück und kann besser loslassen, so dass man wieder genug Energie hat, um zu renovieren. Außerdem enthält es Zucker.«

Jakobson versuchte aufmunternd zu gucken, aber es schien ihm, dass nur eine verunglückte Grimasse dabei herausgekommen war.

»Ihr habt eine Homöopatin?«

Jakobson winkte ab und verdrehte die Augen.

»Das muss man haben, wenn man kleine Kinder hat. Alles andere grenzt in den Augen der anderen Spielplatzmütter doch an unterlassene Hilfeleistung. Wer nicht bei jedem Wehwehchen die passenden Kügelchen parat hat, zählt auf jeden Fall zu den bösen Rabeneltern. Die helfen angeblich sogar bei Erziehungsproblemen. Bei mir sogar, wenn ich sie nicht nehme. Immerhin habe ich am Ende tatsächlich renoviert.«

Takis sah ihn verständnislos an, nahm aber das Fläschchen, das Jakobson ihm auffordernd vors Gesicht hielt, schüttete den gesamten Inhalt in eine Tasse und goss dann Kaffee darüber.

»Du musst es wissen. Das ist dann mit an Sicherheit grenzender Wahrscheinlichkeit der teuerste Kaffee meines bisherigen und kommenden Lebens.«

»Warst du noch nie bei Starbucks?«

Takis schüttelte den Kopf, angelte nach einem Löffel, rührte und nahm einen Schluck. Dann wandte er sich mit einem kleinen Seufzer wieder seiner Arbeit zu. Er nahm das Klemmbrett, das er zur Seite gelegt hatte, als Jakobson den Kaffee gebracht hatte, und schrieb irgendwelche Dinge in ein Formular.

Die Leiche war mittlerweile vom Stuhl genommen und auf eine Metallbahre gelegt worden, die die Leute vom Fahrdienst gebracht hatten. Der Deckel lag daneben. Jakobson tastete das Gesicht des Toten noch einmal mit seinen Augen ab. Er versuchte mit seinem Blick langsam von oben nach unten zu wandern und jede Einzelheit aufzusaugen, als könne er den Menschen unter dem Toten damit erspüren. Das Gesicht bestand aus Hunderten von Einzelheiten, die kein Bild ergeben wollten. Es wirkte so kalt und leblos, wie eine Leiche eben war. Jakobson hatte das Gefühl, dass der Mann hinter diesen Überresten nicht besonders angespannt wirkte, aber ebenso wenig entspannt. Er wusste, dass Leichen anders aussahen als lebendige Menschen und dass man in ihren Gesichtern anders lesen musste als in denen der Lebenden, aber dieses Gesicht konnte er nicht deuten. Auf irgendeine Weise passten die Teile nicht zusammen.

Falls er sich selbst vergiftet hatte, dann hatte der Edelwhisky wohl sein letzter Absacker werden sollen, sozusagen die finale Sinnenfreude vor dem ewigen Nichts. Aber so wirkte es nicht. Wer beendete sein Leben überhaupt mit so einem ultimativen genießerischen Akt? Vielleicht machte man so etwas, wenn man sein Leben gelebt hatte und wusste, dass man unheilbar krank war und es nur schlechter werden konnte. In diesem Fall, dachte Jakobson, wäre es vielleicht nicht schlecht, so abzudanken. Dann allerdings musste er an Milla und Sarah denken und wusste, dass ihm so ein Abgang nicht mehr offen stünde. Mit Frau und Kind war alles anders. Da musste man durchhalten und der schlimmere Gedanke als der an den eigenen Tod war der an diejenigen, die zurückblieben und die man nicht mehr beschützen konnte. So entspannt mit einem Whisky in der Hand das Leben hinter sich lassen, konnte nur jemand, der innerlich ungebunden war und nicht die Verantwortung für jemanden trug, den er liebte.

»Thomas? Können wir?«

Benrich streckte seinen Kopf durch die Tür.

»Ich bin fertig mit der Aussage. Vielleicht habe ich einen Ansatzpunkt.«

»Dann lass uns fahren. Oder hast du noch was für uns, Takis?«

»Für Genaueres müsst ihr wohl auf meinen Bericht warten, aber ehrlich gesagt rechne ich nicht mit irgendwelchen Überraschungen.«

»Dann macht es mal gut!«

Jakobson packte seine Sachen zusammen und folgte Benrich durch die Praxis. Die blonde Sprechstundenhilfe saß in der Teeküche und starrte auf ihre Tasse. Vor ihr stand der Süßstoff.

Im Flur bemerkte Jakobson sofort, wie gut ihm die kühle Luft tat. Seine Schultern lockerten sich etwas. Er streckte seine Wirbelsäule und bog sich nach rechts und links. Benrich war schon ein Stockwerk tiefer als er, also machte er Tempo. Er schien wirklich auf etwas Interessantes gestoßen zu sein.

»Also, was hast du herausbekommen?«

Jakobson saß hinter dem Steuer und sah Benrich forschend an.

»Vielleicht ist es auch nichts, aber ich denke, wir könnten das mal überprüfen. Dr. Büscher ist im letzten Jahr von dem Mann einer Patientin angegriffen worden. Die Patientin heißt

Lorenza Gregorini. Die Adresse hab ich schon. Aber zuerst müssen wir es der Ehefrau sagen.«

»Dr. Hermann behauptet, sie sei nicht zu Hause.«

»Wir werden es sehen. Wir müssen in Richtung Steinhagen auf den Berg, richtig exklusive Wohnlage.«

Das Zuhause der Büschers lag tatsächlich abgeschieden im Teutoburger Wald. Eine imposante Villa im Gründerzeitstil schmiegte sich umringt von einem weitläufigen Park und einer stattlichen Mauer in den Hang hinein. So ließ es sich wohnen. Zum Anwesen führte ein Privatweg, dessen Benutzung für Unbefugte untersagt war. Ein schmiedeeisernes Tor sicherte die Zufahrt zum eigentlichen Grundstück.

Benrich stieg aus und klingelte. In die Fernsprechanlage war eine Kamera integriert, man wollte sich seine Besucher anschauen können, bevor man mit ihnen sprach.

Nach einigen Momenten erkundigte sich eine Stimme nach ihrem Anliegen. Nachdem Benrich erklärt hatte, wer sie waren und dass sie Frau Büscher sprechen müssten, schwenkten die Torflügel wie von Zauberhand auseinander und gaben einen langen, mit hellen und dunklen Steinen aufwändig gemusterten Kopfsteinpflasterweg frei. Anerkennend nahm Jakobson vier Garagen in einem Nebengebäude wahr. Er selbst träumte von einer Doppelgarage, sollten Sarah und er jemals ein Haus kaufen. Mit Platz für ein Motorrad und zum Schrauben. Aber vier Garagen - was macht man mit vier Garagen, überlegte er, da muss man mindestens drei Autos haben. Und einen Aufsitzrasenmäher, bei dem Gelände. Das also hieß für Dr. Hermann *relativ vermögend*. Jakobson hätte so etwas wohl eher als stinkreich bezeichnet.

Am Haus erweiterte sich der Weg zu einem imposanten Vorplatz, der ringsherum von Terrakottatöpfen mit immer denselben grünen Formschnittpflanzen gesäumt wurde. Obwohl das ganze Anwesen mitten in der Natur lag, wirkte alles sehr streng geordnet und für Jakobson irgendwie unlocker - vielleicht zu aufgeräumt.

Die Tür war bereits geöffnet. Eine Frau mittleren Alters stand auf dem einen Absatz der beidseitig zum Eingang emporgewundenen Treppe und blickte sie mit angespannten Zügen an. Es war schwer, ihren Ausdruck zu deuten. Sie hatte offenbar bemerkt, dass Jakobson sich neugierig umgeschaut hatte und es schien ihr nicht zu gefallen. Außerdem wollte sie natürlich wissen, wieso die Polizei sie sprechen wollte. Das ging allen so, die sie überraschend aufsuchen mussten. Die meisten ahnten schon, dass eine schlimme Nachricht kam. Jakobson hasste diese Augenblicke. Deshalb überbrachte Benrich solche Botschaften. Dafür übernahm Jakobson in der Regel die widerlichen Sachen wie Leichen sichten, in versifften Wohnungen herumschnüffeln oder in dreckige Klos greifen und Dinge sicherstellen, die irgendein Blödmann da entsorgen wollte.

Jakobson senkte den Blick. Als er ihn wieder hob, sah er, dass die Frau ihr Gesicht in ihren Händen verbarg. Sie schüttelte den Kopf. Benrich fasste sie leicht an der Schulter und schob sie sanft ins Haus. Sie ließ es einfach mit sich geschehen. Jakobson folgte den beiden. Er hielt sich im Hintergrund und versuchte sich unauffällig ein bisschen im Haus umzusehen. Auch das gehörte zur festen Aufgabenverteilung in solchen Fällen. Er verschaffte sich einen Eindruck von den Verhältnissen und den Bewohnern und Benrich bemühte sich den ersten Schreck abzufangen und vielleicht ein paar sachdienliche Hinweise zu bekommen. Meistens konnten die Angehörigen aber gar nichts sagen. Die Nachricht vom Tod einer nahestehenden Person versetzt die Menschen in einen Ausnahmezustand, in dem Denken und Auskunft Geben nicht möglich sind. Das ist der Schock. Die meisten empfinden Fragen zum Umfeld und zu möglichen Tätern oder Motiven als nicht zu ertragende Zumutung - wenn sie überhaupt schon etwas empfinden können. Viele sind einfach wie ausgeknipst. Da errichtet der Körper (oder der Verstand?) eine Schutzwand, durch die die unerträgliche Nachricht nur ganz langsam, Stück für Stück, ins Bewusstsein vordringen kann. Einige verstehen erst nach ein paar Tagen, was passiert ist. Andere müssen sogar ärztlich versorgt werden.

Frau Büscher schien sich allerdings wieder gefangen zu haben.

Das Haus war auch von innen geschmackvoll, aber irgendwie unpersönlich eingerichtet. Man hatte alles in Schwarz, Weiß und Silber gehalten. Im Wohnzimmer herrschten Rottöne vor. Alles war groß und wirkte edel und aufgeräumt, wie in einem Möbelkatalog. Und zwar nicht von Ikea, dachte Jakobson. Mit Sicherheit gab es hier eine Putzfrau und einen Gärtner. Wenn er so ein Haus hätte - was natürlich nie passieren würde - müsste es weniger kühl wirken. Alles war teuer und exklusiv, das konnte man sehen, aber Persönlichkeit oder Lebensfreude konnte Jakobson nicht spüren.

Auf einem riesigen Esstisch standen Blumen. - Ob sie die noch von ihm bekommen hatte? Auf jeden Fall waren sie von jemandem, der wusste, dass nur Rotes ins Wohnzimmer durfte. Jakobson überlegte, ob Dr. Büscher eine solche Sensibilität für Farben zuzutrauen wäre oder ob dafür nur eine Frau infrage käme. Aber noch bevor er sich darüber klar werden konnte, signalisierte Benrich bereits Aufbruch.

Jakobson stutzte. Normalerweise ließen sie die Angehörigen jemanden anrufen, der sich um sie kümmern sollte, und sie warteten vor Ort, bis derjenige eingetroffen war. Das gab Jakobson die Gelegenheit, zwischendurch auf der Toilette zu verschwinden und sein Bild zu vervollständigen. Auf seinen fragenden Blick hin schüttelte Benrich aber nur ganz leicht den Kopf, also folgte Jakobson ihm ohne ein weiteres Wort. Eine Verabschiedung kam ihm unnötig vor. Frau Büscher schien ihn noch gar nicht richtig wahrgenommen zu haben.

Benrich und er konnten sich oft ohne Worte verständigen. Das war etwas, was ihm mit seiner Frau niemals gelingen würde, obwohl sie sich schon viel länger kannten als er und Benrich. Manchmal verstand er seinen wortlosen Kollegen sogar besser als die langen Vorträge seiner Frau - da sorgten mehr Worte oft für mehr Verwirrung.

Draußen sah Jakobson seinen Partner verwundert an.

»Wieso hat sie niemanden angerufen?«

»Die Schwiegermutter lebt bei ihr im Haus in einer Einliegerwohnung. Da war sie übrigens auch heute Nacht und am frühen Morgen. Der Frau ging es nicht gut. Außerdem haben die eine Haushälterin, die da ist.«

Jakobson stieg in den Wagen.

»Sie nimmt es sehr gefasst auf. Und sie kam von sich aus mit Selbsttötung. Er hatte das wohl schon mehrfach angedroht, aber sie sagt, sie hätte nicht gedacht, dass er den Mut dazu hätte. Sie hat es nicht ernst genommen. Jetzt tut es ihr leid.«

»Manchmal sagt man ja Dinge, die man nicht so ernst meint. Ich droh gelegentlich auch mit Scheidung, Auswandern oder heimlicher Vasektomie.«

»Wieso drohst du mit Sterilisation? Wollt ihr nicht noch ein Kind?«

Natürlich dachte Jakobson nicht im Traum daran, sich an den Eiern herumschnibbeln zu lassen.

»Wir sind uns da uneins. Ich bin mir selbst uneins. Sarah will auf jeden Fall noch eins, aber später. Zuerst möchte sie wieder arbeiten. Milla will noch mindestens fünf Geschwister. Ich finde ein zweites eigentlich auch nicht schlimm, aber dann jetzt gleich, sonst kommt das ganze Programm in ein paar Jahren nochmal und wir haben nie wieder Zeit für uns - so als Paar - so wie früher.«

»So wie früher wird es nie mehr, das ist dir doch wohl klar, oder?«

»Ich finde, beruflich kann sich Sarah auch später verwirklichen, wenn es noch ein Kind sein muss. Da muss man sich eben entscheiden. Aber irgendwann muss das mit dem Windelwechseln, dem nächtlichen Aufstehen und dem Bettenteilen mal erledigt sein. Ich bin froh, dass Milla endlich aus dem Gröbsten raus ist. Und wir sind auch nicht mehr die Allerjüngsten, so zum Kinderkriegen, mein ich.«

»So, du hast nachts Windeln gewechselt, alter Mann?«

Benrich sah ihn übertrieben mitleidig an.

Jakobson startete den Motor.

»Mach ihr jetzt das Kind und geh selbst in Elternzeit. Dann kann sie beruflich machen, was sie will.«

Jakobson zog seine Stirn in Falten.

»Ihr kommt doch gar nicht ohne mich zurecht. Wenn ich mich ganz auf meine häuslichen Qualitäten konzentrieren müsste, würde halb Ostwestfalen sofort im Chaos versinken. Außerdem würde Sarah mich nicht lassen. Als Milla da war, wollte sie sich plötzlich auch um alles selbst kümmern, damit es so gemacht wird, wie sie es für richtig hält. Irgendwie traut sie mir das nicht so richtig zu.«

Benrich lachte.

»Da hat dein Kind ja noch mal Glück gehabt.«

*Lieber Guardian,*

*der Code hat funktioniert und er hat etwas viel Ungeheuer-licheres zutage gebracht, als ich erwartet hatte. Ich musste darauf reagieren. Jetzt brauche ich umgehend noch einmal Ihre Hilfe. Ich biete Ihnen das Vierfache der letzten Summe. Ich muss mir zurückholen, was mir gehört. Was ich getan habe und was ich vorhabe, ist kein Unrecht! Sie helfen mir zusam-menzuführen, was schon immer zusammengehört hat. Nur wenn ich es schaffe, meinen Plan umzusetzen, kann ein unschuldiges Leben gerettet werden! Ich versichere Ihnen, es wird keine schuldlosen Opfer geben. Ich will Gerechtigkeit - keine Rache! Ich will beschützen - nicht bedrohen! Aber ich muss - ich muss mir zurückholen, was mir quasi aus dem Leib gerissen worden ist! Und nicht nur an mir ist eine unfassbare Sünde begangen worden, auch an einem reinen, schutzlosen Wesen haben sich diese Monster vergangen. Dafür müssen sie bezahlen. Ich kann nicht weiter existieren, wenn dieses Ver-brechen nicht gesühnt werden kann und die Ordnung nicht wiederhergestellt wird!*

## Bielefeld, 7. Mai, 10.40 Uhr

Karl Benrich sah prüfend auf das Klingelschild und läutete dann. Es öffnete eine dunkelhaarige Frau, vielleicht dreißig Jahre alt, auffallend attraktiv. Benrich vermutete italienische Abstammung. Sie trug ein eng anliegendes schwarzes Strickkleid, dessen großzügiger Ausschnitt offenbar dazu geschaffen war, die wohlproportionierten Rundungen ihrer Brüste würdig zu umrahmen und ihnen die gebührende Aufmerksamkeit zukommen zu lassen. Benrichs Blick wurde zumindest unweigerlich in diesen Rahmen gesogen und er hatte einige Mühe, seine Augen von dem Anblick zu lösen, als Jakobson sich vorstellte und ihr Anliegen vortrug.

»Ja, richtig«, bestätigte er hastig. »Wir würden Ihnen gern ein paar Fragen stellen zu Dr. Büscher. Sie haben, wenn wir richtig informiert sind, vor ein paar Jahren gegen ihn Anzeige wegen sexueller Belästigung erstattet und sie dann wieder zurückgezogen.«

Frau Gregorini zog sichtlich unerfreut eine Augenbraue empor.

»Man hat mir damals gesagt, dass eine zurückgenommene Anzeige nicht gespeichert bleibt.«

»Das ist auch so. Wir haben diese Information nicht aus unseren Akten, sondern aus einer Befragung.«

»Wozu wollen Sie etwas über diese alte Geschichte wissen?«

Sie wirkte nun deutlich verärgert, was aber, wie Benrich erstaunt bemerkte, ihre Attraktivität nur noch unterstrich. Es erschien, als seien ihre Züge erst in diesem launisch ärgerlichen Zustand voll entfaltet. Diese wogenden Kurven könnten ihn in der richtigen Situation sicher ordentlich in Wallungen bringen. Er hob beschwichtigend seine Arme und versuchte einen vertraulichen Gesichtsausdruck zu machen.

»Ich verstehe, dass Sie verärgert sind, so einfach mit einer alten Geschichte überfallen zu werden, aber die Sache ist für uns sehr wichtig. Herr Jakobson und ich untersuchen den Tod von Herrn Dr. Büscher und müssen daher routinemäßig etwas über seinen Hintergrund erfahren. Wir wissen am Anfang einer Ermittlung nichts über unsere ...«

Er zögerte.

»Kundschaft«, ergänzte Jakobson den Satz.

Benrich ignorierte den Einwurf.

»Könnten wir also vielleicht hereinkommen und Ihnen einige Fragen stellen? Ich verspreche Ihnen auch persönlich, dass alles, was Sie uns sagen, vertraulich behandelt werden wird.«

Lorenzas Züge entspannten sich ein wenig und der Ärger wich einem Ausdruck von Überraschung.

»Dr. Büscher ist tot? Das tut mir leid.«

Sie bat die beiden mit einer Armbewegung in den Flur und ging durch eine offen stehende Tür in die Küche. Hier stand noch das Geschirr vom Frühstück auf dem Tisch und eine fast abgebrannte Zigarette lag in einem Aschenbecher neben einer vollen Tasse Espresso und einer Zeitschrift – offenbar Boulevard.

»Wieso tut Ihnen das leid?«

Jakobson musterte Lorenza durchdringend.

»Sie hatten Dr. Büscher doch sicher in nicht so guter Erinnerung.«

»Ich habe Dr. Büscher jedenfalls nicht den Tod gewünscht.«

Fragend deutete Lorenza auf einige pastellfarbene Espressotassen auf einem Holzboard über der Spüle.

»Oder möchten Sie einen Kaffee?«

Benrich setzte gerade zu einem Nicken an, als Jakobson seinen Becher auf den Tisch knallte.

»Danke, wir sind versorgt und haben es ein bisschen eilig.«

Lorenza drückte die Zigarette aus, nahm die benutzten Tassen und Teller und stellte sie in die Spüle. Auch von hinten ein netter Anblick, dachte Benrich und bemerkte, dass Jakobson das offenbar ähnlich sah. Aber Benrich wusste mittlerweile, dass Jakobson jegliches Interesse weit von sich weisen würde. In der Beziehung spielte er gern den Musterknaben.

»Wir möchten gern wissen, was damals zu dieser Anzeige geführt hat und warum Sie sie dann wieder zurückgezogen haben.«

Die schöne Italienerin goss nun auch den Inhalt ihrer Espressotasse in den Ausguss und begab sich daran, mit einem kleinen Alugerätchen, das sie auseinanderschraubte und mit Kaffeepulver befüllte und dann auf die Flamme eines Gasherdes setzte, neuen Kaffee aufzubrühen.

»Das ist schon eine ganze Weile her. Ich war damals bei Dr. Büscher in Behandlung, wegen einer Lappalie, nicht der Rede wert.«

Lorenza bekam eine leichte Röte auf die Wangen und fuhr wegwerfend mit ihren Händen durch die Luft. Das Kaffeewasser fing an zu brodeln und zu blubbern. Ein verführerischer Duft machte sich in der Küche breit.

»Ich hatte Probleme mit der Erstattung der Rechnungen. Ich habe erst in der Praxis angerufen, aber die Frau vom Empfang hat mich einfach abgewimmelt und gesagt, dass Dr. Büscher sich prinzipiell nicht um so etwas kümmert. Das fand ich aber so unmöglich, dass ich einfach hingefahren bin. Dann hat er mich auch noch warten lassen, obwohl er keinen einzigen Patienten hatte. Als ich endlich in seinem Sprechzimmer stand, war ich so wütend, dass ich ihn ziemlich angeschrien habe.«

Benrich konnte sich das gut vorstellen.

»Er reagierte gar nicht darauf und starrte mich nur an. Und irgendwann bemerkte ich, dass er ... also er hatte damals eine ziemlich dünne weiße Hose an ... und irgendwann bemerkte ich, dass er einen ... ach, wie soll ich das sagen ... er bekam eine Erektion. Ich habe ihn völlig fassungslos angestarrt und konnte erst einmal gar nichts mehr sagen. Und er hat gemerkt, dass ich es gesehen habe. Er hat mein Starren wohl falsch gedeutet. Er fing nämlich an, sich mit der Hand über diese Stelle zu streichen. Ich habe ihn daraufhin etwas grob beschimpft, weil ich mich so aufgeregt habe. Dann wandte er sich ab und ich hatte das Gefühl ...«

Lorenza rang sichtlich um die passenden Worte.

»Es hörte sich an, als sei er gekommen.«

Sie sah die Polizisten fast entschuldigend an.

»Ich bin dann einfach gegangen. Aber mein Mann ist zu Hause völlig ausgerastet. Er hat darauf bestanden, dass ich die Anzeige erstatte. Dr. Büscher hat mir daraufhin einen Brief und einen riesigen Strauß Blumen geschickt. Er hat sich sehr aufrichtig entschuldigt und darum gebeten, dass ich die Anzeige zurückziehe. Er hatte große Angst, dass seine Frau etwas von dem Vorfall erfahren könnte. Als ich meinem Mann davon erzählt habe, ist er noch wütender geworden und zu Dr. Büscher in die Praxis gefahren. Da hat er sich wohl etwas daneben benommen und einiges kaputtgemacht. Aber Dr. Büscher hat nichts deswegen unternommen und dann habe ich meine Anzeige natürlich auch zurückgezogen.«

Benrich fragte sich unwillkürlich, ob sie auch seinen Schritt überprüft hatte und ob ihr Mann wohl auch schon das Starren in den Ausschnitt seiner Frau zum Anlass nehmen würde, durchzudrehen. Er versuchte sich auf die Augen der Befragten zu konzentrieren, nur auf die Augen. Oder, besser noch, etwas zu notieren.

»Wie steht Ihr Mann jetzt zu Dr. Büscher?«

»Er war froh, dass er den Schaden in der Praxis nicht ersetzen musste und dass er nicht vor Gericht musste. Dr. Büscher war danach kein Thema mehr. Im Moment ist er eifersüchtig auf unseren Nachbarn.«

Benrich erinnerte sich, dass er mal gelesen hatte, dass man als Partner einer attraktiven Frauen einige Jahre seiner Lebenszeit einbüßte, weil man durch die ständige Präsenz von Konkurrenten zu viel Testosteron ausschüttete, was dem Körper auf Dauer nicht gut tat. Armer Mann.

»Wo finden wir denn Ihren Mann? Ist er hier?«

»Der ist schon seit drei Wochen in Marokko, auf Montage.«

Benrich stutzte. Wer hatte dann das zweite Frühstücksgedeck benutzt?

Lorenza nahm eine Postkarte vom Kühlschrank und hielt sie ihm hin.

»In dem Hotel wohnt er. Sieht aus wie Urlaub, oder?«

Auf der Karte war eine kleine Pension mit einer Palme vor einem unglaublich blauen Himmel zu sehen.

Benrich notierte die angegebene Telefonnummer. Am liebsten hätte er nach dem zweiten Teller gefragt, aber es war klar, dass ihn das nichts anging. Die Sache war geklärt.

Als er den Wagen öffnete, um ins Präsidium zurückzufahren und sich aus Marokko bestätigen zu lassen, dass Herr Gregorini sich dort wirklich zur Tatzeit aufgehalten hatte, konnte er seinem Partner an den vielsagenden Blicken, die er ihm zuwarf, ansehen, dass auch er sich über den zweiten Satz Geschirr wunderte, den Lorenza Gregorini so eilig abgeräumt hatte. Die Frage war nur, ob sie gelogen hatte und ihr Mann doch zu Hause gewesen war oder ob er mit seiner Eifersucht im Prinzip den richtigen Riecher hatte und ein Liebhaber in Abwesenheit des Hausherren dort seinen Platz eingenommen hatte. An Bewerbern für diesen Posten mangelte es sicher nicht. Es konnte natürlich auch eine Freundin dort gesessen haben, aber Benrich glaubte nicht daran.

Er war selbst ein Fremdgänger und kannte sich mit der Materie aus. Seine Frau hatte immer etwas vermutet, aber ihm nie etwas beweisen können. Er war eben auch ein Profi, was Alibis und Verschleierung anging. Und er hatte einen Partner, auf den er sich jederzeit verlassen konnte. Irgendwann war aber auch seine Frau mal fremdgegangen. Und sie war beileibe kein Profi, was Alibis und Verschleierung anging. Er war aus allen Wolken gefallen und rasend eifersüchtig gewesen. Er hatte ihr die Untreue nachweisen und ihr sogar den Namen des Mannes nennen können, mit dem sie ein Verhältnis gehabt hatte. Am liebsten hätte er den Typen verhaftet oder kastriert oder beides. Obwohl er vor allem am Anfang ihrer Beziehung selbst kein Engel gewesen war, hatte er damals nicht gewusst, ob er ihr das würde verzeihen können. Allerdings hatte seine Frau keinen Wert auf seine Vergebung gelegt. Sie hatte die Scheidung eingereicht und war zu dem anderen gezogen. Einem Lehrer. Benrich hatte ihr bis heute nicht verziehen. Nur gut, dass keine Kinder im Spiel gewesen waren. Benrichs Sohn war schon erwachsen. Er stammte aus einer flüchtigen Beziehung lange vor seiner Ehe.

»Hat sich da wieder meine Theorie bestätigt, dass verheiratete Frauen besonders leicht zu haben sind?«

Diese Erkenntnis hatte er seiner Exfrau und einigen eigenen außerehelichen Erfahrungen zu verdanken. Hin und wieder rieb er sie Jakobson unter die Nase, der in Beziehungsdingen noch viel zu romantisch und naiv war.

»Du kannst nicht alle Frauen in einen Topf werfen, Karl.«

»Ach, ich werf nicht alle in einen Topf, das tun die schon selber. Mein Sohn hat mich am Wochenende auf den neuesten Stand gebracht. Was Frauen angeht, meine ich. Er hat mich in solchen Flirtbörsen angemeldet. Es gibt mittlerweile Portale, die dir deinen Ehebruch organisieren. Und da sind nicht nur Männer registriert. Da gibt es haufenweise hübsche Frauen, die es auch mal mit einem anderen machen wollen.«

»Das sind doch bestimmt auch viele Fake-Accounts.«

»Was?«

»Fake-Accounts. Gefälschte Ehebrecherinnen. Damit Leute wie du Geld bezahlen, damit sie Nachrichten an einen fetten alten Minijobber schicken können. Die brauchen doch eine gewisse Anzahl von Profilen mit attraktiven Bildern, damit sich überhaupt jemand anmeldet. Welche verheiratete Frau ist so doof und setzt ihr Bild auf eine Ehebruchseite?«

»Frauen sind so doof, glaub mir. Ich sag dir Bescheid, wenn ich deine sehe.«

»Für so was hat die keine Zeit.«

Jakobson lachte. Aber so ganz sicher schien er sich nicht zu sein.

»Klopf mal lieber auf Holz oder mach ihr schnell noch ein Kind, dann hat sie etwas Vernünftiges zu tun.«

*Was hatte das zu bedeuten?*

*Sie legte den Brief auf den Tisch, stützte beide Ellenbogen auf die Holzplatte und presste ihre Finger an ihre Stirn.*

*... muss Ihnen leider mitteilen, dass mein Mandant, Dr. Mathias Büscher, verstorben ist. Er hat mich für den Fall seines Todes beauftragt, Kontakt mit Ihnen aufzunehmen und Ihnen eine nicht unerhebliche monatliche Rente aus einem treuhänderisch angelegten Kapitalvermögen auszuzahlen. Die Auszahlung ist an die Bedingung geknüpft, dass Sie absolutes Stillschweigen über den Kontakt zu meinem Mandanten bewahren.*

*Bei Nichteinhaltung dieser Bedingung bin ich weiterhin angewiesen, diverse unangenehme Schritte gegen Sie einzuleiten. Um die näheren Einzelheiten in dieser Angelegenheit zu klären und die Auszahlung in die Wege leiten zu können, bitte ich Sie, am 10. Mai um 23 Uhr zu der unten angegebenen Adresse zu kommen. Bitte bringen Sie dieses Schreiben und Ihre Ausweispapiere mit und behandeln Sie auch dieses Treffen absolut diskret.*

*Mit freundlichen Grüßen ...*

## Bielefeld, 8. Mai, 22.13 Uhr

Jakobson machte Licht. Er stellte sein Rennrad in den Keller und hängte seinen Helm an den Haken, den er dafür in die Wand gedübelt hatte. In seinem Kleiderschrank herrschte das Chaos, aber der Keller mit den Fahrradsachen und den Werkzeugen war immer tadellos aufgeräumt. Seine Frau konnte nicht begreifen, wieso für einen Mann, der Werkzeuge nach Größen sortierte und der einmal im Monat sein Auto waschen und aussaugen musste, Staubwischen in der Wohnung nicht in Frage kam. Aber so war es nun einmal.

Jakobson löschte das Licht und versuchte noch einen Augenblick lang die Stille zu genießen. Der Abend war warm gewesen. Der Weg durch den Park und die frische Luft hatten ihm gut getan. Die Fahrt war nach dem Training ein perfektes Cool Down gewesen. Früher hätten sie jetzt zwei Pizzen in den Ofen geworfen, er hätte gemütlich geduscht - mit etwas Glück mit Sarah zusammen - und sie hätten den Abend mit einer Flasche Wein und einem Film ausklingen lassen. Vielleicht wären sie sogar noch ins *Movie* gegangen, einem ehemaligen Kino, das jetzt eine Tanzfläche hatte und mit rockiger Musik beschallt wurde.

Jetzt erwartete ihn aller Wahrscheinlichkeit nach aufgewärmtes salzarmes Gemüse. Tiefkühlpizza gab es nicht mehr, seit Milla am Familienessen teilnahm. Sarah machte manchmal Vollkornpizza, aber die mochten sie alle nicht besonders. Außerdem konnte er sich auf vorwurfsvolle Blicke einstellen. Sarah wusste, dass es nichts Dringendes auf dem Revier gab, und trotzdem kam er so spät. Wahrscheinlich war sie schon im Bett. Wenn er so spät kam, dass er sie aufweckte, war sie besonders gereizt. Sie hatte kaum noch Verständnis für seine Arbeitszeiten. Wenn es schlecht lief, war er Tag und Nacht im Dienst und musste in den kurzen Pausen schlafen, um sofort wieder einsatzfähig zu sein. In den entspannteren Zeiten waren Training und Schießstand wichtig.

Dass er diese Einheiten auch zur Entspannung brauchte, sagte er ihr lieber nicht. Auch dass er die letzten zwei Stunden auf dem Präsidium zusammen mit Benrich nur die Profile potenzieller Ehebrecherinnen und Singlefrauen auf diversen Partnerbörsen durchgegangen war, verschwieg er besser. Eigentlich hatte er Sarah versprochen, heute mit Milla ein Geburtstagsgeschenk für sie zu basteln. Er hasste Basteln.

Aber all das würde mit dem Kindergarteneintritt von Milla besser werden. Sarah und er hätten wieder mehr Zeit für sich und Milla könnte dort so viel basteln, wie sie wollte.

Jakobson sperrte die Tür auf. Im Wohnzimmer brannte Licht. Sarah war also noch auf. Er warf seine Jacke auf das kleine Sofa im Flur. In der Küche stand sein Essen schon in der Mikrowelle und brauchte nur noch warm gemacht zu werden. Es roch nach Gemüsesuppe. Bestimmt mit Super-Duper-Bio-Dinonudeln. Die waren im Moment der Renner. Er drückte den großen Knopf und lauschte dem nahrungsverheißenden Brummen. Aus dem Wohnzimmer hörte man Geräusche. Sarah kam herüber. Jakobson schnappte sich den Teller, freute sich über die Dinosaurier und blickte zur Tür. Sarah sah traurig aus, nicht wütend. Sie hielt ihm etwas entgegen.

Einen Schwangerschaftstest. Zwei Striche. Jakobson wurde heiß.

»Was bedeutet das?«

Blöde Frage. Er kannte die Antwort bereits.

»Schwanger bedeutet das, du Supercop.«

Wie beim letzten Mal durchfuhr ihn Angst. Diesmal konnte er damit umgehen. Zugleich stieg Freude in ihm hoch. Er lächelte. Dann nahm er Sarah in den Arm. Sie vergrub ihren Kopf an seiner Brust.

»Ich hab mich wochenlang nicht getraut den Test zu machen.«

Auf einmal schluchzte sie.

»Ich wollte doch wieder arbeiten. Ich hab sogar schon mit meiner Chefin gesprochen.«

»Was hast du?«

Jakobson schob sie ein Stück von sich und sah sie fassungslos an. Sie hatte nichts davon gesagt.

»Nur eine halbe Stelle. Das wäre sicher gegangen, wenn Milla im Hort ist. Jetzt kann ich das sowieso vergessen.«

»Wie ist das denn passiert?«

»Diese verflixte natürliche Methode ist scheinbar doch nicht so sicher. Ich hab jeden Morgen die Temperatur gemessen und wir haben es nur an den grünen Tagen ohne Gummi gemacht.«

Jakobson hatte bei Ebay einen kleinen Zykluscomputer ersteigert, der anzeigte, wann Verhütung nötig war und wann nicht. Die Kommentare in einem Technikforum waren alle positiv gewesen, deshalb hatte er sich vollkommen auf dieses Gerät verlassen.

»Das kann eigentlich nicht sein. Oder kommst du etwa schon in die Wechseljahre? Dann kann das Ding natürlich nicht mehr zuverlässig arbeiten. Aber dann wird es auch höchste Zeit für Nummer zwei. Sonst ist das letzte Ei futsch. Und du wolltest doch noch eins.«

Er grinste sie aufmunternd an und erntete tatsächlich ein kleines Lächeln.

»Dann packen wir das also?«

Er schlang seine Arme um ihre Taille.

»Klar. Wir schaffen das.«

Sie öffnete ihre Tasche und suchte nach dem Brief mit der Adresse. Nummer 147. Das war offensichtlich das richtige Haus. Es sah heruntergekommen und unbewohnt aus, genau wie die meisten anderen Häuser der Straße. Das Klingelschild dagegen wirkte neu. Das war sicher weder die Kanzlei noch die Privatwohnung eines Anwaltes, eher eine Art geheimer Treffpunkt.

Das passte. Mathias hatte etwas für Geheimadressen übriggehabt. Mathias war jetzt nicht mehr da, das wusste sie. Aber wenigstens hatte er vorgesorgt.

Der automatische Türöffner summte. Sie öffnete die Tür und tastete nach dem Lichtschalter. Nichts passierte. Das Haus war wirklich in einem schlechten Zustand. Sollte sie jetzt in diesem Dämmerlicht die richtige Wohnung suchen? Sie blickte in das Treppenhaus. Oben schien ein Fenster zu sein. Dort fiel auch der Schein der Straßenlaterne ins Treppenhaus. Ein strenger Geruch umfing sie. Zögernd schloss sie die Tür. Der Lichtspalt verengte sich immer mehr und ihr Schatten verschwand. Sie ging langsam auf die Treppe zu. Plötzlich spürte sie etwas hinter sich. Dann wurde es schwarz um sie herum.

## Bielefeld, 13. Mai, 8.53 Uhr

»Na, was hat die Überprüfung am Wochenende ergeben? Ist das Profil echt?«

Jakobson schlug seinem Kollegen herausfordernd auf die Schulter. Die anderen sahen erwartungsgemäß verwirrt aus.

»Was hat er denn überprüft?«

Iris, ihre junge Kollegin, sah ihn fragend an.

»Ach, Routinecheck von zweifelhaften Netzinhalten, so etwas wie ein ehrenamtliches Engagement unseres Herrn Kollegen.«

Benrich warf ihm einen warnenden Blick zu.

»Okay, scheint ein Geheimprojekt zu sein.«

Jakobson ignorierte das Kopfschütteln seiner Kollegin. Er wusste, dass sie ihn für einen Kindskopf hielt. Es war ihm egal.

»Los«, versöhnlich nickte er Benrich zu und wedelte mit seiner Tasse vor seiner Nase herum, »lass uns mal Kaffee holen. Bei mir gibt es jedenfalls Neuigkeiten.«

Verschwörerisch nahm er seine Hand zur Seite und gab Benrich die Sicht auf die Message des Tages frei. Auf dem Becher prangte in Weiß auf babyblauem Grund ein *STRIKE* in Großbuchstaben, auf dessen *I* ein lachendes Spermium seine Ärmchen in Victory-Pose emporreckte. Benrich staunte und Jakobson machte mit seinem breiten Grinsen dem Kerlchen auf der Tasse Konkurrenz. Schnell verdeckte er den Sticker wieder.

»Auch noch geheim.«

Er sah, dass Benrich sich für ihn freute. Er wusste, dass er selbst gern mehr Kontakt zu seinem Sohn gehabt hätte. Jetzt sahen sie sich manchmal, aber die Kindheit seines Sohnes hatte er fast komplett verpasst. Nachdem seine Beziehung zu der Mutter in die Brüche gegangen war, hatte lange Funkstille geherrscht. Vielleicht könnte er dieses Mal Pate werden.

In diesem Moment öffnete sich die Tür zum Konferenzraum und Peter Schulze, ihr Chef, nickte in die Runde. Jakobson zog unauffällig ein genervtes Gesicht und setzte sich. Der Kaffee musste warten. Jetzt kam erst einmal die Dienstbesprechung. Begrüßung. Infos vom Chef. Anweisungen entgegennehmen. Jakobson blickte von der Jalousie zur Decke und wieder zur Jalousie zurück. Er langweilte sich fast grundsätzlich bei Besprechungen. Erst wenn er selbst über Ergebnisse berichten konnte, fühlte er sich wohler.

Ihr aktueller Fall war sowieso klar. Er war gar kein Fall und somit erledigt. Es deutete wirklich alles auf Selbstmord hin. Das sah auch der Chef so. Manfred Oligschläger und Iris Kemper hatten bereits das weitere Umfeld des Toten überprüft und mit der Mutter und der Haushaltshilfe gesprochen. Die Angestellte hatte im Grunde gar nichts gesagt. Während Manni die Hausperle für etwas dumm hielt, hatte Iris eher das Gefühl, dass sie entweder diskret war oder aber schlicht Angst hatte, über ihre Arbeitgeber zu sprechen. Sie war jedenfalls bei jeder Frage ausgewichen oder hatte keine Ahnung. Die Mutter des Opfers war schon fast achtzig Jahre alt und wurde im Haus von der Schwiegertochter versorgt. Sie war wohl ein bisschen durcheinander, beginnende Demenz. Iris fand, dass sie nicht besonders betroffen vom Tod ihres Sohnes wirkte. Sie mochte die alte Dame nicht, das war Jakobson schon klar geworden. Und sie konnte sie nicht deuten, deshalb hörte sie nicht auf zu reden.

»Immerhin ist sie die Mutter. Es kann natürlich sein, dass sie die Informationen wegen ihrer Erkrankung nicht richtig verarbeiten kann. Alzheimerpatienten leben oft in der Vergangenheit, da wäre ihr Sohn ja noch da. Jedenfalls hat sie das alles nicht so berührt. Sie meinte, dass ihr Sohn verweichlicht wäre und dass sie sich nicht wundere, dass er sich davongestohlen habe. Er wäre schon immer gern weggelaufen und habe sich Problemen nicht stellen wollen. Herr Büscher war wohl häufig nicht zu Hause und er hat in ihren Augen sie und seine Frau vernachlässigt. Er kam nur selten zu ihr, ging nicht mit seiner Frau aus und hat keine Enkelkinder gezeugt. Seine Frau hatte eine Fehlgeburt und er ist auf Tauchstation gegangen, statt sich um sie zu kümmern. Das ist allerdings schon einige Jahre her. Sie meinte, früher hätte sie ihm für so ein Verhalten etwas hinter die Löffel gegeben, aber dafür seien sie und er jetzt zu alt. Ihre Schwiegertochter findet sie ganz toll. Die kümmert sich um alles und sie hat scheinbar auch eine ganze Menge Geld mitgebracht.«

»Aber sie glaubt auch an Selbstmord«, warf Jakobson ungeduldig ein.

»Ja.«

»Und sie bestätigt, dass die Ehefrau in der Nacht bei ihr war?«

»Ja. Sie hatte in der Nacht wohl gesundheitliche Probleme und brauchte ihre Hilfe.«

»Das ist doch alles, was wir wollen.«

Da schaltete sich sein Chef ein.

»Was ist mit dem Randalierer? Karl hat gesagt, es gab eine Anzeige gegen Büscher, die aber wieder zurückgezogen worden ist.«

Benrich winkte ab.

»Der Mann war zum Tatzeitpunkt in Marokko. Das Hotel und sein Arbeitgeber haben das bestätigt.«

»Was sagt die Gerichtsmedizin?«

»Er ist an einem Cocktail aus verschiedenen Psychopharmaka aus der praxiseigenen Apotheke in Verbindung mit Alkohol gestorben. Die Verpackungen der Arzneimittel lagen in einem Papierkorb in der Teeküche. Er hat das Gemisch wahrscheinlich in der Nacht angerührt. In einer Karaffe war noch einiges davon übrig. Büscher hat ihrer Ansicht nach auch vorher schon regelmäßig Medikamente konsumiert - und der Optik seiner Leber nach zu urteilen auch Alkohol. Es gab keine Anzeichen von Gewaltanwendung und keine Fremdspuren. Nur Material, das den Praxismitarbeitern zugeordnet werden konnte. Lediglich einige rote Angorafasern an einer Medikamentenpackung sind aufgefallen. Die können aber überall herstammen. Weder die Helferinnen noch die Ehefrau besitzen rote Kleidungs-stücke mit Angoraanteil. Iris und Manni haben sämtliche Kleiderschränke unter die Lupe genommen. Solche Partikel können allerdings nach Spellings

Aussage auch irgendwo anhaften und so verschleppt werden. Möglicherweise stammen die Fasern aus dem Versand oder von einer Patientin.«

»Außerdem haben wir das Handy überprüft. Das hat er selten benutzt. Ab und zu hat die Kinderwunschpraxis angerufen, in der er die psychologische Betreuung gemacht hat.«

Benrich räusperte sich kurz.

»Ich denke, dann haben wir alles. Ein ernsthaftes Tatmotiv ist also nicht in Sicht, ebenso wenig ein Tatverdächtiger. Der Tote steckte in einer persönlichen Krise, seine Ehe war mäßig. Er ging aber Konflikten eher aus dem Weg. Da wäre Selbstmord als Ausweg nicht unwahrscheinlich. In seinem Umfeld traut man ihm die Tat zu. Wir können also unter Berücksichtigung aller Informationen sehr sicher von einer Selbsttötung ausgehen. Das sieht auch die Staatsanwältin so.«

Sein Chef nickte ihm zufrieden zu.

»Die Ermittlung wird eingestellt und wir geben die Leiche frei. Kümmert euch um die Formalitäten.«

Schulze klappte die Akte zu und reichte sie Benrich. Jakobson seufzte. Seine gute Laune war verflogen, obwohl klar gewesen war, dass es so kommen würde. Sie mussten also heute den Schreibkram erledigen, Takis informieren und die Ehefrau kontaktieren.

## Deine Schwangerschaft - Das erste Trimester

Herzlichen Glückwunsch! Der Test ist positiv und vielleicht bemerkst du an dir auch schon die ersten Anzeichen. Du könntest in den nächsten Wochen unter Übelkeit, Müdigkeit oder Geruchsempfindlichkeit leiden. Deine Brüste werden größer und vielleicht auch dein Appetit. Alles in deinem Körper wird auf die neue Situation und die kommenden Anforderungen umgestellt. Das ist Schwerstarbeit. Auch dein Gefühlsleben fährt Achterbahn. Zwischen Freude und Ängsten hast du vielleicht Zweifel, ob du das alles schaffen kannst. Aber keine Sorge. Selbst wenn ihr allein sein solltet, werdet ihr das meistern. Wichtig ist jetzt, dich zu schonen und dir Gutes zu tun. Pflicht sind die Vorsorgetermine. Du wirst einige Vitamine verschrieben bekommen, die für die weitere Entwicklung wichtig sind. Alkohol, Nikotin oder gar Drogen sind jetzt absolut tabu. Auch kleinste Mengen schaden deinem Kind. Welche Medikamente du nehmen darfst, sprich bitte mit deinem Arzt ab.

Nach dem Schreibtischdienst im Präsidium war Jakobson froh, wieder hinter dem Steuer zu sitzen und rauszukommen, auch wenn die Aussicht auf ein Gespräch mit der Frau des Toten nicht gerade verlockend war. Immerhin konnten sie ihr mitteilen, dass die Ermittlungen eingestellt waren und sie einen Bestatter beauftragen konnte, damit die Leiche abgeholt wurde.

Als sie die Einfahrt zu dem Anwesen der Büschers hochfuhren, kam ihnen ein grüner Fiat Panda mit einer jungen Frau am Steuer entgegen.

Jakobson stellte den Wagen ab und stieg aus. Ein Gärtner mähte die Grünfläche neben dem Haus und sah mürrisch zu ihnen herüber. Benrich klingelte. Jakobson versuchte die Blicke des Gärtners zu ignorieren. Aufsitzrasenmäher. War ja klar. Benrich klingelte erneut.

»Ist niemand zu Hause!«

Der Gärtner war bis zum Rand des Rasens gefahren und kam nun auf sie zu.

»Frau Büscher ist nicht da und die Haushälterin hat auch frei. Das Tor ist nur auf, weil ich da gleich durchmuss.«

Jakobson und Benrich sahen sich an.

»Die alte Frau Büscher ist zu Hause, wenn Ihnen das weiterhilft. Da müssen Sie da an der Seite klingeln.«

Er deutete mit der Hand auf einen Kiesweg, der um das Haus herumführte.

»Können Sie uns sagen, wann Frau Büscher wiederkommt? Wir müssen mit ihr persönlich sprechen.«

»Genau weiß ich das nicht, aber das wird schon ein bisschen dauern, die Haushälterin ist jedenfalls für drei Wochen im Urlaub. Auf den Kanaren.«

Benrich wandte sich um.

»Dann werden wir doch mal mit der Mutter sprechen.«

Die beiden gingen um das Haus herum, während der Gärtner wieder auf seinen Rasenmäher stieg.

Karl Benrich rieb seine Stirn.

»Ich hab vergessen, ihr zu sagen, dass sie bis zum Abschluss der Ermittlungen die Stadt nicht verlassen darf. Sie wird doch wohl nicht in Urlaub gefahren sein, während ihr Mann in der Pathologie rumliegt?«

»Das kann ich mir nicht vorstellen. Und wenn doch, ist es auch egal. Die Ermittlungen sind schließlich jetzt abgeschlossen.«

Sie erreichten einen von Rosen umrankten Nebeneingang, der offensichtlich zu der Einliegerwohnung gehörte. Man hörte einen Fernseher durch einen offenen Fensterspalt.

Es dauerte eine Weile, bis die Tür geöffnet wurde. Eine alte, elegant wirkende Frau sah sie misstrauisch an.

»Guten Tag, Frau Büscher. Wir sind von der Kriminalpolizei. Mein Name ist Benrich. Eigentlich suchen wir Ihre Schwiegertochter. Können Sie uns sagen, wo wir sie finden können?«

Die Frau musterte sie, ohne sich Mühe zu geben, das vor ihnen zu verbergen.

»Sie waren doch schon einmal hier und wollten alles Mögliche von mir wissen.«

»Das waren Kollegen von uns. Wir mussten klären, ob möglicherweise ein Verbrechen geschehen ist. Aber jetzt sind die Ermittlungen abgeschlossen und wir müssen mit Ihrer Schwiegertochter besprechen, wie es jetzt weitergeht.«

Die alte Dame sah sie verständnislos an.

»Was denn für ein Verbrechen? Marietta ist verreist. Es ging ihr sehr schlecht. Jetzt ist sie zur Erholung weggefahren.«

»Wohin denn? Können wir sie da erreichen?«

»Ach, das hat sie mir sicher gesagt, aber ich kann mich nicht mehr so recht erinnern. In einen Kurort - nehme ich an. Die Arme hat es auch nicht leicht, kinderlos und immer allein.«

»Wer kümmert sich denn in der Zeit um Sie?«

»Das macht so eine junge Frau, die hilft mir immer sehr. Nur kochen kann sie nicht so gut. Das muss man ihr noch zeigen, sonst schmeckt es nicht. Aber das muss sie lernen. Wenn sie mal einen Mann hat, dann will der sicher auch was Anständiges haben.«

Benrich nickte. Er schien das genauso zu sehen.

»Bitte richten Sie Ihrer Schwiegertochter aus, dass wir sie unbedingt sprechen müssen. Ihr Sohn kann jetzt nämlich beerdigt werden und ein Bestatter muss ihn abholen.«

Der Blick der alten Frau trübte sich, als würde ihr erst jetzt wieder bewusst, was mit ihrem Sohn geschehen war. Sie senkte den Kopf und wirkte plötzlich müde.

»Ich werde dem Pfarrer Bescheid sagen, der kümmert sich um alles. Der hat mich schon getauft.«

Jakobson fragte sich, wann das gewesen sein mochte. Die Alte war wirklich etwas verwirrt.

»Sagen Sie Ihrer Schwiegertochter auf jeden Fall, dass wir sie sprechen wollen. Sie muss ein Beerdigungsinstitut beauftragen.«

»Das macht Alfons Schultejohann. Der hat das in unserer Familie immer gemacht.«

Sie trat mühsam einige Schritte zurück, so dass ihr Gesicht im dämmrigen Licht der Diele immer farbloser wirkte. Dann schloss sie die Tür.

Verdutzt sahen Jakobson und Benrich sich an.

»Ich würde sagen, wir machen die Sache nicht komplizierter, als sie ist, und rufen einfach den Bestatter an. Immerhin wusste sie nicht, dass sie nicht verreisen durfte. Dann haben wir die Sache erledigt. Sonst kann es noch ewig dauern, bis wir den Kerl loswerden.«

»Sehe ich auch so.«

Jakobson wühlte in seiner Umhängetasche.

»Ich mach das gleich vom Handy.«

## Bielefeld, 29. Juli, 10.34 Uhr

Es klopfte. Karl Benrich klickte schnell auf das kleine Kreuz in der oberen rechten Ecke und ließ das geöffnete Fenster verschwinden. Es war sonst nicht seine Art, während der Arbeitszeit im Internet zu surfen, aber sein letztes Date ließ ihn nicht mehr los. Er musste wissen, ob sie ebenso wie er daran interessiert war, sich öfter zu treffen. Benrich wusste nicht viel über die Frau aus dem Ehebruchportal. Sie war attraktiv - in ihrem Profil wie im echten Leben. Dunkelhaarig, groß und üppig - mit kleinen und größeren Muttermalen am ganzen Körper. Sie war jünger als er, aber das waren sie fast alle gewesen. Diese war klüger als die anderen. Etwas hemmungsloser und rätselhafter. Sie machte ein großes Geheimnis aus sich und ihrem Leben. Benrich wusste nicht einmal, ob sie wirklich verheiratet war oder wo sie lebte. Er war sich ziemlich sicher, dass sie ihm nicht einmal ihren richtigen Namen verraten hatte. Er nannte sie Natascha.

Als Benrich sich umsah, erkannte er Iris Kemper in der Tür. Sie trat ein und legte ihm eine Notiz auf den Tisch.

»Ein älterer Herr möchte gern in diesem Altenheim zurückgerufen werden. Er vermisst seine Tochter, zu der er kaum Kontakt hat und die schon erwachsen ist.«

Benrich schloss den Browser und grummelte leise vor sich hin. Um was sollten sie sich denn noch alles kümmern?

Jorma Hanke saß an seinem Rechner und surfte ziellos im Netz herum, als das Telefon klingelte. Kurze Zeit später klopfte es und er hörte die Stimme seines Mitbewohners durch die geschlossene Zimmertür.

»Telefon für dich!«

Jorma erhob sich von seinem Stuhl und öffnete die Tür. Eigentlich rief ihn niemand auf dem Festnetzanschluss an. Er hatte schon seit Jahren eine Homezone, was in Zeiten von Flatrates und WhatsApp aber auch schon keinen mehr interessierte. Wenn man ihn nicht online kriegte, war er mobil zu erreichen. Wer kannte denn überhaupt noch diese Nummer?

Er griff zum Hörer und meldete sich.

»Jorma? Hier ist Eva. Ich hoffe, du erinnerst dich noch an mich.«

»Eva? Klar erinnere ich mich.«

Eva Große-Westhues war eine alte Bekannte, von der er schon seit Jahren nichts mehr gehört hatte. Sie war die beste Freundin seiner Exfreundin gewesen. Mit dem Ende seiner Beziehung war dann irgendwie alles anders geworden und sie hatten sich aus den Augen verloren.

»Ich könnte deine Hilfe gebrauchen, wenn du Zeit hast. Es geht um Johanna.«

Er zögerte einen Moment.

»Wobei sollte ich da helfen?«

Seit der Trennung hatte er nichts mehr mit Johanna zu tun gehabt. Sie war von jetzt auf gleich verschwunden, ohne ein Lebenszeichen zu hinterlassen. Er war vor Sorge fast gestorben. Erst nach ein paar Wochen hatte er erfahren, dass sie einfach nichts mehr von ihm hatte wissen wollen.

»Ihr Vater hat mich gestern Abend angerufen und mich um Hilfe gebeten. Er möchte, dass ich mal nach ihr sehe. Er kann Johanna schon seit Tagen nicht erreichen und meint, dass etwas passiert sein muss. Selbst kann er nicht hinfahren.

Er ist schon seit ein paar Jahren im Altenheim. Sie hat sich sogar am Geburtstag ihrer Mutter nicht gemeldet und die Nachbarin hat gesehen, dass auch keine Blumen am Grab sind. Sonst hat sie immer welche gebracht.«

Jorma wusste von dem Geburtstagsritual. Er wusste auch, dass es Johanna heilig war.

»Was hat denn die Nachbarin damit zu schaffen?«

»Das ist halt so. Auf dem Dorf redet man über so etwas.«

»Fällt das auf eurem Winz-Friedhof sofort auf, wenn eine Tochter ihre tote Mutter vernachlässigt?«

Eva und Johanna kamen beide aus demselben Dorf im Münsterland. Da tickte die Welt noch ein bisschen anders. Er hatte keine Ahnung, wer seine Nachbarn waren und ob die vielleicht eine Tochter hatten. In Freckenhorst waren nicht nur Anzahl und Namen aller Nachbarskinder bekannt, sie wurden auch mit Obst aus dem Garten oder einem Pflaster versorgt, wenn es nötig war. Eigentlich schön. Aber Johanna war das immer ein bisschen zu eng gewesen. Dass man nicht nur Nachbarn, sondern auch eine Nachbarschaft hatte, mit Vorsitzenden und Versammlungen mit Protokollführern, hielt sie für verrückt. Jeder wusste alles von jedem. Als Pfarrerstochter hatten die Leute sie noch mehr im Blick gehabt als die anderen. Da galten strengere Maßstäbe. Auch bei ihrem Vater.

»Jedenfalls macht er sich große Sorgen und möchte, dass irgendwer mal nachsieht. Er hat schon bei der Polizei angerufen, aber die unternehmen nichts, weil Johanna ja erwachsen ist und aus ihrer Sicht kein Verdacht auf ein Verbrechen besteht. Die Leiterin des Altenheims sagt, er ist ganz aufgelöst.«

»Woher weißt du das?«

»Von meiner Mutter.«

»Und was soll ich da tun?«

»Ich dachte, du könntest mit mir nach Bielefeld fahren. Ich hab keine Ahnung, was ich machen soll, außer anklingeln. Wir haben eigentlich gar nichts mehr miteinander zu tun. Und vor allem weiß ich nicht, was ich tun soll, wenn wirklich etwas passiert ist.«

Jorma brummte vor sich hin. Was sollte schon passiert sein? Das wäre nicht das erste Mal, dass Johanna einfach mal weg war.

»Ich weiß nicht. Ich glaube nicht, dass sie mich sehen will. Und ich will sie offen gesagt auch nicht mehr sehen.«

»Ach, das ist doch alles schon ewig her. Und du sollst dich nicht mit ihr treffen, sondern mit mir einen Ausflug nach Bielefeld machen. Wenn wir klingeln, kannst du dich ja verstecken. Wir können auch mit dem Zug fahren.«

Sie lebte also in Bielefeld. Das war nicht so weit weg und er hatte keine Ahnung gehabt.

»Also, was ist?«

Jorma fuhr gern mit dem Zug. Er hatte nur ein Fahrrad und längere Strecken legte er grundsätzlich mit öffentlichen Verkehrsmitteln zurück. Und er mochte Eva. Er freute sich über ihren Anruf, auch wenn er nicht in erster Linie ihm galt, sondern Johanna.

»Gut. Ich komme mit. Aber wir sehen uns dann auch die Burg an, die es da gibt.«

»Alles klar. Das ist lieb von dir.«


Jorma ließ sich in die Kissen des Sofas fallen. Neben sich stellte er eine kleine Holzkiste ab. Das war seine Schatzkiste. Er versuchte gerade den Anruf von Eva zu verdauen, aber er wusste nicht, wo er anfangen sollte. Er hatte sich gefreut, Eva zu hören. Sie war ein Teil eines Abschnittes seiner Vergangenheit, den er sehr mochte. Auch Johanna gehörte zu diesem Teil seiner Vergangenheit, aber die Erinnerung an sie war eher bittersüß. Er hatte gedacht, er hätte mit diesem Kapitel schon längst abgeschlossen. Jetzt merkte er, dass dem nicht so war. Wenn es damals nach ihm gegangen wäre, hätte er Johanna für immer zu einem Teil seines Lebens gemacht. Aber es war nicht nach ihm gegangen.

Die wichtigsten Schätze aus seinem damaligen Leben bewahrte er in dieser Schachtel auf. Sie war verstaubt und wurde selten geöffnet, aber Jorma wusste immer, wo sie sich befand. Von diesen Erinnerungsstücken hatte er sich nicht trennen können. Liebesbriefe, eine Haarsträhne, die ihn für immer hatte binden sollen, ein paar Fotos, Johanna mit Hut, er und Johanna in Rom, Johanna in Barcelona vor Gaudis Kathedrale, Johanna nackt am Strand, Johanna mit seiner Nichte, eine CD mit ihren Lieblingssongs, ein Shirt, das sie ihm zum Geburtstag geschenkt hatte, ein Jojo, das für Johanna und Jorma stand. Außerdem waren da die Dinge, die er ihr hatte schenken wollen, die sie aber abgelehnt hatte. Der Ring und ein Türschild. *Familie Hanke-Düwel* und darunter vier kleine Ikonogramme. Ein Mann, eine Frau, ein Junge und ein Mädchen.

Jorma ließ seine Hände über die Reliquien gleiten, als er die Wohnungstür hörte. Schnell schloss er die Kiste und machte den Fernseher an.

## Münster, 16. August, 9.55 Uhr

Eva blickte sich um. Am Zeitungsstand entdeckte sie, was sie suchte. Da stand Jorma und sah genauso aus, wie sie ihn in Erinnerung hatte. Groß und unnahbar. Die halblangen Haare zu einem Zopf gebunden. Die Klamotten, die sie früher mal so cool gefunden hatte, wirkten jetzt allerdings etwas aus der Zeit gefallen.

Sie legte eine Hand auf seine Schulter.

»Du hast tatsächlich immer noch die alte Lederjacke vom Flohmarkt.«

Jorma drehte sich um und sah sie an. Eva strahlte und setzte zu einer Umarmung an. Sie wusste, dass sie gut aussah. Besser als damals. Sie hatte die Haare rötlich gefärbt und trug sie jetzt lang. Außerdem hatte sie abgenommen. Jorma schien das zu bemerken. Er sah sie an und es machte den Eindruck, als würde er sie auch tatsächlich wahrnehmen.

»Klassiker sind eben zeitlos.«

Er nahm sie in den Arm und sie fühlte, wie gut das tat.

Sie sahen sich an und Eva konnte es nicht fassen, wie lange es her war, dass sie sich zuletzt gesehen hatten.

Im Zug mussten sie nebeneinander sitzen. Die Zeiten der geschlossenen Abteile und der einander zugewandten Sitzplätze war zu Evas Bedauern längst vorbei. Die Reisegeschwindigkeit hatte sich auf dieser Strecke allerdings kaum verändert. Eva fand es nicht ganz einfach, nach so einer Pause so direkt nebeneinander zu sitzen und sich zu unterhalten. Sie hatte noch ein Buch in ihrer Tasche - *Kein Ort. Nirgends.* Sie nahm es aber nicht heraus. Das hätte seltsam gewirkt. Immer wieder musste sie an Johanna denken. Sie waren mal richtig gute Freunde gewesen, sie drei, und sie fühlte sich noch immer verantwortlich für Johanna. Die unvernünftige Johanna. Sie war die Verbindung zwischen

Jorma und ihr, über sie konnten sie sprechen. Zwei Orte weiter unterhielten sie sich über ihre Lebensläufe und Eva entspannte sich. Die Lücke in der Zeit war überbrückt.

Nach eineinhalb Stunden betraten sie den Bielefelder Bahnhofsvorplatz und blinzelten in die Sonne. Es war schon ziemlich warm. Eva hielt einen Zettel mit Johannas Adresse in der Hand.

»Soll ich einen Taxifahrer fragen, wo das ist?«

Sie steuerte auf den Taxistand zu.

»Warte mal. Ich schau erst mal selbst nach. Wenn das nicht weit ist, können wir laufen.«

»Weit ist das auf keinen Fall. Es muss irgendwo in der Innenstadt sein. Johannas Vater sagt, sie fährt immer mit der Bahn. Vielleicht hat sie auch noch ein Studententicket.«

Eva hatte laut lachen müssen, als Jorma dem Kontrolleur im Zug sein Semesterticket gezeigt hatte.

Jetzt sah er sie übertrieben beleidigt an.

»So ein Studentenausweis hält jung. Das solltest du nicht unterschätzen. Außerdem belege ich manchmal auch noch Seminare und vieleicht mache ich auch irgendwann die Prüfung. Bis dahin fahre ich umsonst Bus und Bahn und gehe billig ins Kino. Was ist denn dagegen einzuwenden?«

»Nichts. Gar nichts. Ich hätte nur nie gedacht, dass ausgerechnet du mit Mitte dreißig noch studieren würdest. Du warst früher so strebsam und fleißig und wolltest ganz schnell fertig werden, um dann ein Nest zu bauen und eine Familie zu gründen.«

»Kam eben anders.«

Eva hätte nie damit gerechnet, dass es so kommen würde, wie es gekommen war. Jorma war vierunddreißig, wohnte offensichtlich immer noch in derselben Wohngemeinschaft wie früher - wenn auch mit anderen Leuten. Er hatte kein Haus, keine Familie, keine Frau, scheinbar nicht einmal eine Freundin. Auch keinen Beruf, abends kellnerte er und tagsüber jobbte er manchmal in einem Spieleladen. Eigentlich hatte er Lehrer werden wollen, heiraten, Kinder kriegen. Das ganz normale Leben hatte ihn gereizt, das den meisten anderen damals zu spießig gewesen war. Jetzt war die Hälfte der Leute von damals verheiratet und einige hatten auch Kinder. Wahrscheinlich war Jorma der einzige, der immer noch wie zu Studentenzeiten lebte.

Aber selbst das machte ihn sympathisch. Jetzt, wo sie selbst ein bisschen erreicht hatte und sich in ihrem eigenen Leben eingerichtet hatte, brauchte sie eigentlich auch nicht länger einen Familiengründertyp an ihrer Seite.

Eva reichte Jorma den Zettel und lächelte ihn entschuldigend an. Der zog sein Handy aus der Gesäßtasche und startete das Navigationsprogramm.

»Das ist nicht so weit. Vielleicht zwanzig Minuten zu Fuß. Willst du laufen oder fahren?«

»Lass uns fahren. Da vorne ist eine U-Bahn-Station.«

Sie stutzte einen Moment lang.

»Oder ist das ein Witz? Hat Bielefeld eine U-Bahn?«

Es war kein Witz. Eva und Jorma stiegen die Treppen hinab und tauchten in die kühle, etwas abgestandene Luft der Bielefelder Unterwelt ein. Schon von der ersten Ebene aus konnten sie sehen, dass die nächste Bahn Richtung August-Bebel-Straße in zwei Minuten kommen würde. Eva löste eilig ein Ticket und sie rannten die Treppen hinab.

Als sie unten ankamen, summte auch schon die Bahn heran. Es ging tatsächlich durch den Bielefelder Untergrund, aber schon bald bekam die Strecke eine Steigung und die U-Bahn verwandelte sich in eine stinknormale Straßenbahn. Das Sonnenlicht fiel durch die Scheiben und wärmte Evas Rücken. Sie sah sich die alten Stadthäuser an. Was erwartete sie wohl? Ob Johanna wirklich verschwunden war? Wahrscheinlich war das überhaupt nicht herauszubekommen. Selbst wenn sie nicht zu Hause war, hieß das nicht, dass ihr etwas passiert war. Sie konnte jemanden kennengelernt haben oder im Urlaub sein, ohne dass ihr Vater etwas davon wusste. Schließlich teilte man seinen Eltern nicht alles mit. Schon gar nicht Johanna.

Und was war, wenn sie da war? Was sollten sie dann sagen? Es wäre natürlich das Beste, aber es würde bestimmt eine komische Situation werden. Nach Jahren einfach so aufzukreuzen, um mal nach dem Rechten zu sehen. Hoffentlich würde sie nicht sauer sein. Wahrscheinlich war überhaupt nichts und sie waren völlig umsonst hier. Aber vielleicht konnten sie auch die Gelegenheit nutzen und alle zusammen einen Kaffee trinken und ein bisschen quatschen - wie in alten Zeiten.

Sie stiegen aus und gingen noch ein kurzes Stück, Jorma immer mit Blick auf sein Handy. Eva wunderte sich noch, wie man so am Straßenverkehr teilnehmen konnte, da blieb Jorma stehen. Er schaute an dem Gebäude neben ihnen hoch und deutete mit seiner freien Hand nach oben.

»Das ist es.«

Eva stellte sich neben ihn und sah ebenfalls empor.

»Und was machen wir jetzt?«

Jorma sah sie verdutzt an.

»Klingeln, oder? Dafür sind wir doch hier!«

»Und wenn sie da ist?«

»Dann rennen wir weg und verstecken uns.«

Er sah sie spöttisch an.

»Ach, verarsch mich nicht! Ich klingel ja schon. Auf jeden Fall wohnt sie hier noch.«

Sie deutete auf die Reihe von Klingeln neben der Haustür. Johannas Nachname stand auf einer der Tasten. Allein. Eva sah Jorma an. War er erleichtert oder interessierte ihn das nicht mehr?

Sie klingelte, aber nichts passierte. Eva wippte auf den Zehenspitzen und sah noch einmal an dem Gebäude hoch. Es war weiß verputzt und hatte viele Vorsprünge und Erker. Johanna schien im Dachgeschoss zu wohnen, sie hatte die oberste Klingel. Da waren Gauben und Dachfensterchen und es schien auch eine kleine Dachterrasse zu geben. Es sah ganz süß aus.

Sie klingelte noch einmal. Diesmal länger.

Nichts rührte sich. Jorma trat zu ihr und sie sahen gemeinsam nach oben.

»Ich klingel mal woanders, dann können wir vielleicht ins Haus und nach oben gehen.«

Noch bevor Eva etwas dazu sagen konnte, hatte Jorma schon auf eine Taste gedrückt. Kurz darauf ging der Türsummer. Jorma öffnete die Tür und hielt sie auf. Eva folgte ihm. Sie betraten ein kühles Treppenhaus, in dem es ein bisschen modrig roch. Eine Reihe von Briefkästen hing an der Wand. Jorma stieg schon die Treppe hoch, während sie noch zögerte.

Da war ihr Briefkasten. Eva sah nach oben. Dort beugte sich jetzt eine ältere Frau über das Treppengeländer. Eva winkte und folgte schnell Jorma, der schon fast oben war.

Als sie ankam, hatte Jorma die Frau bereits in ein Gespräch verwickelt.

»Wir wollen nur mal nachsehen, ob alles in Ordnung ist.«

Er schrie regelrecht und schien sich zu bemühen besonders deutlich zu sprechen. Auch die Frau sprach sehr laut.

»Dass sich der Vater Sorgen macht, kann ich mir gut vorstellen. Ich weiß auch nie, was meine Söhne machen. Man stellt sich immer die schlimmsten Sachen vor. Die jungen Leute erzählen einfach nichts mehr.«

»Sie ist leider schon seit Tagen überhaupt nicht erreichbar, deshalb wollen wir mal nachsehen.«

»Was sagen Sie?«

»Wir wollen mal nachsehen, ob alles in Ordnung ist.«

»Die Polizei war auch schon hier und hat sich erkundigt, aber die Herren meinten, es wäre alles gut. Die Frau verreist ja öfter mal und sie hat auch einen Freund, der würde sonst auch etwas merken. Bloß die alten Eltern werden immer vergessen und müssen sich Sorgen machen.«

Die alte Frau nickte vor sich hin.

»Dürfen wir kurz hochgehen?«

»Ja. Gehen Sie nur. Aber ich glaube nicht, dass sie da ist. Sie hat ihren Briefkasten schon länger nicht mehr geleert. Ich nehme die Post dann immer raus, sonst passt irgendwann nichts mehr rein. Manchmal kommen auch Päckchen. Wenn sie wieder da ist, holt sie alles bei mir ab.«

»Aber einen Schlüssel haben Sie nicht zufällig?«

»Nein. Das tut mir leid.«

Eva sah Jorma enttäuscht an. Sie bedankten sich und stiegen dann schweigend die Treppe wieder herunter.

Kurz vor der Haustür spürte Eva plötzlich Jormas Hand an ihrem Arm. Er zog sie zurück und legte einen Finger an seinen Mund. Offensichtlich wollte er noch einmal nach oben. Sie stiegen also leise die Treppenstufen wieder herauf, an der Wohnung der Frau vorbei, bis ins oberste Stockwerk. Dort gab es zwei Türen. Eine hatte einen Türspion wie die in den anderen Stockwerken, die andere nicht. Jorma schlich auf die erste zu und klopfte vorsichtig.

»Wieso sind wir eigentlich so leise?«, flüsterte Eva. »Die Frau war doch stocktaub, oder? Außerdem hat sie gesagt, dass wir raufgehen dürfen.«

Jorma reagierte nicht auf sie. Er klopfte noch einmal. Diesmal lauter. Als sich nichts rührte, drückte er vorsichtig die Klinke herunter. Die Tür ließ sich natürlich nicht öffnen. Das war zu erwarten gewesen.

Er wandte sich der zweiten Tür zu. Auch hier reagierte niemand auf sein Klopfen. Aber diese Tür ließ sich öffnen. Jorma hielt überrascht inne. Fragend blickte er zu Eva. Die nickte und hob die Brauen. Sie spürte, wie ihre Anspannung wuchs.

Langsam schob Jorma die Tür auf. Das war gar keine Wohnung. Hinter der Tür befand sich eine Art Trockenboden. Ein langer Raum lag vor ihnen, unausgebaut, mit freier Sicht auf die Dachpfannen. Energietechnischer Supergau. Über die gesamte Länge des Raumes waren Leinen gespannt. An einer hing Bettwäsche. Licht und Luft gelangten über zwei kleine Gaubenfenster und über unzählige kleine Öffnungen zwischen den Pfannen hinein. Ratlos blickten die beiden auf die Wäscheleinen. Aber wenigstens war jetzt klar, dass die andere Wohnung Johannas sein musste.

Jorma fummelte an seiner Unterlippe herum.

»Soll ich mal versuchen auf die Dachterrasse zu kommen? Wenn ich hier aus dem Fenster steige, müsste ich über das Dach dahin kommen.«

Eva sah ihn fassungslos an.

»Du willst da einsteigen?«

»Quatsch. Nur auf die Dachterrasse. Dann kann ich durch die Tür in die Wohnung sehen.«

»Und wenn das jemand mitbekommt?«

»Das kriegt schon keiner mit. In Münster kannst du am helllichten Tag ein Fahrradschloss mit dem Seitenschneider aufmachen, da merkt keiner was, da hilft dir höchstens noch ein freundlicher Mitbürger.«

»Und wenn Johanna das sieht?«

»Das wäre allerdings schlecht. Aber sie ist ja nicht zu Hause, dann kann sie es kaum sehen. Ich mach das jetzt. Ansonsten können wir nur wieder unverrichteter Dinge nach Hause fahren.«

Eva glaubte zwar nicht, dass irgendwelche Erkenntnisse zu Johannas Verbleib auf ihrer Dachterrasse zu finden waren, aber sie nickte ergeben und sah zu, wie Jorma sich durch das kleine Fenster zwängte und sich dann kriechend über das Dach bewegte. Heldenhaft sah das nicht aus. Er schien Angst zu haben. Das war auch wirklich eine bescheuerte Idee. Wenn man aus dieser Höhe auf die Straße fiel, war man bestimmt sofort tot oder auf ewig behindert. Unwillkürlich musste sie an Bethel denken. Die Stadt in der Stadt. Dann müsste Jorma bis an sein Lebensende mit seiner zeitlosen Jacke in so einer Parallelwelt leben. Aber Jorma schien keine Lust auf Bethel zu haben. Er kroch langsam auf dem Dach entlang und erreichte tatsächlich die Terrasse. Er winkte Eva lachend zu und verschwand dann in einer Nische, die Eva nicht einsehen konnte.

Die Minuten vergingen, aber Jorma kam nicht zurück. Eva versuchte sich vorzustellen, was passiert sein konnte. Er konnte dort doch nicht noch auf irgendeine Weise abgestürzt sein? Sie lauschte, ob die Sirenen von Polizeiautos zu hören waren. Konnte Jorma das Gleiche widerfahren sein wie Johanna? In Evas Kopf begannen wilde Vorstellungen von giftigen Gasen oder Stromschlägen aus herumhängenden Kabeln zu wuchern. Sie streckte sich immer weiter aus dem Dachfenster, um möglichst viel von der Terrasse sehen zu können. Aber da war nichts.

Plötzlich wurde sie von hinten gepackt. Eva zuckte mit dem ganzen Körper zusammen. Eine panische Angst überschwemmte sofort ihren gesamten Körper. Sie hörte sich selbst schreien, aber sofort spürte sie eine Hand an ihrem Mund. Unwillkürlich versteifte sich ihr Körper. Sie riss ihren Kopf nach vorn und biss mit aller Kraft in die Hand, die ihren Mund zu verschließen versuchte. Die Hand wich zurück und hinter sich hörte sie die Schmerzenslaute eines Mannes. Sie fuhr herum, um die Tür zu erreichen. Vor Schreck schlug sie sich die Hände vor ihren Mund. Vor ihr stand Jorma und rieb mit verzerrtem Gesicht seine Finger.

»Ist ja schon gut. Ich verspreche, ich werde dich nie wieder erschrecken. Eigentlich dachte ich, wir sollten hier nicht so einen Lärm machen.«

»Was machst du hier? Ich dachte, du bist da draußen!«

»Da war ein Fenster gekippt. Ich konnte einfach nach drinnen greifen und es öffnen. In der Ecke konnte mich bestimmt niemand sehen, also bin ich reingegangen. Aber jetzt komm schnell! Ich hab die Tür offen gelassen.«

Er nahm Evas Hand und zog sie hinter sich her. Sie huschten über den Flur und verschwanden in der Wohnung. Jorma ließ leise die Tür ins Schloss gleiten. Evas Herz hämmerte.

»Spinnst du? Ist dir klar, dass wir gerade in eine Wohnung einbrechen? Das wird nicht besser, weil du ihr Exfreund bist.«

Sie flüsterte, obwohl das albern war. Und sie registrierte, dass es komisch roch. Faulig oder süßlich-muffig. Was konnte das sein?

»Was riecht denn hier so?«

Jorma sah sich um. Sie standen in einem kleinen gewinkelten Flur. Vor ihnen ragten die glänzend weißen Türen eines Einbauschrankes auf. Links von ihnen stand ein Fenster zur Dachterrasse weit auf. Von dort war Jorma offensichtlich in die Wohnung gekommen.

»Lässt man sein Fenster gekippt, wenn man länger wegfährt?«

»Johanna schon, zumindest hat sie sich früher über so etwas wenig Gedanken gemacht. Und von unten kann man das sowieso nicht sehen.«

»Ich glaube, der Gestank kommt von dort.«

Eva deutete um die Ecke. Sie war unschlüssig, was sie jetzt tun sollten, aber Jorma ging schon los. Eva folgte ihm. Der Flur war hier schmaler als im Eingangsbereich. Auf der rechten Seite stand eine Tür offen. Da war das Wohnzimmer. Jorma steckte seinen Kopf hinein und sah sich kurz um. Dann öffnete er die erste Tür auf der gegenüberliegenden Seite. Das Schlafzimmer. Hier gab es eine weitere Tür. Johanna hatte eine ganz schön große Wohnung. Eva wusste, dass die Mieten in Bielefeld günstiger waren als in Münster, aber das hier musste auch einiges kosten. Was Johanna jetzt wohl machte? Bei Germanistinnen war das nie so ganz klar. Jedenfalls schien es eine gute Existenz zu sichern - unabhängig von einem Familiengründer und Ernährer.

Jorma öffnete die nächste Tür. Das Bad. Mit freistehender Wanne. Eva war schon beim Anblick des scheinbar antiken Metallbettes neidisch geworden, aber das hier war der Hammer. Eine freistehende Badewanne unter einem großen Dachfenster. Das war perfekt. Allerdings war das Bad kleiner, als sie es vermutet hätte. Es musste noch einen Raum zwischen Bad und Schlafzimmer geben, den man nur durch die Tür im Schlafzimmer erreichen konnte. Eva warf einen Blick auf die Ablage am Waschbecken. Keine Männerutensilien, nur eine Zahnbürste. Johanna lebte hier allein, daran bestand kein Zweifel. Und sie lebte komfortabler als in der WG mit Jorma, das stand auch schon einmal fest. Andererseits stank es wirklich eklig, vor allem im Flur.

Es blieb nur noch die Tür am Ende des Korridors. Jorma drückte die Klinke. Abgeschlossen. Aber der Schlüssel steckte. Jorma drehte ihn um und versuchte es erneut. Jetzt öffnete sich die Tür und der Gestank strömte ihnen nun ungehindert und in ganz anderer Intensität entgegen. Jetzt war es wohl auch für Jorma zu viel. Er schlug die Tür sofort wieder zu und machte ein paar Schritte rückwärts. Eva hielt sich die Hände vor Nase und Mund und versuchte eine plötzlich aufwallende Übelkeit zu unterdrücken.

Jorma sah entsetzt aus. Irgendetwas war nicht in Ordnung. Eva merkte, wie Panik in ihr hochkroch. Sie hatte eine furchtbare Ahnung.

»Da liegt was!«

Eva konnte die Fassungslosigkeit in seiner Stimme hören.

»Was liegt da?«

Sie bereute schon, überhaupt hergefahren zu sein.

Jorma ging erneut zur Tür und stieß sie auf. Eva packte den Saum ihrer Bluse und presste sich den Stoff vor die Nase. Jorma hechtete durch den Raum zur Gaube und öffnete hastig das Fenster. Eva blickte in eine moderne Küche. Sie sah es sofort. Tränen stiegen ihr in die Augen.

In der Ecke, vor der Spüle, lag ein kleines, rot getigertes Fellknäul. Eine Katze. Eine Menge Fliegen umkreisten sie. Sogar auf den geschlossenen Augen saßen sie. Sie schienen aus dem Inneren des kleinen Körpers zu dringen. Auf dem Boden lagen Maden, die aussahen, als wären sie dem Tier aus dem Bauch gefallen, als hätte die Katze in einem unnatürlichen Akt Maden geboren statt süße Kätzchen. Am Auge war eine unförmige Vertiefung zu erkennen, in der sich das Ungeziefer tummelte. Eva glaubte, auf das rohe Fleisch zu sehen. Das Tier war tot. Vor dem Kadaver standen zwei leere Näpfe.

**Bielefeld, 16. August, 12.10 Uhr**

Thomas Jakobson verbrachte seine Mittagspause auf dem Spielplatz. Er biss in ein Baguette und löffelte Nudelsalat aus einer Tupperdose. Neben sich hatte er auf der einen Seite seinen Kaffeebecher, auf dem ein *Star Wars*-Sticker klebte, auf der anderen Seite saß seine Frau und plante ihr weiteres gemeinsames Leben. Während Jakobson seiner Tochter zusah, wie sie ein kleines Sandimperium errichtete, sprach Sarah von dem neuen Einschlafritual für Milla, dem fehlenden Kinderzimmer, Hauskauf, Krediten, Umzug, ihrem Wiedereinstieg als Sozialpädagogin und Tagesmüttern. Sie stellte fest, dass sie eine neue Wickeltasche benötigte, weil die alte verschwunden war und dass er weniger arbeiten könnte. Jakobson sah an den Häuserfassaden entlang und fragte sich, was die Leute dahinter wohl umtrieb. Er wusste, dass er sehr glücklich sein konnte mit seinem Leben und seiner Familie, aber manchmal wurde es ihm einfach zu viel.

Er sah auf die Uhr. Es wurde Zeit. Den Kaffeebecher packte er in seine Tasche, die leere Schüssel ließ er stehen. Die konnte Sarah mit nach Hause nehmen. Er konnte zu alldem ohnehin nichts sagen. Dann sollte sie sich eben eine neue Wickeltasche kaufen.

»Ich muss los.«

Jakobson stand auf, gab seiner Tochter einen Kuss, nahm sein Rad und fuhr in Richtung Präsidium davon.

## Bielefeld, 16. August, 13.40 Uhr

Johanna war etwas zugestoßen, soviel war sicher. Sie war zwar unvorsichtig und etwas chaotisch, aber sie würde ganz bestimmt nicht einfach wegfahren, wenn eine Katze, tot oder lebendig, in ihrer Wohnung war. Jorma vermutete, dass sie das Tier nur kurz in der Küche hatte einsperren wollen, weil das Fenster im Flur gekippt war. Das Fenster in der Küche war zwar auch einen Spalt weit geöffnet, aber mit einem weitmaschigen Drahtgitter gesichert. Dann schien sie aber nicht zurückgekommen zu sein und die Katze war verdurstet oder verhungert. An der Innenseite der Küchentür fand er Kratzspuren.

Er öffnete den Kühlschrank. Lauter vergammelte Lebensmittel. Das sicherte seine Vermutung ab. In ihm gewann mehr und mehr ein Gefühl die Oberhand, das er gut kannte. Beim letzten Mal hätte er sich seine Sorgen allerdings sparen können. Damals hatte sein Gefühl ihn zum größten Idioten des Universums gemacht. Die tote Katze versicherte ihm jedoch, dass die Dinge heute anders lagen und Besorgnis diesmal wirklich angemessen war. Ein Blick in Evas Gesicht verriet ihm, dass sie seine Befürchtungen teilte, was ihn nur noch mehr in Angst versetzte.

Aber was sollten sie tun? Johannas Vater würde sich nur aufregen und nichts unternehmen können. Wenn sie direkt zur Polizei gingen, müssten sie erklären, wie sie in die Wohnung gekommen waren. Unschlüssig strich Jorma durch die Räume. Eva hatte alle Fenster geöffnet und sich auf die Couch gesetzt. An der Wohnungstür blieb er stehen. Da hing unter einer bekritzelten Notiztafel ein Schlüsselbrett. Er nahm die Schlüssel, die daran hingen, und probierte sie der Reihe nach in der Tür. Bereits der dritte passte. Das war eine Möglichkeit. Er lief damit zu Eva ins Wohnzimmer.

»Wir nehmen einfach den Schlüssel hier und sagen, dass wir den von Johannas Vater haben, um nach dem Rechten zu sehen.«

## Bielefeld, 16.August, 15.36 Uhr

Eva kam von der Toilette und ging einen langen Flur entlang, an dessen Ende Jorma saß und immer noch wartete. Sie hätte sich schon viel früher mal bei ihm melden sollen. Das hier war kein so gutes Wiedersehen. Sie ging an unzähligen Türen vorbei. Langsam bekam sie Hunger. Sie war selbst überrascht darüber, dass man unter solchen Umständen Appetit haben konnte, aber es war so.

Sie setzte sich. Jorma starrte auf ein Poster mit schwarz-weißen Fotos von vermissten Kindern und Jugendlichen. Es waren viele Bilder. So viele Gesichter konnte man sich niemals merken. Und hinter jedem Gesicht verbarg sich eine schreckliche Geschichte.

Endlich öffnete sich die Tür und der Polizist, auf den sie seit einer halben Ewigkeit warteten, kam zu ihnen. Eine Stunde zuvor war bereits eine völlig aufgelöste Frau herausgekommen. Seitdem hatten sie angenommen jeden Moment an der Reihe zu sein. Eva musterte den Mann. Er war noch relativ jung. Mitte dreißig vielleicht. Blond. Durchtrainiert. Auf den ersten Blick ganz nett.

Im Büro fiel ihr als erstes ein weißer Thermosbecher mit einem *Star Wars*-Aufkleber auf. Das war allerdings doch etwas lächerlich. So richtig erwachsen schien der Herr Kommissar noch nicht zu sein.

Er deutete auf die Stühle vor seinem Schreibtisch.

»Setzen Sie sich. Was möchten Sie mir denn mitteilen?«

Jorma berichtete von ihrem Fund in Johannas Wohnung und erzählte die Geschichte von dem Schlüssel, während der Kommissar in einer Schublade kramte, eine dünne Akte herausholte und darin blätterte. Als Jorma seinen Vortrag beendet hatte, blickte der Beamte endlich hoch.

»Gut. Ich nehme das mal zu Protokoll. Dafür bräuchte ich Ihre Personalausweise.«

Er rückte die Tastatur seines Computers zurecht und klickte mit der Maus herum. Dann nahm er ihre Personalien auf und notierte in zwei Sätzen Jormas Aussage. Alles in allem schien er nicht so richtig bei der Sache zu sein. Zwischendurch schielte er immer wieder auf sein Mobiltelefon. Seine Gedanken kreisten offensichtlich um andere Dinge.

»Und was werden Sie jetzt tun?«, fragte Eva.

Sie hatte plötzlich die dringende Vermutung, dass der Kerl hier gar nicht der richtige Kommissar war. Vielleicht war er nur dazu abgestellt worden, nervige Besucher abzuwimmeln.

»Bisher konnten wir keinen Hinweis auf ein Verbrechen ausmachen. Auch eine verhungerte Katze, falls sie denn verhungert ist, ist nicht unbedingt ein Zeichen für ein Verbrechen. Das deutet im Allgemeinen eher auf Vernachlässigung hin. Das kommt häufiger vor, als Sie denken. Vielleicht hat auch der Katzensitter seine Pflichten nicht ernst genug genommen.«

Eva rückte auf ihrem Stuhl nach vorn.

»Frau Düwel vernachlässigt sicher nicht ihr Haustier.«

»Woher wollen Sie das wissen? Wenn ich Sie richtig verstanden habe, haben Sie schon seit Jahren keinen Kontakt mehr zu der Frau. Menschen verändern sich. Und manchmal haben Menschen auch Seiten, die andere nie zu Gesicht bekommen. Glauben Sie mir. Ich weiß, wovon ich spreche.«

Eva wurde langsam sauer. Der Typ wollte wirklich nichts unternehmen.

»Am besten fahren Sie gleich mit uns zu der Wohnung und sehen sich das an. Wir müssen doch jetzt irgendwie herausfinden, wo Johanna jetzt ist und was passiert ist.«

Sie saß auf der Kante ihres Stuhls und wäre am liebsten aufgesprungen und hätte diesen Kerl mitgeschleift. Den musste man offenbar zwingen seine Arbeit zu tun.

»Ich werde mich darum kümmern, aber im Moment habe ich dafür keine Zeit. Machen Sie sich erst mal keine Sorgen. Meist zeigt sich bei solchen Geschichten am Ende, dass alles ganz harmlos ist.«

Der Typ stand jetzt tatsächlich auf, öffnete die Tür und komplimentierte sie einfach so heraus.

»Wenn Sie jetzt schon mal in der Wohnung waren, dann schauen Sie doch einfach selbst, ob Sie nicht herausfinden, wo Ihre Freundin sich aufhält. Meist findet man in den persönlichen Sachen etwas, das einem weiterhilft, oder man bekommt zumindest Hinweise auf aktuelle Kontakte. Aber halten Sie sich an das Gesetz. Sobald Sie einen direkten Hinweis auf ein Verbrechen finden, melden Sie sich noch einmal bei mir.«

## Bielefeld, 16. August, 16.15 Uhr

Jakobson schloss die Tür. Er wusste nicht, wie die beiden in die Wohnung gekommen waren. Sie hatten jedenfalls keinen Schlüssel vom Vater bekommen. Er hatte ihm selbst vorgeschlagen jemanden zu schicken, der sich mal umsieht, aber der Vater hatte ihm gesagt, er hätte keinen Schlüssel von der Wohnung seiner Tochter und kaum Kontakt zu ihr. Aber Jakobson hatte jetzt keinen Nerv, sich auch noch über mögliche Wohnungseinbrüche Gedanken zu machen. Und er konnte sich auch nicht um tote Katzen kümmern, auch wenn das ein unfreiwilliges Verschwinden tatsächlich wahrscheinlicher erscheinen ließ. Andererseits hatte die Frau ihren Arbeitsvertrag gekündigt und wurde von niemandem aus ihrem aktuellen Leben vermisst.

Den Vermieter müsste man vielleicht später wegen der Katze informieren. Jetzt musste er sich aber erst einmal um eine verschwundene Vierjährige kümmern, die wahrscheinlich von ihrem Vater entführt worden war. Hier war ganz real Gefahr im Verzug, der Mann war nämlich schon mehrfach gewalttätig geworden und durfte sich seiner Familie eigentlich gar nicht mehr nähern.

Endlich summte sein Handy. Das Bild der Kleinen und die Adressen waren da. Er nahm sein Telefon und rief Benrich an. Sie mussten los.

**Bielefeld, 16. August, 17.34 Uhr**

Jorma nahm den Schlüssel aus seiner Hosentasche. Es war ein beklemmendes Gefühl, wieder in Johannas Wohnung zu kommen. Alles war hell und freundlich eingerichtet, aber am Geruch merkte man schon, dass etwas nicht stimmte. Und dann kam man in die Küche.

Während er die Katzenleiche mit improvisierten Handschuhen aus Müllbeuteln und einem Atemschutz aus seinem T-Shirt in einem Müllsack bestattete und den Küchenboden wischte, holte Eva Essen von einem China-Imbiss, an dem sie vorbeigekommen waren. Im Wohnzimmer war die Geruchsintensität schon so, dass man wieder Nahrungsmittel zu sich hätte nehmen können. Sie entschieden sich trotzdem dafür, auf der Dachterrasse zu essen - wobei sie sich auf den Boden setzten, um nicht von unten gesehen werden zu können. Sicher war sicher. Nach dem Essen zog die Katze in ihrer mobilen letzten Ruhestätte auf die Terrasse.

Dann fingen sie an die Wohnung zu durchsuchen. Zuerst nahmen sie sich den Anrufbeantworter vor, der ihnen schon die ganze Zeit aufdringlich entgegenblinkte und der aussah, als wolle er unbedingt sofort abgehört werden. Sie hörten mehrere Male Johannas Vater, der sich mit jedem Anruf besorgter, aber auch ärgerlicher anhörte. Jorma war sich nicht sicher, ob Johanna angesichts dieser Anrufe überhaupt Lust verspürt hätte, sich bei ihrem Vater zu melden, aber sie hatte die Nachrichten ja gar nicht bekommen.

Danach teilten sie die Wohnung auf. Eva widmete sich dem Schlafzimmer, während Jorma im Wohnzimmer anfing. Das war für Johannas Verhältnisse sehr aufgeräumt. Allerdings gab es hier nur Krempel, der ihnen nicht weiterhalf. CDs, Bücher, DVDs und Dekosachen im Orientstil. Vor dem Sofa stand ein Tischchen mit einem großen Blechtablett, das mit Ornamenten verziert war. Auffällig war nur, dass Jorma nirgends Zigaretten oder Aschenbecher entdeckte, was ihn beeindruckte. Der einhundert-x-te Versuch aufzuhören schien ihr gelungen zu sein. Oder aber Johanna befand sich wieder einmal mitten in einem dieser Versuche.

Da rief Eva aus dem Schlafzimmer. Sie schien etwas entdeckt zu haben. Als Jorma den Raum mit dem großen Bett betrat, war ihm etwas seltsam zumute. Es schien ihm ein zu privater Bereich zu sein, als dass ausgerechnet er ihn betreten durfte. Immerhin hatte Johanna ihn eines Tages radikal aus ihrem Leben verbannt. Andererseits mussten sie jetzt wirklich dringend herausfinden, was mit ihr geschehen war. Vielleicht brauchte sie Hilfe oder - ein Gedanke, den er gar nicht zulassen wollte, der ihn aber nicht mehr losließ - möglicherweise war Hilfe auch schon zu spät und es spielte gar keine Rolle mehr, wer dieses Zimmer betrat und wer nicht.

Eva hatte die Tür zu dem angrenzenden Raum geöffnet. Den hatten sie bei ihrem ersten Besuch gar nicht beachtet. Sie stand in einer Art Ankleidezimmer. Rechts, links und vor Kopf standen raumhohe Schränke. An der rechten Seite war noch ein Durchgang frei. Die Schränke unterteilten den Raum also nur. Er sah Evas Gesicht in einem großen ovalen Standspiegel. Sie wirkte erstaunt.

»Schau dir das mal an.«

Sie hockte vor einem Schrank, den sie geöffnet hatte. Jorma ging über einen flauschigen Teppich zu ihr hin und schaute ihr über die Schulter. Sie hatte eine Schatulle vor sich, die über und über mit Schmuck gefüllt war. Jorma sah sofort, dass das kein Modeschmuck war, sondern echte Stücke. Eva zeigte ihm den Stempel eines Ringes. Johanna hortete einen Goldschatz.

Auf dem Boden des Schrankes standen noch einige glänzende Schachteln, die Eva jetzt untersuchte. Darin lagen Strümpfe aus Netz und Spitze samt Strumpfhaltern, aufwändige BHs und Korsagen, in denen er Johanna nie gesehen hatte. Was wollte sie nur mit dem ganzen Zeug? Hatte sie sich etwa einen Freund gesucht, der auf so etwas stand? Vielleicht hatte der auch etwas mit Johannas Verschwinden zu tun. Immerhin war der Partner einer Frau statistisch gesehen der gefährlichste Mann in ihrem Leben. Das hatte Johanna ihm mal erzählt - was damals natürlich absurd gewesen war, denn er selbst hätte ihr niemals etwas getan. Er war manchmal wütend und aufbrausend gewesen, Johanna war schließlich auch nicht gerade einfach gewesen, aber er hätte nie der Frau etwas angetan, die er liebte. Auch nicht, wenn sie ihn noch so sehr enttäuschte. Oder tat man gerade der Frau etwas an, die man liebte?

Als sie nach seinem Antrag ohne ein Wort einfach aus seinem Leben verschwunden war, hatte ihn das erst wahnsinnig vor Sorge und dann, als er von Freunden erfahren hatte, dass sie sich dort einquartiert und ungerührt ihren Umzug vorbereitet hatte, unsagbar wütend gemacht.

Aber immerhin stand er jetzt hier und suchte nach ihr. Er kümmerte sich. Ihr aktueller Freund schien sie bisher nicht vermisst zu haben. Zumindest hatte er sich nicht bei der Polizei gemeldet. Vielleicht aus gutem Grund.

Sie mussten herausfinden, mit welchen Leuten Johanna jetzt zu tun hatte. Es musste doch außer ihrem Vater noch Menschen geben, die registrierten, wenn sie einfach verschwand. Jorma fühlte, wie ein altes, tiefes Beschützergefühl wieder erwachte und sich in ihm breitmachte. Er hatte früher einmal für Johanna sorgen wollen. Jetzt konnte er es. Oder aber er machte sich noch einmal zum Narren und Johanna wechselte mal wieder ihr Leben aus, weil ihr Typ sie gerade langweilte oder - vermutlich noch schlimmer - sie vielleicht sogar heiraten wollte.

Er zwang sich den Gedanken beiseitezuschieben. Es war klar, dass solche Hirngespinste zu nichts führen würden.

Er ließ Eva in der Luxus-Kleiderkammer allein und sah sich in der Nische hinter dem Durchgang um. Hier gab es wieder ein Gaubenfenster. Darunter stand ein kleiner Schreibtisch und eine Kommode mit einem Kreuz darauf. Jorma wusste, dass Johanna das von ihrer Mutter geerbt hatte. In der Ecke standen eine vertrocknete Topfpflanze und ein Schaukelstuhl. Jorma setzte sich an den Schreibtisch und sah sich um. Nichts deutete darauf hin, dass Johanna noch studierte. Es gab nur einen Ordner mit Auszügen und Rechnungen. Keine Bücher. Keine Notizen. Aber es war auch eigentlich genug Zeit vergangen, um einen Abschluss zustande zu bringen.

Er schaltete den Computer ein. Während Windows hochfuhr, blätterte er in dem Rechnungsordner. Stadtwerke, Nebenkostenabrechnung, Telefon, Mobilfunk. Mobilfunk konnte man orten! Aber dazu musste man die Polizei erst einmal von einem Verbrechen überzeugen. Mit einem bitteren Gefühl im Bauch verwarf er den Gedanken wieder. Zeitschriftenabo, Stromrechnung, Wasser. Jorma stutzte. Hier waren noch einmal Abrechnungen der Stadtwerke abgeheftet. Die Forderungen bezogen sich auf die gleichen Jahre wie die vorderen. Zumindest auf die vergangenen vier. Aber es ging um eine andere Adresse. *Am Poggenpohl 38.* Zahlte sie etwa auch noch die Nebenkosten für ihren neuen Typen? Oder hatte sie sich selbstständig gemacht und das war ein Büro? Oder noch eine Wohnung? Keine von diesen Möglichkeiten erschien Jorma wahrscheinlich. Diese Adresse mussten sie auf jeden Fall mal unter die Lupe nehmen. Vielleicht war Johanna sogar dort. Immerhin zahlte sie dort Strom und Wasser.

Jorma blickte auf den Bildschirm. Der Rechner war hochgefahren. Jetzt verlangte er nach einem Passwort. Was sollte das denn? Jorma tippte Johannas Geburtsdatum ein. Das war es schon mal nicht. Dann tippte er *Jojo.* Auch ungültig. Natürlich. Wieso sollte Johanna auch ausgerechnet dieses Wort als Passwort nutzen. So sentimental konnte nur er sein. Er fragte sich, ob Johanna sein Lieblingspasswort erraten hätte. Die meisten Menschen nutzten immer wieder dieselben Codes und die hingen häufig mit wichtigen Daten oder Personen zusammen. Leider hatte Johanna keinen Lieblingsfußballverein. Jorma überlegte kurz, hatte aber keine Ahnung, was Johanna jetzt wichtig sein könnte. Er probierte *Dessous,* aber das war es natürlich auch nicht. Der Computer fiel also erst einmal aus. Notfalls konnten sie ihn mitnehmen und einem Profi geben. Es gab schließlich Leute, für die eine Passwortabfrage kein Hindernis darstellte. Er fuhr den PC wieder herunter und wandte sich stattdessen den Schubladen des

Schreibtisches zu. Außer Bürokram und Bastelzeug war da allerdings nichts zu finden.

Er öffnete einen größeren braunen Umschlag. Was war denn das? Jorma kamen lauter Geldscheine entgegen. Fünfziger und Hunderter. Das war ja ein richtiger Haufen Geld, der da einfach so in einer Schublade herumlag. Der Polizist hatte doch erzählt, dass Johanna ihre Stelle gekündigt hatte. Woher hatte sie dann solche Summen? Eine Abfindung? Vielleicht sollten sie auch mal herausfinden, wo Johanna gearbeitet hatte. Die Fragen wurden nicht weniger, sondern mehr.

Eva rief aus dem Ankleidezimmer.

»Ich habe Koffer und Handtaschen gefunden. Da ist aber nur Zeug drin, das uns nicht weiterhilft. Kein Handy. Keine Telefonnummern. Aber hier ist ein ganzer Karton voller Briefe!«

Sie kam mit einem schwarzen Kasten in den Händen herüber. Jorma griff hinein und nahm einen Umschlag heraus. Die waren doch wohl nicht auch voller Geld? Er berichtete Eva kurz von seinen Funden. Dann zog er ein Blatt Papier aus dem Umschlag hervor. Ein ganz normaler Brief. Er überflog die wenigen Zeilen. Die Worte, die er las, kannte er. Er hatte sie selbst geschrieben. Er öffnete einen weiteren Umschlag und dann noch einen. Johanna hatte tatsächlich all seine Briefe aufbewahrt. Er musste sie unbedingt finden.

Jorma konnte nicht anders, er nahm die Kiste und ging damit ins Schlafzimmer. Dort setzte er sich damit auf Johannas Bett. Er musste sich die Briefe noch einmal ansehen. Überrascht überflog er die Zeilen. Er erkannte zwar seine Handschrift wieder, konnte sich aber an den Inhalt der Briefe kaum noch erinnern. Sicher, es waren Liebesbekundungen gewesen, das wusste er, aber als er einige Seiten überflogen hatte, stellte er fest, dass er auch immer wieder sehr wütend gewesen war. Er hatte Johanna vorgeworfen, ihre Beziehung nicht so ernst zu nehmen wie er selbst und Angst vor dem Erwachsenwerden und vor Verantwortung zu haben. Das klang nach den Vorhaltungen, die auch er in den letzten Jahren zu hören bekommen hatte.

Eva riss ihn aus seinen Gedanken.

»Ich finde einfach kein Handy. Das hat sie bestimmt mitgenommen. Schau doch mal nach, wo der Poggenpohl ist. Das ist vielleicht ein Ansatz.«

Während Jorma die Adresse in sein Smartphone tippte, verschwand Eva wieder im Ankleideraum.

»Das ist ein bisschen außerhalb! Zwischen Wiesen und Feldern. Vielleicht so eine Art Schrebergarten. Würdest du Johanna so was zutrauen?«

»Ich weiß nicht. Eigentlich kann ich mir das nicht so richtig vorstellen. Aber die Sehnsucht nach dem Land ist im Moment weit verbreitet. Da hab ich letztens noch etwas drüber geschrieben. Befällt Kinder vom Dorf aber mit Sicherheit seltener. Wir wissen, wie viel Arbeit Landleben macht.«

»Ich könnte gar nicht sagen, wonach Johanna sich gesehnt hat. Traurig, oder?«

»Vielleicht wusste sie das damals selbst noch nicht. Nicht jeder hat da so genaue Vorstellungen. Ich weiß bis heute nicht genau, was ich will.«

»Du schreibst. Das wolltest du doch, oder?«

»Ja, das stimmt. Das war immer das Ziel. Und ich kann sogar einigermaßen davon leben. Das ist mehr, als ich vor einigen Jahren erwartet hätte. Aber ob das jetzt schon der letzte Traum in meinem Leben war? Irgendwie muss es doch noch weitergehen. Ohne Sehnsucht kann man sich auch gleich zum Sterben hinlegen. Oder bin ich da zu romantisch?«

»Nein, du hast recht. Die Romantiker haben recht mit ihrer Sehnsucht nach der Sehnsucht.«

Eva streckte ihren Kopf durch die Tür.

»Schauen wir uns also den Poggenpohl mal an. Aber ich würde sagen, zuerst sehen wir den Rest hier durch.«

»Das ist zu weit zu Fuß.«

»Dann leihen wir uns eben ein Auto.«

»Wo willst du dir denn hier ein Auto leihen?«

»Du hast doch eine Internetverbindung. Gib mal her. Man kann sich mittlerweile überall Autos leihen. Ein Portal ist ziemlich gut. Da finde ich eigentlich immer was.«

»Sollen wir nicht lieber morgen noch einmal herkommen und dann dahin fahren? Ich hab das Gefühl, dass das alles etwas länger dauern kann.«

»Einverstanden.«

Eva machte sich auf den Weg in die Küche. Jorma übernahm das Bad. Es fanden sich keine Hinweise auf einen männlichen Dauergast. Es wirkte auch nicht so, als sei Johanna verreist. Ihre Kulturtasche lag in einem Schränkchen unter dem Waschbecken. Dort entdeckte Jorma auch eine Menge Medikamente und Nahrungsergänzungsmittel. Vitamine, Folsäure, Fischöl, Fläschchen mit merkwürdigen Beschriftungen aus Buchstaben und Nummern. In einer Schublade häuften sich Kosmetikartikel und Schminkkram. Hier gab es nichts Interessantes. Und aus der Küche rief schon wieder Eva.

Jorma schloss die Lade und ging zu ihr. Sie hatte einen Kalender an der Innenseite einer Schranktür entdeckt. Das war genau das, was sie suchten. Jorma sah sich das Fundstück genauer an. Es war eine Jahresübersicht und die Felder für die einzelnen Tage waren ziemlich klein. In viele waren Uhrzeiten und einzelne Buchstaben eingetragen. Wahrscheinlich alles Abkürzungen. Viele Samstage waren angekreuzt. Oft standen nur rote oder gelbe Uhrzeiten da. Es gab auch kleine Zeichen und eine Legende dazu auf einem Post it. *S. Bahnh., Köln CB, Berlin KK*. Einige Adressen. Außerdem immer wieder Arzttermine. Möglicherweise war Johanna krank. Das alles war schwer zu deuten. Jorma grübelte noch über die verschiedenen Farben der Uhrzeiten und die Kreuze nach, da sprang Eva plötzlich auf.

»Ich hab noch eine Idee! Ich guck mal Johannas Taschen durch. Ich meine ihre Jackentaschen und so.«

Sofort lief sie los. Jorma starrte immer noch auf die Schranktür. Er hatte das sichere Gefühl, dass ihnen dieser Kalender am ehesten den Weg zu Johanna weisen würde. Er müsste ihn nur lesen können. Er löste den Klebefilm, faltete das Papier zusammen und steckte es ein. Damit könnte er sich auch später beschäftigen.

Im Flur war Johanna mit der Durchsuchung von den Kleidungsstücken beschäftigt, die sich in dem Schrank befanden. Einige Mäntel und Jacken fielen dadurch auf, dass sie allesamt schwarz waren. Auf irgendeine Weise waren sie schwärzer als durchschnittsschwarze Sachen, als wäre Johanna unter die Gruftis gegangen. Jorma schmunzelte. Johanna hatte nie einer Szene angehört. Dafür war sie immer zu unabhängig gewesen. Sie hatte sich nicht gern in eine Schublade stecken lassen und wäre auch nicht selbst in eine gekrochen.

Eva hatte schon eine Haarspange, ein altes Pflaster und (seltsam) eine Schlafmaske in der Hand. Jorma fühlte in die Taschen der düsteren Garderobe, so als könne er damit Johannas Verbindung zu den Jacken und Mänteln begreifen. Hatte sie sich so verändert oder kannte er sie gar nicht richtig? In der Seitentasche eines bodenlangen Mantels fühlte er etwas Hartes. Er hielt einen Chip mit einem goldenen X in der Hand. Sah aus wie eine Wertmarke.

»Sieh mal. Ist das aus einem Club?«

Eva schaute hoch.

»Könnte sein. Das können wir aber ganz leicht rausfinden. Ich mach mal ein Foto. Das schick ich einem Bekannten, der hier arbeitet. Der kennt sich mit der Szene hier in der Gegend aus.«

Jorma sah ihr dabei zu. Er las mit, was sie ihrem *Bekannten* schrieb. Klang alles in allem relativ distanziert. Der Empfänger schien in keinem allzu engen Verhältnis zu Eva zu stehen. Und bei ihrem Job wunderte sich bestimmt niemand über eine solche Anfrage. Ach, und bei der Adresse sowieso nicht. Die Nachricht ging an einen Mitarbeiter der *Neuen Westfälischen*.

»Und jetzt?«

»Jetzt fahren wir nach Hause. Und ich brauch mal was zu trinken.«

»Und dann müssen wir Johannas Vater irgendetwas sagen.«

Jorma nickte. Das war vermutlich das Schwerste.

## Außerhalb der Zeit

Ihr Kopf schmerzte, aber langsam drangen wieder Fetzen von Sinneseindrücken in ihr Bewusstsein. Sie war müde, obwohl sie sehr lange geschlafen zu haben schien. Ihre Kehle brannte vor Durst. Der Versuch, den Kopf zu heben, misslang kläglich. All ihre Glieder schmerzten. Sie versuchte ihre Augen zu öffnen, aber es gelang ihr nicht. Sie musste einen Unfall gehabt haben. Sie suchte nach ihrer letzten Erinnerung, aber die Prozesse in ihrem Kopf liefen viel zu schwerfällig ab, um einen vernünftigen Gedanken zu fassen. Sie schloss die Augen, um sich zu konzentrieren.

Moment. Wenn sie die Augen schließen konnte, waren sie bereits geöffnet gewesen. Warum konnte sie dann nichts sehen? War etwas mit ihren Augen geschehen? Sie brauchte einige Sekunden, um zu verstehen, dass irgendetwas ganz und gar nicht in Ordnung war. Langsam war sie beunruhigt. Was war mit ihr passiert? Wo war sie jetzt? Plötzlich wurde ihr bewusst, dass es um sie herum einfach dunkel war. Sie musste sich in einem seltsamen Raum befinden, den sie nicht kannte und den sie nicht zuordnen konnte. Es war vollkommen still. Die Luft schien zu stehen. Es roch feucht und muffig. Dazu die Dunkelheit. Als ihr klar wurde, dass sie keine Ahnung hatte, wie sie an diesen Ort gekommen war und wie lange sie schon hier war, stürmte Panik auf sie ein. Sie versuchte aufzuspringen, aber ihre Beine gehorchten ihr nicht. Sie war sich plötzlich sicher, sich in extremer Gefahr zu befinden. Das Adrenalin, das mit dieser Erkenntnis ihren Körper flutete, müsste sie eigentlich besonders leistungsfähig machen, aber das Gegenteil war der Fall. Sie war entsetzlich schwerfällig. In einem Akt äußerster Anstrengung bündelte sie schließlich ihren Willen und erhob sich mühsam, doch die Welt blendete sich sofort wieder aus.

Diesmal allerdings nur für einen Moment. Denn obwohl es ihr danach wie ein erneutes Aufwachen aus einem langen Schlaf vorkam, stellte sie fest, dass sie sich eine Platzwunde am Kopf zugezogen hatte, die noch ganz frisch war. Sie war mit dem Kopf direkt auf den Boden gedonnert. Auf Steine, die sich wie Ziegel anfühlten. In ihren Haaren klebte eine zähe Flüssigkeit. Sie tastete danach und steckte den Finger in ihren Mund. Es war Blut.

Sie setzte die Hände auf den Untergrund und kroch vorsichtig vorwärts. Sie musste sofort hier raus! Nach einigen Metern berührte sie etwas Weiches. Eine Matratze. Dahinter stieß sie auf eine raue Wand. Langsam konnte sie schemenhaft einen Raum erkennen. Ein bisschen Licht drang durch einen kleinen Spalt auf der gegenüberliegenden Seite. So schnell sie konnte, kroch sie darauf zu. Der Boden war kalt und mit groben Steinen gepflastert. Je näher sie auf das Licht zukam, desto sicherer wurde sie; dort musste eine Tür sein. In ihrem Inneren machte sich ein aufgeregtes Kribbeln breit. Sie versuchte aufzustehen, um schneller ans Ziel zu gelangen, aber als sie sich erhob, merkte sie, dass ihr Kreislauf immer noch Mühe hatte, und sie wollte nicht noch einen Totalausfall riskieren. Das war das Letzte, was sie jetzt gebrauchen konnte. Also ließ sie sich wieder auf alle viere fallen und kroch zügig weiter. Nach endlosen Sekunden war sie am Ziel. Sie streckte die Hand aus und fühlte kaltes Metall. Sie tastete den schmalen Schlitz entlang nach oben und suchte nach einer Klinke. Als sie sie endlich in der Hand hielt, durchflutete sie eine wahnsinnige Erleichterung. Ihre Ungeduld wuchs. Jetzt auf dem schnellsten Weg hier raus. So kräftig sie konnte, zog sie an der Klinke. Sie senkte sich, aber die Tür ließ sich nicht bewegen. Sie war eingeschlossen!

Die Panik wallte wieder auf. Mit aller Kraft hämmerte sie mit ihren Fäusten gegen das Metall und schrie um Hilfe. Sie fühlte, wie sie sich mit ihren Schlägen die Handkanten aufschürfte, aber sie konnte einfach nicht damit aufhören.

Eva hielt eine weiße Schale in ihren Händen und sog den Duft von frisch gebrühtem Kaffee ein. Langsam kam sie wieder herunter. Der Spaziergang zum Bahnhof hatte sie ruhiger gemacht. Sie wusste, dass Bewegung Stresshormone abbaute und dass Laufen Sorgen vertreiben sollte. So deutlich wie heute hatte sie das noch nie erlebt. Die Luft hatte sich etwas abgekühlt und war jetzt so lau, wie man sich einen Sommerabend wünschte. Sie saß Jorma gegenüber und fühlte sich angenehm in eine vertraute alte Zeit zurückversetzt. Vor ihr stand ein Becher mit Erdbeeren und Vanilleeis. Die Welt schien wieder in Ordnung. Wahrscheinlich gab es für alles eine harmlose Erklärung. Vielleicht fuhr Johanna gerade jetzt in einem atemberaubenden weißen Spitzenfummel in eine pseudoromantische Drive-in-Kirche in Las Vegas, um im Beisein eines abgehalfterten Elvis die Liebe ihres Lebens zu heiraten. Allerdings wäre in diesem Fall der heutige Tag in ihrem Kalender sicher etwas auffälliger markiert. Da stand nur *10:30 Dr. Schulth.*

Jorma versuchte die anderen Codes zu verstehen, seit sie sich gesetzt hatten. Er starrte auf den Kalender und machte einen unsinnigen Vorschlag nach dem anderen. Er rührte auch seine Cola nicht an. Eva angelte mit ihrem Löffel nach einer Erdbeere. Er sah immer noch süß aus. Sie hielt ihm die Erdbeere hin und er nahm sie mit dem Mund vom Löffel. Jetzt lächelte er, lehnte sich zurück und nahm sein Glas. Den Kalender legte er auf den PC, der neben ihm auf dem Boden stand.

## Deine Schwangerschaft - Das zweite Trimester

Du fühlst dich gut! Die anfängliche Müdigkeit ist verflogen und du siehst toll aus. Deine Haut ist straff und rosig, weil du viel Flüssigkeit einlagerst. Fältchen werden so einfach glatt gestrichen. Deine Haare glänzen und dein Busen ist prall und rund. Falls du unter Übelkeit leidest, bessert sich dein Zustand wahrscheinlich bald. Dann kannst du die Veränderungen endlich genießen, bevor dein Umfang es im nächsten Trimester wieder beschwerlicher macht. Deine Stimmung ist wahrscheinlich stabiler und du machst Pläne für die Zukunft. Erste Shoppingtouren können die Vorfreude steigern.

## Bielefeld, 16. August, 1.56 Uhr

Jakobson zog sein Hemd aus und ließ sich ins Bett fallen. Sarah lag schon auf ihrer Seite und hatte sich das Kopfkissen über das Gesicht gezogen. Behutsam zog er an einem Zipfel. Im Moment musste man wirklich vorsichtig mit ihr sein. Jede Kleinigkeit konnte sie aus der Fassung bringen. Dann schrie sie ihn entweder an oder sie heulte los. Diesmal kam keine Reaktion. Das war vergleichsweise gut. Langsam legte er ihr Gesicht frei und sah schon, was Sache war. Zwei zugegeben wenig dezente Pickel waren wahrscheinlich heute wieder mal der Grund für einen neuerlichen Beinahe-Nervenzusammenbruch gewesen. In dem verheulten Gesicht fielen sie allerdings kaum noch auf. Sarah nannte das *Hautbesonderheiten* und konnte sich wahnsinnig darüber aufregen.

Sanft küsste er ihre Nasenspitze, aber auch das schien falsch zu sein. Sie drehte genervt ihr Gesicht weg.

»Was ist los?«

Er versuchte vorsichtig sie zu streicheln.

»Hast du mal auf die Uhr geschaut? Es ist mitten in der Nacht!«

Er seufzte. Jetzt ging das wieder los.

»Ich weiß. Es war die Hölle los heute. Ein Vater hat sein Kind entführt und wir wissen weder wo er sich aufhalten könnte noch was er mit der Kleinen vorhat. Und dann gibt es noch eine vermisste Frau, mit der wahrscheinlich gar nichts ist. Aber lauter Verwandte und Freunde nerven mich damit. Es ging wirklich nicht früher.«

»Wie soll das denn werden, wenn der kleine Mann hier da ist?«

Sarah zeigte auf ihren Bauch, der sich schon deutlich rundete - viel deutlicher als bei Milla.

»Du kannst nicht immer so tun, als würde dich alles Familiäre nichts angehen!«

»Das ist doch Quatsch und das weißt du auch! Wenn ich nicht arbeiten gehen würde, dann hätte unsere Familie ein Problem!«

»Ach, weil du so megaviel verdienst und ich nicht, oder was? Ich hab auch studiert, falls du das vergessen hast.«

»Das ist doch gar nicht die Frage. Aber im Moment ernähre ich unsere Familie. Und das ist kein Spaziergang, das kann ich dir sagen.«

»Milla ist heute total ausgerastet, weil ich die alten Babysachen sortiert habe. Sie will nicht, dass ihr Bruder irgendwas von ihr anzieht und er darf auch niemals in ihr Zimmer kommen oder ihre Spielsachen nehmen.«

»Das ändert sich alles, wenn er erst mal da ist.«

»Klar. Hauptsache du musst dich nicht darum kümmern.«

»Du willst ihm doch auch nicht ernsthaft Millas Sachen anziehen, oder?«

»Natürlich, oder hast du etwa vor alles neu zu kaufen? Im Moment hab ich jedenfalls keine Lust, mit Milla im Schlepptau auf irgendwelche Mutter-Kind-Märkte zu gehen. Die Babysachen sind nicht alle rosa, die kann er gut anziehen. Und bei Bodys ist die Farbe sowieso egal.«

Jakobson musste sich sofort seinen Sohn in einem rosafarbenen Babybody vorstellen.

»Das geht gar nicht. Schick einfach meine Mutter einkaufen, die macht das gerne.«

»Damit wir dann lauter Teddysachen haben?«

Sarah drehte sich weg.

»Was willst du denn?«

»Ich weiß auch nicht. Ich will, dass du da bist und dich endlich mal für die Sachen interessierst, die jetzt anstehen. Du wolltest doch dieses Kind unbedingt jetzt. Ich wollte mich eigentlich um meinen Job kümmern und endlich mal wieder was leisten, was auch anerkannt wird.«

»Okay. Wenn ich jetzt konkret nichts für dich tun kann, dann schlaf ich erst mal. Ich muss morgen wieder früh raus.«

»Ja, mach das.«

Jetzt war Sarah richtig sauer. Ihre Gesichtsfarbe wurde noch ein bisschen krasser und ihre Lippen verengten sich zu einem wenig attraktiven Strich. Sie schnappte sich ihre Decke und ihr Kopfkissen und rauschte zur Tür hinaus. Jakobson wusste wirklich nicht, was sie von ihm wollte. Er sollte ja wohl kaum jetzt ihre Tochter wecken, um mit ihr ein Gespräch über Babysachen zu führen.

Er sah auf den Wecker. Schon nach zwei. Verdammter Mist.

## Münster, 17. August, 9.00 Uhr

Jorma saß nun schon seit einer Stunde mit Johannas Kalender an seinem Rechner und versuchte ihre Eintragungen zu deuten. Es gab offensichtlich mehrere Arzttermine. Bei einem Dr. Schultheiß und einer Frau Dr. Bäumker, einmal Frauenarzt, einmal Allgemeinmedizinerin. Johanna war also krank. Aber das half ihnen nicht weiter. Es gab rote und gelbe Uhrzeiten. Die roten waren meist Termine am Spätnachmittag oder Abend, teilweise nachts. Manchmal stand noch ein Buchstabe daneben. Am häufigsten ein M, es gab aber auch gelegentlich L, J, F und S. Die roten Termine endeten im April. Die gelben Termine waren immer ohne Buchstaben und immer tagsüber, auch vormittags - sie endeten im Mai. Außer den Arztterminen und geplanten Fahrten nach Berlin und Köln konnte er nichts entschlüsseln, da konnte er noch so lange auf den Bildschirm starren. Er hatte einfach keine Ahnung mehr, was Johanna machte und wen sie traf. Diese Fragen sollten eigentlich einfacher zu beantworten sein. Sein Notizzettel füllte sich mit wirren Kritzeleien aus ineinander verschlungenen Männchen und Frauchen.

Zu seiner Erleichterung riss ihn die Melodie von *As Time Goes By* aus diesen Grübeleien. Das war sein Klingelton für ehemalige Freunde. Eine Kategorie seiner Kontakte, die zu seinem Erstaunen stetig weiter anwuchs und die er dennoch äußerst selten nutzte - andererseits lag das natürlich in der Natur der Sache. Löschen konnte er die Nummern aber auch nicht und so wanderte der Datenfriedhof per Datei-import bei jeder neuen Handyanschaffung von einem Modell zum anderen und erinnerte an vergangene Tage. Auch Johannas Nummer ruhte dort. Sie war begrabene und betrauerte Vergangenheit. Er hatte Eva dort gespeichert, weil sie einfach zu den anderen gehörte, die dort schon seit Jahren ihre letzte Ruhestätte hatten. Eva war die auferstandene Vergangenheit. Sie war praktisch eine Zeitreisende.

»Eva? Hast du jemanden gefunden?«

Jorma hatte Johannas Computer zu einem Freund bringen wollen, der sich mit dem Knacken von Passwörtern und solchen Sachen auskannte, aber der war mit Kumpels nach Holland gefahren um mal wieder so richtig zu entspannen, die örtlichen Spezialitäten zu genießen und niederländische Exportware für den Eigenbedarf einzuführen. Das hieß, dass für Wochen nichts mit ihm anzufangen war. Er hatte Eva angerufen, um ihr zu sagen, dass sie den Rechner nicht ans Laufen kriegen würden, aber die hatte sich damit nicht abfinden wollen.

»Ja, ich hab jemanden. Aber du müsstest ihm das Ding gleich vorbeibringen.«

»Okay. Ich bin schon unterwegs.«

Jorma zog sich schnell eine Hose über und steckte sein Smartphone in die Tasche. Den Computer klemmte er sich unter den Arm. Den Hohen Heckenweg konnte er auf direktem Weg mit dem Bus erreichen. Er zögerte und zog noch einmal das Handy aus der Tasche. Eva sollte mal versuchen was bei den Ärzten rauszukriegen. Vielleicht konnte sie trotz Schweigepflicht etwas herausfinden, wenn sie sich als Johanna ausgab. Im Gehen tippte er ihr schnell eine Nachricht.

## Münster, 17. August, 10.30 Uhr

Der süße rote Mini war mit Abstand der attraktivste Kandidat für ihre neuerliche Tour ins Ostwestfälische gewesen. Er hatte ein beigefarbenes Stoffverdeck, was bei dem schönen Wetter ideal war. Eva hatte sich von der Besitzerin des kleinen Flitzers das Dach öffnen lassen und war dann Richtung Innenstadt abgedüst - sie hoffte, dass Jorma das Ding im Fall der Fälle wieder zubekam. Ihr rotes Kopftuch mit den weißen Polkadots passte perfekt zu dem Wagen, genau wie ihre Ballerinas. Ein Umstand, den Jorma natürlich nicht zu schätzen wissen würde. Egal. Eva fühlte sich gut. In diesem Moment konnte sie gar nicht daran glauben, dass irgendwo auf der Welt schlimme Dinge geschahen. Die Sonne auf ihrer Haut fühlte sich toll an. Es boten sich unendliche Möglichkeiten. Man könnte in einem offenen Wagen bis ans Meer fahren und noch viel weiter. Es war wirklich nicht der Tag, der einen an Böses denken ließ.

Eva lenkte das niedliche Gefährt in die Gartenstraße, vorbei am Knast und dann Richtung Kanalstraße. Vorsichtshalber sah sie sich schon mal nach einem Parkplatz um. Erwartungsgemäß war keiner auszumachen. Aber das machte nichts. Als sie in die Kanalstraße bog, sah sie Jorma schon mit einem Croissant in der Hand vor dem Bäcker warten. Mit einem Blick in den Rückspiegel hielt sie an und musterte sein Frühstück.

»Du darfst einsteigen. Aber ohne Essen. Den muss ich sauber wieder zurückbringen und ich hab keine Lust, morgen ein Auto auszusaugen. Mal abgesehen davon habe ich morgen auch keine Zeit für so was. Dann müsste ich nämlich mal wieder etwas tun, mit dem ich Geld verdienen kann.«

Eva arbeitete an einer Geschichte über die Lage an der Kitaplätze-Front. Sie hatte schon eine Menge offizielle Daten und sammelte nun die Stellungnahmen der Einrichtungen und der Eltern, die teilweise immer noch von Engpässen bei der Betreuung der Kleinen berichteten, teilweise einen neuen Mangel an Ü3-Plätzen beklagten oder die Qualität der Betreuung kritisierten. Wenn oft ohne erkennbares Konzept mehr kleine Kinder betreut werden mussten und gleichzeitig Stellen gestrichen wurden, war das natürlich kein Wunder. Das Wunder war eher, dass sich daraus kein öffentlicher Protest erhob. Man ärgerte sich eher still vor sich hin und war froh, überhaupt einen Platz ergattert zu haben. Dass die Betreuung auch noch gut sein sollte, schien vielen fast ein etwas vermessener Wunsch zu sein. Schwierigkeiten hatte sie noch bei dem Teil, der Lösungen aufzeigen sollte. Wohin konnte man sein Kind guten Gewissens geben, wenn man es nicht zu Hause betreuen konnte oder wollte? Wie viel Geld müsste eine Gesellschaft dafür ausgeben? Sollten Erzieherinnen die Kinder hauptsächlich verwahren oder fördern und bräuchten sie vielleicht eine bessere Ausbildung, zum Beispiel ein Studium - und dann auch mehr Gehalt? Sollte eine Erzieherin nicht mehr Zeit für das einzelne Kind haben? Und wieso überhaupt nur Erzieherinnen? Nach dem Wochenende hatte sie einen Termin mit einer Mitarbeiterin eines kirchlichen Kindergartenträgers, die ihr etwas dazu erzählen wollte, wie diese Aufgaben bei ihnen aus einer christlichen Weltanschauung heraus angegangen wurden. Aber Eva ahnte schon, dass auch die Kirche keine Lösung hatte.

Jorma hatte seine Brötchentüte in seinen Rucksack gestopft und war eingestiegen. Er sah sie ungeduldig an.

»Hast du was erreicht? Hast du mit den Ärzten telefoniert?«

Eva schüttelte den betuchten Kopf und freute sich über ihren Retro-Look.

»Ich bin noch nicht dazu gekommen. Ich musste noch ein paar Sachen für meinen Termin am Montag vorbereiten. Wenn ich da etwas Vernünftiges rausbekommen möchte, muss ich mich vorher ein bisschen schlaumachen und meine Fragen gut formulieren.«

»Und? Bist du fertig?«

»So ziemlich. Jedenfalls hab ich den Kopf jetzt frei.«

»Dann lass mich fahren und du telefonierst ein bisschen.«

»Kannst du denn überhaupt noch Auto fahren? So ganz ohne Übung?«

»Mach dir mal keine Sorgen. Ab und zu fahre ich einen alten Kadett, wenn mein Mitbewohner besoffen ist.«

»Gut, dann darfst du mich heute kutschieren.«

An der nächsten roten Ampel tauschten sie die Plätze und Jorma setzte sich ans Steuer. Ihm schien der Wagen auch ganz gut zu gefallen, wobei sein Interesse scheinbar eher dem sportlichen Motor galt.

»Johanna hätte mich nicht fahren lassen.«

Eva nickte. Auf gar keinen Fall. Johanna war schon als Kind die Bestimmerin gewesen und sie hatte es überhaupt nicht leiden können, wenn Männer die typischen Männerrollen ausfüllen wollten. Auf dem Schulhof hatte sie entschieden, was gespielt wurde. Später hatte sie beschlossen, dass sie beide in Münster studieren würden. Als sie mit Jorma zusammen gewesen war, hatte er nicht mit ihrem Roller fahren dürfen. Er hatte auch kein Mitspracherecht bei der Wochenendplanung gehabt und einmal hatte Johanna ihn sogar vor allen Leuten zum Duschen geschickt. Außerdem hatte sie nicht auf sein Beschützergehabe gestanden. Alles Punkte, wegen der sich die beiden gezofft hatten. Alles Punkte, in denen sie Johanna nicht verstanden hatte. Und Jorma, der das alles mitgemacht hatte.

»Ich bin auch nicht Johanna.«

Eva sah ihn von der Seite an und hob leicht ihre Augenbrauen.

»Das weiß ich. Ich musste nur gerade daran denken. Ich bin froh, dass du nicht wie sie bist.«

Eva lächelte ihn dankbar an und malte sich aus, wie sie vor zehn Jahren auf einen Satz wie diesen reagiert hätte. Er wäre ihr auf jeden Fall lange nicht aus dem Kopf gegangen.

Sie nahm ihr Handy aus der Mittelkonsole und öffnete Jormas Nachricht. Die Nummern und Namen daraus notierte sie in einer Kladde, die sie immer in ihrer Handtasche hatte. Die war eigentlich für berufliche Notizen. Jetzt gab es einen neuen Bereich, der mit *Johanna* überschrieben war. Außer dem, was sie eben hinzugefügt hatte, und der Bielefelder Adresse, zu der sie gerade unterwegs waren, stand da noch nichts. Und sie hatte auch keine Ahnung, wo sie ansetzen sollte, um die Leere zu füllen. Dabei ging es um ihre ehemals beste Freundin.

Die üblichen Ansatzpunkte waren ertraglos geblieben. Im Netz war Johanna nicht existent und als reale Kontaktperson gab es nur ihren Vater, der auch kaum noch etwas mit ihr zu tun hatte. Die beiden verstanden sich nicht besonders. Sie waren sich zu ähnlich. Johannas Vater war ein typischer Patriarch. Er hatte es immer für selbstverständlich gehalten, dass er die Regeln machte und alle anderen sie befolgten. Als Kind hatte Johanna sich an Kleidungs- und Benimmregeln halten müssen, die keiner nachvollziehen konnte. Dass er ein Pfarrer in einem kleinen Nest gewesen war, hatte die Sache sicher nicht besser gemacht, denn so war jeder Fehltritt seiner Tochter gleich öffentlich diskutiert worden. Aber Johanna war nicht so leicht zu lenken gewesen. Sie hatte nur das gemacht, was absolut nicht zu vermeiden gewesen war, und hatte ansonsten auf Konfrontation gesetzt. Mit achtzehn war sie einfach zu ihrem Freund nach Münster gezogen und hatte erwartet, dass Eva dasselbe tat. Nach dem Abi war sie tatsächlich nachgekommen und sie hatten gemeinsam ihr Germanistikstudium begonnen. Und schon bald darauf hatten sie in einem Seminar über das *Junge Deutschland* Jorma kennengelernt.

Eva wählte die erste Nummer und bemühte sich ihre Aufmerksamkeit ganz auf das folgende Gespräch zu lenken. Während ihr Daumen über das Display glitt, formulierte sie in Gedanken versuchsweise einige Gesprächseinstiege. Viel Hoffnung, irgendetwas Brauchbares herauszufinden, hatte sie allerdings nicht. Ihr Beruf hatte sie gelehrt, dass man so in der Regel nicht an vertrauliche Infos herankam.

»Praxis Dr. Bäumker. Guten Tag.«

»Düwel. Guten Morgen.«

Eva hatte bereits jetzt das Gefühl, dass die Frau am anderen Ende der Leitung ihr anhören müsste, dass sie log. Sie konnte so etwas einfach überhaupt nicht gut. Sie schämte sich sofort für alles und dann klappte gar nichts mehr.

»Was kann ich für Sie tun?«

Erzählen Sie mir, was ich habe, was ich so mache und wo ich mich rumtreibe, bitte. Eva versuchte, sich zusammenzunehmen.

»Ich ... ich wollte mich nur erkundigen, ob es noch irgendwelche Ergebnisse gibt.«

»Einen Augenblick bitte, ich sehe mal nach.«

Pause. Das war wirklich bescheuert. Mit Sicherheit lagen da gerade keine Untersuchungsergebnisse bereit.

»Was für eine Untersuchung hatten Sie denn machen lassen, Frau Düwel?«

Zumindest nahm die Dame ihr ab, dass sie Johanna war.

»Ach nein, es wurde gar keine Untersuchung gemacht. Ich meine alle Diagnosen der letzten Zeit. Ich hätte gern all meine Daten, weil sich ein befreundeter Arzt dafür interessiert. Ich möchte ihm alles zeigen, was Sie haben. Könnten Sie mir die Unterlagen zuschicken, bitte?«

»Natürlich. Das machen wir. Ich hoffe, es ist alles in Ordnung?«

»Ja, natürlich. Es ist alles gut.«

Eva beendete erleichtert das Gespräch und hakte die erste Nummer ab. Neben ihnen sauste die Landschaft vorbei. Mit Erstaunen stellte sie fest, dass Jorma - wie sie es getan hätte - über Freckenhorst fuhr. Bei ihr war das verständlich. Viele Gründe sprachen für sie dafür, diese Strecke zu nehmen, wenn sie Richtung Osten wollte. Es war ihr Heimatort. Sentimentalität, Gewohnheit, weibliche Orientierung an Landmarken, Mittagessen bei Mama. Aber Jorma kam aus Hamm. Bei ihm musste Johanna der Grund sein.

Er schaute kurz fragend zu ihr herüber.

»Sie schicken die Unterlagen, die sie haben, an Johannas Adresse.«

»Aber die Nachbarin leert ihren Briefkasten.«

»Dann müssen wir sie eben einweihen und sie dazu bringen, uns die Post zu geben.«

Statt sich über ihren Erfolg zu freuen, musste er rummeckern. Etwas verärgert wählte sie die zweite Nummer aus ihrem Notizbuch. Ein Freizeichen ertönte.

»Kinderwunschpraxis Gadderbaum, Dr. Schultheiß, Dr. Gottlieb und Dr. Büscher. Guten Tag. Leider rufen Sie außerhalb der Sprechzeiten an. Wir sind erreichbar dienstags bis freitags von neun bis sechzehn Uhr. Sie können uns eine Nachricht hinterlassen.«

Es folgte der klassische Piepton und das leise Rauschen eines Anrufbeantworters.

Eva war völlig perplex und unterbrach erst einmal die Verbindung. Sie sah Jorma an und dann ihr Handy.

»Das war kein Gynäkologe. Das war eine Kinderwunschpraxis.«

»Eine Kinderwunschpraxis?«

Jorma war offensichtlich noch fassungsloser als sie.

»Ich dachte, das wäre aussichtslos.«

»Wieso aussichtslos?«

Jorma verstand scheinbar nicht, was sie meinte.

»Ich dachte, Johanna könnte ganz sicher keine Kinder kriegen. Ich hatte das so in Erinnerung, dass man da gar nichts machen konnte.«

»Keine Kinder kriegen? Wie kommst du denn darauf? Wieso sollte Johanna keine Kinder kriegen können? Ich frage mich eher, was sie in so einer Praxis will. Sie will doch sicher jetzt kein Kind.«

Eva wusste nicht, wie sie das verstehen sollte. Meinte Jorma Johannas Situation - von der sie eigentlich nichts wussten - oder den Umstand, dass sie dieses Kind dann ohne ihn als Vater wollte? Und wusste er gar nichts von Johannas Unfruchtbarkeit? Sie war ganz selbstverständlich davon ausgegangen, dass Johanna mit ihm darüber geredet hatte. Es hatte eine Zeit gegeben, in der Johanna und sie über fast nichts anderes hatten sprechen können.

»Johanna kann keine Kinder bekommen. Sie hat eine angeborene Fehlbildung der Eierstöcke. Die produzieren bei ihr zwar Hormone, aber keine befruchtungsfähigen Eizellen. Soweit ich mich erinnern kann, lässt sich da auch nichts machen. Zumindest war das damals der Stand der Dinge.«

»Was heißt denn *damals*? Wann ist das rausgekommen?«

»Das weiß sie schon lange. Das ist schon erkannt worden, als wir noch zur Schule gegangen sind. Bei ihrem ersten Frauenarztbesuch.«

Jorma starrte auf die Straße.

»Habt ihr nie darüber gesprochen?«

Jorma schüttelte nur leicht den Kopf und presste die Lippen aufeinander.

Nach einer Weile unterbrach er die Stille: »Vielleicht ist dieser Dr. Schultheiß ja doch nur ein normaler Gynäkologe und die Praxis macht zusätzlich Kinderwunschbehandlungen.«

Eva zuckte mit den Achseln.

»Ich fordere einfach mal ihre Unterlagen an.«

Sie tippte auf Wahlwiederholung und hörte sich den Text des Anrufbeantworters noch einmal an.

»Johanna Düwel hier. Bitte schicken Sie mir alle Untersuchungsergebnisse von mir zu, die Sie vorliegen haben, da ich noch einen anderen Arzt konsultieren möchte. Vielen Dank.«

Das wäre erledigt. Eva machte sich gerade daran, ihr Samsung wieder in ihre Tasche zu packen, da fing es an zu piepsen. Ein Blick auf das Display zeigte ihr, dass ihr Kontakt bei der NW etwas herausgefunden hatte.

»Der Chip, den wir gefunden haben, ist wahrscheinlich eine Getränkemarke aus dem X. Das ist ein Club in Herford.«

Jorma schwieg vor sich hin.

»Was hältst du davon, da heute Abend mal vorbeizufahren?«

»Das würde wahrscheinlich Sinn machen.«

»Samstags ist da Schwarz angesagt. Wenn ich nach den Bildern gehe, die ich bekommen habe, passt Johanna da vom Alter her auch am ehesten hin. Und wir natürlich auch. An den anderen Tagen würden wir den Altersdurchschnitt gleich mal um einige Jahre anheben, fürchte ich.«

»Die Kreuze im Kalender an den Samstagen. Das waren gar keine Kreuze. Sie meinte diesen Club.«

Langsam schien Jorma sich wieder ein wenig zu entspannen.

»Musst du dir dafür was anderes anziehen?«

Eva sah an sich herab. Sie trug ein weißes Kleid mit schwingendem Rock und einer roten Schleife an der Taille. Unauffällig wäre in so einem Laden sicher etwas anderes. Aber erwartete Jorma jetzt tatsächlich von ihr, dass sie sich für einen Besuch in der möchtegernbösen Provinzszene extra umzog? Dazu hatte sie eigentlich keine Lust. Mal abgesehen davon hatte sie auch keine Ahnung, wo Jorma jetzt noch irgendwelche Alternativoutfits organisieren wollte. Oder hatte er etwa vor, zwischendurch nach Münster zurückzufahren?

»Lass uns erst mal sehen, was an diesem Poggenpohl ist. Danach können wir immer noch weitersehen.«

Jorma nickte zustimmend, allerdings war sich Eva nicht ganz sicher, ob er ihr noch weiter zugehört hatte. Er wirkte irgendwie abwesend. Oder er konzentrierte sich jetzt aufs Fahren. Sie waren auch ganz schön zügig unterwegs.

Sie lehnte sich zurück und genoss den Geruch nach Sommer. Es würde noch eine Weile dauern, bis sie da waren. Bis dahin konnte sie sich einfach ein bisschen die Wiesen, Felder und Wäldchen ansehen, die an ihnen vorbeizogen. Der Mais stand schon hoch. Die Straße war von Birken gesäumt, deren Blätter sich im Wind bewegten. Aus den Gräben ragten Blütenköpfe empor. Einiges war schon vertrocknet. In ein paar Wochen würde schon der Herbst kommen und das wuchernde Grün würde sich zusehends in ein Braun verwandeln. Sie mochte den ganz späten Sommer, der auf seinem Zenit seine Blütenpracht verdorren ließ und schon die ersten Zeichen des kommenden Verfalls in sich trug. Die Zeit, in der die vertrockneten Blüten den Samen für den nächsten Sommer verstreuten. Es war irgendwie eine Zeit des Abschieds und der hoffnungslosen Sehnsucht nach Ewigkeit. Sie konnte verstehen, dass man irgendwann ans

Kinderkriegen dachte, wenn man den Richtigen gefunden hatte. Besonders jetzt im Spätsommer konnte sie das gut nachfühlen.

Die Navigationsfunktion schickte sie in den ländlichen Randbereich im Westen von Bielefeld. *Babenhausen.* Hier irgendwo musste auch die Uni sein, an der Johanna studiert hatte oder möglicherweise immer noch studierte.

Eva überlegte kurz.

»Wir könnten auch einen Aushang an der Uni machen. Vielleicht kennt da jemand Johanna und meldet sich bei uns.«

Jorma sah kurz zu ihr herüber.

»Ich hatte in ihrer Wohnung nicht das Gefühl, dass sie noch studiert. Aber versuchen können wir es.«

Jorma schwieg wieder. Seit der Erkenntnis, dass der Gynäkologe zu einer Kinderwunschpraxis gehörte, brütete er vor sich hin. Langsam machte Eva sich Vorwürfe, dass sie mit Johannas Unfruchtbarkeit rausgeplatzt war. Natürlich war er enttäuscht, dass er eine so elementare Sache nicht gewusst hatte. Auf sie machte das auch einen seltsamen Eindruck. Das Gefühl, Johanna, ihre ewig beste Freundin, nie richtig gekannt zu haben, wurde immer stärker.

»Wir sind gleich da«, murmelte Jorma.

Sie bogen an einer einsamen Bäckerei mit Tante-Emma-Regal rechts in einen schmalen Landweg, der an einem kleinen Biergarten vorbeiführte und dann nur noch von offener Landschaft gesäumt wurde. Zu ihrer Rechten grasten schwarzbunte Kühe. Links ließen sie ein abgeerntetes Getreidefeld zurück. Vor ihnen lag ein kleines Wäldchen, hinter dem die Straße zu verschwinden schien. Nach einigen Biegungen und einem einsamen Häuschen erreichten sie einen alten Bauernhof mit mehreren Scheunen- oder Stallgebäuden aus Fachwerk, die mit einigen Holzanbauten versehen waren. Vor dem Haus mündete die Zufahrt in einem geschotterten Vorplatz, der von einigen großen Kastanienbäumen beschattet wurde. Auf dem Boden lagen schon lauter vertrocknete

Blätter herum. Sie hatten ihr Ziel erreicht. Jorma parkte den Wagen unter einem der Bäume und stieg aus.

Während Eva sich noch fragte, ob es wirklich eine gute Idee war, ein geliehenes Auto unter einer Kastanie abzustellen, sah sie ihn schon das erste Scheunentor untersuchen. In der Hoffnung, dass Kastanien tatsächlich erst mit dem offiziellen Herbstbeginn zu Boden fielen, öffnete sie die Beifahrertür und stieg aus. Jorma stand neben dem grün gestrichenen Holztor, in das noch eine Tür in normaler Größe eingebaut war, und deutete auf einen unscheinbaren Klingelknopf, der in einer kleinen Nische zwischen Wand und Balken regelrecht versteckt war. Jorma sah sie an und klingelte.

Nichts tat sich. Jorma fasste in seine Hosentasche und zauberte die Schlüssel hervor, die sie bei Johanna mitgehen lassen hatten. Er steckte einen nach dem anderen ins Schloss. Einige passten, aber keiner ließ sich drehen.

Eva zuckte mit den Schultern und ließ ihren Blick schweifen.

»Das ganze Grundstück sieht aber auch total verlassen aus. Ich denke nicht, dass hier jemand wohnt.«

Das Haus wirkte, als wäre es dauerhaft verschlossen. Das große Scheunentor hatte nur im oberen Bereich zwei kleine Fenster, die aber viel zu hoch waren, um hineinzusehen.

Eva ging seitlich ums Haus herum. Der Garten, der von einem verwitterten Staketenzaun umgeben war, war gründlich verwildert und wirkte, als hätte hier seit Jahrzehnten niemand mehr Hand angelegt. Mühsam bahnte sie sich einen Weg durch eine hochgewachsene Wiese, die schon halb vertrocknet war. Am Haus wuchsen ein großer Holunderstrauch und jede Menge weiße Blumen. Weiter hinten am Zaun konnte sie Apfelbäume erkennen. Am Haus hingen lose Kabel hinab. Eins davon gehörte zu einem schräg hängenden Blitzableiter auf dem roten Ziegeldach. Alles wirkte verfallen und marode. Nur die Fenster schienen relativ neu zu sein. Allerdings waren die meisten von innen mit Brettern vernagelt. Hier wohnte mit Sicherheit niemand.

Je weiter Eva um das Haus herumging, desto dichter wurde das Gestrüpp. Immer mehr Kletten, Blätter und trockene

Blütenstände verfingen sich in ihrem Kleid. Als sie dann auch noch in eine Distel geriet, drehte sie um und folgte ihrem Trampelpfad zurück zum Hof.

Jorma versuchte gerade durch die Ritzen eines großen Bretterverschlages zu spähen. Da dieser aber kein Fenster besaß, würde er wohl kaum Erfolg haben. Im Inneren musste es stockfinster sein.

»Ich glaube, das hier bringt uns nicht weiter. Hier wohnt keiner.«

Doch Jorma schüttelte den Kopf. Er lief zum zweiten Scheunentor und rüttelte daran, ohne etwas auszurichten.

»Hier liegt Strom. Die Klingel funktioniert, das konnte man hören. Und Johanna bezahlt diesen Strom. Das ist doch merkwürdig.«

»Vielleicht wollte sie das Haus irgendwann renovieren. Vielleicht ist sie mit so einem Heimwerker zusammen und dem gehört die Bruchbude. Was weiß ich. Jedenfalls ist Johanna nicht hier.«

»Man sieht aber Reifenspuren im Schotter und das Tor hier hat relativ frische Schleifspuren.«

Er deutete mit seiner Hand auf eine schmale Ritze zwischen Tor und Wand, an der die Farbe abgerieben war und man statt des dunklen Grüntones helles Holz sah.

»Und was sagt uns das?«

»Dass das Haus benutzt worden ist.«

»Und was bringt uns das im Hinblick auf Johanna?«

Eva kam sich vor wie bei einem zähen Interview, das nirgendwohin führte.

»Eigentlich nichts.«

Jorma wirkte zerknirscht und mutlos. Eva fühle sich genauso. Es war wirklich unmöglich, ohne irgendeinen Ansatzpunkt den Verbleib eines Menschen aufzuklären. Sie hatten einfach zu wenig in der Hand.

## Außerhalb der Zeit

Ihre Augen hatten sich an die Dunkelheit gewöhnt. Ihre Angst gewöhnte sich an nichts. Lediglich ihre Kräfte schwanden. Sie fror, obwohl sie sich in eine Decke gehüllt hatte, die sie auf der Matratze gefunden hatte. Rechts von ihr gab es eine metallische Platte mit einem Griff in der Wand. Die hatte sie auf ihrer Suche nach einem Ausgang gefunden.

Nachdem ihr klar geworden war, dass sie die Tür nicht öffnen konnte und dass ihr niemand zur Hilfe kam, hatte sie panisch nach einer Fluchtmöglichkeit gesucht. Inzwischen hatte sie jeden Zentimeter ihres Gefängnisses abgetastet. Immer und immer wieder. In der Wand neben der Matratze war die Metallplatte mit einem Rahmen in die Wand eingelassen. Zuerst war sie furchtbar aufgeregt gewesen, als sie das Metallstück in dem endlos scheinenden Mauerwerk entdeckt hatte. Sie hatte vorsichtig dagegen geklopft und es hatte geklungen, als ob dahinter ein Hohlraum wäre. Aber die Platte ließ sich nicht entfernen oder bewegen. Sie besaß einen kleinen Griff, der zu ihrer Enttäuschung aber ebenfalls funktionslos zu sein schien. Außer der Platte und der Tür gab es nichts. Sie konnte nur abwarten und versuchen die einförmige Stille zu ertragen. Manchmal gelang es ihr, ein bisschen zu schlafen.

Als ihre Augen gerade wieder zufallen wollten, zerriss plötzlich ein verstörendes Rattern und Quietschen die Stille um sie herum. Jäh riss sie die Augen auf. Angsterfüllt starrte sie in die Dunkelheit und versuchte die Quelle des Lärms auszumachen. Was konnte das sein? Bedeutete es Gefahr oder Rettung? Die Geräusche kamen von oben und wurden lauter und lauter. Irgendetwas kam direkt auf sie zu! Sie presste sich mit dem Rücken gegen die kalte Wand und erwartete, dass etwas Schreckliches geschehen würde. Doch dann verstummten die

Geräusche wieder. Einige Minuten später wiederholte sich das Ganze in umgekehrter Richtung. Der Lärm entfernte sich nach oben. Sie hatte das Gefühl, dass kurzzeitig etwas in ihren Raum gelangt war. Die Geräusche waren aus der Richtung gekommen, in der das Metall in die Wand eingelassen war.

Nach einem kurzen Zögern kroch sie zu der Stelle und tastete sich zu dem Griff vor. Da begann der Krach von Neuem. Wieder hörte sie das mechanische Reiben und Quietschen, das sich in der Wand von oben her in ihre Richtung zu bewegen schien. Als alles vorbei war, zog sie vorsichtig. Aufgeregt spürte sie, dass der Knauf sich jetzt bewegen ließ. Sie konnte die Platte zur Seite schieben. Sie fuhr mit ihren Händen die Wand ab. Dahinter befand sich ein kleiner, rechteckiger Hohlraum. Sie fühlte Holz und auf einmal etwas Weiches, Matschiges, Warmes. Erschreckt zog sie ihre Hand zurück. Irritiert führte sie sie in Richtung Gesicht, um zu erkennen, in was sie da gefasst hatte. Irgendetwas Glitschiges klebte daran. Aber noch bevor sie sich weitere Gedanken darüber machen konnte, nahm sie einen vertrauten Geruch wahr. Kartoffelbrei. Völlig unwirklich roch es in diesem Verließ auf einmal nach Kartoffelpüree. Plötzlich fiel ihr auf, dass sie schrecklichen Hunger hatte. Sie schien schon eine ganze Weile nichts gegessen zu haben. Prüfend schnupperte sie noch einmal an ihren Fingern. Als sie ihre Vermutung bestätigt fand, leckte sie die Hand hastig ab, um dann sofort erschreckt innezuhalten. Es war wahrscheinlich nicht ratsam, das Essen zu sich zu nehmen, das ihr ein Irrer servierte, der sie schon betäubt und entführt haben musste und sie nun in einem Kerker gefangen hielt. Andererseits wollte sie auch nicht verhungern und andere Nahrungsquellen standen offensichtlich nicht zur Verfügung. Also tastete sie sich erneut vor und fand auf einem Pappteller Kartoffelbrei, Spinat und Ei. Mit beiden Händen stopfte sie das Essen in ihren Mund. Dann erst fühlte sie Besteck. Daneben fand sie einen Eimer mit Wasser, aus dem sie gierig trank.

Danach war ihr schlecht, aber sie bemerkte keine unmittelbare Bewusstseinstrübung oder greifbare Vergiftungserscheinungen. Es schien nur Essen gewesen zu sein. Nachdem sie die Platte wieder vorgeschoben hatte, bewegte sich der Aufzug wieder nach oben. Sie war also nicht allein.

Noch bevor sie sich darüber klar werden konnte, ob sie das erleichternd oder bedrohlich finden sollte, rebellierte ihr Magen endgültig. Sie beugte sich vornüber, fing an zu würgen und übergab sich schließlich.

Jorma stoppte den Mini auf der Rückseite des Parkplatzes. Es war erst kurz vor elf. Noch war hier nichts los. Nur eine Handvoll Autos stand herum. Alles wirkte verlassen und verloren. Im Rückspiegel konnte er rechts den Eingang sehen, der von zwei Typen in kurzen schwarzen Jacken bewacht wurde. Türsteher. Unter einer Laterne stand eine dunkle Gestalt mit neonfarbenen Rastazöpfen und einem glühenden Punkt im Gesicht. Ein Emo-Raucher?

Klar war, dass sie hier auffallen würden wie bunte Hunde. Sie waren viel zu normal angezogen. Er trug Jeans und ein weißes Shirt und Eva sah aus, als wollte sie zu einem Rockabilly-Konzert. Jorma hatte vorgeschlagen, sich in Johannas Kleiderschrank nach passenderen Sachen für sie umzusehen - schließlich hatten sie noch den Schlüssel - aber Eva hatte sich geweigert. In Wahrheit hätte er einfach gern noch einmal in Johannas Schrank gestöbert.

Stattdessen waren sie in die Uni gefahren und hatten im Rechenzentrum einen Vermisstenaushang entworfen. Dann hatten sie das gesamte Guthaben der kleinsten erhältlichen Kopierkarte in Ausdrucke verwandelt und waren mit einem Stapel Handzettel einmal quer durch die riesige Campushalle gelaufen und hatten an jedes schwarze Brett, das sie finden konnten, ein paar Zettel geheftet. Auf der Galerie hatten sie dasselbe gemacht. Wenn es an der Uni irgendjemanden gab, der etwas über Johanna wusste, dann würden sie es auf jeden Fall erfahren. Als sie am Westende die Treppe wieder heruntergestiegen waren, um neben einem riesigen Glaskubus mit einem Schwimmbad und lauter halbnackten Studentinnen zu Abend zu essen, hatten sie sich sogar schon Sorgen gemacht, dass sein Handy in den nächsten Tagen nicht mehr stillstehen würde.

Bisher hatte es sich noch nicht gerührt. Jorma warf einen Blick auf das Display. Um diese Uhrzeit würde bestimmt auch niemand mehr anrufen. Unschlüssig sah er zu Eva. Sie hatte sich die Sonnenblende heruntergeklappt und versuchte in dem kleinen Spiegel ihr Makeup *aufzufrischen*. In Wirklichkeit schminkte sie sich komplett neu. Ihre Brille hatte sie in ihrer Tasche verstaut und sich stattdessen Kontaktlinsen in ihre Augen gefummelt. Dafür hatte erst die alte Farbe runtergemusst und jetzt kam neue drauf. Jorma fand, dass das gar nicht nötig war, aber er mischte sich da lieber nicht ein. So viel hatte er bei Johanna über Frauen gelernt. Sie hatten dem Parkplatz nach zu urteilen auch noch eine Menge Zeit.

Als Eva endlich fertig war und auch noch die Nachrichten auf ihrem Handy gecheckt hatte, hatte sich die Lage schon etwas verändert. Wie auf ein geheimes Zeichen hin hatten sich in den letzten zehn Minuten immer mehr Gestalten in mehr oder weniger düsteren Gewandungen eingefunden. Zu Jormas Erleichterung waren aber auch ganz normale Leute dabei, die sogar fast ihr Alter erreichten.

»Und? Können wir reingehen?«

Eva packte ihre Tasche unter den Sitz.

»Okay. Versuchen wir unser Glück.«


An der Kasse bekamen sie die Marken in die Hand gedrückt, die sie aus Johannas Wohnung kannten. Sie waren an der richtigen Adresse gelandet. Evas Kontakt schien sich tatsächlich im ostwestfälischen Nachtleben auszukennen.

Jorma sah sich um. Es war nicht nur die schwarze Gemeinde vertreten, es gab auch bunteres Partyvolk und eine ganze Reihe Normalos wie sie. In einer mittelgroßen Halle lief rockige Musik und ein paar jüngere Leute bewegten sich rhythmisch auf einer Art tiefergelegten Tanzfläche, die wie ein leeres Schwimmbecken wirkte. Neben ihnen befand sich eine Bühne, die jetzt aber leer war.

Jorma sah sich um. Hinter ihnen gab es noch weitere Räume. Er berührte Eva am Arm und dirigierte sie sanft in diese Richtung. Durch einen Gewölbebogen konnte man erkennen, dass es dort in die richtige Richtung ging. Das Publikum war hier schon etwas älter und deutlich spezieller. Zwei Frauen in unterwäscheartigen Outfits fielen ihm besonders auf. Eine war dunkelhaarig und trug zerlöcherte Seidenstrümpfe mit Strumpfhaltern, die nicht ganz von einem ultrakurzen Rock verdeckt wurden, und eine Korsage, die jeden Moment gesprengt zu werden drohte. Die andere hatte blonde Haare auf der einen Seite des Kopfes und gar keine Haare auf der anderen. Außerdem hatte sie wohl vergessen, sich fertig anzuziehen, denn außer einem Büstenhalter, knappen Lackhotpants und hohen Stiefeln trug die Gute überhaupt nichts.

Sie besorgten sich etwas zu trinken und stellten sich zu den übrigen Voyeuren auf ein breites Podest, von dem sie den Raum gut im Blick hatten.

Eine kleine Tanzfläche war in stinkenden Nebel gehüllt. Ein Mädchen, das höchstens sechzehn war, tanzte direkt vor ihnen. Die Musik war deutlich älter als sie. *The Sparrows And The Nightingales.* Jormas Blick blieb an ihrem Hals haften. Da waren Bisswunden. Er starrte auf die geröteten Male auf ihrer Haut. Das Ganze sah aus wie ein Vampirbiss und war entweder ein Tattoo oder aufgeklebt. Rote Lichter durchflossen die wabernden Nebelschwaden wie Blut. Jorma war sich nicht sicher, ob er dieses Theater reizvoll oder albern finden sollte. An einer Wand lehnte eine Art viktorianischer Borg. Der Mann trug einen Handschuh, der aussah wie eine Roboterhand. Über seine linke Gesichtshälfte hatte er etwas wie ein Augenimplantat aus dem neunzehnten Jahrhundert gezogen. Dazu trug er einen altmodischen Gehrock. Jorma deutete mit seinem Kopf in die Richtung seiner Entdeckung und Eva schmunzelte mitleidig.

»Was soll das denn sein?«

»Das ist Steampunk!«

Eva sah ihn verwirrt an.

»Der Stil nennt sich Steampunk. Kommt aus einer Art Retro-Zukunfts-Cyberwelt. Ich kenn das auch nur aus einem Rollenspiel.«

Jorma kam sich mit einem Mal alt vor. Ihm fiel auf, dass er schon eine ganze Weile nicht mehr woanders als in seiner Stammkneipe in der Jüdefelder Straße oder auf der Depeche-Mode-Party im Haverkamp gewesen war. Steampunk gabs da nicht. Zumindest die Musik kannte er. *Lullaby* von *The Cure.*

Aber dann kam eine Serie von technoartigem Zeug, das ihm gar nichts sagte.

Langsam hatte sich der Laden gefüllt. Jorma ließ die Menge auf sich wirken. Es gab hier einen Haufen Paradiesvögel, wenn auch vorwiegend der düsteren Art. Eine Frau trug ein Halsband aus Metallplatten mit so großen Stacheln, dass man Angst haben musste, ihr zu nahe zu kommen. Eine andere war in einen samtigen Tigeroverall gepresst, der ihn an Catwoman erinnerte. Bei den Männern verschwammen manchmal die Konturen der Geschlechtszugehörigkeit. Es gab noch mehr von den neonfarbenen Rastamännern, die alle irgendwie androgyn wirkten. Ein Kerl trug sogar einen langen Nadelstreifenrock. Außerdem fiel ihm eine Uniform auf, die ihn unangenehm an die Nazizeit erinnerte.

Jorma merkte, wie er sich langsam im Schauen verlor.

Er wollte sich zu Eva umdrehen, um sie zu fragen, wie es jetzt weitergehen sollte, als er feststellte, dass sie gar nicht mehr neben ihm stand. Er bahnte sich einen Weg durch die Menge und hielt nach ihr Ausschau. Allein fühlte er sich irgendwie unwohl. Er wunderte sich, dass Eva weggegangen war, ohne ein Wort zu sagen. In seiner Magengegend machte sich ein ungutes Gefühl breit.

Gerade hatte er aus Versehen einen breitschultrigen Typen angerempelt, der ihn jetzt finster anblickte, als Eva mit Bier, Cola und Sekt in der Hand um die Ecke kam. Jormas Blick erhellte sich, sein Lächeln verflog allerdings sofort wieder, als er auf der Lederjacke des grimmigen Riesen vor ihm den *Bandidos*-Schriftzug entdeckte. Sein Blick verhieß nichts Gutes und er kam immer näher. Jorma spürte bereits deutlich alkoholhaltigen Atem in seinem Gesicht. Wie ein paralysiertes Kaninchen starrte er sein Gegenüber an. Er war selbst nicht gerade klein, aber er war höchstens halb so breit wie der andere. Als Jorma schon die Körperwärme des Rockers durch sein T-Shirt spürte, sah er, wie Eva ihre Hand auf die Schulter des Hünen legte. Der fuhr herum und bekam von Eva gleich eine Flasche unter die Nase gehalten.

»Willst du ein Bier? Den hier muss ich leider jetzt mitnehmen. Ihr könnt ein andermal weiterspielen.«

Dabei schenkte sie dem Kerl ein hinreißendes Lächeln, nahm Jorma an der Hand und zog ihn mit sich. Der Gangsterrocker blieb mit einem Bier in der Hand und perplexem Blick zurück.

Eva zog Jorma hinter sich her. Er spürte, wie zart die Haut ihrer Hand war. Als sie ihn losließ, bedauerte er das ein bisschen. Er war zuerst ganz auf den Bandidostypen konzentriert gewesen und dann auf die Berührung, so dass er gar nicht bemerkt hatte, wie aufgeregt Eva war. Sie hibbelte mit hyperangespanntem Gesicht vor ihm herum und schrie ihm etwas zu. Die Musik war zu laut, um sie richtig zu verstehen. Er hob die Hände und machte ein Gesicht, das ihr zu verstehen geben sollte, dass er nichts hören konnte. Darauf zog sie ihn zu sich herunter und schrie in sein Ohr.

»Ich hab eine gefunden, die Johanna kennt! Komm schnell mit, sonst verschwindet die noch!«

Wieder packte sie seine Hand und zog ihn in einen kleineren Raum, der von einer großen Bar dominiert wurde. Die Musik war hier leiser als an den Tanzflächen und es gab einige Sitzgelegenheiten. Eva steuerte auf einen Tisch zu, an dem eine Frau in einem hautengen roten Lackkleid saß. Sie hatte dunkle Haare, die im Nacken zu einem strengen Knoten gebunden waren. Ihre Lippen hatten den gleichen extremen Rotton wie ihr Kleid. Sie sah Jorma durchdringend an.

Eva setzte sich zu ihr auf die Bank und reichte ihr den Sekt. Jorma zögerte. Er war sich nicht ganz sicher, was die beiden von ihm erwarteten. Außerdem fiel ihm ein Mann auf, der ihn aus einiger Entfernung offen anstarrte. Und dieser Typ war wohl das Bizarrste, was dieser Laden bisher zu bieten hatte. Sein Oberkörper war nackt, was nicht ganz vorteilhaft war, denn besonders durchtrainiert oder braungebrannt war der nicht. Lediglich zwei Lederriemen kreuzten sich über der leicht speckigen Brust. Sie waren mit einem Halsband verbunden, das er wie ein Hund trug. Wie bei einem Hund war an diesem Halsband eine Leine befestigt, die um eine schmale Säule gewunden war, so dass es wirkte, als wäre der Typ da angeleint. Das Befremdlichste war allerdings, dass Jorma dem Mann zwar in die Augen sehen konnte, aber nicht ins Gesicht. Das war komplett unter einer schwarzen ledernen Maske versteckt. Von so einem gesichtslosen Wesen fixiert zu werden fühlte sich seltsam, fast bedrohlich an. Dazu war da noch die Frau neben Eva, die ihn ebenfalls so befremdlich eindringlich musterte. Was waren das für Freaks? Er beschloss sich am besten auf die gegenüberliegende Bank zu setzen. Sofort begann der Gesichtslose unruhig hin und her zu laufen, ohne ihn jedoch aus den Augen zu lassen. Jetzt erinnerte er mit seiner geduckten Körperhaltung noch mehr an ein gequältes Tier.

Die Frau in Rot betrachtete ihn nun ganz ungeniert von oben bis unten und hielt ihm dann mit einer völlig selbstverständlichen, langsamen und fließenden Bewegung, die einige Vertrautheit mit dieser Geste verriet, ihre nach unten gewandte Hand unter die Nase. Jorma stutzte. Offensichtlich erwartete sie von ihm, dass er ihr die Hand küsste. Mit einem etwas unsicheren Seitenblick auf Eva, die amüsiert lächelte, erhob er sich noch einmal ein paar Zentimeter, nahm die dargebotene Hand und deutete darüber einen Handkuss an. Die Dame war zufrieden. Sie wandte sich Eva zu.

»Das ist also dein Freund?«

»Ja. Also nicht mein Freund. Ein Freund.«

Obwohl man das bei diesem Licht unmöglich sehen konnte, war sich Jorma sicher, dass Eva gerade wegen ihm rot wurde. Er registrierte auch, dass ihm das gefiel.

»Gut erzogen.«

Jorma fand diese Frau zutiefst merkwürdig. Außerdem ließ ihn der Blick des Gesichtslosen nicht los. Seine Augen wirkten riesig in den großen Löchern der Maske. Vielleicht waren sie sogar geschminkt.

Eva wandte sich an Jorma.

»Ein Türsteher hat Johanna auf dem Foto erkannt und mich an sie weiterverwiesen und sie hat Johanna auch erkannt.«

»Eure Johanna nennt sich hier allerdings *Maria*.«
Jorma war erstaunt.
»*Maria*?«
»Wie die heilige Jungfrau.«
»Wie ihre Mutter. Die hieß Maria.«
»Ach. Ich musste immer an die Schmerzensmutter denken.«
Ein zweideutiges Lächeln huschte über ihren roten Mund.
»Und ihr seid auf der Suche nach der *Mutter Maria*?«
»Genau«, antwortete Eva. »Sie ist seit mehreren Wochen verschwunden.«

Sie gab der Frau an ihrem Tisch eine kurze Zusammenfassung dessen, was sie wussten, und sah sie dann erwartungsvoll an. Doch die reagierte nicht. Sie lehnte sich langsam zurück und musterte erst Jorma und dann Eva.

»Wer seid ihr überhaupt? Was habt ihr mit Maria zu tun?«
Jorma runzelte die Stirn. Er war sich nicht sicher, ob es gut war, einer Fremden ihre bisherigen Erkenntnisse und Details über ihre Beziehung zu Johanna anzuvertrauen. Schon die Dinge, die diese Frau sagte, wirkten merkwürdig und sie selbst noch viel mehr. Sie wussten ja gar nicht, mit wem sie es zu tun hatten. Sie kannten nicht einmal ihren Namen. Aber Eva schien seine Bedenken nicht zu teilen. Treuherzig erzählte sie, dass sie alte Freunde waren und dass Johannas Vater sich Sorgen gemacht hatte. Als Eva dann mit der Katze anfing, nickte die Frau plötzlich und sagte: »Ich mache jetzt etwas, das ich normalerweise nie tun würde. Ich werde euch eine Auskunft geben, die ich euch nicht geben dürfte. Ich erwarte von euch, dass ihr diese Information und alles, was damit zusammenhängt, absolut diskret behandelt. Ist das klar? Es gibt Leute, die es nicht dulden, dass ich enttäuscht werde.«

Der Blick, der diese Worte begleitete, war so streng und nachdrücklich, dass Jorma fast zurückwich. Was würden sie jetzt zu hören bekommen? Eva war unter dieser Einführung gleich einen halben Kopf kleiner geworden. Auch sie schien die Frau nicht ganz geheuer zu finden.

»Ich kann euch nur sagen, wo sie öfter anzutreffen ist. Es gibt ein altes Haus an einem Landwirtschaftsweg in Babenhausen bei Bielefeld, da könnt ihr Maria manchmal abpassen. Ich rate euch aber, euch nicht von den anderen Leuten dort aufgreifen zu lassen. Das würde sehr unangenehm für euch werden.«

Jorma winkte ab. So viel Wirbel um nichts.

»Die Adresse haben wir schon. Am Poggenpohl. Da steht nur ein verlassenes Haus.«

Der Blick der Dame vor ihm wurde nicht weicher. Im Gegenteil. Widerspruch schien ihr nicht zu liegen.

»So verlassen, wie es aussieht, ist das Haus nicht. Es hat nur manchmal ungewöhnliche Öffnungszeiten und die Besucher scheuen die Öffentlichkeit.«

Jorma sah sie fragend an.

»Was denn für *Besucher*?«

»Auf gar keinen Fall sagt ihr jemandem, dass ich euch von dem Haus erzählt habe. Habt ihr das verstanden?«

Jorma hob beschwichtigend beide Hände und versicherte schnell, dass sie sich da voll und ganz nach ihren Wünschen richten würden.

Daraufhin erhob sich die Frau mit einer anmutigen Bewegung, die Jorma ihre Körperhaftigkeit unvermittelt ins Bewusstsein brachte. Das eng anliegende Kleid betonte durch seinen aufdringlichen Glanz die schlanken Formen ihres Leibes mehr, als dass es sie verhüllte. Brüste und Gesäß wölbten sich in sinnlicher Rundung nach außen und die Taille bildete eine schmale, attraktive Mitte. Sie stand einen Moment da, in einer Haltung, die wirkte, als wäre sie sich ihrer Anbetungswürdigkeit allzu bewusst. Dann schenkte sie ihm ein kurzes, zufriedenes Lächeln, das etwas wie *geht doch* zu sagen schien, drehte sie sich um und ging.

Jorma fragte sich, was sie mit dieser Information anfangen sollten. Er wollte zu Eva hinübersehen, aber sein Blick klebte an der Frau in Rot. Erst als sie hinter anderen Leuten verschwunden war, konnte er seinen Kopf dazu bewegen, sich in eine andere Position zu begeben.

Plötzlich bemerkte er, dass etwas sich verändert hatte. Er brauchte einen Moment, bis er verstand, dass der bohrende Blick des Gesichtslosen verschwunden war. Die Säule stand da, als wäre nie etwas gewesen.

## Bielefeld, 18. August, 1.25 Uhr

Jakobson tastete in seiner Jackentasche nach dem Schlüssel. Dann ging auch noch das Licht aus. Er wedelte mit seinem linken Arm in der Luft herum, bis es klickte und wieder hell wurde. Hatte er etwa seinen Schlüssel im Keller gelassen? Er war total erledigt und wollte nur noch schlafen. Der Gedanke, noch einmal runter zu müssen, um den verdammten Schlüssel zu suchen, war nicht gerade erfreulich. Er befühlte noch einmal seine Hosentasche und spürte zu seiner Erleichterung tatsächlich etwas Hartes. So leise wie möglich öffnete er die Tür. Im Flur stellte er neben den Schuhen seine Tasche ab und legte die Jacke gleich obendrauf. Er würde morgens sowieso als erster wieder aus dem Haus müssen. Die Sache mit dem Mädchen war absolut heikel und sie hatten immer noch keine heiße Spur vom Vater. Morgen stand das Abklappern zahlloser möglicher Kontakte an. Er hoffte, dass Vater und Tochter lediglich ein bisschen Zeit miteinander verbrachten. Jakobson wusste, dass er sich an diesen Gedanken halten musste, um gleich ein wenig Schlaf zu bekommen. Ging man vom Schlimmsten aus und stellte sich vor, was ein Verrückter alles mit einem Kind anstellen konnte, brauchte man sich gar nicht erst hinzulegen. Aber ohne Schlaf ging es nicht, auch wenn man noch so viel zu tun hatte. Das war eine Lektion, die man schon in der Ausbildung am eigenen Leib und auf die harte Tour lernte.

Jakobson knipste das Licht im Bad an und zog sich aus. Als er in den Spiegel schaute, sah ihm die anschauliche Illustration zu dieser Binsenweisheit entgegen. Er sah genauso fertig aus, wie er sich fühlte. Aber sein müder Blick registrierte auch einen kleinen gelben Zettel, der an der Scheibe haftete. Entnervt ließ er den Kopf nach vorne fallen und zögerte einen Augenblick in dieser Position. In den letzten Tagen hatten Sarah und er sich kaum gesehen, daher kommunizierte sie neuerdings über kleine Zettelchen mit ihm. Meist standen so liebevolle Dinge darauf wie *Spüle ist verstopft* oder *bau bitte die Wickelkommode zusammen*. Wie in Zeitlupe hob er seinen Kopf und fixierte das gelbe Hinweisschildchen. *Muss morgen zum Arzt. Du musst Milla abholen - 12 Uhr Kindergarten.*

Jakobson schnaubte ärgerlich. War sie jetzt total verrückt geworden? Wie sollte er denn mitten in einer Ermittlung von dem Kaliber Milla abholen? Und dann? Sollte er sie dann in eine Arrestzelle sperren oder zu den Befragungen mitnehmen? Womöglich auch noch zu einem Tatort? Kinder konnten ja nicht früh genug mit den Realitäten des Lebens konfrontiert werden. Vielleicht galt das auch für die des Sterbens. Auf was für bescheuerte Ideen würde sie denn noch kommen? Er riss den Zettel runter und holte einen Stift aus dem Flur. Er drehte das Stück Papier um und setzte ein fettes *NEIN* auf die Rückseite. Dann schmiss er den Zettel ins Waschbecken. Danach haute er sich im Wohnzimmer aufs Sofa und wartete vergeblich auf den langersehnten Schlaf. Im Kopf ging er schon einmal die nächsten Schritte durch. Bis Benrich kam, konnte er schon einmal die Kontakte sortieren - nach absteigender Wahrscheinlichkeit, mit der der Vater sie aufsuchen würde, und nach der Entfernung. Vielleicht gab es auch neue Informationen von irgendwoher. Der Wagen könnte gesichtet worden sein, wenn sie Glück hatten.

## Bielefeld Babenhausen, 18. August, 3.32 Uhr

Jorma schaltete die Scheinwerfer aus. Wenn in dem Haus am Poggenpohl tatsächlich lichtscheues Gesindel zusammenkam, war das wohl besser.

»Bist du sicher, dass wir das machen wollen?«

Eva sah ihn fragend an.

»Ich weiß es doch auch nicht.«

Sie sah richtig verzweifelt aus.

Sie hatten gemeinsam gerätselt, was die Frau mit ihren Andeutungen gemeint haben könnte, und waren zu dem Schluss gekommen, dass das eigentlich nur der Hinweis gewesen sein konnte, dass das Haus nachts von Kriminellen genutzt wurde. Absolut rätselhaft war dabei die Rolle, die Johanna in dieser Sache spielte. Immerhin bezahlte sie die Rechnungen für dieses Haus.

»Ich denke, wir sollten es tun. Immerhin haben wir keine andere Spur und mittlerweile ist ja wohl klar, dass hier irgendetwas ganz und gar nicht stimmt, oder?«

Eva nickte. Jorma wusste, dass er recht hatte. In beiden Punkten. Sie hatten noch einer Menge Leute Johannas Bild gezeigt. Einige hatten tatsächlich geglaubt, sie schon einmal gesehen zu haben, aber sie hatten keine einzige weitere Information über sie bekommen. Die Frau in Rot war die einzige, die sie etwas näher zu kennen schien.

»Gut. Dann schau ich mich da jetzt noch einmal um und wenn ich in einer halben Stunde nicht wieder hier bin oder mich gemeldet habe, rufst du die Polizei.«

Eva nickte nur. Sie schien erleichtert zu sein, dass sie im Wagen bleiben durfte.

Am liebsten wäre er auch dageblieben. Jorma versuchte sich einzureden, dass das an der feuchten Kälte draußen lag - es hatte geregnet, während sie in der Diskothek gewesen waren und jetzt hatte sich leichter Bodennebel gebildet - aber im Grunde war ihm klar, dass er Angst hatte. Er stand nicht gerade auf das Vollbringen von Heldentaten, mal abgesehen von virtuellen in der Online-Welt. Aber sein Avatar war auch etwas besser ausgestattet für solche Abenteuer und das Risiko, das er einging, hielt sich in Grenzen. Hier wusste er ganz und gar nicht, worauf er sich einließ. Allerdings wollte er sich vor Eva auch nicht die Blöße geben und eingestehen, dass es ihm am liebsten wäre, wenn sie zum Händchenhalten mitkäme. Außerdem war es ganz rational betrachtet wirklich besser, wenn einer im Notfall die Polizei holen konnte. Was nutzte ihm am Ende die beste emotionale Unterstützung, wenn sie dann zu zweit in der Scheiße saßen. Der romantische Mondspaziergang mit Adrenalinkick kam also nicht in Frage. Dabei war gemeinsame Zeit im Angesicht einer latenten Gefahr das beste Mittel, um eine Frau für sich einzunehmen. Zumindest hatte er das mal in einem Psychologieseminar gehört. Und während er durch die feuchte Botanik schlich, fragte er sich, ob dieser Mechanismus wohl auch andersherum, also mit vertauschten Geschlechterrollen, funktionierte und ob er bei ihm bereits Wirkung zeigte. Wie war es sonst zu erklären, dass er darüber nachdachte, wie er Eva für sich einnehmen könnte. Konnte ein gemeinsames Abenteuer wie dieses tatsächlich romantische Gefühle in ihm hervorrufen? Oder war er einfach ausgehungert?

Er lief querfeldein. Trotz des Nebels versuchte er gebückt zu laufen und sich so zu bewegen, dass zwischen ihm und den Gebäuden ausreichend Sichtschutz vorhanden war - was bei seiner Größe nicht gerade einfach war. Ab und zu geriet er ins Stolpern. Sein Atem ging schwer.

Als er an der Rückseite des Grundstücks angekommen war, musste er sich erst einmal einen Moment lang erholen und die Lage sondieren. Seine Angst hatte er inzwischen ganz gut in den Griff bekommen. Er hatte sich erfolgreich abgelenkt und jetzt konzentrierte er sich einfach auf das, was er tun musste, um nicht von irgendwem entdeckt zu werden. Er schlich um das Hauptgebäude herum und spähte auf den Hof. Dort war alles ruhig. Er drückte sich gegen die Mauer und überblickte die geschotterte Fläche. Es wirkte alles wie am Tag, nur etwas gespenstischer. Jorma spürte, wie die Kälte an ihm hochkroch. Das war nicht unangenehm. Er war ins Schwitzen geraten und nun kühlte er langsam ab. Jetzt musste er sich allerdings langsam überlegen, wie er weiter vorgehen wollte. Er durfte nicht allzu lange bleiben, sonst rief Eva noch die Polizei.

Entschlossen machte er ein paar Schritte vorwärts und hielt dann wieder inne. Da war ein Geräusch gewesen. Aber es war schwer zu sagen, woher es kam. Jorma drehte seinen Kopf in die Richtung, aus der er den Ursprung vermutete, und lauschte. Wahrscheinlich würde er in dieser Situation bei jedem Geräusch aus Wald und Wiese glauben, dass es aus dem Inneren eines der Gebäude kam. Aber es hatte sich tatsächlich so angehört. Nachdem er einen kurzen Moment versucht hatte alle Laute aus der Umgebung aufzusaugen, ohne etwas Verdächtiges zu hören, ging er vorsichtig weiter.

Aus der Ferne hörte er ein Käuzchen oder einen seiner Verwandten rufen. Er blickte sich um und sah in ein Augenpaar, das sich langsam auf Bodenhöhe auf ihn zubewegte. Eine schwarze Katze kam auf ihn zu und rieb ihren Kopf an seinen Beinen. Offenbar die Hofherrin, die zuerst begrüßt werden wollte. Sofort musste Jorma an das halb verweste Fellbündel in Johannas Küche denken. Er bückte sich und strich der Samtpfote über den Kopf, worauf sie ein tiefes Schnurren von sich gab und anfing zu maunzen. Sie schien zu erwarten, dass er ihr Futter gab. So ein verwöhntes Biest. Sie trug sogar ein Halsband mit einem Anhänger daran. Eine kleine Krone.

Er flüsterte: »Geh Mäuse jagen.«

Doch die Dame des Hauses war dazu wohl nicht in der Stimmung. Als sie merkte, dass bei Jorma nichts zu holen war, zog sie weiter und strich an der kleineren Scheune entlang, die sie am Vormittag schon untersucht hatten. Jorma hörte ein leises Miauen und ein ebenso leises Knarzen und sah erstaunt, dass die Katze das Tor einen Spalt weit geöffnet hatte und ins Innere des Gebäudes glitt. Sein Herz fing spürbar an zu pochen. Alle Ruhe war wieder dahin.

In der Scheune war es dunkel. Zumindest drang kein Licht nach außen. Jorma bewegte sich langsam auf den Schlitz zu, immer bemüht jede Veränderung um sich herum aufzuspüren. Seine Sinne befanden sich im Alarmzustand und er hatte das Gefühl, unter dem Einfluss einer gehörigen Menge an Stresshormonen zu stehen, obwohl er lediglich - wie ihm natürlich auch bewusst war - über einen nächtlichen Resthof schlich, der zwar nicht ihm, aber wahrscheinlich seiner Exfreundin gehörte. Es war lächerlich, wegen des Gefasels einer seltsamen Gestalt in einem schrägen Club gleich solche Panik zu schieben. Aber er konnte sich nicht davon frei machen.

Als er angekommen war, regte sich immer noch nichts. Auch von der Katze hatte er keinen Laut mehr gehört. Jorma atmete einmal tief durch und schob seine Hand in den Spalt. Langsam drückte er das Tor noch ein bisschen weiter auf und spähte ins Innere. Es war vor allem ziemlich dunkel. Zu seiner Rechten stand eine Leiter, die eine weitere Ebene zugänglich machte. Von dort sahen ihn auch die schon bekannten Augen wieder an und wunderten sich wahrscheinlich über sein ungebührliches Eindringen. Er öffnete die Tür noch weiter, so dass etwas Mondlicht von draußen hineindringen konnte. Vor ihm standen Autos. Normale Straßenautos, keine landwirtschaftlichen Maschinen, wie sie hier eher zu vermuten wären. Jorma näherte sich dem ersten Wagen. Ein schwarzer 5er BMW. Daneben stand ein kleineres rotes Auto. Jorma hielt den Atem an. Das war ein alter roter Alfa Romeo Spider. Johannas Auto. Johanna hatte sich genau diesen Wagen gekauft, kurz bevor sie sich von ihm getrennt hatte. Obwohl er nicht fuhr und eigentlich höchstens etwas für einen passionierten Schrauber gewesen wäre, hatte Johanna das Auto damals zu einem Schnäppchenpreis erstanden und war zuversichtlich gewesen, dass sie ihn irgendwie schon wieder fahrtüchtig bekommen würde. Was Jorma für total übergeschnappt gehalten hatte, denn Johanna verstand von Autos noch weniger als er. Sie hatte das Auto gekauft und in der Garage eines Freundes eingelagert. Und jetzt stand hier genau dasselbe Modell herum. Das konnte kein Zufall sein. Die Frage war dann noch, wem der BMW gehörte. Johanna wohl kaum. Sie hatte sicher weder das Geld für so ein Auto noch war das ihr Stil. Andererseits stapelte sich in ihrer Wohnung das Bargeld und auf ihrem Konto waren auch immer wieder größere Einzahlungen verbucht.

Jorma ging einige Schritte auf den Wagen zu und legte seine Hand auf die Motorhaube. Sie war noch warm. Das bedeutete, dass in diesem Moment irgendjemand hier im Haus war - und das bestimmt nicht, um zu renovieren. Dieses heruntergekommene Gehöft war tatsächlich der Schauplatz irgendwelcher krummen Geschäfte. An was für Leute war Johanna da nur geraten? Und was hatten sie mit ihr angestellt? Hoffentlich kam er nicht zu spät.

Jorma lauschte in die Nacht. Dann blickte er auf die Uhr. Er hatte noch Zeit, bis Eva die Polizei verständigen würde. Zeit genug, um sich noch ein bisschen intensiver in dieser Scheune umzuschauen. Das Licht von seinem Handydisplay reichte aus, um sich einen Überblick über die Tiefen des Raumes zu verschaffen. Rechts neben dem roten Wagen, der Johannas sein musste, lag Werkzeug auf einem Tapeziertisch ausgebreitet. Unter dem Tisch standen eine Schale mit Wasser und ein leerer Futternapf. An der Rückwand stapelten sich Kartons, alte Decken und mehrere Eimer, die einen üblen Geruch verströmten. Jorma wollte gerade einen Blick in einen der Kartons werfen, als er erneut ein Geräusch wahrnahm. Unwillkürlich zog er den Kopf ein, als wollte er sich klein und unauffällig machen. Als ob das irgendetwas an seiner Lage ändern könnte. Diesmal hatte es gescheppert und danach hatte er geglaubt, ein gequältes Stöhnen zu hören. Das war eindeutig keine Katze gewesen. Das war ein menschlicher Laut gewesen, da war sich Jorma sicher. Er verbarg das Licht an seinem Körper und tastete sich langsam vorwärts. Er wagte nicht, auf den Hof zu treten, aber er konnte auch unmöglich in der Scheune bleiben. Wer immer dort den BMW abgestellt hatte, würde ihn sicher wieder mitnehmen. Und dann würde er entdeckt werden. Es sei denn, er wäre gut versteckt. Jorma überlegte einen Moment, ob er besser ganz von hier verschwinden sollte oder ob er sich nicht in der Scheune verstecken konnte, bis das Auto mitsamt seinem Besitzer verschwunden wäre. Vielleicht sollte er auch die Polizei verständigen.

Kurzentschlossen kletterte er die Leiter zum Heuboden hoch. Hier konnte er sich nur noch auf allen vieren fortbewegen. Sofort entdeckte er auch die Katze wieder, die sich maunzend zu seiner Begrüßung erhob und gleich wieder um ihn herumstrich. Innerlich die Katzennatur verfluchend versuchte Jorma zumindest die Geräuschproduktion zu dämpfen, indem er der kleinen Königin zu Willen war und sie zwischen den Ohren kraulte. Das Maunzen wurde zum zufriedenen Schnurren. Aber Jorma war klar, dass er hier nicht bleiben konnte. Noch konnte man ihn von unten sehen. Langsam schob er sich also vorwärts, die Katze halb unter einen Arm geklemmt. Es schien ihr zu gefallen. Das war mal eine ungewöhnliche Eroberung am Ende eines ungewöhnlichen Abends. Er hoffte inständig, dass das wirklich schon das Ende der Ereignisse war und der Rest der Nacht einfach ruhig vorübergehen würde.

Langsam war er sicher, von unten nicht mehr zu sehen zu sein. Er kroch noch ein Stück weiter und ließ sich mit der Katze auf dem Schoß an der Außenwand nieder. Allmählich fuhr auch sein Alarmsystem wieder herunter. Erst jetzt bemerkte er, dass er zitterte. Nun war er froh darüber, die Katze bei sich zu haben.

Plötzlich schreckte er erneut zusammen. Jetzt hatte er Schreie gehört. Sie waren gedämpft gewesen, aber sie waren ganz aus der Nähe gekommen. Es hatte sich angehört, als würde die Person, die da vor Schmerzen brüllte und wimmerte, sich kurz hinter der Wand befinden, hinter der er gerade Schutz suchte. Jormas Hände tasteten hektisch die Bretter ab, die ihn von den grauenvollen Dingen, die auf der anderen Seite geschahen, trennten. Seine Finger glitten über die raue Oberfläche und fühlten die unregelmäßigen Zwischenräume zwischen den Hölzern. Hier und da konnte er kleine Ritzen und Löcher spüren. Er glitt näher an die Bretterwand heran und versuchte seinen Kopf auf die Höhe eines breiteren Spaltes zu bewegen. Angestrengt bemühte er sich etwas zu erkennen. Vor ihm lag das Hauptgebäude. In einem der nicht verrammelten kleinen Fenster konnte er ein schwaches Licht erkennen. Er musste weiter nach rechts. Leise keuchend robbte er ein Stück an der Wand entlang. In größter Eile suchte er hier erneut das Holz ab. Seine Hand fuhr über eine Vertiefung. Jorma spürte, wie seine Erregung wuchs. Mit dem Finger vergewisserte er sich, dass er ein großes Astloch gefunden hatte. Dann spähte er hindurch.

Tatsächlich konnte er jetzt durch das Fenster in das schwach erleuchtete Innere des Haupthauses sehen. Eine flackernde kleine Flamme schien den Raum von einer Seite her zu erleuchten. Das meiste lag in einem tanzenden Schatten. Man sah eine dunkle Wand, an der an einem Holzkreuz eine Art Sack hing. Doch plötzlich war eine Bewegung zu erkennen. Das helle Ding an der Wand fing an sich zu bewegen. Und tröpfchenweise, in Zeitlupe, ging Jorma auf, dass da kein Ding an der Wand hing, sondern ein Mensch. Was da nach oben führte und an der Wand befestigt zu sein schien, war kein Stoff, sondern ein Arm. Der Sack war ein Körper, der in sich zusammengefallen war und halb am Boden kauerte, ähnlich wie er gerade - und er schien komplett entkleidet zu sein.

Jorma bemerkte, wie sich sein eigener Körper versteifte. Sein Atem beschleunigte sich auf eine Frequenz, die er an diesem Abend noch nicht erreicht hatte. Zitternd versuchte er sein Telefon aus der Tasche zu befördern, das mit einem Geräusch zu Boden fiel, das Jorma so laut erschien, dass es bis ans andere Ende von Bielefeld zu hören sein musste. Hastig hob er es auf und wählte den Notruf. Fassungslos registrierte er, wie mehrmals das Freizeichen ertönte. Direkt vor seinen Augen hing ein halbtoter Mensch an einem Kreuz und wurde grausam gefoltert und die Polizei war zu nichts in der Lage, außer ein Freizeichen zu produzieren?

Endlich war ein Klicken in der Leitung zu hören und ein Beamter meldete sich in provozierender Ruhe. Ohne die Begrüßungshöflichkeiten abzuwarten, fing Jorma an, so eindringlich zu flüstern, wie er konnte. Es war, als ob er versuchte flüsternd zu schreien. So absurd es sich auch anhörte, er beschwor, dass am Poggenpohl in Bielefeld ein

Mensch gefangen gehalten und misshandelt wurde, dass dort auch das Auto der vermissten Johanna Düwel stand, dass der Täter noch vor Ort und Johanna und vermutlich auch er selbst in größter Gefahr waren. Es tat ihm gut, das alles loswerden zu können, aber er fühlte sich noch verlassener und ausgelieferter, als er das Gespräch beendet hatte. Jetzt konnte er nur noch warten.

## Bielefeld, 18. August, 3.56 Uhr

Thomas Jakobson schreckte hoch. War er etwa doch eingeschlafen? Er tastete auf dem Tischchen neben sich nach seiner Uhr. Ein Blick auf die Anzeige verriet ihm, dass er noch nicht lange geschlafen haben konnte. Ein Brummen neben dem Kissen machte ihm klar, dass er vom Vibrationsalarm geweckt worden war. Das musste also als Nachtruhe reichen. Nach dieser Geschichte brauchte er erst einmal ein paar freie Tage, soviel stand fest. Er drückte erst auf das grüne Hörersymbol, dann auf die Freisprechtaste, warf das Gerät auf das Sofa und band sich seine Uhr ums Handgelenk. Er wusste, was los war. Zumindest, dass er losmusste.

Dass es um Johanna Düwel ging, hatte er allerdings nicht vermutet. Ein Notruf im Zusammenhang mit einem Fall von Körperverletzung und Freiheitsberaubung und der verschwundenen Johanna war bei der Leitstelle eingegangen. Das war eine Sache, die er im Moment gar nicht auf dem Schirm hatte und die er auch nicht gebrauchen konnte. Auf dem Weg ins Bad rief er noch »Ich bin gleich fertig!« in Richtung Sofa.

Entweder musste er die Sachen wieder anziehen, die dort noch vom Vortag lagen, oder er musste ins Schlafzimmer und Sarah wecken. Die war allerdings im Moment besonders ungnädig, was das anging. Sie konnte nicht gut schlafen. Ihr Bauch war diesmal viel früher und viel stärker gewachsen als beim ersten Mal und die kleine Kugel schien sie diesmal auch mehr zu stören. Auf-dem-Rücken-Liegen ging nicht mehr, Schlafen ging nicht mehr, Einkaufskorb-Tragen nicht und Sex schon mal gar nicht. Als wollte sie ihn dafür bestrafen, dass er sie geschwängert hatte.

Nachdem er sich und seine Kleidung mit Hilfe von reichlich Deo etwas frischgemacht hatte, fischte er den kleinen gelben Klebezettel aus dem Waschbecken, zerknüllte ihn und steckte ihn in seine Hosentasche. Dann holte er sein Handy vom Sofa und setzte im Gehen schnell einen Termin auf neun Uhr: *Abholer organisieren.*

Plötzlich fing es in seiner Hand erneut an zu vibrieren und zu summen. Ausgerechnet im Flur. Jakobson zuckte zusammen und schloss schnell beide Hände um das Gerät, aber schon Sekunden, nachdem das Gebrumm vorbei war, ertönte ein lautes: »Papa?«

Thomas blickte auf die Anzeige. Eine Nachricht von Benrich. Er öffnete schnell Millas Zimmertür, bevor sie noch einmal brüllte, aber da streckte auch schon Sarah Kopf und Bauch durch den Spalt der Schlafzimmertür. Sie sah genauso fertig aus wie er und schien ähnlich genervt zu sein. Als sie sah, dass er im Begriff war, zu Milla zu gehen, drehte sie sich wortlos um und legte sich wieder ins Bett.

Schnell lief er zu seiner Tochter ans Bett und drückte ihr einen Kuss auf die Stirn. Milla griff unter ihr Kopfkissen und hielt ihm strahlend einen Aufkleber mit einem Klapperstorch in einem Lieferwagen voller Babys hin.

»Von Verena.«

Verena war die Hebamme.

Jakobson strich seiner Tochter durch das zerwuschelte Haar.

»Danke.«

»Ich will aufkleben!«

»Nein, Millamaus. Ich muss mich beeilen.«

Noch während er sprach, war er schon wieder zur Tür hinaus, den Aufkleber in der Hand.

Eva wurde langsam ärgerlich.

»Ich habe Ihnen das doch schon erklärt. Ein Kommissar Jakobson leitet die Ermittlungen. Mein Bekannter ist zu diesem Haus gegangen und kommt nicht zurück. Was kann man daran nicht verstehen?«

»Wie heißt denn Ihr Bekannter?«

»Wozu wollen Sie das wissen? Das ist doch jetzt völlig unwichtig!«

Eva konnte es nicht fassen. Sie hatte die 1-1-0 gewählt und der Polizist am anderen Ende der Leitung versuchte es jetzt mit Smalltalk. Sie setzte noch einmal an.

»Schicken Sie bitte einen Polizeiwagen!«

»Die Kollegen sind schon unterwegs. Es gab eben schon einen Notruf für diese Adresse.«

»Was für einen Notruf? Ist etwas passiert?«

»Das kann ich Ihnen leider nicht sagen.«

»Sie müssen mir sagen, was da los ist!«

Eva rutschte immer weiter auf ihrem Sitz nach vorn und versuchte durch die Dunkelheit zu starren. Es war nichts zu sehen. Allmählich verlor sie die Geduld.

»Wer hat denn bei Ihnen angerufen? Jorma Hanke? Jetzt sagen Sie mal was, verdammt!«

Sie schimpfte ungehemmt los, wohl wissend, dass sie damit die allgemein akzeptierten Umgangsformen für Notruftelefonate ignorierte. Gleich darauf wurde ihr klar, dass sie das nicht hätte tun sollen. Ihr Gesprächspartner beendete das Gespräch einfach mit einem trockenen: »Wozu wollen Sie das wissen? Das ist doch völlig unwichtig.«

Jetzt saß sie da und wusste nichts. Es war absolut unklar, ob Jorma die Polizei gerufen hatte, weil er Hilfe brauchte, oder die Leute im Haus, weil er auf ihrem Grundstück herumschlich, oder - Gott bewahre - in ihr Haus eingebrochen war. Gut war auf alle Fälle, dass die Polizei gleich da sein würde.

Eva bemühte sich weiter angestrengt, irgendetwas zu entdecken, das ihr verriet, was an dem Haus vorgefallen sein könnte, aber aus ihrer jetzigen Position war das unmöglich. Folglich musste sie das Auto verlassen - Absprache hin oder her. Sie nahm sich vor einfach ganz, ganz vorsichtig zu sein. Außerdem war die Polizei bereits unterwegs, von daher konnte eigentlich gar nichts mehr passieren. Und dann musste sie auf jeden Fall vor Ort sein, um zu bezeugen, dass Jorma kein Einbrecher war. Sonst würde ihre charmante Abendbegleitung noch im Knast enden.

Eva lief so unauffällig wie möglich am Rand des Wäldchens entlang und verfluchte den Mond. Mittlerweile war sie wahrscheinlich vom Haus aus ziemlich gut zu sehen. Sie wechselte schnell auf die andere Straßenseite und schlug sich in ein Maisfeld. Hier war sie unmöglich zu entdecken. Allerdings kam sie zwischen den Pflanzen auch nicht besonders schnell vorwärts. Sie hielt sich parallel zur Straße und versuchte einen gemäßigten Laufschritt zu halten. Der Acker war jedoch eine etwas weniger komfortable Strecke als ihre gewohnte Joggingroute. Der Boden war matschig. Ihre Schuhe waren jetzt auf jeden Fall versaut.

Plötzlich hielt sie inne. Sie hörte, wie mehrfach Glas zerklirrte. Was zum Teufel war da los?

Eva beschleunigte ihre Schritte und betete, dass sie nicht zu spät kam. Sie musste unbedingt zu Jorma.

## Bielefeld Babenhausen, 18. August, 4.13 Uhr

Jorma hatte unruhig in seinem Versteck gekauert, aber jetzt konnte er nicht länger auf dem Heuboden ausharren. Er musste in das Haus. Bis die Polizei da war, konnte alles zu spät sein. Er hatte keinen Plan, aber er wusste, dass er es sich nie verzeihen würde, wenn er jetzt nichts tun würde.

Nachdem er den Notruf abgesetzt hatte, hatte er noch vereinzelt das Stöhnen des Mannes gehört. Dann aber war ein Schrei aus dem Haus gedrungen, der ihn in größere Aufruhr versetzt hatte. Es war das verzweifelte Kreischen einer Frau gewesen. Das konnte nur Johanna gewesen sein. Sie lebte. Sie war in dem Haus vor seiner Nase und wurde ebenso grausam gefoltert wie der Mann, den er gesehen hatte. Er zweifelte nicht daran, dass Menschen, die so etwas taten, sie auch töten würden. Er hatte sie gerade noch rechtzeitig aufgespürt. Jetzt musste er sie nur noch da rausholen.

Während er die Leiter herunterkletterte und zum Haus herüberlief, hörte er weitere Schreie und wusste, dass Johanna unglaubliche Qualen litt. Er hastete zum Schuppen zurück und suchte nach etwas Schwerem, das er tragen konnte. Ein großer Montierhebel schien ihm geeignet. Er schnappte sich das Teil und rannte wieder nach draußen. Die kühle Luft umfing ihn. Er stolperte in den Garten und schlug mit dem Metallstück das erste Fenster ein, das er erreichte. Es krachte und klirrte gewaltig. Jetzt musste jedem klar sein, dass er da war.

Er hämmerte so lange auf die Scheibenreste ein, bis er durch das Loch hindurchfassen und den Fenstergriff umlegen konnte. Mit den Armen wischte er die Scherben von der Fensterbank, dann stemmte er sich hoch und schwang die Beine durch das Loch. Seine Hände schmerzten. Er spürte, dass er blutete, aber das hatte jetzt keine Bedeutung. Er musste Johanna finden, bevor es zu spät war. Und er sollte sich nicht von den Leuten aufgreifen lassen, die sie hier gefangen hielten.

Jorma sah sich um. Er stand in einem eingerichteten Zimmer. Rechts von ihm standen mehrere Schränke und zu seiner Linken befand sich eine kleine Einbauküche. In der Spüle stand Geschirr und auch am Geruch nach Spül- oder Putzmittel konnte man sofort erkennen, dass das Haus bewohnt war. Jorma empfand einen Moment lang das Groteske an der Situation. Dass es an einem Ort, an dem Menschen gefangen gehalten und brutal gequält wurden, eine Küche und benutzte Tassen gab, war absurd. Er hatte sich den Ort eines so grausamen Verbrechens nicht so banal vorgestellt. Aber er musste sich jetzt dazu zwingen, nicht zu denken, sondern zu funktionieren.

Am Ende des Raumes befand sich eine Tür. Dort musste er hin. Mit raschen Schritten durchquerte er den Raum, als sein Blick von einer Miniaturausgabe einer Zimmertür angezogen wurde, die halb von einem schwarzen Vorhang verdeckt wurde. Jorma zögerte kurz, zerrte das Tuch zur Seite und zog an dem Knauf, der zum Vorschein kam. Sein Blick fiel in einen schmalen Gang, in dem eine alte Treppe in die Tiefe führte.

Jorma wandte sich um. Er musste nach oben. Wenn der Mann dort war, dann war auch Johanna irgendwo da versteckt. Er ließ den Griff los und lief zu der anderen Tür. Mit einem vorsichtigen Druck auf die Klinke stellte er fest, dass sie sich öffnen ließ.

Dahinter lag alles in einem schwachen bläulichen Licht. Die Stille, die ihn umgab, erschien ihm nun fast unerträglich, denn das Schreien hatte ihm immerhin die Gewissheit gegeben, dass Johanna noch lebte. Er war jetzt in der ehemaligen Tenne. Die Wände waren komplett schwarz gestrichen. Vom Dachfirst hingen mehrere filigrane Lampen herunter, die das seltsame Licht verströmten. Er konnte das große Scheunentor erkennen und auch eine Metalltreppe, die nach oben auf eine Galerie führte. Da musste er hoch.

Jorma fasste nach dem kühlen Handlauf und ging, immer zwei Stufen auf einmal nehmend, die Treppe hinauf. Dabei suchte er mit den Augen beständig die Empore ab, auf der sich mehrere altertümlich wirkende Holztüren aneinanderreihten. Alle geschlossen. In seiner anderen Hand spürte er noch immer das Gewicht des Montierhebels und Blut, das an seinen Fingern herabrann.

Seine Konzentration war ganz auf die Türblätter gerichtet, die alle seltsame Flecken auf einer bestimmten Höhe hatten - oder Löcher. Er hatte schon eine Vermutung, in welchem Raum der Mann sein musste. Ehe er sich weitere Gedanken dazu machen konnte, erreichte er die letzte Stufe und stand nun direkt vor einer dieser Konstruktionen aus alten, relativ unbehandelten Brettern mit zahlreichen Rissen und Furchen. Direkt in Kopfhöhe befand sich tatsächlich ein etwas unregelmäßiges Loch. Es wirkte wie hereingeschnitzt. Eine Art dunkles Guckloch.

Jorma beugte seinen Kopf vor, um einen Blick in das Zimmer zu werfen, da nahm er für den Bruchteil einer Sekunde wahr, dass die Tür sich bewegte. Noch bevor er darauf reagieren konnte, traf ihn das alte Holz mit einer Wucht an der Stirn, die er nicht für möglich gehalten hatte. Er fiel rücklings zu Boden. Sein Schädel schmerzte höllisch. In seinem Rücken fühlte er ein heißes Brennen, als würde man einen Nagel hindurchstechen. Er registrierte, wie die Welt vor seinen Augen wegglitt und dass das schlecht war, weil er Johanna retten musste. Dann verlor er das Bewusstsein.

## Bielefeld, 18. August, 4.19 Uhr

Karl Benrich hielt in zweiter Reihe vor Jakobsons Haus und wartete. Zwei Minuten später saß Jakobson neben ihm und er beschleunigte. Jakobson schwängerte derweil sein Auto mit einer Überdosis Superheldendeodorant.

Benrich hatte schon ein Blaulicht auf das Dach gesetzt, um nicht an irgendwelchen Ampeln warten zu müssen. Das war aber ohnehin fast nirgends nötig, da die meisten Ampeln um diese Zeit ausgeschaltet waren. Es war nichts los in der Stadt. So konnte er ungehindert Höchstgeschwindigkeit rausholen.

Jakobson schwieg. Er wirkte angespannt - angespannter als bei normalen Blaulichtfahrten. Eigentlich müssten sie jetzt erst über eine Parallelstraße nach Babenhausen raus und dann wieder Richtung Stadt zurück, weil das Haus, zu dem sie unterwegs waren, in einer Bauernschaft in einer Sackgasse lag. Aber die Kollegen von der Streife hatten schon gemeldet, dass es eine direkte Verbindung gab, die nur durch einen Pömpel gesichert war, was kein Hindernis für einen Polizisten darstellte. Die Jungs vor Ort hatten die Absperrung schon flachgelegt und warteten jetzt auf sie.

Neben ihm überprüfte Jakobson seine Waffe. Sie hatten bisher noch kein Wort gesprochen. Jetzt wusste Benrich, dass sein Kollege bereit war.

»Das SEK würde zu lange brauchen. Zwei Einsatzfahrzeuge sind schon vor Ort. Die Kollegen wissen Bescheid. Wir lassen die Wagen an der Straße stehen und gehen ohne Vorwarnung rein. Es ist am einfachsten, wenn uns keiner erwartet. Es gibt ein männliches Opfer, das gefesselt ist, und möglicherweise ein weiteres weibliches Opfer. Außerdem ist da irgendwo in einer Scheune der Mann, der uns gerufen hat. Über den Täter wissen wir nichts.«

Jakobson nickte nur, aber Benrich wusste, dass er jetzt voll bei der Sache war.

## Bielefeld Babenhausen, 18. August, 4.19 Uhr

Eva kämpfte sich bis zum Ende des Maisfeldes vor und stützte die Hände auf ihre Knie. Sie ließ für einen Moment ihren Oberkörper hängen und überlegte. Es wäre nicht besonders geschickt einfach kopflos auf den Hof zu stürzen. Sie richtete sich wieder auf und versuchte die Lage abzuschätzen. Leider konnte sie Jorma auch aus dieser nahen Distanz nicht entdecken. Innerlich fluchte sie vor sich hin. Bei jedem Horrorfilm wusste man genau, dass die Helden sich unter keinen Umständen trennen durften, und man fragte sich jedes Mal, wie man so blöd sein konnte, genau das dann doch zu tun. Sie hätten wirklich schlauer sein können.

Sollte sie ihn rufen? Oder eine SMS schicken? Wahrscheinlich hatte er das Handy lautlos gestellt. Alles andere wäre wahnsinnig. Sie zückte also ihr Mobiltelefon und tippte so schnell sie konnte: *Wo bist du?*

Als ihr Daumen den Sendebutton berührte, spürte sie, wie ihre Anspannung stieg. Sie glaubte zwar nicht, dass es jetzt in irgendeinem Gebüsch anfangen würde zu piepsen, aber hundertprozentig sicher war sie auch nicht. Jetzt musste sie nur noch eine Antwort erhalten.

Eva blickte auf ihre Uhr. Sie hockte mit gesenktem Blick zwischen den Maispflanzen und zwang sich zu warten. Als nach fünf Minuten immer noch keine Antwort eingetroffen war, erhob sie sich. Das war kein gutes Zeichen. Am besten würde sie von der Rückseite an das Haus herankommen. Da war sie am ehesten vor Blicken geschützt. Dazu musste sie allerdings die Straße überqueren.

## Bielefeld, 18. August, 4.20 Uhr

Als sie von der Voltmannstraße abbogen, konnten sie bereits die Scheinwerfer des Streifenwagens sehen. Benrich verlangsamte kurz, als sie an den Kollegen vorbeifuhren. Jakobson tippte mit seinem Zeigefinger seitlich an seine Stirn. Der Einsatzwagen folgte ihnen und Benrich wusste, dass vor Ort ein weiterer auf sie wartete. Sechs Mann waren in Ordnung.

Die Dämmerung würde bald einsetzen. Benrich schaltete noch einmal einen Gang hoch, da spürte er Jakobsons Ellbogen an seinem Arm. Er deutete in das Wäldchen neben ihnen.

»Da steht ein Wagen.«

Er griff zum Funkgerät und forderte noch eine Streife an, die sich das versteckte Auto ansehen sollte. Dann stoppte er den Wagen. Auf dem Grünstreifen vor ihnen stand schon das zweite Einsatzfahrzeug. Hinter ihnen kam das andere. Im Rückspiegel konnte er sehen, dass eine junge Frau fuhr. Hoffentlich war die so einer Sache gewachsen.

Sie stiegen aus und warteten noch einen Moment, bis auch der zweite Wagen stand und alle Einsatzkräfte bei ihnen waren. Dann liefen sie in geduckter Haltung und mit gezogenen Waffen auf das Haus zu. Mit einem Nicken schickte Benrich die junge Polizistin auf die Rückseite des Hauses. Er rückte mit den anderen weiter vor. Ein Streifenpolizist leuchtete mit einer riesigen Stablampe den Weg aus. Die Kollegen aus dem zweiten Wagen hatten einen kleinen Rammbock, mit dem sie mühelos - wenn auch nicht sehr leise - eine kleine Tür in einem großen Scheunentor öffneten.

Zügig drangen die Polizisten in den Innenraum vor. Benrich tastete nach einem Lichtschalter, fand und betätigte ihn. Die erwartete Helligkeit blieb allerdings aus. Ein kühles bläuliches Licht erleuchtete dürftig eine große Diele. Nichts wirkte hier, wie man es von außen vermuten würde. Das war kein Bauernhaus.

Benrich sah mehrere Türen und eine Treppe, die zu einer Galerie führte, von der ebenfalls mehrere Türen abgingen. Unübersichtliche Lage. Das gefiel ihm nicht.

Ein Beamtenteam machte sich an das Erdgeschoss. Der andere Kollege sicherte von unten die Empore ab, während Benrich und Jakobson mit gezogenen Waffen die Treppe hochliefen. Am Handlauf sah er dunkle Schmierspuren. Das war Blut, da war er sich trotz des spärlichen Lichts sicher. Benrichs sämtliche Alarmglocken schrillten. Dieses Haus war ein professionelles Versteck. Wer erwartete sie hier?

Jakobson stieg die letzten Stufen hinauf. Er platzierte sich neben der ersten Tür und hielt seine Waffe im Anschlag. Benrich wusste, dass es jetzt kein Zurück mehr gab. Er zog die Tür auf und wunderte sich im selben Augenblick darüber, dass es keine Klinke, dafür aber eine Art Türspäher gab.

Jakobson machte - die Pistole voran - einen schnellen Schritt über die Schwelle. Benrich leuchtete in den Raum hinein. Er war fast leer. Ein großes Holzkreuz an der Wand dominierte alles. Daneben hingen Metallringe und Ketten. Auf dem Boden lag auf einer Matratze ein Mann. Auf dem Laken waren frische Blutflecken. Jakobson scannte mit einem Blick den Raum ab und sicherte dann nach draußen, so dass Benrich sich kurz bücken konnte, um am Hals des Opfers nach einem Puls zu tasten. Der Mann lebte. Er nickte Jakobson zu. Sie mussten weiter.

Auf der Galerie konnten sie hören, wie die Kollegen sich unten vorarbeiteten. Von draußen hörte er die Frau schreien: »Halt! Polizei! Stehen bleiben oder ich schieße!«

Benrich fluchte in sich hinein. So war das nicht geplant gewesen. Eigentlich hatte er die Kleine hinters Haus geschickt, um sie aus der Schusslinie zu bekommen. Und jetzt war sie scheinbar die einzige, die mittendrin war. Noch dazu allein. Er hoffte inständig, dass sie mit der Situation klarkam und der Einsatz nicht in einem Desaster endete. Als er die Entscheidung getroffen hatte, ohne das SEK reinzugehen, hatte er nicht damit gerechnet, auf so etwas zu stoßen. Die ganze Sache war wohl ein paar Nummern größer, als er vermutet hatte.

Jakobson hatte sich neben der nächsten Tür postiert. Es blieb ihnen nichts anderes übrig, als jetzt das gesamte Haus zu durchkämmen und alles abzusichern. Eine Planänderung zu diesem Zeitpunkt war praktisch unmöglich. Auch wenn das für die Kollegin schwer werden würde. Benrich hoffte, dass sie durchhielt. Dass bis jetzt nichts weiter zu hören gewesen war, konnte auch ein gutes Zeichen sein. Er vergewisserte sich mit einem Blick, dass Jakobson bereit war, dann stieß er die zweite Tür auf. Wieder fiel ihm ein Loch in der Mitte in den Blick. Die Tür schwang auf und Benrich stutzte einen Moment lang. Er blickte in einen weiß gekachelten Operationssaal. In der Mitte stand ein OP-Tisch. Daneben standen verschiedene medizinische Geräte. An den Wänden waren mehrere grüne Metallschränke mit zahlreichen Schubladen platziert. Auf einem fahrbaren Wagen lagen Spritzen und OP-Besteck bereit.

Hinter der Tür schepperte etwas. Benrich stürzte herum und blickte in die Ecke. Ein Infusionsständer war zu Boden gekracht. Daneben stand ein Beatmungsgerät. Benrich blickte Jakobson an, der die Waffe in den Raum gerichtet hatte. Er wollte lieber nicht wissen, wozu man sich mitten in der Wildnis in einem alten Abrisshaus einen geheimen Operationssaal einrichtete. Hier mussten unglaubliche Dinge geschehen. Der Geruch nach Desinfektionsmitteln lag noch in der Luft. Es wurde Zeit, dass sie die festgehaltene Frau fanden. Benrichs Anspannung stieg immer weiter.

Vorsichtig zogen sie sich wieder aus dem Raum zurück. Unten waren Schritte und ein Krachen zu hören. Von der Frau draußen immer noch nichts. Und auch nichts von dem anderen Opfer. Auf Benrichs Stirn floss der Schweiß zu kleinen Tröpfchen zusammen. Er widerstand dem Impuls, sie wegzuwischen, und hielt stattdessen seine Waffe und die Lampe vor sich.

Sie nahmen sich die nächste Tür vor. Benrich machte sich auf das Schlimmste gefasst. Er drückte gegen das Holz, aber diesmal bewegte es sich nicht. Innen war es dunkel. Durch das Loch sah man nichts. Alle Fenster schienen verhängt zu sein. Benrich versuchte es noch einmal mit mehr Kraft. Diesmal bewegte sich die Tür. Sie war verdammt schwergängig und schien über den Boden zu schleifen. Als sich ein Spalt öffnete, schlug ihnen ein Geruch nach Fäkalien, Schweiß und Urin entgegen. Benrich machte einen Ausfallschritt in eine ebenfalls weiß gefliese Toilettenanlage hinein. Direkt vor seinen Füßen stand ein Eimer mit Exkrementen, den Jakobson fast umrannte. Der stieß die einzelnen Kabinentüren auf und hielt seine Waffe hinein. In der letzten Nische war nur ein großer Abfluss im Boden und ein Schlauch kam aus der Wand. Benrich konnte sehen, wie die Muskeln an Jakobsons Schläfen arbeiteten. Langsam machte auch er sich Sorgen.

Benrich drehte sich um und sah sich selbst in einem raumhohen Spiegel, der in diesem Ambiente genauso deplatziert wirkte wie er selbst. Ein alternder Bulle mit einer SIG Sauer. In diesem Spiegel sah er zwanzig Jahre älter aus, als er sich fühlte. Dann wanderte sein Blick auf ein Detail im Hintergrund. An der gekachelten Wand hingen Metallringe an massiven Halterungen. Um etwas aufzuhängen? Oder um jemanden anzuketten, wenn er mal auf die Toilette musste?

Benrich zuckte zusammen. Von unten kam die Meldung, dass alles gesichert war. Immerhin. Er hörte, wie jemand die Treppe hochkam. Jakobson fing seinen Blick auf. Es gab nur noch zwei Räume. Mit einer Kopfbewegung zeigte er ihm, dass es weiterging.

Auf der Galerie stießen sie auf die Jungs aus der zweiten Streife. Benrich öffnete die nächste Tür. Jakobson schob sich mit seiner Waffe an ihm vorbei und noch im selben Moment brüllte er: »Polizei! Die Hände hoch und alle auf den Boden!« Vor ihnen standen zwei Frauen. Eine war nackt und hatte einen Knebel im Mund. Die andere Frau steckte in einem schwarzen Lackoverall, der so eng war, dass auch sie nackt wirkte. Oder vielleicht sogar provozierender als nackt. Hinter den beiden verschwand gerade ein fetter, weißer - weil ebenfalls nackter - Männerhintern durch das Fenster.

Benrich konnte das Ganze nicht ganz einordnen. Keiner der Anwesenden kam Jakobsons Aufforderung nach, sich auf den Boden zu legen. Die Frau in dem Fetischfummel sah ihn eher erbost als ängstlich an. Dann hob sie betont langsam die Hände. Die nackte Frau dagegen wirkte verängstigt, aber auch sie bewegte sich nicht, was aber daran lag, dass sie es nicht konnte. Benrich sah, dass sie noch sehr jung war. Vielleicht Mitte zwanzig. Möglicherweise noch jünger. Sie hatte helle, lange Haare, die ihr bis zur Hüfte reichten. Zwischen all den Haaren und den festen Brüsten konnte Benrich einen breiten und einige schmale Ledergurte sehen. Offensichtlich war an diesem Geschirr am Rücken eine Kette befestigt und an dieser Kette war das Mädchen aufgehängt. Ihre nackten Füße berührten nicht den Betonboden unter ihnen. So nackt und schön schien sie Benrich wie aus einer anderen Welt zu stammen. Sie war geschminkt. Stark sogar. Aber alles war zerlaufen. Sie hatte geweint. Dicke schwarze Streifen zogen sich von ihren Augen über ihre Wangen. Sie wirkte unglaublich zerbrechlich. Vielleicht war sie auch schon zerbrochen. An ihren Beinen lief eine schleimige Flüssigkeit entlang, die Benrich sofort erkannte. Sie waren zu spät gekommen. Der Scheißkerl hatte es zu Ende gebracht.

Während Benrich seine Waffe auf die ältere Frau richtete, die ihn herausfordernd ansah, hechtete Jakobson auf das Fenster zu. Draußen krachte etwas und man hörte ein Keuchen.

»Mist!«

Jakobson knallte den Griff seiner Waffe gegen den Fensterrahmen. Dann sprintete er auf die Galerie hinaus. Benrich hörte, wie er zum letzten Raum rannte, wieder umkehrte und die Treppe hinunterhastete. Draußen wurde ein Motor gestartet und Reifen quietschten. Aus dem Nebenraum hörte er die Kollegen rufen: »Alles sauber!«

Ein paar Momente später folgten Jakobsons Flüche.

Benrich sah von dem Mädchen zu der Frau in der Lackwäsche. War sie ein Opfer oder gehörte sie zu dem Täter? Sicherheitshalber drehte er sie mit dem Gesicht zur Wand und legte ihr Handschellen an, was sie mit Gelächter quittierte. Noch nie in seinem Leben war Benrich bei einer Festnahme ausgelacht worden. Aber genau das tat diese Frau gerade. Sie lachte ihn aus. Jetzt war er sicher, dass er das Richtige tat.

»Was wollen Sie hier eigentlich, Herr Wachtmeister?«, fragte sie ihn dann auch noch frech.

»Verlassen Sie sofort mein Haus. Sie wissen, dass Sie das hier nicht dürfen.«

Benrich versuchte sie zu ignorieren. Er machte sie kurzerhand an einem der Ringe an der Wand fest, die hier überall zur Befestigung von Gefangenen so praktisch zur Verfügung standen. Er musste dringend die Kollegin raufholen lassen, damit sie sich um die junge Frau kümmern konnte. Er drehte sich halb zur Tür und rief hinunter: »Wir brauchen einen Rettungswagen mit Notarzt und ich brauche die Kollegin hier drin.«

Jetzt konnte er sich das Mädchen genauer ansehen. Die Kette war mit einem Karabiner befestigt. Er musste sie hochheben, um sie zu befreien.

Benrich stellte sich hinter die gefesselte Frau. Mit einem Anflug von pubertärer Aufgeregtheit legte er einen Arm um ihren nackten Körper. Ihr zarter Leib wirkte so fragil, dass Benrich das Gefühl hatte, er müsse ganz behutsam vorgehen, um sie nicht zu verletzen. Er versuchte weder zu atmen noch hinzusehen. Seine Nase berührte ihre Haare. Sie dufteten fruchtig. Vorsichtig hob er die Kleine etwas an. Sie erschien ihm viel zu leicht. Mit feuchten Händen öffnete er den Karabiner, hob sie hinaus und stellte sie auf den Boden. Dann löste er behutsam den Arm von ihr. Er hatte befürchtet, dass sie sofort zu Boden fiel, aber sie stand.

Und sie fürchtete sich vor ihm! Sie suchte den Blick der Lacklady - und ihre Nähe. Mit vor dem Busen verschränkten Armen drückte sie sich an die andere Frau.

Benrich fühlte sich plötzlich unwohl. Hatte sie Angst, dass er sie bedrängen könnte? Eigentlich hatte er sie gerettet.

Die Situation wurde langsam unangenehm. Er drehte sich unschlüssig herum und steckte den Kopf durch die Tür hinaus. Auf dem Gang standen die beiden Streifenpolizisten. Einer sprach in sein Funkgerät. Benrich hörte, dass die Rettung unterwegs war. Etwas verärgert polterte er los: »Seid ihr langsam fertig hier drinnen? Dann hol mir doch mal endlich einer die Kollegin von unten!«

Siedend heiß fiel ihm ein, dass er noch gar nicht wusste, was mit der Polizistin los war. Aber der Streifenbeamte nickte und ging ganz selbstverständlich los, um die Kollegin zu holen.

Der andere schien ihm etwas sagen zu wollen.

»Sie sollten sich das da unten mal ansehen. Da hat sich jemand eine ganz seltsame Sammlung angelegt.«

Benrich hatte keine Ahnung, was das heißen sollte, aber nach dem, was er im oberen Stockwerk gesehen hatte, konnte das nichts Gutes bedeuten. In seinem Kopf tauchte der bizarre Gedanke an Körperteile auf. Das würde vielleicht den OP erklären.

Er machte sich auf den Weg nach unten. Auf der Galerie sah er, dass ein Mann sich schon um den Bewusstlosen kümmerte. Gut so. Jetzt lief alles ziemlich reibungslos. In Anbetracht der Umstände und der Größenordnung dessen, was sie hier aufgedeckt hatten, war der ganze Einsatz überraschend gut gelaufen. Geradezu schlafwandlerisch. Das hätte auch alles ganz anders ausgehen können. Benrich dachte an andere Fälle zurück, bei denen spontane Stürmungen ohne Spezialkräfte schon total chaotisch abgelaufen waren.

Über den Flüchtigen konnte Benrich sich jetzt nicht aufregen. Den würden sie schon noch bekommen. Selbst wenn die Frau nicht reden würde, bei dem Wetter und dem aufgeweichten Boden würden sie Reifenprofile finden und bei der Spurensicherung noch tausend andere Hinweise. Der Arme musste ja sogar seine Kleidung dagelassen haben. Bei dieser

Kategorie von Verbrechen war es bei guter Spurenlage statistisch gesehen nur eine Frage der Zeit, bis man sich wiedersah.

## Bielefeld Babenhausen, 18. August, 5.04 Uhr

Eva rang um Fassung. Ihr war immer noch nicht klar, wie sie sich in diese Lage manövriert hatte. Sie war mit Handschellen gefesselt und fand einfach keinen Weg, sich loszumachen. Dabei kam sie fast um vor Ungeduld und Sorge. Und keiner machte sich die Mühe, mit ihr zu sprechen! Durch das Ziehen und Zerren waren ihre Handgelenke gerötet. Langsam stiegen ihr Tränen in die Augen. Das war natürlich absolut unangebracht und auch in keiner Weise hilfreich, aber sie konnte einfach nichts dagegen machen. Der lange Tag, die Fülle der Ereignisse und dann auch noch das hier. Es reichte ihr einfach alles. Der Wunsch, jetzt einfach zu Hause in ihrem Bett zu liegen und mit nichts mehr etwas zu tun zu haben, wurde immer stärker. Sie lehnte den Kopf zurück, schloss die Augen und versuchte sich zu beruhigen. Sie spürte ihrem Atem nach wie beim Yoga und zwang sich das Gedankenkarussell anzuhalten. Ihre Füße waren kalt. Bei ihrem jämmerlichen Versuch wegzulaufen hatte sie ihre Schuhe auf dem Acker verloren.

Eva stellte fest, was sie in jeder Yogastunde feststellte. Ihre Gedanken ließen sich nicht anhalten, nicht wegschieben und auch nicht ausschalten. Sie führten ein Eigenleben und hatten im Zweifelsfall immer das letzte Wort. Sie gab sich geschlagen und schlug die Augen wieder auf - um sofort erschreckt zusammenzuzucken.

Durch die Scheibe des Polizeiwagens sah ein Mann zu ihr herein. Sein Gesicht befand sich nur eine Handbreit von ihrem entfernt. Er schien sie schon länger beobachtet zu haben. Sie kannte diesen Mann. Es war Kommissar Jakobson von der Kripo Bielefeld. Das war gut. Dann müsste sich jetzt alles aufklären lassen. Sie setzte sich aufrecht hin und strich sich kurz durchs Haar. Der Kommissar wirkte auch nicht gerade taufrisch. Aber er lächelte. Oder amüsierte er sich über ihre Lage? Oder über ihre dreckigen Füße?

## Bielefeld Babenhausen, 18. August, 5.13 Uhr

Benrich inspizierte einen Raum nach dem anderen. Es gab eine unscheinbare Teeküche, die aussah, als würde sie zu irgendwelchen Büroräumen gehören. Gegenüber lag eine Art Folterkammer mit mittelalterlicher Streckbank, einem hölzernen Andreaskreuz und einer ganzen Reihe anderer Apparatschaften, die er nicht kannte. Neben den archaischen Folterinstrumenten gab es eine modernere Elektroabteilung. Kästen mit Schaltern und Kabeln wie beim Arzt. Hier schienen EKGs durchgeführt worden zu sein oder es handelte sich um eine Vorrichtung, mit der man Elektroschocks verabreichen konnte. In einer Ecke stand ein kleines fahrbares Schränkchen mit einem Gerät, das Benrich aus seiner Ausbildung kannte. Es war ein Lügendetektor älteren Baujahres.

Im nächsten Raum fand er alte Schulbänke, eine Reihe Schränke und eine Tafel. Als wäre hier ein altes Dorfschulzimmer archiviert worden - inklusive Strafbank und Rute.

Benrich zog zufrieden einen Mundwinkel hoch. Auf der Büßerbank lagen ordentlich zusammengelegt ein besserer Herrenanzug, ein Hemd und eine weiße Feinrippunterhose. Wenn das mal nicht dem Nudisten gehörte, der eben aus dem Fenster gesprungen war. Benrich befühlte die Hose. Das war bestimmt ein Zwirn der teureren Sorte. In der Gesäßtasche wurde er fündig. Er tastete etwas Schweres. Benrichs Stimmung hellte sich schlagartig noch ein bisschen mehr auf. Manchmal musste man einfach Glück haben. Er fummelte das Portmonee aus der Tasche und öffnete es. Das war ein Volltreffer. Die Börse war gut gefüllt mit Scheinen, Kreditkarten, Führerschein und Personalausweis. *Gustav Winzig. Am Lothberg.*

Benrich nahm sein Handy und drückte auf Wahlwiederholung. Nach einigen Freizeichen meldete sich die Zentrale.

»Hat Kommissar Jakobson vorhin eine flüchtige Person zur Fahndung rausgegeben?«

Er wartete einen Augenblick.

»Ich kann euch sagen, wo ihr die finden werdet. Lasst doch mal jemanden zum Lothberg fahren. Wir suchen einen Gustav Winzig, siebenundfünfzig Jahre alt, Halbglatze, dick und mittelgroß. Und fragt ihn mal, ob er einen Anzug und seine Unterhose vermisst. Ganz schickes Modell übrigens. Die Sachen bringe ich mit ins Präsidium. Setzt den Kerl am besten schon mal in ein Vernehmungszimmer. Wir kommen dann später und kümmern uns um ihn. Und lass die Jungs mal prüfen, ob sein Auto in der letzten Stunde bewegt worden ist.«

## Bielefeld Babenhausen, 18. August, 5.21 Uhr

Jormas Stirn brannte und pochte vor Schmerz. Er hatte das Gefühl, dass sein gesamter frontaler Hirnschädel aus einer einzigen riesigen Schwellung bestand. Langsam hob er eine Hand zu der schmerzenden Stelle, aber das Kopfgefühl und der Tastbefund durch die Hand ließen sich nicht zusammenbringen. Von außen spürte er nur eine mäßige klebrig verschmierte Erhebung in der Mitte seiner Stirn. Seine Augenlider waren schwer, als würde er aus einer Narkose erwachen. Irgendetwas verwirrte ihn. Irgendwo schien jemand zu rufen. Jorma versuchte sich zu konzentrieren, obwohl er zunächst nicht einmal wusste, worauf. Dann fiel es ihm wieder ein. Er musste Johanna finden. Johanna wurde in einem alten Haus gefangen gehalten und er war in dieses Haus eingedrungen. Mit aller Willenskraft, die ihm in dem Moment zur Verfügung stand, öffnete er seine Augen.

Er blickte in ein Männergesicht. Ein Polizist schaute auf ihn herab. Offensichtlich lag er selbst. Der Mann war augenscheinlich erfreut, dass er die Augen geöffnet hatte, und bewegte nun seinerseits den Mund.

»Hallo? Können Sie mich verstehen?«

Er wedelte mit seiner Hand vor Jormas Gesicht.

Erleichterung machte sich in ihm breit. Er hatte die Polizei gerufen. Er erinnerte sich. Wenn die Polizei da war, war bestimmt alles gut. Alle waren gerettet und er konnte sich noch etwas ausruhen. Mit einem Ächzen drehte er sich auf die Seite. Aber sofort wurde er von einer Hand an der Schulter gepackt und wieder in Rückenlage gedreht.

»Können Sie mich verstehen?«

Der Mann war wirklich hartnäckig. Jorma brummte ein »Ja« und richtete sich vorsichtig auf. Sein gesamtes Hirn schien zu dröhnen.

»Haben Sie die Frau gefunden?«

Der Polizist sah ihn nur an. Aber hinter sich hörte Jorma eine Stimme, die ihm bekannt vorkam.

»Wir haben mehrere Frauen gefunden. Eine davon gehört, glaube ich, zu Ihnen.«

Jorma drehte langsam seinen Oberkörper herum. Da stand der Kripobeamte, der Johannas Fall untersuchte - oder auch nicht untersuchte - und an seinem Arm hielt sich Eva fest und zog sich ihre dreckverschmierten Schuhe an. Sie musste sich etwas bücken und lächelte Kommissar Jakobson von unten herauf an, als wäre sie ein kleines Mädchen und soeben von dem großen, starken Polizisten aus der größten Gefahr ihres Lebens gerettet worden.

»Ich meine Johanna. Johanna Düwel. Die vermisste Person. Die sollen Sie doch suchen. Ich habe ihren Wagen in dem Schuppen gefunden. Sie muss hier irgendwo sein. - Wir müssen sie finden. Das ist doch Ihr Job! Oder sind Sie dafür zuständig, irgendwelchen Frauen beim Anziehen ihrer Schuhe zu assistieren?«

Eva sah ihn verärgert an. Sie hatte aber auch keine Ahnung, auf was er hier gestoßen war. Dass ein Mann vor seinen Augen gefoltert worden war und dass Johanna hier irgendwo sein musste. Sie schien auch noch nicht kapiert zu haben, dass er verletzt worden war.

»Haben Sie Johanna gefunden?«, fragte er noch einmal beinahe schreiend.

»Nein, es tut mir leid. Wir haben Ihre Bekannte bisher nicht gefunden. Wir werden das Gelände aber jetzt noch einmal gründlich untersuchen. Und Sie warten hier ganz ruhig auf einen Arzt, Sie scheinen ganz schön eins verpasst bekommen zu haben.«

Langsam nahm Jorma seine Hand von der Stirn.

Er sah, wie Evas Augen sich weiteten. Er fasste sich noch einmal an den Kopf und machte eine schmerzverzerrte Miene. Als er sich danach auf die Knie drehte, pochte es tatsächlich noch einmal ordentlich in seinem Schädel, aber insgesamt schien sich der Sturm in seinem Hirn zu legen. Sofort kam Eva zu ihm und untersuchte die Beule.

»Was ist denn passiert?«

Jorma ignorierte die Frage. Er starrte auf die Matratze, die auf dem Boden lag. Sie war blutverschmiert. Hier musste der Mann, den er gesehen hatte, gerade noch brutal gequält worden sein. Wo aber war er jetzt? Seine Aufregung wuchs.

»Haben Sie den Mann gefunden? Hier wird auch ein Mann gefangen gehalten! Wir müssen sofort Johanna suchen! Sie haben keine Ahnung, was hier vor sich geht.«

Jorma wollte sich in Bewegung setzten, um so schnell wie möglich Johanna zu finden und in Sicherheit zu wissen, aber der Kripobeamte stellte sich ihm einfach in den Weg und hielt ihn mit einem Griff fest, der keinen Widerspruch zuließ.

»Das ist unsere Aufgabe. Sie haben heute schon genug angestellt. Sie warten jetzt auf die Sanitäter und lassen Ihre Kopfverletzung versorgen.«

Jorma schloss kurz die Augen und ließ sich auf die Matratze sinken. Er war müde. Der Polizist nickte ihnen zu und verschwand durch die Tür auf die Empore. Hoffentlich, um seine Arbeit zu machen.

## Bielefeld Babenhausen, 18. August, 5.36 Uhr

Jakobson stand vor dem Operationstisch und betrachtete das grüne Tuch, mit dem er bedeckt war. Es roch nach Krankenhaus.

Er wandte sich um. Neben ihm stand ein Tischchen mit ordentlich in Reihen angeordneten Instrumenten und Fläschchen. Skalpelle, Spritzen, Desinfektionsspray. Die Instrumente konnten nicht steril sein, benutzt sahen sie allerdings auch nicht aus. Neben dem Tischchen stand etwas, das er für ein Endoskop hielt.

Er holte einen Latexhandschuh aus seiner Tasche und zog ihn über. Dann öffnete er eine der Schubladen. Zu seiner Verwunderung war sie leer. In der zweiten fand er einen Haufen ungeordnetes Verbandsmaterial und Pflaster. In einer weiteren wieder nichts.

In dem großen Schrank hatte er mehr Glück. Hier waren OP-Kittel, Mundschutze und Handschuhe. Es gab auch ein Gerät zur Durchführung von Einläufen und eine Pappschachtel. Sein Bild von dem, was hier in der Vergangenheit vor sich gegangen sein mochte, wurde immer verworrener. Waren hier echte Operationen oder Untersuchungen durchgeführt worden oder hatte dieser Saal als Folterraum gedient?

Das Bild wurde nicht klarer, als er die Schachtel öffnete. Er stieß einen leisen Pfiff aus. Dieser Karton war sicher fünfzig mal fünfzig Zentimeter groß. Und er war fast randvoll gefüllt mit Kondomen. Jakobson wusste, dass nicht nur klassische Sexualstraftäter vergewaltigten, sondern dass erzwungener Intimverkehr in allen Kulturen auch zu Folterzwecken oder als Unterwerfungsgeste eingesetzt wurde. Dabei war es völlig egal, welcherlei Geschlecht die beteiligten Opfer hatten. Aber die Täter waren Männer. Wahrscheinlich der, der ihm entkommen war. Aber musste man dafür Kondome im Hunderterpack horten? So etwas kann ein Mann alleine gar nicht bewältigen, schoss es Jakobson durch den Kopf. Er blickte sich suchend um.

In einer Ecke fand er, was er suchte. Ein kleiner metallener Mülleimer mit Schwingdeckel stand dort unauffällig herum, halb verborgen durch eine Stellwand, hinter der man sich anscheinend umkleiden konnte. Er schob den Deckel herum. Was er da im Halbdunkel des Eimers liegen sah, ließ sein Fahnderherz - trotz des üblen Geruchs - höherschlagen. Das waren Spuren, wie man sie sich wünschte. Der ganze Eimer war voll mit blutigen Mullbinden und Kondomen mit eindeutigem milchigweißem, schleimigem Inhalt. Da lag DNA-Material vom Feinsten direkt vor seiner Nase. Er machte ein Foto von dem Fund und hakte seinen latexbezogenen Finger in einen Henkel, um das gute Stück nach draußen zum Wagen zu bringen.

Als er sich zur Tür drehte, sah er Benrich, der eben hineinkam. Benrichs Gesichtsfarbe erinnerte stark an den Inhalt der Präservative, die er gerade gefunden hatte. Er musste irgendetwas Schlimmes entdeckt haben. Vielleicht die Frau.

Er hob den Mülleimer auf Augenhöhe.

»Ich hab ohne Ende Beweise mit gentischen Fingerabdrücken gefunden. Und alles schön einzeln verpackt.«

Etwas anderes fiel ihm zur Aufmunterung nicht ein.

Benrich verzog keine Miene.

»Stell den Müll zurück. Wir fahren.«

Jakobson verstand nicht.

»Wieso sollte ich das zurückstellen? Das sind alles perfekte Beweismittel. Hier sind blutige Verbände und volle Kondome drin. Es kann doch gut sein, dass wir mehrere Täter und auch noch mehr Opfer haben.«

»Stell den Eimer zurück, hab ich gesagt. Wir sind hier fertig. Ich erklär es dir im Wagen. Wir kriegen sonst noch einen Riesenärger.«

Benrich sah ihn drohend an.

Jakobson stellte den Müllbehälter ab.

Er hatte keine Ahnung, was das bedeuten konnte. Hatte eine andere Behörde sich ihren Fall geschnappt? Aber wer konnte so schnell Wind davon bekommen haben? Oder war vorher schon jemand an der Sachen dran gewesen? Hatten sie hier unwissentlich in irgendeine andere Ermittlung eingegriffen?

Unwillig packte er seine Tasche und ging zum Auto. Die Kollegen waren schon weg. Auf dem Grundstück parkten jetzt zwei Fahrzeuge, die in der Zwischenzeit angekommen sein mussten. Ein einsamer Rettungswagen stand mit offenen Hecktüren herum und daneben parkte ein silberner E-Klasse Mercedes. Das war sicher kein Ermittlerfahrzeug. Wem hatten sie hier nur auf die Füße getreten? Er hatte Benrich selten so erlebt. Irgendetwas war gründlich schiefgelaufen. Er öffnete die Tür und ließ sich auf den Beifahrersitz fallen. Ärgerlich schlug er gegen das Handschuhfach. Endlich hatten sie richtig was in der Hand, schon waren sie es wieder los. Die Lorbeeren heimsten andere ein. Wie so oft. Und die Frau, die sie nun doch zu suchen schienen, hatten sie auch nicht gefunden. Den Großteil des Hauses hatten sie bereits gesichtet, bevor der Rausschmiss gekommen war. Es war unwahrscheinlich, dass sie dabei irgendein Kellerverlies übersehen hatten.

Im Rückspiegel sah Jakobson seinen Kollegen im angedeuteten Laufschritt aus dem Haus kommen. Er wollte hier schleunigst weg, das war klar. Jakobson öffnete die Autotür, zwängte seine Beine über die Mittelkonsole und den Schaltknüppel und wuchtete sich in den Fahrersitz. Dann startete er den Wagen. Benrich stieg an der Beifahrerseite ein und noch bevor er die Tür geschlossen hatte, fuhr Jakobson los.

Benrich schnallte sich an und wandte sich ihm zu. Er sah müde und frustriert aus.

»Der Idiot, der uns gerufen hat, hat so richtig in die Scheiße gegriffen.«

Jakobson sah ihn kurz fragend an.

»Das war der Ex von der Frau, die von ihrem Vater, mit dem sie eigentlich nichts mehr zu tun hat, als vermisst gemeldet worden ist. Johanna Düwel. Erinnerst du dich?«

»Ist das ein Stalker, oder was? Weißt du, wo wir da gerade waren? Das war kein Tatort, sondern ein Arbeitsplatz im Horizontalgewerbe. Die Tussi in der Lackwäsche und die unschuldige Kleine, das sind Professionelle. Die haben gleich einen Anwalt geordert und der verklagt jetzt den Helden der Nacht wegen Einbruchs und was weiß ich was sonst und wenn wir Pech haben, findet der für uns auch noch was.«

»Aber wir mussten doch davon ausgehen, dass Gefahr im Verzug war.«

»Ärger gibt das trotzdem immer, wenn Anwälte im Spiel sind.«

»Und was macht das Auto von der vermissten Frau da?«

»Die arbeitet auch da.«

»Aber wo war sie dann?«

»Soll wohl unregelmäßig kommen und hat sich vor einigen Monaten für die nächste Zeit *freigenommen*, wenn man das bei Freiberuflichen so sagen kann.«

»Ist das glaubwürdig?«

»Können wir später noch überprüfen. Jetzt haben wir erst einmal Dringenderes zu tun.«

Jakobson konnte noch nicht zu dem anderen Fall übergehen.

»Hätten wir das nicht merken müssen, als wir da reingegangen sind?«

»Wieso? Kennst du dich in dem Metier aus? Du warst doch gar nicht bei der Sitte.«

»Ich meine nur. Ich hätte gewettet, dass ich so etwas sofort merke.«

»Manchmal merkst du gar nichts, das kann ich dir sagen.«

Jakobson bog in Richtung Präsidium ab. Benrich hatte recht. Sie hatten einen wichtigeren Fall zu bearbeiten. Sie mussten das Kind finden.

»Auf meinem Tablet ist eine Liste mit Adressen von Leuten, die wir heute wegen der Kleinen befragen müssen. Wirf mal einen Blick drauf - in meiner Tasche.«

Er deutete mit dem Kopf auf die Rückbank. Benrich fasste mit der Linken nach hinten und holte den Rechner raus. Als er die Hülle in die Luft hielt und das Gerät in seine Hand gleiten ließ, kam ein Aufkleber zum Vorschein. Er hielt ihn Jakobson hin. Ein rosarotes Baby streckte ihm seinen kleinen nackten Hintern aus einem Bündel entgegen, das ein Klapperstorch in seinem Schnabel hielt. Milla erhielt Dutzende solcher Sticker von Sarahs Hebamme und gab einige davon an ihren Papa weiter, damit er eine schöne Tasse hatte und das neue Baby nicht vergaß.

Benrich nahm Jakobsons Kaffeebecher aus dem Seitenfach, klebte die frohe Botschaft auf und strich das Ganze mit dem Daumen glatt. Als Jakobson Benrichs Finger auf dem winzigen Po sah, fing es in seinem Kopf an zu rattern, bis plötzlich die Erkenntnis einsetzte.

»Weißt du, was wir vergessen haben?«

»Zu verhüten?«

»Die flüchtige Person. Wir müssen noch die Fahndung zurücknehmen. Zum Glück war die Beschreibung nicht besonders genau.«

Benrich schüttelte den Kopf.

»Die war sehr genau. Ich hab die Papiere von dem Mann gefunden. Ich schätze, er sitzt gerade in unserem Vernehmungszimmer und ist sehr ungehalten.«

»Und schämt sich hoffentlich.«

Um Benrichs Mund, der eben noch missmutig zusammengepresst gewesen war, spielte jetzt ein kleines, möglicherweise ein bisschen gemeines Lächeln.

»Meinst du, das hat noch Zeit?«

Jorma starrte aus dem kleinen Fenster des Wartesaals. Die Welt da draußen wirkte, als wäre sie der Zeit entrückt. Morgennebel hatte sich um die Häuser gelegt, die alle nicht zusammenpassten. Den Berg hinauf reihten sich in lockerer Folge neuere, nüchtern funktionale Klinikbauten und verhutzelte Gründerzeitvillen mit Holztürmchen und geschnitzten Figürchen aneinander. Über der kleinen, etwas bizarr anmutenden Märchenwelt thronte die massive, alte Sparrenburg mit einem alles überragenden Turm. Man konnte nicht viel davon sehen, aber Jorma meinte einen Schatten davon über allem anderen zu spüren. Vielleicht lag das aber auch daran, dass er noch ein Kind gewesen war, als er einmal auf einem Schulausflug auf der Burg und in den Gewölben darunter gewesen war. Damals war er sehr beeindruckt gewesen. Alles war ihm riesig und erdrückend vorgekommen. Es sollten sogar Geheimgänge durch den ganzen Berg führen. Ein angemessenerer Weg in dieses Fabelreich, als mit einem Krankenwagen angeliefert zu werden, wäre es jedenfalls, dachte Jorma.

Er hatte gewusst, dass Bethel ein in sich relativ abgeschlossenes Viertel bildete, mit besonderen Bewohnern und sogar einer eigenen Versorgungsstruktur. Alles unter dem Dach der Kirche und mit missionierenden Sinnsprüchen über den Hauseingängen garniert. Unterstützt von den weihnachtlichen Einsendungen alter Briefmarken von Johannas Vater. Im Hause Düwel war es allen außer dem Pastor selbst unter Androhung von Strafe untersagt die Post zu öffnen, weil mehrfach unbedacht Umschläge mitsamt entwerteten Wertmarken im Müll gelandet waren. Die jedoch wurden in Bethel gesammelt und in bare Münzen verwandelt, die natürlich für gute Zwecke eingesetzt wurden. Er hatte gewusst, dass Bethel eine eigene kleine Welt war, aber er hatte nicht gedacht, dass sich das auch in der Architektur widerspiegelte.

In die Fachwerkbalken der Hospize waren sicher balsamische Worte über den Himmel und die Engelchen eingeschnitzt, in die sich die siechen Bewohner bald verwandeln durften. Hierher kamen die Sterbenden, die Alten und Behinderten, die Kranken und Verrückten, die die sie pflegen mussten und jetzt er. Im Tierpark hatte es ihm damals besser gefallen. Der konnte auch nicht weit weg sein.

Jorma griff sich erschöpft an die Stirn. Es fühlte sich an, als ob die Wunde noch immer bluten würde. Aber der Mull, den der Arzt ihm nach dem Nähen aufgeklebt hatte, war trocken. Er setzte sich wieder zu den anderen Wartenden. Er musste noch ein Traumascreening machen lassen, hatte der Arzt gesagt. Nur zur Sicherheit. Unglaublich, dass um diese Zeit so viele Leute hier darauf warteten, genäht oder gegipst zu werden, wo man doch viel besser im Bett liegen und schlafen konnte. Aber es war Wochenende. Da waren die Nächte für anderes reserviert. Da waren alle auf der Suche nach irgend-etwas und einige endeten hier. Was hatte er nur gesucht? Jagte er einem Hirngespinst nach? Vielleicht hätte er einfach das Wochenende im Bett verbringen sollen. Aber allein war das auch keine verlockende Option. Er war müde. Eva war gleich wieder gefahren, als klar gewesen war, dass das alles etwas länger dauern würde. Sie wollte noch einmal zu dem verrückten Haus zurück und die Frau beschwichtigen, die ihn wegen der Vergehen, die er in dieser Nacht begangen hatte, anzeigen wollte. Eigentlich hatte er das Gefühl, dass er jemanden wegen seines dröhnenden Kopfes verklagen sollte, aber der Anwalt hatte sich so angehört, als sei das absurd.

## Bielefeld Babenhausen, 18. August, 7.25 Uhr

Eva saß an einem kleinen Tisch mit bunt geblümter Tisch-decke und hielt eine elegant geschwungene Teetasse in der Hand, auf der ein wild gepiercter Mops mit Stachelhalsband auf einem filigranen Henkel posierte. Es kam ihr vor, als hätte die tierische Unterwelt das Porzellan der Queen erobert.

Es war kühl in dem Raum. Die Feuchtigkeit der Morgenluft drang durch das zerstörte Fenster. Die Scherben hatte sie schon aufgesammelt und in dem Mülleimer neben der Spüle entsorgt. Sie wartete auf Svetlana, die sich noch umziehen wollte, bevor sie endlich sprechen konnten.

Evas Blick wanderte durch den Raum. Die Küchenzeile wirkte modern, wenn auch nicht besonders schick. Ihr gegenüber standen an einer mit schwarzen Tüchern verhäng-ten Wand zwei alte Bauernschränke. In den Scheiben hingen kleine gehäkelte Vorhänge mit einem feinen Lochmuster. In der Mitte konnte man ganz klein jeweils zwei Buchstaben erkennen. *SS* und *JD*. Der eine Schrank musste Johanna gehören.

Eva stand auf und ging zu den alten Möbelstücken herüber. Mit einem Blick zur Tür öffnete sie den Schrank mit Johannas Monogramm. Was sie in seinem Inneren zu sehen bekam, war einfach verrückt. Der ganze Kasten - und es war nicht der kleinste - war voll unglaublicher Klamotten ge-stopft. Eva hatte gar keinen Begriff für solche Sachen in ihrem Wortschatz. Da waren Lackkleidungsstücke, dann Sachen aus einem gummiähnlichen Material, vermutlich Latex, weibliche Uniformen, Ärztinnen- oder Krankenschwesterkostüme. Auf einem Einlegeboden standen wahnsinnige Stiefel und Stilettos. Das waren doch nie und nimmer Johannas Sachen! Schnell schloss sie die Tür wieder und setzte sich auf ihren Platz.

Es war einfach unvorstellbar, dass Johanna hier arbeiten sollte. In diesen Sachen. Als Prostituierte. Das konnte Eva nicht in ihren Kopf kriegen. Dass Johanna das schnelle Geld reizen könnte, konnte sie sich gut vorstellen. Aber sich von Männern benutzen lassen, das war nicht Johanna - wie auch immer sie sich entwickelt haben mochte.

Sie überlegte hin und her, wie sie das Gespräch mit Svetlana am besten anfangen könnte. Sie müsste auf jeden Fall damit beginnen, ihr alles zu Johannas Verschwinden zu erklären. Das war der Punkt, mit dem sie Verständnis wecken konnte. Das hatte sie schon bemerkt. Svetlana mochte Johanna, das hatte sie sofort gespürt. Sie kannte sie unter ihrem richtigen Namen, obwohl sie auch hier als Maria auftrat. Sie war überrascht und besorgt gewesen, als Eva ihr erzählt hatte, dass sie glaubten, dass ihr etwas zugestoßen sein musste. Das hatten die Polizisten offenbar zu erwähnen vergessen. Die hatten wirklich nicht das geringste Interesse daran, irgendetwas aufzuklären. Wenn Johanna gefunden werden sollte, mussten sie das selbst in die Hand nehmen. Wenn sie Svetlana das klarmachen konnte, würde sie sicher verstehen, warum Jorma einfach bei ihr eingebrochen war.

Eva nippte noch einmal an ihrem Tee. Auf der Treppe waren Schritte zu hören. Sie richtete sich auf und wandte sich zur Tür. Die Hoffnung, jetzt vielleicht endlich etwas über die heutige Johanna zu erfahren und einen Hinweis auf die Umstände ihres Verschwindens zu erhalten, ließ sie ganz unruhig werden.

Die Tür öffnete sich. Ohne die extravagante Aufmachung wirkte Svetlana fast unscheinbar. Sie trug die Haare offen, hatte den Lackanzug gegen Jeans und Strickjacke eingetauscht und sich abgeschminkt. Jetzt sah sie völlig normal aus. Sie wirkte müde. Nicht mehr aufgebracht.

Sie setzte sich auf die andere Seite des Tisches und schlug die Beine übereinander. Eva tat dasselbe. Sie wusste nicht, ob es wirklich funktionierte, aber sie hatte gelernt, dass man eine bessere Gesprächsatmosphäre zaubern konnte, wenn man die Körpersprache seines Gegenübers kopierte. Was für Interviews gut war, konnte hier nicht schlecht sein.

»Kann ich dir erzählen, was alles passiert ist?«

Die Frau auf der gegenüberliegenden Seite des Tisches nickte nur, während sie sich zu der Schublade eines kleinen Schränkchens herüberbeugte, sie öffnete und eine Packung Zigaretten herausnahm. Sie rauchte zwei hintereinander, während Eva berichtete, welche Ereignisse sie an diesen Ort geführt hatten. Aus der Frau im X machte sie sicherheitshalber einen Mann.

An ihrer Körperhaltung spürte Eva, dass ihre Erzählung Svetlana nicht unberührt ließ.

»Verstehst du jetzt, warum Jorma einfach durch das Fenster gegangen ist und die Polizei auf euch gehetzt hat?«

Svetlana lächelte beschwichtigend und nickte leicht.

»Ja, ich kann das verstehen. Aber das wird den Gast nicht beruhigen. Männer, die zu mir kommen, wollen nicht gesehen werden. Und Polizei wollen sie überhaupt nicht. Obwohl alle gerne Handschellen haben.«

Sie hatte noch einen leichten osteuropäischen Einschlag in ihrer Aussprache. Eva entspannte sich.

»Jorma sagt, es tut ihm sehr leid und er bezahlt dir auf jeden Fall die Scheibe.«

»Ja. Es ist gut. Ich mache keine Anzeige. Ich habe nur Hilfe gerufen. Ich wusste nicht, was die Polizei will. Dann ruft man besser einen Anwalt. Und dieser Anwalt kommt immer gerne für mich.«

Eva konnte sich vorstellen, warum.

»Ich bin froh, dass ihr euch um Johanna kümmert. Sie hat nicht viele Freunde. Ich habe nicht einmal gemerkt, dass etwas ist. Ich dachte, sie macht eine Pause. Aber sie würde nie Jojo allein lassen. Sie liebt ihren Kater.«

»Du hast also auch keine Idee, was mit ihr sein könnte?«

»Nein.«

Svetlana schüttelte ratlos ihren Kopf.

»Seit wann ist sie denn nicht mehr hier gewesen?«

Svetlana überlegte.

»Ich muss nachsehen. Genau weiß ich das nicht.«

Sie stand auf und holte einen roten Kalender aus der Schublade. Sie ging an die Anrichte und blätterte durch die Seiten. Eva sah auf ihre Tasse. Svetlana wollte offenbar nicht, dass sie einen Blick in das Büchlein warf. Bestimmt enthielt es jede Menge Informationen, die man sehr diskret behandeln musste.

»Johanna war am zwanzigsten April zum letzten Mal hier. Sie hat mir damals gesagt, dass sie eine Pause braucht und dass sie nicht mehr oft herkommen würde.«

»Eine Pause wovon? Was hat Johanna denn hier genau gemacht?«, fragte Eva so behutsam wie möglich.

Svetlana sah sie verständnislos an.

»Das Gleiche wie ich natürlich. Schockiert dich das?«

Eva bemühte sich, gleichgültig auszusehen.

»Nein, ich finde das nicht schlimm. Aber ich wusste nichts davon.«

Sie zögerte.

»Und ich kann mir auch nicht so genau vorstellen, was du machst. Ich meine, in etwa schon, aber nicht genau. Und so ganz genau will ich es auch gar nicht wissen. Ich hätte nur gern verstanden, was Johanna hier so getrieben hat.«

Sie merkte selbst, wie blöd sich das anhörte, und sie hätte Verständnis dafür gehabt, wenn Svetlana jetzt beleidigt gewesen wäre. Aber die fing an zu lachen.

»Es ist dir peinlich, oder?«

Eva fühlte, wie sie rot wurde.

»Nicht direkt peinlich. Ich kenne mich mit solchen Sachen einfach nicht so aus.«

»Es muss dir nicht peinlich sein. Ich bin keine Nutte. Johanna auch nicht. Wir schlafen nicht für Geld mit jemandem. Wir erfüllen nur besondere Wünsche. Und wir machen das besonders gut.«

»Redest du ganz offen darüber?«

»Im normalen Leben? Nein. Davon weiß kaum jemand. Ich habe Familie. Aber mit dir kann ich reden, wenn du versprichst, dass du es für dich behältst.«

»Also du und Johanna, ihr seid Dominas? Sagt man das so? Und ihr macht keinen Sex?«

»So kann man das sagen. Aber ich finde das Wort nicht so schön. Ich bin Erzieherin, Herrin und manchmal auch Krankenschwester oder Ärztin.«

»Ärztin?«

»Einige mögen Injektionen, Einläufe oder Untersuchungen im Popo.«

»Ach so.«

Eva musste aufpassen sich das Ganze nicht zu genau vorzustellen.

»Ich sehe das so: Jeder hat das Recht auf seine Fantasien. Die meisten mögen ihren Frauen nicht sagen, was sie sich wünschen, aber uns sagen sie alles. Es sind manchmal komische Sachen, aber nur ungewöhnlich, nicht schlimm.«

»Und die Männer wollen keinen Sex?«

Eva konnte das nicht so recht glauben.

»Doch, viele wollen auch Sex. Aber nicht von ihrer Herrin. Das bekommen sie nicht. Wir stehen viel zu hoch über ihnen. Dafür gibt es Sklavias.«

»Was sind Sklavias?«

»Sklavias helfen uns. Es sind Assistentinnen. Sie machen den Sex am Ende. Mimi, die du eben gesehen hast, ist meine Sklavia.«

»Also ist sie eine Prostituierte?«

»Ja. Eigentlich ja, aber sie zieht sich auch besonders an und spielt mit bei dem Spiel für den Gast. Und sie lebt besser als eine normale Prostituierte.«

»Wieso lebt sie besser?«

»Sie verdient mehr und muss weniger oft Sex machen.«

»Weil das Spiel dazugehört?«

»Genau. Es geht um das Spiel. Sex ist nur der Zusatz. Manchmal gibt es auch keinen Sex. Ich kann das entscheiden.«

»Du entscheidest das? Nicht der Gast?«

Svetlana lachte.

»Ich entscheide fast alles. Das ist das Schöne daran.«

«Und Johanna gefiel das auch?«

»Ja, Johanna hat das Spaß gemacht. Ihr gefällt das Spielen mit den Männern.«

»Warum wollte sie dann eine Pause?«

Svetlana zögerte.

»Johanna hatte nicht mehr viele Gäste. Sie hatte einen, der immer öfter kam. Am Ende hatte sie fast nur noch ihn. Er hat ihr alles bezahlt. Hat alles getan, was sie gesagt hat. Sie konnte alles mit ihm machen.«

»Er war ihr hörig? Meinst du, sie hatte ihn so weit, dass er sie aushielt, und deshalb brauchte sie nicht mehr hier zu arbeiten?«

»Er hat ihr vorher auch genug Geld gegeben. Ich weiß nicht, warum sie eine Pause wollte.«

»Vielleicht haben sie sich verliebt und sind ein Paar geworden. So etwas kommt doch vor, oder?«

»Das kann passieren, aber der Kunde von Johanna ist verheiratet. Seine Frau darf nichts wissen. Er ist ein schwacher Mann. Solche Männer sind unglücklich, wenn sie einen wirklich bekommen. Johanna gefiel es, dass er eine Frau hatte. Es war eine reiche Frau.«

»Das hat Johanna gefallen?«

»Das war besonders gut für sie. Er hat ihr Schmuck von seiner Frau geschenkt und ein Kleid.«

»Von seiner Frau? Wie kommt er denn auf so eine Idee?«

»Das waren Johannas Ideen. Die Herrin bestimmt, was gemacht wird. Sie prüft, wie treu ihr Sklave ist. Je schwieriger die Aufgabe, desto größer der Reiz.«

»Hatten sie denn eine Beziehung? Das hört sich alles nicht so nach reiner Dienstleistung an.«

»Sie hatten so etwas, aber anders als eine normale Beziehung. Sie hatte jedenfalls nur am Anfang eine Sklavia für ihn. Er war auch bei ihr zu Hause und sie manchmal bei ihm, wenn die Frau weg war. Das macht man sonst nicht.«

Eva runzelte die Stirn.

»Wer war denn ihre Sklavia?«

»Den Namen kenne ich nicht.«

Svetlana wandte sich kurz ab. Eva setzte gleich neu an.

»Vielleicht hat dieser Mann etwas mit ihrem Verschwinden zu tun oder weiß etwas darüber.«

»Vielleicht weiß er etwas. Das kann sein. Aber er hat ihr nichts getan. Das glaube ich nicht. Er dient ihr. Er tut, was sie sagt. Tut mir leid, das kannst du nicht verstehen.«

Svetlana schüttelte energisch den Kopf.

»Können wir ihn nicht irgendwie kontaktieren, um mit ihm zu reden? Ich verstehe, dass hier alles sehr diskret abläuft muss, aber in diesem Fall ist es unheimlich wichtig, dass wir mit den Leuten sprechen können, die in den Tagen vor Johannas Verschwinden mit ihr zusammen waren. Wenn er ihr dient, wird er ihr sicher helfen wollen.«

»Ich weiß nicht, wie er heißt. Kein Mann sagt seinen echten Namen.«

»Aber du hast gesagt, Johanna war bei ihm zu Hause.«

»Das stimmt. Sie war bei ihm. Sie weiß sicher auch seinen Namen. Ich sage ja, er ist ein besonderer Gast. Aber ich weiß den Namen nicht.«

Eva glaubte ihr kein Wort.

»Wie habt ihr denn über ihn geredet?«

»Johanna hat ihn *den Arzt* genannt. Er war ein Doktor.«

»Also Arzt, verheiratet mit einer reichen Frau.«

Sie stutzte.

»Aber als Arzt verdient man doch auch selbst ganz gut.«

»Ich weiß nicht. Er ist faul.«

»Faul? Inwiefern?«

»Arbeitet nicht oft. Johanna sagt, er hat fast immer Zeit, muss fast nie arbeiten. Stattdessen kommt er zu ihr. Oder fährt mit ihr in Urlaub.«

»Aber dass sie jetzt mit ihm verreist ist, kannst du dir auch nicht vorstellen, oder?«

»Nein, dann hätte sie mir doch Jojo gebracht. Jojo bleibt immer bei mir, wenn sie weg ist.«

Evas Hoffnung auf irgendeinen brauchbaren Ansatzpunkt schwand immer mehr. Es war schon spät - oder besser früh am Morgen - und Jorma wartete im Krankenhaus auf sie. Sie versuchte noch einige freundliche Floskeln von sich zu geben und das Gespräch höflich zu beenden. Am Schluss legte sie eine Karte mit ihren beruflichen Kontaktdaten auf die geblümte Tischdecke und bat Svetlana sich zu melden, falls ihr noch etwas Hilfreiches einfallen sollte. Dann verabschiedete sie sich und ging.

**Bielefeld, 18. August, 11.30 Uhr**

Jakobson spürte schon wieder, wie sein Arsch vibrierte. Zum wiederholten Mal erinnerte sein Handy ihn daran, dass er noch einen Abholservice für seine Tochter organisieren musste. Langsam wurde es wirklich Zeit. Er bedeutete Benrich, dass er mal kurz verschwinden würde. Er konnte die Befragung auch allein weiterführen. Sie stocherten ohnehin nur blind herum. Auf den Autofahrten hatte er schon die naheliegenden Abholer aus Verwandten und engen Freunden durchtelefoniert - ohne Erfolg. Wenn das so weiterging, müsste er entweder mit dem Kindergarten sprechen oder mit Sarah. Auf keine dieser Möglichkeiten war er besonders scharf.

Er wollte es gerade noch einmal bei der Mutter einer Sandkastenfreundin von Milla probieren, die er bisher nicht erreicht hatte, als sein Handy klingelte. Es war Sarah. Sie saß bei dem Arzt und wartete auf die Untersuchung. Sie sagte, sie hätte Angst. Jakobson merkte sofort, dass sie nichts Bestimmtes hatte, sondern nur reden wollte. Sie klang niedergeschlagen.

Er verlagerte sein Gewicht unruhig von einem Bein auf das andere. Er hatte weder Zeit noch Sinn für so etwas. Ihm wurde unangenehm bewusst, dass er nicht einmal genau wusste, was für eine Untersuchung anstand und wieso Sarah sich solche Sorgen machte. Er verstand nur, dass es um eine auffällig große Nackenfalte ging und dass sie jetzt entscheiden sollte, ob sie eine weitere Untersuchung machen lassen wollte. Am besten würde er versuchen sie auf andere Gedanken zu bringen. Er unterbrach sie, als sie von Risiken sprach.

»Ich muss dir noch kurz was sagen, dann geht es hier gleich weiter. Ich besorg jemanden, der Milla abholt. Ich dachte, ich ruf Karlas Mutter an und Milla isst dort zu Mittag. Ich komm hier nämlich nicht weg.«

Am anderen Ende der Leitung blieb es still.

»Sarah?«

Jakobson war sich nicht sicher, was das zu bedeuten hatte. War der Empfang weg? Da hörte er, dass sie lief. Plötzlich schrie sie ihm aus dem Handy ins Ohr: »Was ist denn das für eine schwachsinnige Idee? Du kannst nicht einfach irgendwen schicken, um Milla abzuholen. Was meinst du wohl, wofür wir zwei Kontaktpersonen benennen mussten, die Milla abholen dürfen. Sonst kann da ja jeder auftauchen und sich ein Kind aussuchen. Aber klar, macht nichts, es gibt schließlich Leute wie dich, die die Kinder dann wiederfinden - oder auch nicht.«

Das hatte gesessen.

»Was soll ich denn jetzt machen? Du kannst mir auch nicht einfach einen Zettel hinlegen und fertig.«

»Du musst gar nichts mehr machen. Ich fahre hin und hole sie. Und ich habe dir nicht einfach einen Zettel hingelegt. Ich habe vor einer Woche schon mit dir darüber gesprochen und seitdem steht der Termin in unserem Familienkalender. Aber bemüh dich nicht. Ich hau jetzt hier ab und erledige das und du kümmerst dich um die wirklich wichtigen Dinge. Unter *Welt retten* machst du ja nichts.«

Dann war sie weg. Fluchend steckte Jakobson das Handy zurück in seine Gesäßtasche und lief zum Auto. Benrich musste ohnehin jeden Moment kommen und da drin war er jetzt auch nicht mehr viel wert. Jakobson ließ sich auf den Fahrersitz fallen und nahm die Liste aus dem Fußraum der Beifahrerseite. Da standen noch einige Kandidaten, die sie unbedingt befragen mussten, obwohl er sich nicht vorstellen konnte, dass der Vater irgendjemandem gesagt hatte, was er vorhatte. Aber vielleicht bekamen sie trotzdem einen Hinweis darauf, wo er jetzt sein könnte. Irgendeine Verbindung gab es meistens. Kaum jemand wagte sich in ganz unvertrautes Terrain, auch wenn er sich verstecken wollte. So waren Menschen eben und deshalb konnten sie auch gefunden werden. Außerdem wollte er noch einmal in dem Haus der möglicherweise verschwundenen Frau vorbeischauen. Aber das musste erst mal warten.

Jorma spürte zuerst das Brummen in seinem Kopf, danach etwas Warmes an seinem Bein. Sein Instinkt sagte ihm, dass er weiterschlafen sollte, aber dann fiel ihm ein, dass Eva dageblieben war. Er drehte sich vorsichtig etwas herum und spürte Haut. Ein weiches Frauenbein lag da an seins geschmiegt. Ein unangebrachtes Kribbeln stieg in ihm hoch. Er hatte echt schon zu lange keine Frau mehr gehabt.

Langsam richtete er sich auf. Eva lag auf der Seite und hatte die Beine angewinkelt. Sie trug nur weiße Unterwäsche mit einer kleinen Spitzenborte. Jorma bemühte sich, nicht wirklich hinzusehen und zog schnell die Decke über ihren Körper. Er hatte am Morgen gar nicht mehr mitbekommen, wie sie sich zu ihm ins Bett gelegt hatte. Als sie noch im Bad gewesen war, um zu duschen, war er schon eingeschlafen. Im Nachhinein war er ganz froh darüber, so hatte er sich vielleicht die ein oder andere Peinlichkeit erspart. Jetzt schlich er sich leise aus dem Bett, entsorgte seine alten Klamotten, die noch vor demselben lagen, in einem Wäschekorb, schnappte sich neue aus dem Schrank und verschwand, um sich im Bad anzuziehen.

Auf dem Weg über den Flur nahm er schnell noch sein Handy aus seiner Jackentasche. Den Blick auf das Display geheftet schloss er sich ein. Evas Computertyp hatte ihm und ihr eine Nachricht geschickt. Er hatte Zugriff zu Johannas PC. Er behauptete, dass er brisante Inhalte gefunden hätte. Er musste auf jeden Fall sofort da vorbei-fahren und den Rechner wieder abholen. Unter der eigentlichen Nachricht stand eine Frage an Eva: *Was gibt's als Belohnung?*

Jorma zog sich eilig seine Klamotten über und schlich zurück in sein Zimmer. Auf einem Berg von Briefen, Zetteln und Büchern lag mitten auf seinem Schreibtisch Evas Tasche. Jorma zögerte. Dann öffnete er den Reißverschluss und nahm den Autoschlüssel heraus. Danach durchwühlte er die Papiere auf seinem Tisch. Auf die Rückseite eines alten Kassenzettels kritzelte er eine kurze Nachricht. Für den Fall, dass Eva wach werden würde.

Evas Bekannter empfing ihn wie beim ersten Mal in Jogginghose und Fußballtrikot. Diesmal durfte Jorma mit ins Wohnzimmer kommen, das erschreckend seinem eigenen Zimmer ähnelte. Überall stapelten sich Zeitschriften, Zettel und irgendwelcher Krempel. Nur dass ihm sein eigener Kram nützlicher erschien. Aber Jorma wusste, das lag ganz im Auge des Betrachters. Während er selbst auf Fantasykram, Rollenspiele, historischen Schnickschnack und Bücher stand, hatte der Bewohner dieser vier Wände ein Faible für Elektronisches. An einer Seite des Zimmers war eine Carrerabahn aufgebaut, an der anderen Wand stand ein Ikearegal mit Massen an Computerbauteilen und Zubehör. An zwei kleinen Kopf an Kopf ausgerichteten Computertischen waren zwei Rechner aufgebaut, die echte Gamerträume zu sein schienen. Daneben lagen alte Essensverpackungen und verströmten den ihnen eigenen Geruch, der Jorma aus früheren Zeiten auch noch ein wenig vertraut war. Der Indizienlage nach zu urteilen wurde dieses Hackerhirn mit Red Bull angetrieben. Die leeren Dosen fanden sich überall im Zimmer.

»Was ist passiert?«

Holger zeigte auf Jormas Stirn, auf der immer noch ein Mullverband klebte.

»Kleiner Unfall.«

Er wollte lieber nicht ins Detail gehen.

»Wo ist Eva?«

Jorma überlegte einen Moment.

»Eva ist bei mir zu Hause und schläft noch. Ich wollte sie nicht wecken, es ist gestern ziemlich spät geworden.«

Sein Gegenüber sah ihn überrascht und etwas enttäuscht an. Dafür fühlte sich Jorma sofort besser.

»Wie lautete das Passwort?«

»Betriebsgeheimnis.«

»Maria?«

Das Computergenie sah ihn verärgert an.

»Wieso bringst du mir das Ding, wenn du das Passwort schon kennst?«

»Gestern erst herausgefunden.«

Er nahm Johannas Rechner entgegen und trug ihn zufrieden die Treppen hinunter. Auf dem Rückweg hielt er noch beim Bäcker an und nahm Croissants, Brötchen, Butter und Marmelade mit - zur Feier des Tages.

## Münster, 18. August, 12.52 Uhr

Eva konnte ihre Augen kaum öffnen, so müde war sie noch. Aber ihr Klingelton drang so unangenehm in ihren Traum, dass sie auch nicht weiterschlafen konnte. Als sie endlich ihre Handtasche geöffnet hatte und nach dem Handy suchte, verstummte die Musik wieder. Mit ihrer Tasche auf dem Schoß setzte sie sich zurück auf das Bett. Jorma war schon aufgestanden. Sie lauschte. Zu hören war in der Wohnung nichts.

Eva nahm einen Klappspiegel aus einer kleinen Innentasche und betrachtete sich, so gut es ging. Dann zog sie sich schnell ihre Sachen an und bürstete ihre Haare mit einer kleinen Reisehaarbürste. Als die Mähne gebändigt war, stand sie auf, suchte sich einen Weg durch das Chaos auf dem Fußboden und streckte den Kopf durch die Zimmertür.

Im Flur war alles ruhig und auch der Rest der Wohnung wirkte verlassen, also ging sie erst einmal ins Bad und machte sich frisch. Zum Glück hatte sie in ihrer Handtasche immer alles Nötige dabei.

Als sie damit fertig war, setzte sie in der Küche Kaffee auf. Im Kühlschrank fand sie mehrere Päckchen mit Aufschnitt, Butter und Marmeladen neben Bier und Wein. Ein WG-Kühlschrank. Der Anblick machte sie ein bisschen wehmütig, aber eigentlich war sie erleichtert, dass für sie diese Zeiten endgültig vorbei waren. Jorma lebte wirklich wie in einer Zeitblase ihrer Jugend - oder eher ihres jungen Erwachsenenalters, wenn man es genau nahm. Da sie nicht unterscheiden konnte, wem welche Lebensmittel gehörten, und eigentlich nichts besonders frisch oder schmackhaft aussah, nahm sie nur eine Tasse Kaffee mit in Jormas Zimmer und setzte sich mit ihrem Telefon in der Hand wieder auf das Bett.

Holger hatte ihr eine Nachricht geschickt. Und später hatte er sie noch einmal angerufen. Das musste der Anruf gewesen sein, der sie geweckt hatte.

Sie wollte gerade zurückrufen, da hörte sie, wie die Wohnungstür aufgeschlossen wurde. Langsam öffnete sich kurz darauf die Zimmertür und Jorma hielt ihr stolz grinsend eine Brötchentüte entgegen.

»Es gibt gute Neuigkeiten.«

Eva schmunzelte.

»Brötchen?«

»Marmeladenbrötchen.«

Jorma hielt auch seine andere Hand hoch, in der er Butter und Himbeermarmelade hielt.

Evas Lächeln wurde breiter. Himbeermarmelade hatte sie früher zum Frühstück geliebt. Dass er das noch wusste, schmeichelte ihr.

»Aber eigentlich meinte ich etwas anderes. Ich habe Johannas Rechner - und er läuft.«

Eva rutschte vom Bett herunter.

»Das ist ja super! Das heißt doch, dass wir uns jetzt alles ansehen können, was sie da gespeichert hat, oder? Das bringt uns bestimmt ein Stück weiter.«

»Genau das heißt es. Und das sollten wir auch gleich tun.«

Jorma ging in den Flur zurück und holte das Gerät. Er schloss es an und drückte den Startknopf. Er fixierte kurz den Monitor und sah Windows beim Hochfahren zu. Dann ging er wieder hinaus.

Um die Wartezeit zu überbrücken, überflog sie schnell die Nachricht auf ihrem Handy.

Endlich erschien der Startbildschirm. Eva starrte ungläubig auf einen völlig nackten Mann, der rücklings an ein Kreuz geknüpft war, und begann zu begreifen, was Holger mit brisanten Inhalten gemeint haben könnte. Ob das der Arzt war, der Johanna ausgehalten hatte? Er schien noch nicht schrecklich alt zu sein und sah möglicherweise gar nicht schlecht aus, soweit man das anhand dieses Fotos beurteilen konnte. Zumindest hatte er eine annehmbare Figur. Es war ihr allerdings ein Rätsel, wieso jemand sich so fotografieren ließ. Wieso ein verheirateter Mann so etwas mit sich machen ließ. Und dann auch noch für Geld.

Als sie gerade das E-Mail-Programm angeklickt hatte, kam Jorma mit einer Tasse Kaffee und Tellern und Messern zurück. Während er sich ein Brötchen schmierte, sah Eva die Liste der neuen Nachrichten durch. Das meiste schien Werbung zu sein. Eva konnte keine einzige persönliche Mitteilung ausmachen. Auch in den alten Nachrichten fand sich nichts, was Aufschluss über Johannas Umgang oder ihre Aktivitäten hätte geben können. Eva war schon drauf und dran Outlook wieder zu schließen, als ihr eine Nachricht auffiel, die sie zunächst gar nicht beachtet hatte. Mit einem Klick war sie drin. *Das zweite Trimester.* Das war ein Schwangerschaftsnewsletter! So etwas bekam man doch nicht als Spam. Eva scrollte durch die Nachrichten. Da war noch einer von der Sorte. Johanna hatte diesen Newsletter offensichtlich abonniert.

Sie blickte erstaunt auf.

»Ich glaube, Johanna ist schwanger.«

Jorma sah sie ungläubig an. Diese Vorstellung gefiel ihm offenbar nicht besonders. Eva zeigte ihm die E-Mails, aber er schien sich nicht weiter damit beschäftigen zu wollen. Er drehte die Tastatur zu sich und legte den Zeigefinger auf die Maus. Seine Hände sahen noch genauso aus wie vor zehn Jahren. Sie waren kräftig, aber nicht plump. Männlich. Wenn er sie bewegte, sah man die Sehnen auf dem Handrücken hervortreten. Und immer wenn man sie ansah, musste man sich fragen, wie es sich anfühlen würde, wenn einen diese Hände anfassen würden.

»Lass uns mal im Netz schauen.«

Er öffnete den Webbrowser und sah sich den Verlauf an. Johanna war auf diversen Shoppingseiten unterwegs gewesen, aber auch auf einer Seite zum Thema Schwangerschaft und künstliche Befruchtung. Jormas Gesichtsausdruck wurde immer eisiger. Als er auf seinem Weg durch die Webshops feststellte, dass Johanna sich vor allem für Reizwäsche und Schwangerschaftsklamotten interessiert hatte, nahm Eva sich ihr Handy.

»Wieso bist du eigentlich allein zu Holger gefahren?«

Jorma blickte kurz auf, sah dann aber wieder auf den Bildschirm. Er durchforstete jetzt die Lesezeichen.

»Sieh dir das hier mal an. Johanna hat auf Facebook eine Seite, aber nicht unter ihrem Namen, sondern unter *Sainte Maria, sans pitié*.«

»Heilige Maria ohne Gnade? Was hat sie sich denn da ausgedacht?«

»Das ganze Profil ist an Männer gerichtet, die ihr dienen wollen.«

»Auf Facebook? Da findet man so was?«

Das Titelbild zeigte einen halbnackten weiblichen Oberkörper in einer engen Korsage. Das konnte wirklich Johanna sein. Die nackten Arme waren vor der Taille verschränkt. In einer Hand hielt sie eine Art Peitsche, einen kurzen Stock mit mehreren Lederbändern an der Spitze.

»Wen hat sie denn auf ihrer Freundesliste?«

Nur acht Personen. Aber das sind mit Sicherheit keine echten Namen. Einer heißt *Leopold von Ritter Sacher*.«

»Sieh dir mal an, ob du die Profile aufrufen kannst. Vielleicht kommen wir auch über Wohnort, Alter oder Beruf weiter.«

Jorma klickte sich durch die Seiten, während Eva ihm über die Schultern sah. Alle acht Kontakte waren Männer. Mindestens zwei kamen aus der Nähe von Bielefeld. Bei einigen gab es zum Wohnort allerdings keine Angabe. Die beiden Männer aus Bielefeld waren siebenundzwanzig und sechsundvierzig. Einer davon war Ritter Leopold. Der Jüngere nannte sich *John Doe*. Mehr war nicht herauszubekommen. Eine brauchbare Chronik gab es nicht. Auch die Unterhaltungen enthielten nichts Verwertbares. Da bettelten die Sklaven um die Gunst ihrer Herrin, die sie meist kalt abwies und sich tatsächlich selten gnädig zeigte. Die Daten verrieten, dass Johanna hier lange nichts mehr gemacht hatte.

Jorma stand auf und ließ sich rückwärts auf das Bett fallen. Die Decken lagen noch ganz zerwühlt auf einer Seite. Eva hatte es nicht gemacht, weil Jorma das bestimmt seltsam gefunden hätte. Es war genauso unordentlich gewesen, als sie am Morgen angekommen waren.

Eva rückte sich die Tastatur zurecht. Jetzt musste man einfach mal ganz systematisch vorgehen. Sie öffnete alle relevanten

Programme und alle Websites aus dem Verlauf und den Lese-zeichen. Zwischendurch aß sie ihr Himbeermarmeladen-brötchen und trank ihren Kaffee. Irgendwann klingelte es an der Tür und Jorma verschwand.

Viel Neues kam nicht dabei heraus. In einem älteren Word-Dokument fand Eva die Bestätigung, dass Johanna schon vor längerer Zeit ihren Job bei einem Callcenter gekündigt hatte. Ansonsten wurde immer klarer, wie stark Johannas Leben von ihrer neuen Tätigkeit bestimmt gewesen war. Sie fand jede Menge Fotos von Männern, die in irgendeiner Weise gequält oder gedemütigt wurden. Allerdings hätte man keinen einzi-gen identifizieren können. Viele Fotos waren sehr intim und Eva hoffte, dass Holger sich nicht allzu viel Zeit genommen hatte, um die Festplatte durchzusehen. Sie war froh, dass Jorma beschäftigt war. Johanna war auf einigen Bildern gut zu erkennen. Sie war etwas älter geworden, aber sie strahlte eine selbstbewusste Sinnlichkeit aus, die sie in diesem Maß bei ihr nicht kannte. Eva musste vor sich selbst zugeben, dass sie in diesen doch sehr provokanten Outfits attraktiver wirkte als jemals zuvor. Und das, obwohl sie längst keine zwanzig mehr war. Sie konnte sich Johanna jetzt jedenfalls gut in einem der vielen Clubs vorstellen, die in ihrem Browser gebookmarkt waren. Und sie konnte sich ansatzweise ausmalen, wie sie es geschafft hatte, einen Mann vollkommen um den Finger zu wickeln. Wie das alles aber mit ihrem Verschwinden zusam-menhängen sollte, konnte sie sich allerdings immer noch nicht erklären. Möglicherweise waren sie auch völlig auf dem Holzweg und das alles hatte rein gar nichts damit zu tun. Vielleicht war sie einfach zufällig auf dem Heimweg einem Verrückten über den Weg gelaufen oder sie hatte irgendwo einen Unfall gehabt.

Eva zog sich eine Liste der Bookmarks auf ihren USB-Stick. Dann wandte sie sich Jorma zu, der gerade wieder zur Tür hereinkam.

»Wir müssen nochmal in Johannas Wohnung.«

## Außerhalb der Zeit

Inzwischen war die Wunde verheilt. Auch die Kruste hatte sie schon abgeknibbelt. Sie lebte noch. Sie wurde weiter mit Essen und Trinken versorgt. Immer kam das Ganze mit dem Lastenaufzug. Bei jeder dritten Mahlzeit war eine Tablette dabei. Sie hatte keine Ahnung, was das für ein Zeug war. Vielleicht wollte ihr Gastgeber sie damit gefügig machen oder er hatte plötzlich Angst vor seiner eigenen Courage bekommen und wollte sie nun vergiften, um sie nicht mit bloßen Händen umbringen zu müssen. Jedes Mal nahm sie sie vom Teller und steckte sie in ein kleines Loch, das sie mit ihren Fingernägeln in die Matratze gepuhlt hatte.

Mittlerweile hatte sie zwei Eimer. Einen mit Wasser und einen, den sie für das benutzte, was unweigerlich auch anfiel, wenn man tagelang gefangen gehalten wurde und essen und trinken durfte. Außerdem war ihr immer wieder wahnsinnig schlecht und sie musste sich übergeben. Auch dafür musste sie den Eimer benutzen.

Tagelang hatte sie sich das Gehirn zermartert. Es gab so viele Fragen. Wo zum Teufel war sie? Wieso war sie eingesperrt? Wer hatte sie in dieses Loch gebracht? Ein Wahnsinniger, der zufällig sie erwischt hatte? Jemand, der es auf sie abgesehen hatte? Aus Rache? Ein ehemaliger Kunde vielleicht, der jetzt durchgedreht war? Oder ein religiöser Spinner, der sie für eine Provokation oder eine gottlose Sünderin hielt? Einen Moment lang hatte sie sogar an ihren Vater und den Keller von früher gedacht. Aber das war absurd.

Wurde sie jetzt bestraft für das, was sie tat? Gerade als sie damit aufhören wollte? War das eine Art kosmischer

Ausgleich, mit dem ihr all ihre Taten heimgezahlt wurden? Blöd nur, wenn der Kosmos nicht kapierte, was genau sie machte. Sonst wüsste er, dass das hier nichts damit zu tun hatte. Im Gegenteil.

Draußen zog sich der Himmel zu. Gleich würde es ein Gewitter geben. Im Flur war es dunkel, nur das hektische Blinken des Telefons leuchtete ihnen entgegen. Jemand hatte eine Nachricht auf Johannas Anrufbeantworter hinterlassen.

Jorma nahm den Apparat und drückte die Abspieltaste. Es waren sogar drei Anrufe eingegangen. Erwartungsvoll lauschten sie der Ansage. Der erste Anrufer hatte keine Nachricht hinterlassen. Datum und Uhrzeit passten aber zu Evas Besuch bei Svetlana. Wahrscheinlich hatte Johannas Kollegin überprüfen wollen, ob Johanna wirklich verschwunden war. Der zweite Anruf war von der Arztpraxis, die Eva unter Johannas Namen angerufen hatte. Eine Frau hatte sich freundlich entschuldigt und mitgeteilt, dass Johanna leider keine Patientin bei ihnen sei, sie sich bei Fragen aber gern noch einmal melden dürfe. Der dritte Anruf war interessanter. Eine erregt klingende Männerstimme verlangte, dass Johanna sich für alle weiteren Untersuchungen eine andere Praxis suchte. Außerdem - Jorma konnte es gar nicht glauben - gab sie eine Mobilnummer an.

Das war doch wirklich sonderbar. Erst war sie in der Praxis völlig unbekannt und dann rief der Arzt persönlich an und hinterließ seine private Handynummer. Da hatten sie doch bestimmt einen von Johannas Schwererziehbaren gefunden. Er konnte sich lebhaft vorstellen, welche Nöte der Mann jetzt angesichts des Anrufes in seiner Praxis ausstand. Derartige Kontakte behielten Leute von diesem Schlag sicher lieber für sich.

Jorma hielt Eva das Telefon vor die Nase und lächelte schadenfroh.

»Ruf den Mann doch mal zurück.«

Eva sah ihn skeptisch an.

»Und was soll ich sagen?«

»Dass wir auf der Suche nach Johanna sind.«

Eva drehte sich weg.

»Ruf selbst an. Ich gehe in der Zeit zu der Nachbarin, die Johannas Post hortet.«

Jorma sah ihr nach, wie sie im Hausflur verschwand. War sie jetzt sauer? Sie war schon im Auto ziemlich still gewesen. Er hatte im Grunde einen einzigen langen Monolog gehalten, um ihr zu vermitteln, dass es sehr unwahrscheinlich war, dass Johanna schwanger war, während Eva das bereits für bewiesen hielt. Aber sie hatte nur aus dem Fenster gestarrt und geschwiegen.

In unregelmäßigen Abständen erhellten die ersten Blitze sekundenweise den Raum. Jorma ließ die Nachricht noch einmal abspielen und nahm sie mit seinem Handy auf. Dann hörte er die Aufnahme an und wählte. Gespannt wartete er ab.

»Dr. Schultheiß.«

Die Stimme wirkte ruhiger als auf dem Anrufbeantworter.

»Guten Abend, Dr. Schultheiß.«

Jorma registrierte, dass seine eigene Stimme herausfordernder klang, als er beabsichtigt hatte.

»Wer ist da?«

»Ich bin ein Freund von Johanna Düwel.«

»Ich glaube, da haben Sie sich verwählt.«

»Ich glaube kaum. Sie haben Ihre Nummer auf ihrem Anrufbeantworter hinterlassen.«

Sein Gesprächspartner schwieg für einen Moment.

»Möglich. Vielleicht ist sie eine Patientin von mir. Der Name sagt mir jetzt nichts. Worum geht es denn?«

Jorma war sich sicher, dass er log.

»Frau Düwel ist seit einiger Zeit verschwunden.«

Wieder brauchte Dr. Schultheiß einen Augenblick, um zu antworten.

»Das tut mir leid, aber ich wüsste nicht, wie ich Ihnen da helfen könnte.«

»Sie könnten mir sagen, in welchem Verhältnis Sie zu Frau Düwel standen. Haben Sie sie für irgendwelche Dienstleistungen bezahlt?«

Selbst wenn Dr. Schultheiß wirklich nicht wusste, was Johanna so trieb, musste er jetzt eine Ahnung bekommen. Die Art, wie Jorma *Dienstleistungen* gesagt hatte, ließ unmissverständlich klar werden, in welche Richtung die Sache ging. Mit der freundlichen Zurückhaltung war es am anderen Ende der Leitung schlagartig vorbei. Jetzt hörte Jorma wieder die erregte Stimme, die er schon von der Aufnahme kannte.

»Ich habe Ihnen schon gesagt, dass ich die Frau nicht kenne. Und jetzt lassen Sie mich in Ruhe.«

Das Gespräch wurde beendet.

Jorma war zufrieden. Wenn der Typ etwas mit Johannas Verschwinden zu tun gehabt hätte, hätte er mit Sicherheit nicht seine Nummer auf ihrem Anrufbeantworter hinterlassen. Dann hätte er wissen müssen, dass sie ihn nicht mehr abhören konnte. Er war sich ziemlich sicher, dass er einen von den perversen Kerlen am Hörer gehabt hatte, die sich von Frauen den Hintern versohlen ließen, um sich daran aufzugeilen. Er konnte sich immer noch nicht vorstellen, dass Johanna sich für solche Männer hergegeben hatte. Dass sie in dieser Welt aus dreckigen Fantasien hatte leben wollen - und in diese Welt womöglich auch noch ein Kind setzen wollte. Das war alles so absurd.

Jorma lief noch einmal langsam durch die Wohnung und schaute sich um. Er konnte nicht anders. Überall fahndete er nach Spuren eines Familienlebens. Aber da war nichts. Johanna lebte in einer eindeutigen Singlewohnung. Mehr noch, wenn man es ganz nüchtern betrachtete, lebte sie in einer Hurenwohnung. Den teuren Schmuck, den sie gefunden hatten, hatte sie sicher von ihren Freiern bekommen. In so einem Leben konnte sie doch wohl kaum schwanger sein. Und sie würde schon gar keine künstliche Befruchtung gewollt haben. Schließlich war sie es gewesen, die einfach gegangen war, als er etwas hartnäckiger laut über Familiengründung nachgedacht hatte. Johanna war kein Familientyp, das war sein Mantra für das erste Jahr nach der Trennung gewesen. Sie wollte keine Kinder. Sie würde nie Kinder bekommen. Sie würde niemals jemanden heiraten. Sie war die falsche Frau für solche Träume. Sie war die falsche Frau.

Als er wieder ins Wohnzimmer kam, sah er, dass Eva zurück war. Sie sah jetzt etwas entspannter aus. Auf dem Sofa hatte sie Briefe verteilt. Sie blickte zu ihm auf und lächelte sogar.

»Die alte Dame hat mir Johannas Post gegeben. Langsam macht sie sich auch Sorgen. Sie hat gesagt, dass Johanna öfter in Urlaub gefahren ist, aber noch nie so lange.«

Eva lachte.

»Die denkt, dass Johanna ständig auf Kostümpartys gegangen ist, weil sie immer so ein Cape anhatte und manchmal ziemlich aufgebrezelt war, wenn sie wiederkam. Aber sie hat das mit so einem Tonfall gesagt, dass ich mir auch vorstellen könnte, dass sie geahnt hat, dass das nicht nur Kostümfeste waren.«

Jorma betrachtete die Briefe.

»Ist denn etwas Interessantes dabei?«

»Nein, nicht direkt. Rechnungen, Werbung und ein Gutschein. Außerdem scheint sie nicht krank zu sein. Die Ärztin hat nichts Besonderes geschrieben. Aber mit den Poststempeln können wir vielleicht abschätzen, seit wann sie etwa verschwunden ist.«

»Von wann ist denn der älteste Brief?«

»Das ist der Gutschein. Der ist vom zwölften Mai.«

»Also ist sie seitdem nicht mehr hier gewesen. Allerdings kann es sein, dass sie schon einige Tage nicht hier war, bevor das erste Mal etwas angekommen ist. So viel Post ist das ja insgesamt nicht.«

Jorma sah auf das kleine Häuflein Briefe.

»Lass uns mal in ihrem Kalender nachsehen.«

Jorma öffnete das Foto von Johannas Kalender.

»An dem Tag ist nichts eingetragen.«

»Aber sieh mal hier, kurz vorher scheint sie einen Termin gehabt zu haben. Da ist ein Zeichen.«

Jorma rief das Bild mit der Legende auf.

»*23 Uhr, Dr. Pielemeyer, Herforder Str. 147.* Das ist der Arzt, den ich nirgendwo finden konnte.«

Eva sah auf.

»Vielleicht ist das ihr Lover?«

Jorma schüttelte den Kopf.

»Dann hätte sie ihn ja nur dieses eine Mal gesehen. Ich glaube, sie hat ihre Treffen mit diesen Typen mit den Buchstaben gekennzeichnet.«

Als *Lover* wollte er so einen nicht bezeichnen.

»Was ist das für ein Gutschein, von dem du gesprochen hast?«

Eva deutete auf einen großformatigen, dunkelroten Umschlag.

»Eine Luxus-Beautybehandlung in einem Hotel in Köln.«

»Ein Gutschein oder ein Rabattschein?«

»Nein, ein Gutschein. Da ist alles inklusive. Es gibt verschiedene Gesichts- und Körperbehandlungen, aus denen man welche auswählen kann.«

»Ist das Werbung?«

»Quatsch. So etwas ist teuer. Das hat ihr jemand geschenkt. Auf der Karte steht *Damit das Wochenende perfekt wird*.«

»Aber wieso in Köln?«

»Vielleicht für eine geplante Reise? Da stand doch auch Köln in dem Kalender.«

»Dann wissen wir jetzt, welches Hotel sie nehmen wollte.«

Allerdings war Jorma sich ziemlich sicher, dass sie dort nicht auftauchen würde.

Eva sah sich um. Hier war nichts, was im Entferntesten nach einer Arztpraxis aussah. Das Haus mit der Nummer 147 stand leer und war ziemlich heruntergekommen. Einem Maklerschild nach zu urteilen, das in einem der Fenster hing, war das auch nicht erst seit gestern so. Das Schild sah ähnlich verdreckt aus wie das Gebäude.

Nachdem sie die Straße einmal ein Stück hoch- und wieder heruntergegangen waren, standen sie jetzt zum zweiten Mal vor diesem Haus. Eva nahm ihr Handy und wählte. Eine Mitarbeiterin des Maklerbüros von Storck meldete sich und erklärte ihr - nachdem sie sich selbst erkundigt hatte - dass das Objekt schon seit über zwei Jahren leer stand, dass es aber einen interessanten Projektentwicklungsplan gebe, den sie ihr gern zusammen mit dem Exposé zuschicken könnte. Leider konnte sie nicht sagen, ob jemals ein Dr. Pielemeyer in dem Gebäude eine Praxis oder eine Wohnung gehabt hatte. Eva bedankte sich und steckte ihr Telefon wieder ein. Es war zum Verzweifeln.

Thomas Jakobson stand in dem Schlafzimmer der vermissten Frau und sah sich um. Die Jungs von der Spurensicherung hatten behutsam gearbeitet. Man ahnte nicht, dass Takis und seine Leute hier gerade noch alles auf den Kopf gestellt hatten. Die Experten waren wie er der Meinung, dass es sich bei dieser Wohnung nicht um einen Tatort handelte. Es gab weder Einbruchspuren noch Kampfspuren und auch kein Blut. Takis suchte im Bad noch nach verwertbaren DNA-Proben, um sie für den Fall der Fälle einzulagern. Vielleicht kam irgendwann die Situation, dass sie sie für einen genetischen Fingerabdruck brauchen konnten. Manchmal wurden nicht identifizierte Leichen so zugeordnet. Manchmal fand man auch auf anderen Wegen DNA-Reste, die zu den archivierten Proben passten. Man konnte nie wissen.

## Außerhalb der Zeit

*Die Zeit schien sich aufgelöst zu haben in der immer gleichen Dunkelheit ihrer Zelle und auch der Raum war mangels sichtbarer Konturen in Auflösung begriffen. Sie fragte sich, ob sie nicht vorsichtshalber doch beten sollte, auch wenn sie schon vor langer Zeit beschlossen hatte, dass sie keinen Gott brauchte. Wenn sie ehrlich zu sich war, wusste sie, dass die Chancen, aus dieser Situation lebend herauszukommen, äußerst schlecht standen. Und sie wusste auch nicht, ob ihr die denkbaren Alternativen - der ewige Verbleib in dieser Zelle oder von einem Wahnsinnigen missbraucht oder gefoltert zu werden - besser gefallen würden. Andere Szenarien konnte sie sich bei aller Fantasie nicht realistisch ausmalen. Ihre Idee von einer wundersamen Flucht durch den winzigen Lastenaufzug war utopisches Wunschdenken, das wusste sie. Aber dass ein alter Mann mit Bart sie von seiner Wolke aus retten würde, war natürlich genauso unrealistisch. Außerdem war sie nicht scharf darauf, sich von einem alten ehrerbietungsgeilen Patriarchen retten zu lassen, der dann ewige und exklusive Anbetung und blinden Glauben von ihr verlangen würde. Sie wollte sich nicht brechen lassen - von keinem Vater, keinem Gott und keinem Verbrecher. Aber sie wusste, dass sie nicht ewig durchhalten würde in so einer Existenz. Was, wenn es immer so weitergehen würde? Die Angst nagte an ihr, egal wie trotzig sie sich dagegen stemmte. Der stinkende Eimer in der Ecke war bald voll. Und dann?*

## Münster, 2. September, 14.00 Uhr

Jorma hockte auf seinem Schreibtisch und klebte wie besessen kleine Zettelchen an seine Wände. Er hatte alles an Unterlagen, Büchern, Bildern, Fundstücken, möglicherweise einmal nützlichen Dingen und Müll in einer Ecke seines Zimmers aufeinandergestapelt und war nun dabei, eine riesige Zettellandschaft zu erstellen, in der er alle Informationen ordnete, die er über Johannas jetziges Leben und ihr Verschwinden besaß. In Ermangelung einer besseren Idee hatte er seine Notizen auf kleinen Zetteln, die er aus alten Uniunterlagen geschnitten hatte, an seine Zimmerwände gepinnt - so wie er das aus Krimis kannte. An seinem Schreibtisch hingen die Eckdaten zu Johanna - ihre Wohnung, ihre *Arbeitsstelle*, Kontobewegungen, Internetkontakte, Namen und Adressen aus ihrem Kalender, die Frau in Rot, Svetlana und ein großes Fragezeichen für den angeblichen Liebhaber. Rechts neben der Tür hatte er ein Cluster für mögliche Verdächtige angefangen. Die aus seiner Sicht wahrscheinlichste Variante war und blieb der unbekannte Kunde, der *Arzt*. Leider konnte er gerade dem besonders wenige Zettel zuordnen. Er war sich allerdings sicher, dass es nicht der Gynäkologe war, den er am Telefon gehabt hatte.

Jorma ließ seinen Blick über sein Werk schweifen. Sie hatten einfach viel zu wenig Informationen. Die Johanna, die sie suchten, war ihm völlig fremd. An ihm nagte das Gefühl, dass alles, was sie gefunden hatten, falsch war. Diesem Impuls folgend hatte er links neben der Tür Zettel aufgehängt - unter dem Leitbegriff *verrückte Theorien*. Zumindest theoretisch wäre es auch möglich, dass Johanna aus irgendeinem Grund ihr falsches Leben inszeniert hatte, vielleicht um noch etwas anderes zu verbergen. Sie könnte aus seltsamen Gründen untergetaucht sein oder sie hatte vielleicht ihr doch echtes neues Leben als total gescheitert empfunden und war aus Leben Nummer zwei ebenso grußlos verschwunden wie seinerzeit aus Leben Nummer eins, nur dass sie diesmal eine stinkende Katzenleiche hinterlassen hatte.

Jetzt war Jorma dabei, die Termine aus Johannas Kalender und den markierten Internetseiten in Zettelform zu bringen und dem Chaos an den Wänden mit Tesafilm hinzuzufügen. Die neuen Papierschnitzel hingen an kariertem Klebeband. Das hatte er sich von seiner Mitbewohnerin borgen müssen, weil ihm die Stecknadeln ausgegangen waren. Termine also kariert. Das war nicht so schlecht. Das gab zumindest einen gewissen Überblick, welche Informationen sich wo befanden. Langsam fragte Jorma sich, wieso seine Wände allesamt überquollen, während sich die Ermittler in den Filmen immer mit einer einzigen weißen Tafel mit ein paar Fotos begnügten. Die mit dem Zettelwirrwarr im Schlafzimmer waren eigentlich immer die Verrückten. Aber hier entstand Klarheit!

Mit einem Mal wurde Jorma ganz nervös. Das konnte eine neue Möglichkeit sein. Er drückte einen Zettel mit einem Termin an die Wand und strich über die Karos. Hier konnte er Daten zusammenfügen, die zusammen einen Sinn ergaben! Der Termin in Köln und das Hotel in Köln - diese Verbindung hatten sie ja schon. Und der Zettel mit den Terminen von einer der Internetseiten, die Johanna in ihrem Rechner gebookmarkt hatte, passte perfekt dazu. Damit kannten sie jetzt auch den Grund für den Besuch in Köln. *CB*, die Buchstaben in ihrem Kalender, waren nicht die Initialen einer Person. Sie bedeuteten *Carnival Bizarre*. Das war eine Veranstaltung, die zu ihr passte. Bei diesem Event war bestimmt auch ihr Gönner eingeplant gewesen.

Jorma fuhr seinen Rechner hoch und checkte die Lage des Hotels und die Adresse, die auf seinem Papierschnippsel stand. Für Kölner Verhältnisse lagen die beiden Ziele in unmittelbarer Nachbarschaft. Er hatte recht. Sie hatten einen neuen Ansatzpunkt. Sie mussten nur Geduld haben.

Langsam ging Jorma zu seiner Verdächtigenwand und setzte den *Arzt* nach ganz oben. Die Internetkontakte (Irre), Svetlana (Konkurrenzdruck oder Eifersucht), Johannas Vater (entmachteter Despot), ein zufälliger einmaliger Kontakt mit einem Fremden (Irrer) landeten darunter in dieser Reihenfolge.

## Außerhalb der Zeit

Sie lag auf ihrer Matratze und krümmte sich vor Übelkeit. Sie stank unerträglich. In ihrem Gesicht konnte sie Pickel tasten und ihre Arme waren von Ekzemen übersät. Viel zu lange hatte sie sich nicht gewaschen oder ihre Kleider gewechselt. Neben der Matratze, die an diesem Ort völlig fehl am Platze wirkte, stand der Eimer, der zwar fast leer war, aus dem es aber immer noch nach ihren eigenen Ausscheidungen und ihrem Erbrochenen roch. Sie wusste nicht mehr, wie oft sie diesen Eimer schon in den Lastenaufzug gestellt hatte und ihn ausgespült zurückerhalten hatte. Aber selbst wenn nichts darin war, roch er furchtbar. Immer wieder musste sie wegen des strengen Geruchs würgen oder sich übergeben. Ihre Haare waren fettig und ihre Fingernägel waren zu Krallen herangewachsen. Sie waren voller Dreck, weil sie wieder und wieder die Wände und den Boden nach einer Tür, einem Fenster, Ritzen oder Spalten abgesucht hatte.

Später hatte sie nur noch apathisch dagesessen. Wochen oder Monate waren vergangen. Sie hatte kein Gefühl mehr für die Zeit, denn es fiel kein Licht in ihr Gefängnis. Es war beinahe stockfinster. Es gab nur noch die Zeit vor alldem hier und das Hier und Jetzt, das sich zu einer Ewigkeit auszuwachsen schien.

Eva hielt unschlüssig eine transparente Tunika in die Höhe. Seit einer Minute starrte sie auf das silbern schimmernde Oberteil und konnte sich nicht entschließen es anzuprobieren. Es war unvorstellbar, dass ihr so etwas stand. Sie trug einen weißen BH mit Blümchenstickerei. Sie war die Unschuld vom Lande, die versuchte sich als Vamp zu verkleiden. Außerdem hatte sie einfach keine Lust, sich in der Umkleidekabine jeden Makel gnadenlos ausleuchten zu lassen, bevor sie halbbekleidet auf eine Sexparty ging. Im Grunde war die Sexparty und nicht das Oberteil die eigentlich schlechte Idee. Eva konnte sich trotz des Versuchs einer gründlichen Recherche nicht wirklich vorstellen, was sie in Köln erwarten würde. Zwischen ihren letzten Projekten war nur wenig Zeit gewesen und im Internet gab es nicht sonderlich viel über diese Art von Partys. Klar war nur, dass es einen Dresscode gab, der die üblichen Vorgaben sprengte. Mit ihren Sachen würde man sie bei so einer Veranstaltung sicher nicht haben wollen. Und auch wenn es ihr noch nie behagt hatte, sich und ihren Kleidungsstil von einem hirn- und geschmacklosen Türsteher begutachten zu lassen, wenn sie noch irgendwie weiterkommen wollten, war dieses skurrile Event wohl ihre letzte Chance.

Eva hatte sich den Kopf zermartert. Sie war immer wieder alle Fakten durchgegangen. Sie hatte alle Fotos aus der Zeit mit Johanna in ein Album geklebt und einige Wochen später in den Müll geworfen. Dann hatte sie versucht die Gedanken an Johanna zu verdrängen, um sich nicht selbst in dieser Sache zu verlieren. Aber es ging nicht. Ganz gleich wie sehr sie sich mit der Geschichte beschäftigte oder wie sehr sie sich bemühte sie loszulassen - es veränderte sich nichts. Manchmal musste sie an die tote Katze denken. Dann träumte sie nachts von einer madengebärenden Johanna. Sie hatten keine Ahnung, was mit ihr geschehen war. Diesen Gedanken konnte sie nicht kaltstellen. Er kam immer wieder. Und er beunruhigte sie zutiefst.

Johannas Vater trug seinen Teil dazu bei, dass sie nicht vergessen würde. Er terrorisierte sie zunehmend mit seinen Anrufen. Mittlerweile war er in heller Sorge. Eva konnte das nur zu gut verstehen. Aber er verstand seinerseits nicht, dass sie einfach nicht sagen konnte, wo Johanna war, egal wie sehr er es von ihr verlangte. Mittlerweile bat er nicht mehr um Hilfe, sondern er beschimpfte sie, weil sie nicht genug tat.

Eva ließ die Hand, in der sie das Oberteil hielt, sinken und überlegte kurz. Wenn sie die Silikoneinlagen kaufen würde, die sie schon gesehen hatte, würde das mit einem schwarzen Balconette-BH darunter vielleicht doch nicht so schlecht aussehen. Dazu noch einen kurzen Rock und schöne Strümpfe. Sie fragte sich, wie Jorma sie in dem Teil finden würde. Sie wollte auf jeden Fall gut aussehen. Sexy und nicht zu billig - das war der Plan. Gar nicht so einfach.

Zumindest für den Rest des Wochenendes hatte sie schon etwas Passendes gefunden. Auf ihrer Tasche lagen schon eine neue Jeans, ein brombeerfarbenes Shirt mit kleinen Rüschen und rosafarbene Satinunterwäsche mit weißer Spitzenborte. Dazu könnte sie perfekt die Schuhe mit den kleinen Absätzen anziehen, die sie sich als Belohnung für den Verkauf ihres letzten großen Features gegönnt hatte.

## A1, 29. November, 18.34 Uhr

Eva hatte wieder den Mini besorgt. Diesmal blieb das Verdeck zu. Es regnete und stürmte. Jorma war schon fast versucht den Wagen als *ihr* Auto zu bezeichnen, wobei *ihr* den Plural meinte und sie beide bezeichnete. Eva und er. Das tat ihm gut. In den Wochen in seinem Zimmer mit all den Zetteln an den Wänden und den ständig kreisenden Gedanken war er fast verrückt geworden. Es war schlimm, einfach nichts machen zu können. Er war auch vorher nicht ständig unterwegs gewesen, aber in den vergangenen Wochen hatte er sich zum Einsiedler entwickelt. Seine zweifelhafte Uni-Karriere hatte er aufgegeben und nur während der Arbeit hatte er es geschafft, an etwas anderes zu denken. Seine Vorstellungen davon, was mit Johanna geschehen war, variierten. Aber immer versetzten ihn seine Fantasien in eine angespannte Unruhe, die zu nichts führen konnte. Er war froh, dass es jetzt endlich ein Ziel gab - dass er sich in Bewegung setzen konnte. Es gab noch Hoffnung, sie zu finden. Daran glaubte er fest.

Außerdem hatte er Eva vermisst. Zwischendurch hatten sie telefoniert, aber sie hatten sich nicht gesehen. Sie hatte viel zu tun gehabt. Außerdem hatte sie wohl eher das Bedürfnis, Abstand zu der Sache zu gewinnen, während er sich ganz und gar hineinwühlen musste. Er hatte sogar körperlich das Gefühl, dass er eine Lösung finden musste. Andernfalls würde es ihn zerreißen, das wusste er. Diesmal musste er etwas in die Hand bekommen, das ihm den Weg zu Johanna weisen konnte. Aber erst einmal musste er Eva seinen Plan erklären. Der führte zwar nicht besonders weit, aber er hoffte, dass er sie immerhin in das Hotel bringen würde und ihnen vielleicht sogar den Namen des großen Unbekannten liefern könnte.

»Eva?«

Eva hatte aus dem Seitenfenster geschaut, jetzt sah sie ihn an und lächelte. Sie sah gut aus. Das war ihm früher nie so aufgefallen.

»Hast du Hunger? Wir sind noch viel zu früh dran.«

»Wieso zu früh? Normalerweise kann man überall schon nachmittags anreisen.«

»Ich möchte da gern so spät wie möglich auflaufen, damit wir garantiert die Letzten sind, die heute ankommen. Wenn wir dann nur sagen, dass wir reserviert haben - also ohne unsere Namen zu nennen - sehen die in ihre Liste und geben uns das letzte vorbestellte Zimmer, das noch nicht belegt ist. Johannas Zimmer.«

»Fahren wir denn in das gleiche Hotel, in dem Johanna übernachten wollte?«

»Natürlich!«

Jorma wunderte sich. War ihr das nicht klar gewesen? Alles andere machte doch keinen Sinn.

Eva wirkte skeptisch.

»Und was haben wir davon? Das wird ein Raum wie jeder andere sein.«

»Wenn wir Glück haben, bekommen wir einen Namen. Für Johanna ist nichts reserviert, das hab ich schon überprüft. Aber wenn ihr Typ das Zimmer gebucht hat, dann wird sein Name noch in der Liste stehen. Oder aber wir erfahren, dass alle Gäste, die reserviert haben, bereits da sind. Dann haben wir bedauerlicherweise keine Übernachtungsmöglichkeit, aber dafür können wir davon ausgehen, dass der *Arzt* sich in dem Hotel aufhält. Vielleicht sogar mit einer anderen Frau.«

»Ich würde schätzen, dass die Reservierung längst storniert ist. Wenn er Johanna etwas angetan hat, wird er das Zimmer sowieso abbestellt haben und wenn sie für ihn in den letzten Monaten ebenso unauffindbar war wie für uns, dann auch.«

»Trotzdem. Es ist die einzige Möglichkeit.«

»Außerdem hat er ihr noch den Gutschein für die Kosmetikbehandlung geschenkt. Das macht doch keinen Sinn, wenn man jemanden entführen oder umbringen will.«

»Vielleicht sollte das ein Ablenkungsmanöver für die Polizei sein, falls seine Identität ans Licht kommt.«

Diese Idee stammte von der Wand mit den unausgegorenen Theorien.

Jorma sah kurz zu Eva herüber.

»Hast du einen besseren Vorschlag?«

Eva schwieg.

»Also machen wir es so.«

Eva schlug die Hände vor den Augen zusammen, aber sie schien zu lächeln.

»Dann will ich Pizza. Aber ich brauch noch eine halbe Stunde allein auf dem Zimmer, bevor wir losgehen.«

»Kein Problem. Vor zwölf brauchen wir da sicher nicht aufzutauchen.«

Er war zufrieden, obwohl er lieber die ganze Zeit mit Eva verbracht hätte.

## Deine Schwangerschaft - Das dritte Trimester

Du legst noch einmal kräftig an Umfang zu und alles wird etwas beschwerlicher. Wahrscheinlich kannst du häufiger nicht so gut schlafen. Möglicherweise spürst du auch schon ab und zu die ersten Übungswehen. Jetzt wird es Zeit, den großen Tag zu planen. Wo soll er stattfinden? Wer soll an deiner Seite sein? Entscheide ganz nach deinen Bedürfnissen und lass dich nicht von fremden Erwartungen unter Druck setzen.

Falls du dir Sorgen machst, mache dir klar, dass dir ein ganz natürlicher Prozess bevorsteht, den Frauen schon seit Urzeiten überstehen. Du hast mehr Kraft, als du vermutest! Freu dich darauf, ein echtes Wunder miterleben zu dürfen. Falls du aber ein Schmerzmittel möchtest, solltest du das offen ansprechen. Auch das ist in Ordnung. Bei Komplikationen stehen dir erfahrene Ärzte und Hebammen zur Seite.

## Köln, 29. November, 22.40 Uhr

Evas Herz klopfte merklich, als sie die Eingangshalle des Hotels durchquerten. Sie hatten zwar schon wesentlich verrücktere Sachen gemacht, als eine Reservierung vorzutäuschen, aber in dieser Umgebung machte sie der Gedanke daran, dabei aufzufliegen, doch nervös. Jormas Idee erschien ihr mittlerweile völlig abwegig. Aber er war absolut überzeugt davon, dass das der einzige Weg war, weiterzukommen. Im Kopf überschlug sie den Stand ihres Kontos, denn sie nahm an, dass sie eine Übernachtung in diesem Haus nicht in bar begleichen konnte.

Jorma baute sich derweil selbstbewusst vor der Rezeption auf und wartete darauf, dass die Dame dahinter, die ihn schon entschuldigend anlächelte, ein Telefongespräch beendete. Auf Jormas unpassende Kleidung, eine alte, löchrige Jeans und einen abgetragenen Mantel mit Fellfutter, reagierte sie gar nicht. Noch waren sie Gäste wie alle anderen. Eva sah sich um und fragte sich, ob es in einem Hotel wie diesem auch einen Sicherheitsdienst gab, der Hochstapler am Ärmel gepackt aus dem Gebäude führte, wenn sie entdeckt wurden. Alles atmete die distanzierte Reduziertheit eines Hotels, aber es war auch alles etwas geschmackvoller gestaltet, als sie es von Mittelklassehäusern kannte. Ein Portrait von Marlene Dietrich lächelte milde aus der Bar zu ihnen herüber und schien ihnen ihren Segen zu geben. Sie machten ja nichts wirklich Schlimmes. Es würde nur unendlich peinlich werden, wenn sie hier rausgeschmissen werden würden.

Die Dame am Empfang legte den Hörer beiseite und wandte sich Jorma zu. Eva betrachtete den zweifelsohne teuren Bodenbelag. Jorma öffnete seine Tasche und begann darin zu wühlen. Nebenbei sagte er die Sätze auf, über die sie beim Abendessen diskutiert hatten: »Wir sind leider etwas spät. Ich hatte reserviert, eine Übernachtung und morgen einen Kosmetiktermin.«

Eva versuchte unbeteiligt zu wirken und sich auf Nebensächliches zu konzentrieren. Die junge Frau schien darauf zu warten, dass Jorma weitersprach. Natürlich. Jeder normale Mensch nannte seinen Namen, wenn er in einem Hotel eincheckte. Aber Jorma kramte weiter scheinbar geistesabwesend in seiner Tasche und schwieg. Als Eva gerade ankündigen wollte, dass sie noch einmal kurz nach draußen müsse, hatte die Empfangsdame endlich Mitleid mit ihnen.

»Herr und Frau Dr. Büscher?«

Jorma bestätigte wie selbstverständlich und Eva atmete erleichtert auf. Sie sandte einen dankbaren Blick zu Marlene. Sie waren drin und sie hatten einen Namen!

»Wir haben morgen um elf Uhr für Sie einen Termin in unserem Spa reserviert. Haben Sie sich schon Ihre Wunschbehandlungen ausgesucht?«

Sie sah Eva fragend an. Die blickte Hilfe suchend zu Jorma.

»Ich glaube, sie muss noch einmal einen Blick in Ihre Broschüre werfen. Nicht wahr, mein Schatz?«

Er legte seinen Arm um ihre Schultern, während sie nur dümmlich lächeln konnte.

»Ich lasse Ihnen dann Ihre Suite zeigen. Haben Sie Gepäck, das dorthin gebracht werden soll?«

Jorma verneinte und bedankte sich. Durch die Halle kam ein sehr blonder junger Mann auf sie zu, der eine Schlüsselkarte entgegennahm und sie dann begrüßte. Er sah kurz auf den Monitor hinter dem Tresen und forderte sie danach auf, ihm zu folgen. Zu Evas Verwunderung steuerte er direkt auf den Ausgang zu und einen Moment später standen sie wieder auf der Straße.

Eva befürchtete schon, man hätte sie doch durchschaut und dies wäre eine zivilisierte Art, unliebsame Besucher hinauszukomplimentieren, aber der Hotelbedienstete (war das ein Page oder ein Praktikant?) setzte seinen Weg unbeirrt fort. Auch Jorma war offensichtlich verwundert. Aber er folgte ihrem Führer über die Fahrbahn auf die andere Seite der Straße und dort in ein Wohnhaus. Eva lief den beiden einfach weiter hinterher.

Sie betraten einen schlichten langen Flur, der nur spärlich von einer flackernden Lampe erhellt wurde. Vor ihnen befand sich ein Aufzug, in den sie einstiegen. Die Tür schloss sich und Eva hatte das Gefühl, dass damit ihr Schicksal besiegelt war.

Hatte dieser Ort womöglich selbst etwas mit Johannas Verschwinden zu tun? Ahnte hier jemand, dass sie nach ihr suchten? Offensichtlich wusste man im Hotel, dass es den Wellnessgutschein gab. Vielleicht wusste auch jemand, dass die rechtmäßige Besitzerin dieses Gutscheines hier nicht auftauchen konnte. Noch bevor sich Eva ausmalen konnte, was sie wohl erwarten würde, öffnete sich die Tür des Fahrstuhls wieder. Sie waren im obersten Stockwerk angelangt und gingen dort direkt auf eine Wohnungstür zu.

Der Page lächelte unverändert, als er die Plastikkarte vor einen kleinen schwarzen Kasten hielt und damit eine Tür von enormer Stärke öffnete, die Eva eher in einer Bank vermutet hätte als in einem Wohnhaus.

Nach dem nüchternen Hausflur wirkte der Raum hinter der massiven Holztür, die von außen weiß war, aber von innen eine dunkle Holzverkleidung hatte, geradezu opulent. Die Wände waren in einem dunklen Auberginenton gestrichen und die Fenster waren mit schweren tiefroten Vorhängen verhängt. Licht floss an Kristallen von der Decke herab. Vor einem riesigen Aktgemälde gab es ein Doppelbett mit bauschiger violetter Bettwäsche, die vor orientalischen Ornamenten überzuborden schien, und mitten im Zimmer stand ein riesiger Whirlpool. Auf dem Bett lagen weiße Blüten. Eva roch den Duft von Jasmin.

Ihr Führer erkundigte sich brav, ob alles zu ihrer Zufriedenheit sei, und erklärte ihnen, dass sie für das Frühstück einfach den Zimmerservice anrufen müssten, woraufhin Jorma interessiert aufblickte.

»Ist Frühstück auf dem Zimmer inklusive?«

Eva sah peinlich berührt zu Boden. Der Mann vom Hotel schien allerdings nichts bei der Frage zu finden. Er klärte sie ganz trocken darüber auf, dass das Frühstück selbstverständlich inbegriffen sei und in dieser speziellen Suite grundsätzlich immer auf dem Zimmer serviert werde.

Jorma sah den jungen Mann erstaunt an, der daraufhin noch einmal ansetzte: »Das Frühstück haben Sie schon mit dem Zimmer bezahlt. Diese Suite muss immer im Voraus bezahlt werden. Nur was Sie sonst noch bestellen oder aus der Minibar nehmen, müssen Sie am Ende extra bezahlen. Und eventuelle Trinkgelder.«

Der Hoteljunge senkte den Blick. Eva vermutete, dass er jetzt doch nicht ganz ernst bleiben konnte. Letztere würden direkt in bar vor Ort ausgezahlt, erstere würden in einer Schlussrechnung zusammengefasst und bei Abreise beglichen. Bei Besuch des Spas sei der Gutschein mitzubringen.

Eva sah, wie Jorma innerlich jubelte, und bedauerte den armen Kerl, der vergeblich auf seine Entlohnung wartete.

»Trinkgeld war das Stichwort, Jorma.«

Einen Moment nachdem ihr die Worte über die Lippen gekommen waren, fuhr es heiß durch ihrem Körper. Sie waren ja gar nicht als sie selbst unterwegs, sondern als Herr und Frau Büscher. Der junge Mann schien allerdings nichts bemerkt zu haben. Ihr wenig dezenter Hinweis an Jorma war ihm wohl doch etwas peinlich.

Eva registrierte leicht erstaunt, dass auch Jorma wie ertappt wirkte, sein Portmonee zückte und dem nun erleichtert wirkenden jungen Mann ein paar Münzen in die Hand drückte. Der nahm das als Zeichen, sich schnell zu verdrücken.


Da standen sie nun in einer Luxussuite, die sogar schon bezahlt war. Herr und Frau Dr. Büscher. Eva schloss die Augen, breitete ihre Arme aus und ließ sich rückwärts auf das Bett fallen. Besser hätte es kaum laufen können. Sie würden dem Schicksal in dieser Nacht noch das ein oder andere Trinkopfer darbringen müssen. Aber erst einmal mussten sie sich fertig machen.

## Köln, 29. November, 23.00 Uhr

Jorma hatte sich durchnässt in die Bar zurückgezogen. Eva hatte ihn wie angekündigt rausgeschmissen. Draußen ging ein Platzregen herunter, der ausgereicht hatte, um ihn auf dem kurzen Weg von ihrem Haus in das gegenüberliegende ziemlich aufzuweichen. Er bestellte einen Kaffee und strich sich das Wasser aus den Haaren. Es war ihm ganz recht, dass sie ihre Ruhe brauchte, um sich umzuziehen. Dann hatte er Zeit, etwas über diesen *Arzt* herauszufinden.

Zuerst googelte er *Dr. Büscher* in Verbindung mit *Bielefeld*. Die Trefferliste war umfangreich. Es gab offensichtlich nicht nur einen Dr. Büscher in Bielefeld. Jorma überflog die Links und stutzte. Da tauchten Namen auf, die er bereits kannte. Ein Dr. Mathias Büscher arbeitete in der Kinderwunschpraxis, in der Johanna einen Termin gehabt hatte. Das konnte kein Zufall sein. Jormas Gedanken überschlugen sich. In seiner Magengegend mischten sich Euphorie und Erleichterung. Sie wussten jetzt, wer *der Arzt* war. Johanna war nicht für eine Kinderwunschbehandlung in der Praxis gewesen, sondern um Dr. Büscher zu treffen. Der war also ihr Kunde, nicht der Gynäkologe, mit dem er telefoniert hatte.

Es gab sogar ein Foto. Es zeigte einen Mann, der ihm in einer Gruppe nicht aufgefallen wäre. Er sah weder wie ein Sexsklave noch wie ein Frauenmörder aus. Er hatte ein ganz normales Allerweltsgesicht. Dennoch würde Jorma ihn jetzt wiedererkennen, falls er heute Abend auf der Party auftauchen würde. Er starrte tatsächlich dem Mann ins Gesicht, der vielleicht seine Exfreundin auf dem Gewissen hatte. Jorma fuhr sich mit der Hand durchs nasse Haar.

Dann sah er, dass Eva kam. Sie hatte einen hellen langen Mantel an und trug Schuhe, die bei Regen und Kälte bestimmt nicht dazu geeignet waren, damit über die Straße zu laufen. In der Hand hielt sie einen tropfenden Schirm mit dem Schriftzug ihres Hotels, den sie offenbar irgendwo unterbringen wollte.

Sie hatte sich die Augen dunkel umrandet, was sie ein bisschen verrucht aussehen ließ.

Jorma kappte die Internetverbindung und steckte sein Telefon in seine Gesäßtasche. Er konnte Eva auch auf der Rückfahrt erzählen, was er herausgefunden hatte. Falls der Typ auf der Party auftauchen sollte, wollte er alle Optionen haben. Dann war es besser, wenn Eva nicht wusste, dass er den Mann gefunden hatte. Er war sich einfach noch nicht klar darüber, was er in dem Fall tun würde. Die ganze Sache war einfach so unvorstellbar, dass sein Gehirn daran noch versagte.

## Köln, 29. November, 23.49 Uhr

Es waren nur ein paar Minuten bis zu ihrem Ziel, aber Evas Füße waren schon halb erfroren, als sie ankamen. Eine lange Warteschlange zog sich über einen mit Pfützen übersäten Platz. Am Eingang flatterte ein Banner im Regen und verkündete das Motto des Abends. All diese Gestalten hatten sich in der Kälte aufgereiht, um einen *Carnival Bizarre* zu feiern, den Eva sich noch immer nicht wirklich vorstellen mochte. Sie baute darauf, dass Jorma auf sie aufpassen würde.

Sie fror. Der Wind wehte in ihren Ausschnitt. Es sah ganz so aus, als würden sie noch eine ganze Weile im Regen ausharren müssen. Am Eingang hatten sich zwei bullig wirkende Türsteher postiert. Einer von ihnen verschmolz förmlich mit der Nacht, sein ganzes Gesicht war mit schwarzen Tätowierungen überzogen.

Nach einigen Minuten wurde Eva klar, dass die beiden deutlich mehr Leute abwiesen, als sie reinließen. Sogar ein Punkpärchen, von dem Eva gedacht hätte, dass es der Inbegriff des Bizarren wäre, wurde weggeschickt.

Sie stieß Jorma an.

»Wir kommen hier niemals rein.«

Jorma sah sie an.

»Wieso nicht? Wir müssen da rein.«

»Hast du nicht gesehen, dass da nur ganz wenig Leute reingelassen werden? Die merken doch sofort, dass wir nicht hierhergehören.«

Jorma schüttelte langsam den Kopf und suchte wieder die Menschenreihe ab.

»Nein. Ich hab mir die Leute angesehen.«

»Ich würde sagen, höchstens dreißig Prozent dürfen rein.«

»Dann müssen wir zu den dreißig gehören.«

»Vielleicht solltest du dein Outfit dann noch mal überdenken. Du siehst aus wie immer. Als würdest du in die

Kneipe um die Ecke gehen. Und ich bin, fürchte ich, auch nicht spektakulär genug.«

Sie öffnete leicht ihren Mantel und gab Jorma den Blick frei auf das durchsichtige Oberteil und den kurzen Rock. Nun sah er endlich sie an und nicht mehr die Leute in der Warteschlange. Sie hatte das Gefühl, dass ihm gefiel, was er sah.

»Das würde ich jetzt nicht so sagen. Ich meine, du siehst schon spektakulär aus und ich würde nie so in die Kneipe um die Ecke gehen, weil es hier nämlich erstens nur Kölsch gibt und ich zweitens ein Netzhemd anhabe, das du noch nicht sehen kannst, weil ich es unter meinen normalen Sachen trage. Ich will schließlich nicht erfrieren.«

Eva registrierte Jormas Blick auf ihre Schuhe.

»Was ist denn genau ein Netzhemd?«

»Eine Art Unterhemd aus Netzstoff - hab ich mir von einem Kumpel geliehen.«

Eva sah ihn ungläubig an.

»Keine Angst, ich mach regelmäßig Liegestütze.«

Zehn Meter vor ihnen wurde gerade eine Person mit einer Gasmaske vor dem Gesicht eingelassen.

»Sieh dir das an, Jorma. Solche Leute kommen da rein.«

Eva deutete auf den Eingang.

Jorma musterte den Maskenträger.

»Glaubst du wirklich, dass die uns wegschicken?«

»Ja.«

Eva sah Jorma fest in die Augen und nickte. Sie war sich absolut sicher und sie war nicht wirklich traurig darüber.

»Dann suchen wir uns jetzt schnell einen Sexshop und besorgen uns was Passenderes.«

Eva war fassungslos.

»Wo willst du denn jetzt so einen Laden herbekommen?«

Aber Jorma hatte schon sein Telefon in der Hand und tippte. Dann schlang er ihr seinen Schal um den Hals und schob sie vorwärts. Sie mussten nur um ein paar Ecken und schon standen sie vor einem Erotikshop, der mitten in der Nacht geöffnet hatte.

Jorma stieß die Tür auf, als würde er mal eben zum Bäcker gehen. Eva war noch nie in ihrem Leben in so einem Geschäft gewesen. Sie folgte Jorma etwas langsamer und blickte sich um, während er zügig die Regale abschritt. Sie gingen an einer riesigen Auswahl an Dildos in allen Farben und Formen vorbei. Vor allem die Größe einiger naturnah gestalteter Exemplare erschreckte Eva. Erstaunt sah sie, dass einer sogar Haare hatte. Wer zur Hölle wollte so etwas haben?

Jorma hatte bereits etwas aus einem Fach genommen und zeigte es ihr. Aber Eva hatte keine Ahnung, was das sein sollte. Sie sah ihn skeptisch an.

»Das sind Masken. Aus Lackleder. Hinten ist ein Reißverschluss.«

Er zog den Verschluss auf und setzte die Maske über sein Gesicht.

»Die sind doch perfekt. Niemand erkennt uns und keiner sieht, wenn du rot wirst.«

Eva musste sich beherrschen, um nicht zurückzuweichen. Jorma sah schrecklich aus. Wie ein Monster oder - sie erschrak - wie ein Triebtäter. Der Mörder war immer der Ex-freund.

Eva schob den Gedanken beiseite und zog ihm die Maske vom Gesicht.

»Au! Meine Haare hängen im Reißverschluss!«

Jorma wand sich unter ihrem Griff und fluchte.

Das schien die Verkäuferin anzulocken, eine rundliche ältere Dame mit einem Dutt aus knallrot gefärbten Haaren und regenbogenfarbener Augenummalung, die auch locker als Puffmutter hätte durchgehen können.

»Kann ich euch Hübschen helfen? Ich bin hier nachts die gute Seele.«

Sie griff Jorma energisch ins Haar und ruckte fachmännisch am Verschluss. Schon hatte sie ihre Ware befreit.

»Jungchen, bei deinen Haaren brauchst du eine Haube, die man drunter trägt, damit es nicht so ziept. Es sei denn, du trägst es, weil es ziept. Dann war das schon richtig.«

Bevor Jorma etwas sagen konnte, schaltete Eva sich ein.

»Wir suchen etwas für eine Karnevalsfeier. Es sollte nicht ganz so gewagt sein, aber schon ein bisschen. Und es sollte keine Verletzungsgefahr bergen. Ich brauche ein schmerzfreies Kostüm.«

»Ein Kostümladen sind wir eigentlich nicht«, schmunzelte die gute Seele, »aber wir werden mal sehen, was wir da machen können.«

Sie lief zu einem anderen Regal und winkte die beiden hinter sich her.

»Hier sind klassische Rollenspielkostüme: Krankenschwester, Hase, Polizist, ganz süße Babysachen für Herren, Armeesachen ...«

Eva musste sich beherrschen, um nicht loszukichern. Die Vorstellung von Jorma in Windel und Strampler war irgendwo zwischen grotesk und absolut lächerlich angesiedelt.

»Haben Sie nicht einfach etwas fürs Gesicht?«

Die Puffomi sah sie prüfend an.

»Zu was für einer Karnevalsfeier wollt ihr denn?«

»Zu einer ziemlich speziellen, hier um die Ecke, im *Alten Wartesaal*.«

»Ach so.«

Ihr Lächeln wurde weich.

»Seid ihr nicht reingekommen? Das passiert doch jedem mal.«

Sie musterte die beiden noch einmal.

»Vielleicht ist das auch nicht das Richtige für euch. Wisst ihr, da passt nicht jeder hin.«

Jorma schüttelte energisch den Kopf. Eva sah, dass er sich kaum noch beherrschen konnte.

»Wir müssen da rein - und zwar heute. Eine Freundin von uns steckt in wirklich ernsten Schwierigkeiten und das ist die einzige Chance, die ich sehe, sie je wiederzufinden - wenn es nicht schon zu spät ist.«

Ohne richtig hinzusehen griff er in das Regal und nahm wahllos kleine Schachteln mit *klassischen Rollenspielkostümen* heraus. Eva blickte entschuldigend zu der alten Dame und versuchte Jorma die Kartons sanft wieder abzunehmen und zurückzustellen, aber der wurde immer ungehaltener.

Erstaunlicherweise schien die Dame vom Sexshop weder von Jormas Erklärung noch von seinem impulsiven Verhalten erstaunt zu sein. Im Gegenteil. Sie sah auf einmal sehr verständnisvoll aus, als würden ihr solche Sachen alle Tage passieren und in den natürlichen Aufgabenbereich einer guten Seele der Nachtschicht eines Erotikcenters fallen. Sie legte Jorma eine Hand auf den beladenen Arm und den Zeigefinger der anderen Hand auf seine Lippen.

»Schscht.«

Sie tätschelte Jormas Arm, als wäre er verrückt oder senil.

»Jetzt beruhigen wir uns erst einmal, mein Herzchen. Das regeln wir schon. Jetzt kommt mal mit. Ich bin ja nun schon etwas länger in dieser Branche. Das ist doch alles kein Problem.«

Sie ging mit Jorma und Eva zu einem Tresen, an dem mehrere Hocker standen, und platzierte die beiden dort. Dann lief sie durch den Laden und suchte Sachen zusammen. Schließlich öffnete sie einen Vorhang, der eine Reihe kleiner Kabinen verdeckte.

»Wir haben leider im Moment keinen richtigen Raum zum Umkleiden, du müsstest also mit einer Videokabine vorliebnehmen. Probier das mal an.«

Sie drückte Jorma einen Cowboyhut und etwas Ledernes in die Hände.

Der nahm die Sachen und verzog sich gehorsam hinter einem Vorhang.

»Und für dich habe ich hier eine Maske, die besser zu dir passt.«

Sie reichte Eva eine filigrane schwarze Spitzenmaske mit einem breiten Satinband, die an den Karneval in Venedig erinnerte.

»Dann zeig mir doch mal, was du unter deinem Mantel hast.«

Eva zog zögernd den Mantel aus und blickte sich unsicher um, aber keiner der anderen Kunden reagierte auf sie.

»Na, das geht doch schon, da hol ich dir einfach noch eine schöne Korsage und dann macht dir Antonio noch eine passende Frisur.«

Sie strahlte Eva an und rauschte davon. Hinter einem Vorhang neben einem Regal war eine Tür versteckt, die sie öffnete.

»Antonio, mein Lieber! Ich brauche mal deine Hilfe. Mach doch mal der Kleinen an der Theke eine *KitKat*-taugliche Frisur! Aber schnell, die beiden haben es eilig.«

Eine Minute später zwirbelte ein südländisch gebräunter und fachmännisch geschminkter junger Mann Evas Haare durcheinander. Mit ein paar Handgriffen und einigen künstlichen Strähnen und viel, viel Haarspray türmte er Evas Haare zu zwei gewundenen Teufelshörnern auf, die sie in Erstaunen versetzten. Das sah wirklich nicht schlecht aus.

Unterdessen war auch Jorma aus seiner Kabine gekommen und präsentierte sich in braunen Lederchaps, die Eva vom Reiten kannte. Das waren Hosenbeine, die von einem Gürtel gehalten wurden. Darüber war eine Art Lendenschurz aus Leder befestigt, der einigermaßen die intimen Bereiche verdeckte, die die Chaps offen ließen. Jormas karierte Boxershorts waren allerdings trotzdem zu sehen. Darüber trug er sein schwarzes Hemd und auf dem Kopf den Hut.

Antonio klatschte entzückt in die Hände und ihre gute Seele lachte.

»Du musst nur noch deine Unterhose und das Hemd ausziehen, dann ist es perfekt.«

Jorma sah sie etwas verwundert an.

»Ich hab da noch ein Netzhemd drunter. Geht das?«

Antonio trat zu ihm herüber und fing an, dem verdutzten Jorma sein Hemd aufzuknöpfen.

»Hast du keinen nackten Oberkörper dadrunter? Das wäre aber schade.«

Jorma wusste offensichtlich nicht, was er antworten sollte. Er verschwand wortlos wieder hinter seinem Vorhang, während aus einer anderen Kabine ein älterer Mann kam, der dort wohl nichts anprobiert hatte. Eva kramte in ihrer Tasche und tat, als würde sie sich nicht im Geringsten dafür interessieren. Sie hatte beschlossen dem Kommissar, der Johannas Fall bearbeitete, zur Sicherheit eine Nachricht zu schicken. Immerhin wusste im Moment niemand, wo sie waren und was sie vorhatten. Als Aufhänger konnte sie den Namen benutzen, den sie herausbekommen hatten. *Dr. Büscher.*

**Köln, 30. November, 0.34 Uhr**

Jormas Blick wanderte unruhig umher. Sie waren drin. Die Bässe von harter elektronischer Musik wummerten in seinem Bauch. Eva sah toll aus und hielt sich an seiner Hand fest, als habe er vor, sie zu verkaufen. Sie zerrte ihn von jeder Frau weg, die ihn auffällig ansah - und das waren schon mindestens zwei gewesen. Es ging auf dieser Party deutlich freizügiger zu als im biederen Münster. Sie waren allerdings auch auf einer ganz speziellen Veranstaltung.

Jorma sah sich um und versuchte möglichst viele Gesichter zu scannen. Es war bunt - was sich nicht unbedingt allein auf die Farbvielfalt bezog - obwohl der Anteil echter Farben deutlich größer war als bei ihrer ersten Recherche im Nachtleben. Hier wurde ein Karneval gefeiert, der sogar ihm gefiel.

Er entdeckte eine fast nackte Nymphe mit pastellig-verwischter Körperbemalung, die in einer Art Flechtwerk aus feinem Draht zu stecken schien, das sich an den Beinen zu einem Fischschwanz auswuchs. Es gab ein spitzohriges Elfenpaar, das knappe, unglaublich aufwändig gearbeitete Lederrüstungen trug. Viel Lack und Leder war zu sehen, viel Haut, aber auch ganz Vermummte, die kaum noch menschlich wirkten. Eine Frau trug lediglich zwei riesige Engelsflügel aus echten Federn. Ein Mann war von oben bis unten tätowiert und gepierct. Jormas Blick hing an dem Metall wie ein Magnet. Der Kerl war übersät mit Ringen, Stäben und Platten, die in seinem Fleisch steckten und Richtung Boden zogen. Seine Gesichtshaut war dunkel verfärbt und zigfach durchstochen. Vor lauter Fremdkörpern konnte man die Gesichtszüge kaum noch erkennen. Ein anderer hatte kleine Teufelshörnchen am Kopf. Wie Eva. Allerdings wuchsen seine direkt aus seiner Stirn heraus. Der musste irgendetwas in seinem Schädel
implantiert haben. Er sah so viele kurze Röcke mit Strapsen

drunter wie noch nie in seinem Leben. Sogar einige kurze Röcke ohne etwas darunter.

Die erste Frau, die sich für ihn interessiert hatte, hatte ein langes Kleid aus Spitze getragen, das durchsichtig genug war, um zu zeigen, dass sie sonst nichts anhatte und eine exzellente Figur besaß. Die zweite hatte direkt vor ihm in einem schimmernden goldenen Paillettenkleid getanzt. Jorma hatte das Gefühl gehabt, dass sie schon etwas älter war als er. Das war jedoch schwer auszumachen gewesen, weil sie ihr Gesicht hinter einer ähnlichen Maske wie Eva versteckt gehalten hatte. Sie hatte ihn ziemlich offensiv angetanzt und trotz der Maske hatte er gesehen, dass sie ihn die ganz Zeit dabei fixiert hatte. Überhaupt war das Publikum hier vom Alter her deutlich gemischt. Es gab viele ganz junge Männer, die sich offenbar vor allem für andere Männer interessierten. Aber auch einige Frauen wirkten noch sehr jung. Ein Mädchen wurde von einem Typen an einer Kette herumgeführt, die an einer Halsfessel befestigt war. Der Anblick ließ es Jorma ganz anders werden. Andere waren bestimmt jenseits der sechzig und kein bisschen prüde. Man hatte auf jeden Fall etwas zu sehen. Befremdliches - Amüsantes - Reizvolles.

Das, was er sehen wollte, hatte er bisher allerdings nicht ausmachen können. Jorma hatte sich bemüht vor allem auf devot wirkende ältere Männer zu achten. Es gab dabei jedoch zwei Probleme. Erstens waren einige von dieser Sorte nicht gut zu erkennen. Der Wunsch nach Anonymität schien in dieser Kategorie der Gäste besonders ausgeprägt zu sein. Die Latexhaube, die er im Sexshop ausprobiert hatte, war hier der Renner unter den Sklaven. Es gab aber auch Eishockeymasken und verfremdende Bemalungen. Das zweite Problem war er selbst. Er ließ sich zu schnell ablenken. Immer wieder wurden seine Blicke einfach angezogen und hingen dann an bizarren Gestalten oder verführerischen Körpern.

Sie waren allerdings auch erst durch die Haupthalle gegangen. Es gab noch diverse kleinere Ecken, die mit Vorhängen oder improvisierten Wänden abgetrennt waren, in denen sie suchen konnten. Eva ging nach wie vor davon aus, dass sie nur nach Johanna suchten. Sie hatten ein Foto von ihr dabei, das sie eigentlich hatten herumzeigen wollen, das er jetzt aber noch unter Verschluss hielt, weil er diesen Büscher nicht warnen wollte, falls er doch da sein sollte.

Eva hielt immer noch seine Hand. Jorma schlängelte sich durch das bunte Partyvolk und bewegte sich auf eine Art weißes Zelt zu, vor dem zwei Security-Leute standen und einen gezielten Einlass steuerten. Auf einem Schild konnte er lesen, dass sie im Begriff waren, einen Paarbereich zu betreten, in dem Einzelpersonen nur dann zugelassen waren, wenn sie von einem Paar mitgenommen wurden. Das Anfassen fremder Personen war nur nach Aufforderung erlaubt. Die beiden Aufpasser sahen so aus, als würden sie diese Regeln auch durchsetzen können.

Jorma spürte, wie Eva zögerte, als er auf den Eingang zusteuerte. Er zog sie enger an sich.

»Lass uns wenigstens überall nachsehen.«

Mit einem Blick auf die Sicherheitsleute schob er sie durch den Schlitz in den Tüchern ins Innere.

Es war hier dunkler als in der Halle. Vor ihnen war ein gestaffeltes Podest aufgebaut, auf dem auf großen Kissen mehrere Paare hockten oder lagen, die mit eindeutig nicht jugendfreien Tätigkeiten beschäftigt waren. Jorma wurde es schlagartig warm. An dem Gestänge hing eine große Schaukel, auf der eine junge Frau saß. Ihren Oberkörper hatte sie nach hinten fallen lassen. An ihren Muskeln sah man, dass sie das Gewicht mit ihren Armen hielt. Vor ihr kniete ein Mann und leckte zwischen ihren weit gespreizten Beinen herum. Jorma wusste nicht, ob er hin- oder wegschauen sollte. Man sah nicht alles, weil das Gesicht des Mannes einen minimalen Schutz bot, aber es reichte aus, um ihm Sorgen um den korrekten Sitz seines Lendenschurzes zu bereiten. Er versuchte sich auf die Gesichter der Männer zu konzentrieren, die ihre Köpfe in etwas weniger pikanten Stellungen hielten. Aber auch hier war das Rein und Raus nicht zu übersehen. Eine Frau wurde von hinten gefickt und vorn von zwei Typen begrapscht, von denen einer gleichzeitig seinen Schwanz in der Hand hielt. Jorma schob sich vor Eva und wünschte sich seinen Rucksack herbei, den er an der Garderobe abgegeben hatte.

Jetzt kam ein langhaariger Typ in einem schottischen Kilt auf sie zu. Jorma sah an sich herab. Der wollte doch wohl keinen Sex? Leichte Panik machte sich in ihm breit. Aber der Schotte interessierte sich für Eva. Er streckte die Hand nach ihr aus und winkte sie zu sich. Eva bewegte sich nicht. Darauf sah der Typ fragend ihn an, als wolle er ihn um Erlaubnis bitten. Jorma schüttelte verärgert den Kopf, worauf der Highlanderverschnitt nur lachte und immer näher kam, bis er Eva fast mit seinem verschwitzten Oberkörper berührte. Er beugte sich zu ihr hinunter und rief ihr etwas ins Ohr. Jorma konnte nichts verstehen, aber er fühlte, wie Evas Griff sich lockerte und ihm ihre Hand entglitt. Er drehte sich zu ihr herum. Sie zog den Typen an der Schulter zu sich herunter, um ihm zu antworten. Jetzt durchfuhr Jorma ein anderes Gefühl mit unerwarteter Deutlichkeit.

Er stellte sich dichter an Eva heran und fixierte seinen Konkurrenten. Es war albern, das war ihm bewusst. Er war sich auch nicht sicher, ob Eva darüber erfreut oder verärgert sein würde, aber er konnte nicht anders. Er legte beide Arme von hinten um ihre Taille und zog sie dicht an sich heran. Weg von dem Rockträger. Er spürte ihre Wärme an seinem Körper und an seinen Händen. Zwischen seiner Haut und ihrer Haut befand sich nur noch ein Hauch von Stoff. Eva legte eine Hand auf seinen Arm und bewegte sie langsam zu seiner Schulter herauf, dabei sah sie weiter provozierend den anderen an. Den schien das aber überhaupt nicht zu stören. Erst als Jorma Eva langsam zu sich umdrehte und der Blickkontakt zwischen den beiden unterbrochen war, verlor er das Interesse und ging zu dem Paar zurück, mit dem er vorher beschäftigt gewesen war. Jorma hatte noch immer seine Arme um Eva geschlungen. Er hatte auch keine Lust, sie wieder loszulassen. Ihre Brüste glitten über seine Haut. Da war es vorbei mit seiner Beherrschung. Sein Lederstückchen bewegte sich trotz seines Gewichts. Jorma versuchte rechtzeitig Abstand zu gewinnen, aber Evas Blick ging schon nach unten. Jorma registrierte, wie ihm heiß wurde. Seine Muskulatur spannte sich. Aber dann spürte er Evas Hand auf der Innenseite seines Oberschenkels. Die Hitze konzentrierte sich schlagartig um diesen Griff und das Leder war jetzt endgültig angehoben. Evas Gesicht war nun ganz dicht vor seinem. Er hätte sie gern geküsst, aber sie sah ihn so seltsam an, dass er nicht wusste, ob sie das auch wollte. Er war sich nicht sicher, ob sie sich nur über ihn amüsierte. Dann zog sie ihn zu sich und rief: »Hier ist sie nicht! Lass uns gehen!«

Jorma atmete durch und versuchte sich zu entspannen. Er folgte Eva, obwohl er noch nicht die Gesichter aller Männer mittleren Alters überprüft hatte. Wenn dieser Büscher Johanna allerdings wirklich entführt oder umgebracht hatte, war es auch eher nicht zu erwarten, dass er hier auftauchen würde - zumal er auch in seinem im Voraus bezahlten Hotel nicht erschienen war.

Sie hatten seinen Namen. Damit waren sie genau so weit gekommen, wie er gehofft hatte. Er würde an diesem Abend wahrscheinlich kaum noch etwas ausrichten können. Das musste bis morgen warten. Jetzt war er hier mit einer tollen Frau, die ihn immer mehr reizte.

## Bielefeld, 30. November, 0.43 Uhr

Jakobson sah zum fünften Mal an diesem Tag seine Nachrichten durch. Er bekam zwar bei jeder neu eingetroffenen E-Mail ein akustisches Signal auf sein Handy, aber er hatte sich angewöhnt, nur dann sofort darauf zu reagieren, wenn er eine wichtige Mitteilung erwartete. Sonst kam er zu nichts anderem mehr.

Er wusste, dass im Laufe der letzten Stunden achtzehn Nachrichten eingetroffen waren. Die meisten davon hatten mit dem aktuellen Fall zu tun. Er sah die wichtigsten kurz durch und sortierte sie in verschiedene Ordner, um sie am nächsten Tag zu bearbeiten. Danach wollte er endlich Feierabend machen. Er war seit sieben Uhr auf den Beinen und musste seiner Frau noch erklären, warum er den Männerabend des Geburtsvorbereitungskurses verpasst hatte.

Eine mögliche Erklärung war natürlich, dass er diese Veranstaltung bereits vor nicht allzu langer Zeit erfolgreich absolviert hatte und auch die praktische Prüfung - die Geburt von Milla - mehr oder minder anstandslos hinter sich gebracht hatte. Sein einziges Versagen - seiner Frau nicht genug sichtbare Anerkennung für ihre Leistung gezollt zu haben - hatte auch dieser Kurs nicht verhindern können. Allerdings war auch er lernfähig. Er hatte sich eine Art Fan-Shirt im Internet bestellt, auf dem stand *vorwärts - pressen - und Laola*, darunter war ein Cartoon mit Krankenhauspersonal, das eine Laolawelle machte. Er war darauf vorbereitet, dieses T-Shirt nur einmal für etwa dreißig Sekunden zu tragen und dann für die Nachwelt zu archivieren, da seine Frau das Ganze in der konkreten Situation wahrscheinlich nicht so lustig finden würde wie er oder Benrich. Für die ehefrauenakzeptierte Anerkennung hatte Benrich ein Schmuckstück vorgeschlagen, das er noch besorgen musste. Vielleicht eine schöne Kette. Es waren ja auch noch ein paar Wochen bis zum Termin.

Die wahre Erklärung für sein Fehlen würde Sarah genauso wenig hören wollen. Er war mal wieder bis über beide Ohren mit Arbeit zugepackt. In Jöllenbeck war ein älteres Ehepaar ermordet worden. Es gab einige Spuren, die auf den Sohn als Täter hindeuteten. Andererseits wiesen einige Fakten auch in eine ganz andere Richtung. Die Gemengelage war noch nicht annähernd geklärt und der Sohn schien ihm nicht der Typ zu sein, der unter dem Druck der Polizei nervös wurde und Fehler machte. Jakobson schloss den Bericht der Spurensicherung. Sie hatten nach dem Fundort und der Wohnung der Opfer nun auch das Auto des Sohns untersuchen lassen. Die Leichen waren in der Nähe des Fernsehturms im Wald gefunden worden. Da würde er einiges abgleichen müssen.

Zuletzt öffnete er eine E-Mail mit dem Betreff *Vermisstensache Johanna Düwel*. Jakobson seufzte auf. Das war der Fall, von dem er noch nicht einmal sagen konnte, ob er überhaupt einer war. Irgendwie fehlte ihnen auch immer die Zeit, sich mal so richtig um die Sache zu kümmern. Er überflog die kurze Mitteilung. Ein Hauptfreier war in der Prostitution nicht die Regel, aber auch nicht unbekannt. Dass dieser Umstand ein Verbrechen wahrscheinlicher machen sollte, glaubte er nicht. Auch nicht die Tatsache, dass sie zu einem Termin in Köln nicht aufgetaucht war. Pläne änderten sich andauernd, das kannte er zu gut aus seinem eigenen Leben. Er verschob die Nachricht in den entsprechenden Ordner, schloss alle Programme und fuhr den Rechner herunter. Dann trank er schnell den Rest aus seinem Kaffeebecher, der heute die Aufschrift *Ich trage mein Sixpack unter meinem Bauch* trug. Er hatte eigentlich vorgehabt Sarah darin einen koffeinfreien White Chocolate Mocca zum Hechelkurs mitzubringen.

Während er die Tasse in seiner Tasche verstaute, fing es in seinem Gehirn an zu arbeiten. Es war immer schwer für ihn, in den Feierabendmodus zu kommen, besonders wenn er nur Kaffee trank. Irgendetwas an der E-Mail beschäftige ihn noch. Dann fiel es ihm ein. Er kannte den Namen des Freiers. Ein Dr. Büscher hatte sich doch vor einiger Zeit umgebracht.

Jakobson stöhnte auf. Hin- und hergerissen stand er einen Moment lang an seinem Schreibtisch. Dann setzte er sich wieder hin und schaltete den Rechner erneut an. Er trommelte mit den Fingern auf der Tischplatte und sah auf seine Uhr. Dann suchte er in den Dateien mit den abgeschlossenen Fällen. Tatsächlich. Der Name war derselbe. Es war natürlich möglich, dass das ein Zufall war, vielleicht war es das aber auch nicht. Er beschloss, das bei der morgigen Besprechung weiterzugeben und irgendwann in den nächsten Tagen abzuklären, ob es möglicherweise eine Verbindung zwischen den beiden Fällen gab.

## Köln, 30. November, 1.29 Uhr

Eva genoss die Party mittlerweile. Ihre Befürchtungen hatten sich nicht im Geringsten erfüllt und mit ihrem Outfit war sie inzwischen auch glücklich. Sie fühlte sich sexy und begehrt. Jorma schenkte ihr schon seit einiger Zeit seine volle Aufmerksamkeit und sie hatte auf einmal das sichere Gefühl, dass er sie sehr anziehend fand. Sein Blick schweifte immer wieder über ihren Körper und ihr gefiel das. Ihr gefiel auch das Spiel, ihn zu locken, ihn anzulächeln, seinen Körper zu streifen und dann wieder auf Abstand zu gehen. Sie hatte drei Gläser Sekt auf Merlene Dietrich getrunken und fühlte sich schon selbst wie eine Diva. Sie war das Zentrum dieses Treibens.

Der ganze Raum war aufgeladen mit Sex und Erotik. Obwohl hier keine Models, sondern ganz normale verrückte Menschen feierten, wirkte niemand unattraktiv. Selbst eine wirklich alte, weißhaarige Frau trug hier mit Stolz und Anmut ihren Hängebusen unter einem transparenten Top zur Schau und strahlte tatsächlich eine eigene Erotik aus. Eva hatte an diesem Abend gelernt, dass nicht der perfekte Körper einen Menschen schön machte, sondern die innere Haltung, die er ausstrahlte. Sie hatte das natürlich auch vorher schon behauptet, aber an diesem Abend hatte sie es erlebt.

Die Blicke der Männer waren nicht abschätzig oder gierig, sondern sie erschienen ihr angenehm. Bestätigend. Die Distanz war immer da, wenn man es wollte, aber das Gefühl, sie durch eine kleine Geste gänzlich aufheben zu können, wenn einem danach war, hatte etwas Erregendes. Sie sah sich zwar auch nach Johanna um, aber das war nicht mehr die Hauptsache an diesem Abend.

## Köln, 30. November, 2.47 Uhr

Jorma hielt die Schlüsselkarte vor sich und öffnete die Tür zu ihrem Zimmer. Dicht hinter ihm stand Eva. Sie trat frierend von einem Bein auf das andere. Er drehte das Licht an, beschloss aber, es auf einer sehr gedimmten Stufe zu lassen. Er wollte die besondere Stimmung dieser Nacht jetzt nicht zerstören.

Eva streifte den Mantel von ihren Schultern. Jorma bemühte sich sie nicht anzustarren. Er war sich nicht sicher, ob sie das Spiel, das sie auf der Party angefangen hatte, hier fortsetzten wollte, oder ob das eine Sache war, die mit dem Abend endete. Am besten würde er zuerst mal kurz ins Bad verschwinden.

Als er die Tür wieder öffnete, sah er, dass Eva ihre Schuhe und Strümpfe ausgezogen hatte und violett schimmerndes Wasser in den Pool lief. Sie war gerade dabei, ihre Haare zu lösen. Die rotblonden Strähnen fielen ihr locker über die Schultern. Sie drehte sich langsam um, so dass er auf ihren Rücken sah. Dann zog sie nacheinander die Korsage, die Bluse und den Rock aus. Jorma hatte Eva zwar schon öfter in Unterwäsche gesehen, die Wirkung auf ihn war allerdings noch nie so gewesen wie jetzt. Nur ein wenig schwarze Spitze schmiegte sich an ihren Körper. Er sah auf ihren Po und beobachtete, wie sie auch ihren BH löste. Zuletzt beförderte sie ihren Slip auf den Boden. Sein Blick folgte ihr, als sie sich sanft ins Wasser gleiten ließ. Sie sah über ihre Schulter hinweg zu ihm hinauf. In ihren Augen las er die Verheißung einer Fortsetzung des begonnenen Spiels - also zog er sich ebenfalls aus.

Eva wachte auf, weil jemand über ihren Rücken strich. Es dauerte eine Sekunde, bis sie die Situation einordnen konnte und begriff, dass sie mit Jorma im Bett eines merkwürdigen Hotelzimmers lag, dass sie vollkommen nackt war und er sie streichelte. Sie drehte sich langsam zu ihm und spürte, dass er ebenfalls noch nicht wieder angezogen war. Er zog sie dicht an sich und sie spürte die Wärme seiner Haut und die Bewegungen seiner Muskeln. Er sah immer noch gut aus.

Eva sah Jorma an. Er wirkte, als wäre das alles ganz normal. Er schien es nicht zu bereuen und auch nicht peinlich zu finden. Ganz im Gegenteil, er fasste sie überall an.

»Eigentlich würde ich ja gern da weitermachen, wo wir gestern aufgehört haben, aber dann bringen wir das Hotelpersonal wieder in Verlegenheit. Ich habe nämlich schon das gesponserte Frühstück bestellt. In einer Stunde hast du deinen Wellnesstermin in diesem Day Spa.«

Eva richtete sich auf. Wie spät war es denn? Sie griff nach Jormas Handy, das neben dem Bett auf einem Nachttisch lag. Zehn Uhr. Sie hatte wie ein Stein geschlafen. Wahrscheinlich, weil sie glücklich eingeschlafen war.

Ihre Sachen lagen noch auf dem Boden herum, also lief sie zuerst einmal durch das Zimmer und sammelte alles ein, faltete es und verstaute es ganz unten in ihrem Trolley. Als es klopfte, zog sie sich mit ihren frischen Sachen und ihrem Kosmetiktäschchen schnell ins Bad zurück. Unterdessen hatte Jorma es lediglich für nötig befunden, sich seine Boxershorts anzuziehen und ihr auf dem Bett sitzend zuzusehen.

Als sie fertig war, stand vor dem Bett schon ein mit Köstlichkeiten gefüllter Servierwagen und Kaffeeduft lag in der Luft. Jorma hatte die Vorhänge geöffnet und sie konnten über einige Häuserreihen hinweg in den klaren Himmel sehen. Es schien kalt zu sein, aber in ihrem Zimmer war es angenehm warm. Sie setzte sich zu Jorma ins Bett, nahm den Kaffee, den er ihr reichte, und belegte sich ein Brötchen mit einem interessant aussehenden Käse und Tomatenscheiben. Dann musterte sie Jorma forschend.

»Was denkst du?«

Er lachte.

»Dass du deinen Kosmetiktermin verpasst, wenn du dich nicht beeilst.«

Das war nicht die Antwort, die Eva hatte hören wollen. Aber er hatte recht. Sie musste sich wirklich beeilen, um rechtzeitig ins Spa zu kommen. Jorma reichte ihr den Gutschein. Gerade jetzt wäre sie allerdings ebenso gern bei Jorma im Bett geblieben. Trotzdem sputete sie sich und aß das Rührei und das Marmeladencroissant deutlich schneller, als sie es sonst getan hätte.

## Köln, 30. November, 11.00 Uhr

Jorma ließ sich zurück in die Kissen sinken. Er hatte ein Tablet auf einer Konsole unter einem großen Spiegel entdeckt. Nachdem er mit dem Finger über die Oberfläche gefahren war, erschien eine hoteleigene Benutzeroberfläche mit verschiedenen Icons. Sofort fiel ihm das Bild der extradicken Zimmertür auf, hinter der er sich gerade befand. Neugierig klickte er auf das Symbol. Es öffnete sich eine Seite mit einer Aufnahme ihres Zimmers, das offenbar *Secret Suite* hieß. Darunter stand ein kurzer Infotext, in dem die exklusiven Serviceleistungen - von einem besonders geistreichen Texter als *Secret Services* bezeichnet - aufgeführt waren. Absolut diskrete Unterbringung außerhalb des Hotelgebäudes, perfekte Abschirmungsmöglichkeiten gegenüber visueller und akustischer Überwachung, kein Hotelpersonal ohne vorherige telefonische Anforderung, auf Wunsch direkte An- und Abreise über die Tiefgarage und die Möglichkeit zur Anonymisierung aller persönlicher Daten. Die Buchung der *Secret Suite* war nur bei Vorauszahlung möglich. Wahrscheinlich, weil man falsche Namen angeben durfte. Dafür konnte man bis vierzehn Uhr bleiben.

Auf der offiziellen Website des Hotels hatte er keinerlei Hinweis auf dieses spezielle Zimmer und den dazugehörigen Service gefunden. Jorma fragte sich, welche Leute Bedarf für so eine Geheimbude hatten. Das konnten doch nur Verbrecher sein. Oder vielleicht Typen, die sich angeleint und im Latexoverall im Hotel nicht richtig aufgehoben fühlten, aber dennoch nicht auf den Hotelkomfort verzichten wollten. Oder Geheimdienstler - wobei da natürlich der Übergang zu den Verbrechern fließend war. Oder Promis, die inkognito reisten. Mit Sicherheit waren die Verbrecher in der Überzahl. Jorma war sich auch nicht sicher, ob das Anonymisieren der Gäste so ganz legal war.

Der Mann, den sie suchten, hatte also Kontakt zu den inoffiziellen Strukturen dieses Hotels. Ihm lag äußerst viel an seiner Privatsphäre. Er musste etwas zu verbergen haben. Außerdem hatte er Geld. Die *Secret Suite* war bestimmt nicht billig.

Jorma öffnete den Browser. Der Googleschriftzug erschien unter Herbstlaub. Er musste einfach noch mehr über den Mann herausfinden. Er stand noch einmal auf und öffnete die Schublade der Konsole. Dort lagen wie erwartet neben einer Bibel Papier und Kugelschreiber. Er hatte jetzt sicher noch zwei Stunden Zeit, um noch einmal gründlich das Netz zu durchforsten.

**Köln, 30. November, 11.12 Uhr**

Eva schlüpfte aus einem riesigen weißen Bademantel und legte sich bäuchlings auf eine beheizte Liege. Der Raum war nur sanft beleuchtet und duftete nach exotischen Essenzen. Die dunklen Farben kannte sie bereits aus ihrem Zimmer. Im Hintergrund plätscherte ein kleiner Brunnen. Während sie dem Gemurmel des Wassers lauschte, floss warmes Öl über ihren Rücken. Es war wirklich der ideale Ort, um zu entspannen und zur Ruhe zu kommen. Man fühlte sich der Welt ein Stück entrückt.

Gern hätte Eva sich dem hingegeben. Stattdessen drehte sich in ihr ein Gedankenkarussell mit immer höherer Geschwindigkeit. Sie hatten es getan. Es war perfekt gewesen. Aber sie hatten kein Gummi gehabt. Sie hatten es trotzdem gemacht. Und das war gut gewesen. Sie bereute es nicht. Aber jetzt rechnete sie zum zehnten Mal nach, wann sie das letzte Mal ihre Regel gehabt hatte. Immer wieder kam sie zu dem Ergebnis, dass das kein guter Zeitpunkt für ungeschützten Sex gewesen war. Trotzdem gelang es ihr nicht, die Sache zu bereuen. War das ein Fall für die Pille danach? Die Frau, die sie massierte, hielt in ihrer gleichmäßigen Bewegung inne und drückte nun sanft auf ihre Taille, als würde sie spüren, dass sie etwas beunruhigte.

Eva versuchte in sich hinein zu spüren. Alles fühlte sich normal an. Sie war unruhig, aber glücklich. Der Abend war wirklich einzigartig gewesen. Sie versuchte sich vorzustellen, wie es wäre, wenn ein Baby in ihrem Bauch wachsen würde. Sie würde Angst bekommen und wäre furchtbar aufgeregt, aber der Gedanke daran ließ auch eine freudige Erregung in ihr aufkommen. Vielleicht wäre das nicht das Schlimmste. Allerdings würde das auch einiges in ihrem Leben umkrempeln.

Die Frau, die sie so sanft bearbeitete, zog leicht an ihrer Hüfte und drehte sie um. Eva spürte den leichten Druck warmer Hände auf ihrem Bauch. Vielleicht war Johanna auch verschwunden, weil sie ein Baby erwartete. Ein Kind veränderte eben alles. Andererseits wurde man auch nicht bei jedem Geschlechtsverkehr während der kritischen Tage sofort schwanger. Sie beschloss, dem Schicksal einfach seinen Lauf zu lassen und die Massage zu genießen.

Danach sollte noch eine Gesichtsbehandlung folgen. Das war doch weitaus besser, als in irgendeiner Apotheke zugeben zu müssen, dass man als erwachsene Frau noch nicht dazu in der Lage war, seine Verhütung vernünftig zu organisieren.

Jorma legte den Stift zurück in die Schublade. Den Block steckte er in seine Tasche. Dr. Büscher hatte einige Spuren im *World Wide Web* hinterlassen. Der Arzt war in der ihnen bereits bekannten Praxis für Reproduktionsmedizin als Psychologe für die Beratung und Betreuung der Kinderwunschpaare zuständig. Er verkehrte in den besseren Bielefelder Kreisen. Er war Mitglied im Rotary Club und in einem Jagdverein. Das bedeutete, dass er eine Waffe besitzen musste. Auf zwei Fotos, die im Zusammenhang mit den Rotariern gemacht worden waren, war er mit einer Frau seines Alters zu sehen. Jorma vermutete, dass es sich um seine Frau handelte. Außerdem engagierte er sich in der evangelischen Kirche, vor allem in Bethel. Dort hatte er im Auftrag der Rotarier mehrfach Spendengelder für ein Behindertenheim und eine Frauenpsychiatrie übergeben. Er schien für diese Einrichtungen so eine Art Patenfunktion innezuhaben, zumindest tauchte er in verschiedenen Artikeln im Zusammenhang mit den beiden Häusern auf. In der Psychiatrie schien er sogar mal gearbeitet zu haben. Auf jeden Fall hatte er dort im Aufsichtsrat gesessen, war aber kürzlich ausgeschieden und durch einen Dr. Gottlieb ersetzt worden. Das war ein weiterer Mediziner aus der Kinderwunschpraxis.

Das Bild, das Jorma von dem Mann hatte, der die zentrale Position auf der Zettellandkarte innehatte, die in den letzten Wochen sein Leben bestimmt hatte, hatte sich beträchtlich erweitert. Es war allerdings auch noch nicht annähernd vollständig. Mehr gab das Netz nicht her. Alles Weitere mussten sie in der wirklichen Welt finden.

Er suchte seine Sachen zusammen und verstaute sie über dem Schreibblock in seiner Tasche. Eva musste bald fertig sein. Zu Hause könnte er alle neuen Erkenntnisse auf Zetteln an seine Wände heften. Dann war endlich alles miteinander verknüpft.

## Bielefeld, 2. Dezember, 12.03 Uhr

Benrich parkte seinen Wagen auf dem ihnen bereits bekannten Privatparkplatz der Büschers und öffnete die Fahrertür. Er ging schon einmal auf das Haus zu, während Jakobson sein Zeug zusammenpackte. Thomas hatte die Angewohnheit, im Auto zu frühstücken oder Bürosachen zu erledigen, wenn er nicht fuhr - manchmal tat er das sogar, wenn er fahren musste. Da sie an diesem Morgen zuerst in der Gerichtsmedizin gewesen waren, hatte Thomas sein Frühstück nachholen müssen. Nach zwei nicht ganz so appetitlichen Zwischenfällen bei den Leichenschnipplern verzichtete er vor rechtsmedizinischen Vorortterminen kategorisch auf Nahrungsaufnahme. Normale frische Tote machten Jakobson nichts aus, aber wenn sie geöffnet waren oder sich bereits von selbst öffneten, weil sie schon ein bisschen älter waren, wurde er zimperlich. Aber Benrich kam mit dieser Eigenart seines Kollegen zurecht.

Schon den Vormittag über hatten sie vergeblich versucht die Witwe von Dr. Büscher zu kontaktieren, um einen Termin mit ihr zu vereinbaren. Sie hatten aber immer nur einen Anrufbeantworter oder eine Mailbox erreicht und fleißig Nachrichten hinterlassen. Thomas und er hatten am Morgen gemeinsam mit ihrem Chef beschlossen, die Dringlichkeit der Vermisstensache wieder etwas nach oben zu setzen. Der aktuelle Fall ging allerdings immer noch vor. Also hatten sie auf dem Weg zu einer anderen Befragung hier angehalten, um Frau Büscher doch noch zu erwischen. Sie hatten vor, sie mit der Untreue ihres Mannes zu konfrontieren und zu sehen, wie sie reagierte. Das war nicht besonders nett, aber manchmal aufschlussreich. Nett zu sein, war schließlich auch nicht ihr Job.

Dass Johanna Düwel zur Zeit des Freitodes ihres Stammkunden verschwunden war, machte Dr. Büscher zum Hauptverdächtigen. Andererseits konnte es auch sein, dass sie sich von ihm getrennt hatte und er aus Liebeskummer seinem Leben ein Ende gesetzt hatte. Die Ansatzpunkte, die sie jetzt hatten, waren die Kollegin, die beiden Amateurdetektive aus dem Freundeskreis der Vermissten und Frau Büscher. Svetlana Serowa und die umtriebigen Freunde hatten sie für den Nachmittag ins Präsidium bestellt, aber Frau Büscher hatte es bisher nicht für nötig gehalten, sich bei ihnen zu melden. Also kamen sie her - als hätten sie sonst nichts zu tun.

Als Jakobson endlich seinen Kram zusammengepackt hatte, gingen sie gemeinsam die Freitreppe hinauf. Benrich öffnete im Vorbeigehen die Klappe des Briefkastens und warf einen Blick hinein. Leer. Frau Büscher war also nicht verreist - es sei denn auch sie hatte jemanden, der für sie den Kasten leerte. Benrich erinnerte sich, dass es im Hause Büscher Personal gab.

Jakobson streckte die Hand nach der Türglocke aus. Benrich senkte schnell den Deckel des Postkastens und stellte sich hinter seinen Kollegen. Im Inneren des Hauses ertönte der Gong. Dreißig Sekunden später brachte Jakobson ihn erneut zum Leuten. Nach dem dritten Versuch gaben sie auf.

»Lass uns mal bei der Mutter vorbeischauen, wo wir schon mal hier sind.«

Benrich wandte sich zum Gehen.

»Die ist doch dement. Was sollen wir mit der?«

Benrich wusste, dass Jakobsons Großvater Alzheimer gehabt hatte, so dass er am Ende niemanden mehr erkannt hatte. Die Mutter von Dr. Büscher schien allerdings nicht so verwirrt zu sein. Er schätzte, dass sie zumindest wusste, wo ihre Schwiegertochter zu finden war.

»Ich geh kurz zu ihr. Such du in der Zeit einfach einen neuen Sticker raus.«

Jakobson hatte zu Benrichs Verwunderung schon seit Tagen nicht den Aufkleber auf seiner Tasse erneuert. Langsam war er es leid, immer auf den Geburtsvorgang eines entarteten Aliens zu blicken, wenn sein Kollege frühstückte. Seine

*Arminia*-Sticker waren leider vor einer Woche zur Neige gegangen. Es wurde Zeit, dass er neue besorgte. Er beschloss, auf dem Rückweg einen Abstecher über die Melanchthonstraße zu machen und das zu erledigen.

Er trabte in einem moderaten Laufschritt den Weg hinunter und ärgerte sich, dass er sein Alter mit jedem Jahr stärker spürte. Er klingelte und klopfte gleichzeitig gegen das gekippte Fenster, aus dem der Ton eines Fernsehers drang. Zumindest die Mutter war da. Benrich postierte sich am Eingang und wartete, bis die Tür sich öffnete.

»Guten Morgen. Ich bin Kommissar Benrich von der Kriminalpolizei. Ich suche Ihre Schwiegertochter, Frau Büscher.«

»Wer sind Sie?«

Die alte Frau Büscher sah ihn kritisch an.

»Mein Name ist Benrich.«

»Und was wollen Sie?«

»Ich suche Ihre Schwiegertochter. Ist sie verreist? Nebenan öffnet niemand.«

»Marietta ist nicht da.«

»Wo ist sie denn?«

»Das kann ich Ihnen nicht sagen. Ich glaube, sie ist zur Erholung weggefahren.«

Frau Büscher sah sich Hilfe suchend um. Dann ging sie in den kleinen Flur zurück und wandte sich zu einer Treppe um, die hinter ihr ins obere Stockwerk führte.

»Liebes, sag mir mal, wo ist Marietta?«

Von oben ertönte eine Stimme mit einem starken osteuropäischen Akzent.

»Sie hat nicht gesagt, wo sie hinfährt.«

»Wer kümmert sich denn dann um Sie?«

Benrich versuchte ganz harmlos zu klingen.

»Das Mädchen hilft mir. Mathias lässt uns immer mit allem alleine. Aber Einkaufen und Kochen, das kann ich nicht mehr. Wie heißt sie denn noch? Wissen Sie, manchmal vergesse ich Sachen einfach, mir fällt es aber gleich wieder ein.«

Eine junge Frau kam zögerlich die Treppe hinunter.

»Ich bin Irina. Ich bin die Großnichte von Frau Büscher. Ich sorge manchmal ein bisschen für sie.«

Sie nahm die Hand der alten Frau und streichelte sie.

»Nicht wahr, Großtantchen?«

Frau Büscher sah sie dankbar an. Benrich zweifelte an dem Wahrheitsgehalt dieser Vorstellung, doch das war nicht seine Baustelle.

»Aber Sie wissen sicher, wann Frau Büscher wiederkommt.«

Irina bedauerte.

»Das hat sie auch nicht gesagt.«

»Wie lange ist sie denn schon weg?«

»Schon lange. Seit das mit ihrem Mann passiert ist.«

Benrich runzelte die Stirn.

Die alte Frau zog ein verärgertes Gesicht.

»Und Mathias, der Taugenichts, treibt sich nur rum.«

Benrich horchte auf.

»Ihr Sohn?«

»Mathias. Geht immer nur Segeln und Jagen und sitzt in seiner Praxis rum. Den müsste man ganz anders rankriegen.«

»Wozu denn rankriegen?«

»Der müsste sich hier mal um alles kümmern. Der Garten muss gemacht werden und das Haus soll umgebaut werden. Es sind noch nicht einmal Kinder da - und sie wünscht sich so sehr welche. Kein Wunder, dass sie weg ist.«

Irina legte beschwichtigend einen Arm um die alte Dame und sah Benrich streng an.

»Das ist jetzt etwas viel für meine Tante. Sie ist manchmal ein bisschen durcheinander.«

Sie schob sie sanft, aber bestimmt in das Wohnzimmer mit dem laufenden Fernseher.

»Ich komme gleich.«


Damit schloss sie die Tür hinter der alten Frau. Dann wandte sie sich Benrich zu und flüsterte: »Sie hat es mit dem Kopf. Sie vergisst alles. Ihr Sohn ist schon gestorben. Kurz danach ist Frau Büscher verreist.«

Im selben Moment öffnete sich die Wohnzimmertür wieder und Frau Büscher sah hinaus.

"Was will denn der Mann hier?"

Entschuldigend blickte die junge Frau ihn an.

»Der Herr sucht Ihre Schwiegertochter. Ich habe ihm schon gesagt, dass sie nicht da ist. Er geht jetzt.«

Benrich nickte überrascht, verabschiedete sich dann aber.

Irina schloss die Tür.


Was hatte das zu bedeuten? War Frau Büscher jetzt auch verschwunden? Das war ein Zufall, der ihre Aufmerksamkeit verdiente. Benrich hoffte, dass nicht auch ihr etwas passiert war.

Jormas Verärgerung wuchs immer weiter. Der Tag verlief bisher ganz anders als geplant. Er war zwar mit Eva in Bielefeld, obwohl sie eigentlich ein Projekt abschließen wollte, aber statt diesen Dr. Büscher ausfindig zu machen, saßen sie jetzt bei zwei Wichtigtuern auf dem Polizeirevier und beantworteten dumme Fragen. Dabei hatten die beiden Kommissare sich bisher auch nicht für diesen Fall interessiert. Jorma war schon nicht begeistert gewesen, als Eva ihm auf der Fahrt gestanden hatte, dass sie diesen Jakobson über Dr. Büscher informiert hatte. Dass jetzt aber auch noch herauskam, dass sie Johannas Kalender mitgenommen und ihren Computer durchsucht hatten, bereitete ihm echte Bauchschmerzen. Der ältere der beiden Ordnungshüter ging nämlich nicht so locker mit der Sache um wie sein jüngerer Kollege. Und der Ältere war offensichtlich der, der mehr zu sagen hatte. Er dramatisierte ihre halblegalen Aktionen, bis es lächerlich wurde. Jorma hasste es, in der Defensive zu sein. Außerdem war diese Veranstaltung in seinen Augen reine Zeitverschwendung. Schließlich hatte die Polizei bisher auch nichts unternommen. Zudem hatte er das Gefühl, dass dieser Jakobson mehr an Eva interessiert war als an dem Fall. Als er sie hereingebeten hatte, hatte er sie an der Taille angefasst und jetzt sah er meist sie an, wenn er mit ihnen sprach. Noch dazu versuchte er witzig zu sein. Er zog über die bekloppten Fußballfans her, die am Wochenende Bielefeld in die überregionalen Schlagzeilen gebracht hatten, was etwas seltsam wirkte bei jemandem, der das *Arminia*-Emblem auf seiner Thermostasse kleben hatte. Der Ältere wirkte dagegen sehr reserviert, fast unfreundlich. Er notierte alles, was sie sagten. Nachdem bisher vor allem der Jüngere das Gespräch geführt hatte und sie ihre wichtigsten Erkenntnisse und die ungefähren Maßnahmen, die zu ihrer Erlangung nötig gewesen waren, mehrfach durchgegangen waren, schien es ihm nun zu reichen.

»Wir beenden das hier. Und von jetzt an erwarte ich, dass Sie sich peinlich genau an die Gesetze halten. Falls Sie noch irgendwelche Hinweise erhalten, teilen Sie uns das sofort mit.«

Dabei betonte und zog er seine Worte so übertrieben, dass Jorma das Gefühl bekam, er hielt sie für Idioten.

»Die unterschlagenen Beweismittel müssen umgehend hier abgeliefert werden, sonst werden wir eine Anzeige schreiben. Am besten halten Sie sich da in Zukunft ganz raus.«

Der Mann war wirklich genervt von ihnen.

Er zeigte auf seinen Notizblock.

»Dann mache ich aus dem hier mal ein Protokoll. Das müssen Sie dann noch unterschreiben.«

Jorma seufzte vernehmlich. Es sollten ruhig alle mitbekommen, dass er auch genervt war. Schließlich hatte bisher die Polizei auf ganzer Linie versagt und nicht sie. Er sah nicht ein, sich dafür auch noch anmachen zu lassen. Immerhin halfen sie denen und nicht umgekehrt.

Eva wirkte dagegen, als würde es ihr nichts ausmachen, mit der unfähigen Staatsmacht zu kooperieren. Sie lächelte ständig diesen Witzbold an. Erst als der ältere Polizist aufstand, drehte sie sich zu ihm herum.

»Gib ihnen doch einfach die Datei, die du mir geschickt hast, Jorma. Da steht alles noch viel genauer drin.«

Der jüngere Polizist strahlte sie an, als wäre das die Idee des Jahrhunderts und schob Jorma eine Visitenkarte mit einer E-Mail-Adresse zu.

»Wenn Sie das jetzt sofort erledigen könnten, wäre das sehr gut. Wir können das hier ausdrucken und Sie unterschreiben es dann.«

Der Ältere zuckte nur mit den Schultern.

Jorma stöhnte innerlich noch einmal auf. Er hatte nicht die geringste Lust, seine Arbeit einfach an diese Nichtskönner weiterzugeben. Die sollten lieber ihren Job machen und selber ermitteln. Trotzdem zückte er sein Handy und schickte mit finsterer Miene seine Datei an Kommissar Jakobson.

Der drehte sich mit dem Stuhl zu seinem Rechner und druckte alles aus. Etwas überrascht nahm er einen kleinen Stapel Papier aus seinem Drucker. Dann winkte er seinen Kollegen heran und gemeinsam sahen sie die Papiere durch. Benrich hob seinen Kopf, nachdem sie einmal alles angesehen hatten.

»Ich füge dann noch kurz eine Erklärung zu den unterschlagenen Beweismitteln hinzu«, erklärte er trocken.

Während er sich an seinen Platz setzte und schrieb, ging der Jüngere noch einmal Jormas Unterlagen durch.

»Sie haben hier auch einige Bilder, die ich nicht zuordnen kann.«

Jorma stand auf und sah sich an, was der Kommissar vor sich hatte. Er hatte zwischendurch immer wieder Fotos gemacht, um sich die Dinge später wieder ins Gedächtnis rufen zu können. Irgendwie war er ein Typ, der solche Dinge gründlich machen musste, und so enthielt seine Zwischenzusammenfassung eben auch einen Anhang mit Bildern. Jakobson sah sich das Foto von dem leer stehenden Haus an, das zum Verkauf stand.

»Das war eine Spur, die wir verfolgt haben, die aber zu nichts geführt hat.«

»Was hat denn dieses Haus mit dem Verschwinden Ihrer Bekannten zu tun?«

Jakobson schien sich sehr für das Foto zu interessieren.

»Da waren wir nicht drin, falls Sie das wissen wollen.«

»Ich wollte wissen, in welchem Zusammenhang Ihre Bekannte und dieses Haus stehen.«

Eva beugte sich ebenfalls über die Ausdrucke.

»Die Adresse stand in ihrem Kalender. Herforder Straße. Sie hatte da wohl abends einen Termin - um die Zeit, als sie verschwand. Aber das Haus steht schon länger leer.«

Jakobson nickte und heftete die Seiten dann mit dem Blatt zusammen, das er von seinem Kollegen gereicht bekam.

»Wie gesagt, die Sachen, die Sie mitgenommen haben, brauchen wir dann baldmöglichst. Jetzt müssen Sie beide nur noch hier unterschreiben.

## Bielefeld, 2. Dezember, 16.42 Uhr

Thomas Jakobson nahm die Unterlagen und schob sie in die Akte *Düwel*. Danach holte er sich die Akte *Büscher* und blätterte die Befragungsprotokolle durch, die seine Kollegen angefertigt hatten. Er konnte verstehen, dass der Exfreund der Vermissten etwas ungehalten war. Er wusste, dass er selbst sich von niemandem davon abhalten lassen würde, auf eigene Faust nachzuforschen, wenn es um einen seiner Freunde gehen würde. Und er war sich sicher, dass das auch Benrich so gehen würde.

Jakobson entnahm die Mitschrift der Befragung der Ehefrau von Dr. Büscher und schon auf dem Deckblatt bestätigte sich seine Erinnerung. Frau Büscher war eine geborene von Storck. Ein Makler mit diesem Namen verkaufte das Haus, in dem Johanna Düwel vielleicht vor ihrem Verschwinden gewesen war. Das genügte ihm, um einen Besuch in dem Gebäude einzuplanen. Eigentlich konnten sie froh sein, dass die beiden auf eigene Faust mit ihrer Suche losgelegt hatten. Langsam glaubte er auch, dass bei dieser Sache etwas nicht stimmte.

**Bielefeld Bethel, 2. Dezember, 17.30 Uhr**

Eva stand vor der Kinderwunschpraxis und betrachtete enttäuscht die Fassade des monumentalen Gebäudes. Montags war geschlossen. Eva schlug ihren Mantelkragen hoch und wartete. Jorma war in den Hinterhof verschwunden, um sich dort umzusehen. Was auch immer es da zu entdecken geben sollte. Eva fror. Sie wäre gern wieder in den alten Corsa von Jormas Mutter gestiegen und zurückgefahren. Sie hatte all ihre Termine für den Nachmittag verschoben, weil sie von der Kripo hergebeten worden waren. Die Angelegenheit mit der Polizei war erledigt. Die Kommissare kümmerten sich. Jetzt hätten sie endlich etwas Zeit. Und sie konnte sich etwas Besseres vorstellen, als in der Kälte zu warten, während Jorma sinnlos Detektiv spielte, um seine Exfreundin zu finden.

Sie steckte eine Hand unter ihren Mantel und fuhr damit über ihren Bauch. Sie hatte ihm noch nicht gesagt, dass sie nicht die Pille nahm. Währenddessen versuchte ein weißer Bulli in die Einfahrt zum Hof einzubiegen, die sie jedoch - nach Jorma spähend - blockierte. Sie trat zur Seite und ließ den Wagen durchfahren.

Einige Minuten später kam Jorma wieder aus der Einfahrt heraus. Fast gleichzeitig bog der gleiche Fahrzeugtyp noch einmal um die Ecke und fuhr ebenfalls in den Hof. Diesmal saß ein junger Mann am Steuer und hinten saßen Leute.

Sofort als der Wagen um die Hausecke gebogen war, sprintete Jorma hinterher. An der Ecke stoppte er ab und sah vorsichtig herum. Einige Male zog er seinen Kopf wieder zurück und streckte ihn dann wieder vor. Dann kam er wieder.

»Hast du die Bullis gesehen?«

Jorma wirkte aufgeregt. Eva nickte. Natürlich hatte sie die gesehen.

»Es gibt einen Hintereingang. Da hat der Fahrer geklingelt und ist von einem Arzt hereingelassen worden, mit mehreren Behinderten. Ich dachte, die Praxis ist heute geschlossen.«

Während Eva sich fragte, was daran für sie interessant sein sollte, kam einer der Wagen wieder aus der Einfahrt heraus. Eine Jugendliche und eine Frau um die zwanzig saßen jetzt hinten. Der Fahrer war der, den sie eben durchgelassen hatte.

»Das Letzte, was die brauchen, ist eine Kinderwunschbehandlung. Was also wollen die hier?«

Eva hatte keine Ahnung, was er meinte.

»Die Autos gehörten zu einer Psychiatrie und einem Behindertenheim. Hast du nicht die Aufschriften am Heckfenster gesehen? Die Frauen in dem einen Wagen waren eindeutig behindert. Eine hatte das Down-Syndrom und die anderen sahen auch komisch aus.«

»Und?«

Eva wusste, dass Jorma sich mit dem Thema ganz gut auskannte, weil er seinen Zivildienst in einer Behindertenwerkstatt abgeleistet hatte. Aber worauf wollte er hinaus?

»Die beiden Einrichtungen sind genau die, für die sich Dr. Büscher mit seinen Rotariern ständig als Gönner aufspielt. Ich frage mich, was die hier wollen. Doch bestimmt keine neuen Spendengelder abholen. Dafür wählt man sicher einen etwas repräsentativeren Rahmen.«

Eva hatte keine Ahnung, ob er ihr damit irgendetwas sagen wollte oder ob er wirklich einfach ratlos war.

»Und? Was denkst du?«

»Das waren jeweils ein Fahrer und sonst nur Frauen. Zwei wurden abgeholt und drei gebracht. Der Typ, den wir suchen, ist pervers und wahrscheinlich gefährlich. Vielleicht hat er Sex mit denen.«

»Sex? Mit allen? Gleichzeitig, oder was?«

Eva lachte. Sie konnte das nicht ernst nehmen.

»Ja. Manche Männer träumen von so etwas.«

Eva fragte sich, ob Jorma auch zu diesen Männern gehörte, aber sie sagte nichts.

»Er hat dafür bezahlt, sich fertigmachen zu lassen. Er hat die Sachen seiner Ehefrau einer anderen gegeben. Der Typ ist alles andere als normal. Vielleicht braucht der einfach ganz bizarre Situationen, damit er einen hochkriegt.«

»Behinderte?«

»Was glaubst du denn? Es gibt für alles Liebhaber. Ich weiß von der Mutter einer der Frauen, die bei uns damals gearbeitet haben, dass es sogar Internetforen gibt, in denen speziell nach Behinderten gesucht wird - oft von anderen Behinderten, aber auch von Normalos. Da machen sich alte, geile Säcke an die Sechzehnjährigen ran.«

»Aber ein Behindertenheim bringt doch nicht seine Bewohner zum Gruppensex, oder?«

»Wenn sie dort davon wissen, wahrscheinlich nicht.«

»Kann dieser Arzt denn Dr. Büscher gewesen sein?«

»Nein, ich glaube nicht.«

»Na dann. Es werden ja nicht alle Männer pervers sein.«

Jorma sah sie trotzig an.

»Es ist aber komisch.«

»Und? Was willst du jetzt machen?«

»Wiederkommen. Wenn die Praxis geöffnet ist. Und am liebsten würde ich auch noch mit den Frauen sprechen, die hier gerade reingebracht worden sind.«

»Heißt das, du willst hier in der Kälte warten, bis die wieder rauskommen?«

Eva wusste, dass man ihr ansehen konnte, wie groß ihre Begeisterung für diesen Vorschlag ausfiel.

»Und dann fragst du, ob sie gerade Gruppensex hatten? Dann halten alle dich für den Perversen. Aber das ist nicht schlecht, dann kommst du in die Psychiatrie und kannst die Frauen aus dem anderen Wagen befragen.«

»Das wäre wirklich nicht schlecht. Aber leider stand da *Psychiatrie für Frauen*.«

Eva war sich nicht sicher, ob das ironisch gemeint war oder ob Jorma das wirklich gut fände.

»Das ist doch verrückt.«

Jorma überlegte. Dann nahm er sie in den Arm und drückte ihr einen flüchtigen Kuss auf den Mund.

»Dann komm wenigstens noch einmal mit in den Hof. Vielleicht kannst du etwas durch ein Fenster sehen, wenn ich dich hochhebe.«

Eva hielt das für keine gute Idee. Das würde alles sehr merkwürdig wirken, wenn jemand sie sah. Trotzdem ließ sie sich von Jorma in die Einfahrt ziehen.

Als sie um die Ecke gebogen waren, wurde es windstiller. Der Hof war relativ klein und an allen Seiten von Mauern umgeben. Der Bulli des Behindertenheims stand auf einem der drei Stellplätze. Daneben parkte ein Porsche. Zwei Fenster der Kinderwunschpraxis waren tatsächlich erleuchtet. Allerdings waren sie, wie auf der Vorderseite auch, alle von innen mit Plissees bestückt. Lediglich die oberen Zentimeter waren theoretisch einsehbar, aber von unten war das natürlich nicht möglich. Sie musste jedoch zugeben, dass sie in diesem Winkel niemand beobachten konnte, es sei denn, er wäre ebenfalls im Hof. Aber die Fenster in dem Altbau waren hoch. Selbst wenn Jorma sie hochhob, würde sie nichts sehen können.

Eva blickte sich nach ihm um und sah, dass er sich in einer Ecke zu schaffen machte. Dann beschloss sie, dass sie wenigstens einen Blick ins Innere des Fahrzeuges werfen konnte. Leider war es schon ziemlich dunkel. Auf den Hof drang nur spärlich elektrisches Licht aus den Praxisräumen.

Auf dem Beifahrersitz schien nur eine Flasche zu liegen. Auf den Rücksitzen war schon mehr Zeug auszumachen. Hier sah sie einen MP3-Player mit Kopfhörern und zwei Rucksäcke. Der kleinere der beiden war mit einer Elfe bestickt und hatte ein kleines Fach an der Vorderseite, in das man ein Namensschild schieben konnte. Sie leuchtete mit ihrem Handy ins Innere des Wagens und tatsächlich konnte sie krakelige Kinderbuchstaben erkennen. Die Tasche gehörte einer Isabel Tönnies.

Eva drehte sich zu Jorma.

»Schau mal! Hier ist ein Rucksack mit einem Namen.«

Verwundert sah sie, wie Jorma eine Mülltonne vor sich herschob und unter einem der beleuchteten Fenster abstellte.

»Komm erst mal her.«

Eva wiederholte innerlich einige Male den Namen, den sie gefunden hatte, und ging dann zu Jorma und seiner Mülltonne.

Als sie bei ihm ankam, stand er schon auf dem Deckel, der sich bedenklich nach innen wölbte.

»Jetzt du.«

Jorma hielt ihr seine Hand hin.

Eva zögerte.

»Die hält uns beide aus. Du wiegst doch nichts.«

Es war unglaublich, zu welchen Aktionen Jorma sie bewegen konnte. Sie nahm seine Hand und ließ sich mehr oder weniger von ihm hochziehen. Der Deckel der städtischen Tonne hielt tatsächlich stand. Als sie sicher stand, drehte Jorma sich vorsichtig von ihr weg und ging langsam in die Knie. Während sie auf seine Schultern kletterte, hielt er sich mit beiden Händen an der Hauswand fest. Eva betete, dass das alles gut ging. Bedächtig schob Jorma sie mit seinem Körper immer höher, bis sie tatsächlich bis zu dem kleinen Schlitz reichte, den das Plissee offen ließ.

Gespannt blickte Eva ins Innere. Das sah schon nobel aus. Sie sah nicht übermäßig viel, aber der Raum war schick und modern eingerichtet. Man roch förmlich die Privatpraxis. Sie sah eine Art Paravent und dahinter einen Teil eines gynäkologischen Untersuchungsstuhls. Zwei dünne Beine lagen regungslos auf den dafür vorgesehenen Ablagen. Zwischen den Beinen stand mit dem Rücken zu ihr ein Mann in einem weißen Kittel und tat irgendetwas. Es schien, als würde er gelegentlich etwas von einem Tischchen nehmen oder zurücklegen. Die Frau regte sich nicht. Vielleicht konnte sie durch eins der anderen Fenster mehr erkennen.

Sie tippte Jorma auf die Schulter und bedeutete ihm, sie herunterzulassen. Er sah sie gespannt an.

»Und?«

»Ich habe gerade bei einer gynäkologischen Untersuchung gespannt.«

Jorma grinste.

»Pass auf, dass ich dich nicht einweisen lassen. In Wahrheit bist du die Perverse.«

Eva wollte ihm gerade einen sanften Schlag auf den Hintern verpassen, da öffnete sich die Tür zu den Praxisräumen. Eva fuhr zusammen und beeilte sich an Jormas Hand geklammert von der Mülltonne zu steigen. Aus dem Halbdunkel eines kahlen weiß gestrichenen Korridors trat der Fahrer des Transporters und sah ihr verwundert direkt ins Gesicht. Eva versuchte so normal wie möglich zu wirken, obwohl das natürlich völlig unzureichend war, wenn man gerade in einem düsteren Hinterhof von einer fremden Mülltonne kletterte.

Jorma schien das auch zu finden. Er sprang herunter und wandte sich lächelnd direkt an den Mann.

»Mein Papagei ist abgehauen. Jetzt hatten wir ihn fast und dann ist er uns doch wieder entwischt.«

Der junge Mann sah ihn entschuldigend an.

»Weil ich rausgekommen bin? Das tut mir leid.«

Jorma schüttelte den Kopf.

»Nein, das glaube ich nicht. Nora gefällt es einfach, mich erst klettern zu lassen und dann davonzufliegen - ich denke, sie zeigt mir gern mal ab und zu, wer die Chefin ist.«

Der Mann lachte. Dann ging er zu seinem Auto. Jorma fasste den Griff der Tonne und setzte sie in Bewegung.

»Arbeitest du in einem Behindertenheim?«

Der Mann blickte sich um und verlangsamte seine Schritte.

»Ja. Hier in Bethel.«

»Ich hab mal Zivildienst in einer Werkstatt für Behinderte gemacht.«

»Hier bei proWerk?«

»Nein, Richtung Münster.«

Es entstand eine Pause. Der Fahrer wusste offenbar nicht, was Jorma von ihm wollte.

»Was machen denn eure Behinderten in einer Kinderwunschpraxis?«

»Die sind zur Therapie hier. Hier arbeitet auch ein Psychologe und der macht so halb ehrenamtlich Behandlungen für uns.«

»Was denn für Behandlungen?«

»Wir schicken einige her, die psychische Probleme haben. Was hier genau gemacht wird, weiß ich auch nicht. Irgendwas mit Hypnose und Homöopathie, glaube ich. Jedenfalls sind unsere Bewohner danach immer ganz pflegeleicht und wollen nur noch schlafen.«

»Aber Kinderwünsche werden nicht erfüllt?«

Sein Gegenüber grinste.

»Nein. Natürlich nicht. Obwohl einige bei uns ganz schön aktiv sind. Ich meine, was ihr Liebesleben angeht. Aber wir passen auf.«

Eva trat zu den beiden.

»War das nicht eben Isabel, die Sie da abgeliefert haben?«

Der Fahrer sah sie erstaunt an.

»Kennen Sie sie?«

»Ihre Mutter ist eine Freundin von mir.«

Eva hoffte, dass sie nicht rot wurde. Lügen lag ihr nicht besonders, obwohl man das - in gewissem Maße zumindest - in ihrem Job eigentlich können sollte. Aber sie hatte den Eindruck, dass der Betreuer von Isabel ihr glaubte.

»Ich habe sie länger nicht gesehen. Kann man Ihre Bewohner eigentlich auch besuchen?«

»Natürlich kann man das. Kommen Sie doch mal vorbei. Isabel freut sich immer über Besuch.«

Eva lächelte zufrieden.

»Das mache ich. Die Adresse steht ja auf Ihrem Wagen.«

Einen Moment lang standen sie noch unschlüssig voreinander, dann verabschiedeten sie sich und machten, dass sie wegkamen.

## Bielefeld, 3. Dezember, 8.45 Uhr

Hauptkommissar Benrich rückte sich die Schreibtischlampe zurecht. Trotz der Lesebrille, die er seit einigen Jahren trug, konnte er bei dämmrigem Licht schlecht sehen. Draußen war es neblig und trüb. Schon morgens bei Licht arbeiten zu müssen, drückte auf seine Stimmung. Er mochte die dunkle Jahreszeit nicht. Nur der Beginn der Glühweinsaison konnte ihn ein bisschen trösten.

Benrich hatte sich noch einmal die Akte von diesem Büscher vorgenommen. Eigentlich hätte er zuerst an den Unterlagen ihres aktuellen Falles weiterarbeiten sollen, aber er hatte entschieden, dass er das Jakobson überlassen würde, wenn der mit seiner Suche nach dem ominösen Dr. Pielemeyer fertig war. Bisher waren all seine Sucheingaben ergebnislos geblieben. Wahrscheinlich hatte er nur deshalb noch nicht aufgegeben, weil auch er nicht gerade begeistert von dem Papierkrieg war. Aber der Schwarze Peter lag nun bei ihm. Immerhin wollte er den nächsten Tag freihaben, um ein paar letzte Stunden allein mit seiner Frau zu genießen. Benrich schmunzelte. Sarahs Bauch wurde immer dicker. Lange konnte es nicht mehr dauern, bis der neue Familienzuwachs alle Zeit für sich beanspruchen würde.

Benrich fuhr mit dem Finger die Zeilen entlang, um nicht zu verrutschen. Er fand nichts Verdächtiges. Mal abgesehen von dem peinlichen Vorfall mit der Patientin war Büscher ein unbescholtener Bürger. Er war sozial engagiert und in verschiedenen Vereinen tätig. Wenn diese Sache mit der schönen Italienerin nicht gewesen wäre, wäre er Benrich fast schon zu fromm gewesen.

Er klappte die Akte zu und hängte sie in den Schrank zurück. Immerhin hatte es schon einmal eine Situation gegeben, in der er sich sexuell nicht unter Kontrolle gehabt hatte. Vielleicht war so eine unbeherrschte Situation mit der jungen

Frau, die vermisst wurde, eskaliert - und dann waren die Schuldgefühle gekommen.

Benrich schob die Schublade mit einem kräftigen Schwung zu. Er wusste, dass solche Spekulationen zwar wichtig waren, um Ideen für die Ermittlungen zu produzieren, dass sie ihn jetzt aber nicht weiterbrachten. Er setzte sich an seinen Platz und zog sein Handy aus der Hosentasche. Jetzt würde er mal sehen, wann er das nächste Mal seine sexuelle Kontrolle verlieren konnte. Ohne solche Momente war das Leben nämlich auch nichts wert.

Jorma öffnete eine große Holztür und betrat eine kleine, mit rotem Teppich ausgelegte Halle, an deren Rückseite sich ein großzügiger Empfangsbereich befand. An der Decke hing ein riesiger Adventskranz. Er hatte Eva am Behindertenheim abgesetzt und war voller Ungeduld zu der Kinderwunschpraxis herübergefahren. Jetzt durchschritt er einen kühlen Raum, in dem vollkommene Stille herrschte. Nur seine durch den Teppichboden gedämpften Schritte waren zu erahnen.

Als er sich der Anmeldung näherte, trat eine junge Frau in weißer Hose und dunkelrotem Poloshirt hinter einer frei stehenden Wand hervor und lächelte ihn erwartungsvoll an. In einem Nebenraum saß ein Paar still auf einem altertümlich geschwungenen Sofa und hielt sich an den Händen. Jorma fragte sich einen Moment lang, was den beiden wohl gerade durch den Kopf ging. Konnten sie sich ein Leben ohne ein Kind nicht vorstellen? Früher hatte er selbst auch gedacht, ein Kind würde zum Leben ganz selbstverständlich dazugehören. Mittlerweile hatte er sich gut damit arrangiert, dass es für ihn anders gekommen war. Seine Begeisterung für Kinder hatte sich mit der steigenden Anzahl der Väter in seinem Umfeld etwas relativiert.

Jorma räusperte sich. Die Frau an der Anmeldung lächelte immer noch. Sie trug einen Anstecker mit ihrem Namen. *M. Hübsch*. Wie passend.

»Ich suche Dr. Büscher.«

Jormas Puls beschleunigte sich. Gleich würde er dem Mann gegenüberstehen, den er suchte.

»Das tut mir leid. Dr. Büscher ist verstorben. Eigentlich haben wir alle Patienten von ihm angeschrieben. Dr. Gottlieb übernimmt die Beratungen jetzt. Er hat eine psychologische Zusatzausbildung gemacht und arbeitet nach Dr. Büschers Methoden. Mit denselben tollen Ergebnissen.«

Die Frau strahlte ihn an, als würde sie gerade Werbung für Zahnpasta machen, während er um Fassung rang.

»Dr. Mathias Büscher ist verstorben?«

Das Zahnpastalächeln verschwand.

»Wann denn?«

»Schon im Mai.«

»Und woran?«

Die Frau sah ihn an, als hätte er etwas Unanständiges gesagt.

»Das kann ich Ihnen nicht sagen.«

Jorma hatte von Anfang an kein wirkliches Konzept für dieses Gespräch gehabt, aber jetzt war er völlig von der Rolle. Wenn dieser Büscher tot war, gab es keine Erklärung, warum die ganzen Frauen in dieses Haus geschleust worden waren und während einer Psychotherapie die Beine spreizen mussten.

»Können Sie mir sagen, wieso hier Frauen außerhalb der Sprechzeiten untersucht werden? Unter anderem behinderte Frauen?«

Jorma sah, dass er der jungen Frau langsam unangenehm wurde.

»Hier kommen keine Frauen außerhalb der Sprechzeiten. Wir vergeben nur die regulären Termine.«

»Ich habe gestern selbst gesehen, wie behinderte Frauen durch den Hintereingang in die Praxis gebracht worden sind.«

Die Geduld des Fräulein Hübsch war nun endgültig erschöpft. Sie nahm ein Telefon von einer Ablage und verschwand hinter der schützenden Wand. Obwohl sie die Stimme gesenkt hatte, hörte er, wie sie mit ihrem Chef sprach, um ihm zu erklären, was er wollte, und sich erklären zu lassen, was sie mit ihm tun sollte.

Als sie schließlich hinter der Wand hervorkam, konnte sie auch wieder lächeln.

»Es waren tatsächlich Frauen da. Montags kommen regelmäßig Patienten zur Psychotherapie. Da das nicht zu dem normalen Praxisgeschäft gehört, haben wir hier gar nichts damit zu tun. Dr. Gottlieb führt ein ehrenamtliches Projekt von Dr. Büscher fort.«

»Gehören auch gynäkologische Untersuchungen zu der Psychotherapie?«

Jorma wusste, dass er jetzt provozierte.

»Das nehme ich nicht an.«

»Wenn Sie es nicht wissen - und Sie können es nicht wissen, da dieses *Projekt* nicht zu den regulären Praxisabläufen zählt - dann rufen Sie doch bitte Ihren Chef an und fragen ihn danach.«

Mit eisiger Mine verschwand die Hübsche abermals hinter der silbrig schimmernden Wand. Nach etwas längerer Rücksprache tauchte sie wieder auf und teilte ihm mit, dass im Rahmen einer Psychotherapie natürlich niemals gynäkologische Untersuchungen vorgenommen wurden. In einem ganz anderen Zusammenhang würden aber ebenfalls ehrenamtlich gelegentlich auch medizinisch erforderliche gynäkologische Untersuchungen an Patientinnen durchgeführt, die wegen psychischer Erkrankungen oder besonderen Behinderungen in anderen Praxen nicht besonders willkommen seien. Dr. Gottlieb würde allerdings gern erfahren, wer solche Dinge in die Welt gesetzt habe und wer er sei. Sie schloss damit, dass sie gern seinen Namen und seine Adresse aufschreiben würde.

Jorma drehte sich wortlos um und ging. Er hatte das Gefühl, jemanden aufgescheucht zu haben. Er war sich nur nicht sicher, ob das gut oder schlecht war.

Eva hatte Glück gehabt. Direkt nachdem sie angeklingelt und von einer Mitarbeiterin hereingebeten worden war, war sie dem Fahrer in die Arme gelaufen, den sie am Vortag kennengelernt hatten. Er hatte sie sofort wiedererkannt und schob sie nun durch ein Chaos von Putzutensilien durch den Flur in eine gemütliche Wohnküche. Dort setzte er sie an einen großen Tisch und erklärte ihr, dass Isabel normalerweise vormittags in einer Werkstatt arbeiten würde, heute aber wegen Bauchschmerzen zu Hause geblieben war. Dann ging er los, um sie zu holen.

Es schien Putztag zu sein. Einige Behinderte trugen Eimer und Besen herum, Betreuer rannten von Zimmer zu Zimmer und überall wurde Lärm gemacht. Von irgendwoher drang Musik, woanders sang jemand und immer wieder waren Ermahnungen zu hören.

Nach einer Weile erschien das Mädchen, das in dem Bulli gesessen hatte, in der Tür. Isabel sah sie neugierig an. An ihrem Gesicht sah Eva, dass sie das Down-Syndrom hatte. Sie trug eine Jeans und eine karierte Bluse. Vor ihren Bauch hatte sie einen Plüschhasen gepresst, zwischen dessen Ohren der Hals einer Wärmflasche zu erkennen war. Ihr Alter war schwer abzuschätzen. Vielleicht sechzehn.

Eva hielt ihr eine Tafel Schokolade hin. Isabel strahlte und griff sofort zu. Sie wirkte kindlich, aber nicht dumm. Sie sah Eva unverwandt und mit wichtiger Miene an.

»Ich darf aber keine Schokolade von Fremden nehmen.«

Währenddessen begann sie die Verpackung aufzureißen.

»Wie heißt du?«

»Eva«, sagte sie und versuchte abzuschätzen, ob jemand ihr Gespräch hören konnte. In dem Gewusel war das allerdings unwahrscheinlich.

»Isabel, ich möchte dich gern einige Dinge fragen. Könntest du mir vielleicht helfen?«

»Ich helfe immer anderen!«

»Warst du gestern bei einem Arzt?«

Sie überlegte und nickte dann mit großen Kopfbewegungen.

»Und was hat der Arzt mit dir gemacht?«

»Hat mir Bonbons gegeben. Und mich aufgeweckt.«

Sie kicherte.

»Hast du denn geschlafen?«

»Ja.«

»Bist du einfach eingeschlafen? Warst du so müde?«

»Ja. Ganz müde.«

»Und du hast Bonbons gegessen? Oder waren das Tabletten?«

»Bonbons und Medizin. Bei dem Doktor gibt es immer Bonbons und Medizin. Bei dem alten auch. Aber bei Dr. Maas gibt es nie Bonbons. Ich hab auch Medizin für zu Hause.«

»Wer ist denn Dr. Maas?«

»Der untersucht mein Herz. Aber der ist doof. Der hat mir eine Spritze in den Arm gemacht und Blut abgenommen.«

Sie zeigte auf ihre Armbeuge.

»Aber der Arzt gestern hat dir nicht wehgetan, oder?«

»Nein. Der ist lieb. Der gibt mir immer Bonbons und gute Medizin.«

Eva zögerte. Sie war sich nicht sicher, wie weit sie mit ihren Fragen gehen sollte. Sie wollte dem Mädchen keine Angst machen.

»Aber jetzt hast du Bauchweh?«

»Ja.«

Isabel sah sie traurig an, als erinnerte sie sich erst jetzt wieder daran, dass ihr Bauch wehtat.

»Ist das so, seit du beim Arzt warst?«

»Seit gestern Abend.«

»Wo tut es denn genau weh?«

»Im Bauch.«

»Zeig mir mal, wo.«

Isabel hob ihre Bluse an. Ihre Hand kreiste über ihren gesamten Bauch, dann aber glitt sie immer tiefer und landete zwischen ihren Beinen.

Eva schluckte, aber Isabel lachte schon wieder.

»Willst du mein Zimmer sehen?«

Eva schüttelte ihren Kopf und stand auf.

»Aber du sollst noch nicht gehen! Du sollst noch nicht gehen!«

»Heute kann ich nicht bleiben. Aber ich komme dich noch einmal besuchen, wenn du möchtest.«

Es gab nichts mehr zu sagen.

Eva drückte Isabel fest die Hand und versprach, sie bald noch einmal zu besuchen. Dann verabschiedete sie sich.

**Bielefeld, 3. Dezember, 12.04 Uhr**

Eva und Jorma saßen an einem kleinen Tisch im Altarraum einer ehemaligen Kirche, die nun ein Restaurant beherbergte. Eva hatte zugegeben, dass ihr das Brot hier wesentlich besser schmeckte als bei früheren Kirchenbesuchen. Sie hatte neben einem kleinen Salatrest noch eine mit Tomatenstückchen belegte Bruschettascheibe auf ihrem Teller liegen. Jorma hatte Steak bestellt - blutig.

Sie hatten die Wartezeit genutzt, um sich gegenseitig auf den neuesten Stand zu bringen. Jorma stellte zufrieden fest, dass sie sich mittlerweile darüber einig waren, dass die Vorgänge in der Kinderwunschpraxis zumindest merkwürdig waren. Uneinig waren sie sich noch, ob sie ihre Entdeckungen der Polizei melden sollten. Eva war der Meinung, dass sie es tun mussten, allein wegen der Frauen. Jorma hatte keine große Lust, schon wieder alle Informationen zu teilen, aber er musste einsehen, dass es um Dinge ging, bei denen seine persönlichen Befindlichkeiten keine Rolle spielen durften. Wenn der Verdacht, den sie beide hegten, sich bestätigen würde, war die Polizei die einzige Option.

Draußen zwischen den Eingangssäulen, auf den alten Stufen des Gotteshauses öffnete Eva ihre Tasche, suchte eine Nummer und reichte Jorma ihr Handy. Als er es an sein Ohr hielt, hörte er schon das Freizeichen.

»Jakobson.«

»Hier ist Jorma Hanke.«

Er machte eine kleine Pause.

»Wir konnten es nicht lassen und haben Ihnen noch ein bisschen Arbeit abgenommen. Wir wissen mittlerweile, dass Dr. Büscher tot ist. Außerdem laufen in dieser Kinderwunschpraxis irgendwelche komischen Sachen.«

Jorma erklärte in groben Zügen, was sie herausgefunden hatten, ohne dabei seine Zweifel an der Ernsthaftigkeit der polizeilichen Bemühungen, die Sache aufzuklären, zu verhehlen. Umso überraschter war er von der Reaktion des Kommissars.

»Das wissen wir bereits«, war der einzige trockene Kommentar.

In Jorma stieg Wut hoch. Wieso hatten sie ihnen nichts davon erzählt? Offenbar war der Informationsfluss einseitig geplant.

»Und was unternehmen Sie jetzt?«

Er hatte keine Lust, sich einfach so abspeisen zu lassen.

»Das kann ich Ihnen nicht sagen. Es handelt sich um eine laufende Ermittlung.«

»Die zum größten Teil wir übernommen haben. Mann, wo ständen Sie denn jetzt, wenn wir nicht selbst nachgeforscht hätten?«

»Wir sehen uns das Umfeld von Dr. Büscher noch einmal genau an, wenn Sie das beruhigt. Wir wissen, wie wir unsere Arbeit zu machen haben.«

»Und die Praxis? Da läuft doch irgendetwas Abartiges.«

»Haben Sie da noch etwas mit mehr Substanz? Was ich bisher von Ihnen gehört habe, ist ziemlich dünn. Wie fit ist denn dieses Mädchen, mit dem Sie gesprochen haben?«

»Was heißt *wie fit*? Sie ist behindert. Down-Syndrom. Ist sie deshalb nicht als Zeugin geeignet, oder was?«

»Man könnte sie vielleicht für manipulierbar halten.«

Jorma hätte kotzen können bei so viel Desinteresse und Tatenlosigkeit.

»Das passiert auch mit Frauen aus der Psychiatrie. Da können Sie doch eine verdeckte Ermittlerin einschleusen. Eine Polizistin ist ja sicher fit genug.«

Der Kommissar fing an zu lachen.

»So einfach ist das nicht. Ich habe hier keinen Schrank voller verdeckter Ermittlerinnen, die ich nach Lust und Laune einfach mal losschicken könnte. Auch wenn das keine schlechte Idee wäre.«

Jorma hielt eine Hand vor sein Handy.

»Die wollen wieder nichts unternehmen. Isabel ist unglaubwürdig und er will niemanden undercover ermitteln lassen.«

Er sah, dass es Eva ging wie ihm. Sie schien es auch nicht fassen zu können, dass nichts geschehen sollte.

Eva schüttelte trotzig den Kopf.

»Aber ich kann verdeckt recherchieren. Ich bin Journalistin und ich werde einen Artikel über die Zustände in unseren Psychiatrien schreiben - á la Wallraff. Wenn ich noch etwas anderes herausbekomme, kann man daran wohl nichts ändern und selbst die Polizei muss es dann zur Kenntnis nehmen.«

Jorma sah sie erstaunt an. Dann nahm er das Telefon wieder ans Ohr.

»Meine Freundin geht rein. Sie ist freiberufliche Journalistin und will einen Artikel über das Leben in der Psychiatrie schreiben.«

Kommissar Jakobson stöhnte auf.

»Ich kann sie nicht daran hindern. Ich kann sie nur warnen. Wenn etwas an Ihren Verdächtigungen dran ist, dann kann das gefährlich werden. Es wäre gut, wenn Sie mir Bescheid sagen, wenn sie das wirklich durchzieht. Wir wollen ja nicht, dass Ihre Freundin für immer in einer Irrenanstalt verschwindet. Wenn ich Ihnen ganz persönlich einen Rat geben darf, ich würde da nur mit Verkabelung reingehen. Ich könnte heute Abend übrigens noch ein Bier vertragen. Das trinke ich oft im *Limericks*. Wenn wir uns da ganz zufällig über den Weg laufen würden, könnte ich Ihnen ganz privat ein paar Tipps dazu geben.«

Jorma war erstaunt. Mit dieser Reaktion hatte er nicht gerechnet.

»So ein Zufall. Da sind wir heute Abend auch.«

»Ich komme so gegen neun, schätze ich.«

Jorma lächelte.

»Wir werden da sein.«

Jakobson setzte seinen Kaffeebecher auf einem alten Sicherungskasten ab. Seine Augen gewöhnten sich nach der Dunkelheit des Kellerkorridors langsam an das helle Licht des Scheinwerfers. Wenn er den nächsten Tag freihaben wollte, mussten sie sich das hier noch schnell ansehen.

Takis hatte ihm gerade erklärt, dass der Kasten vor einigen Wochen oder Monaten geöffnet worden war. Er hatte auffällige Schmierspuren in der Dreck- und Staubschicht gefunden, die das gesamte Teil überzog und aus dem ursprünglichen Weiß ein Graubraun gemacht hatte. Es gab sogar ein paar sehr alte Fingerabdrücke. Außerdem war Takis sich ziemlich sicher, dass der Kasten mindestens einmal mit Handschuhen geöffnet worden war. Jetzt suchte er nach Faserresten.

Auch im Eingangsbereich, im Hausflur, den Büros und den Garagen des Gebäudes an der Herforder Straße waren Leute von der Spurensicherung am Werk. Zahlreiche kleine Tütchen waren schon mit möglichen Beweismaterialien gefüllt worden. Erfahrungsgemäß war das meiste davon leider nur Müll. Eine Leiche, Blutspuren oder Sperma hatte bisher noch keiner von ihnen gefunden. Erst einmal mussten sie also noch herausfinden, ob in dem Haus überhaupt etwas passiert war oder ob das ganze Team hier nur zum Spaß ackerte. Vielleicht hatte Dr. Büscher sich hier nur mit Johanna treffen wollen. Vielleicht hatte es den Reiz erhöht, sie in einem Haus zu vögeln, das über die Firma seiner Frau verkauft werden sollte.

Das Geschmiere auf dem Sicherungsschrank sah für Jakobson einfach nur nach Geschmiere aus. Da sollte man also erkennen können, dass jemand sich mit Handschuhen daran zu schaffen gemacht hatte? Man hätte ihn genauso gut davon überzeugen können, dass er ein modernes Kunstwerk vor sich hatte. Aber Takis wusste in der Regel, was er sagte. Für Tatortspuren musste man einen Kennerblick haben.

Sollte sich die Vermutung mit den Handschuhen bestätigen, könnte das tatsächlich ein Hinweis auf ein Verbrechen sein, denn Handschuhe in Innenräumen zu tragen war höchstens für Hausmeister oder Handwerker normal. Außer einer Maklerin und Kaufinteressenten war aber ihres Wissens nach niemand hier gewesen.

Außerdem war das Gebäude rein theoretisch bestens dazu geeignet, um jemanden zu entführen oder einen toten Körper wegzuschaffen. Es stand leer, war aber mit Strom versorgt und noch nicht so verfallen, dass zum Beispiel fehlende Scheiben Einblicke gewährten oder Geräusche nach außen dringen ließen. Es lag zwar zentral, war aber abends dennoch ein Stück vom Trubel und von potenziellen Zeugen entfernt. Die Nachbargebäude standen entweder auch leer oder sie wurden abends verlassen. Es verfügte zudem zum Innenhof hin über einige Garagen, die auch vom Gebäudeinneren her zu erreichen waren. Man konnte eine Leiche also innerhalb des Gebäudes in ein Auto verladen und dann völlig unauffällig wegschaffen.

Eine Kollegin von Takis war deshalb dabei, die Garagen akribisch abzusuchen. Benrich versuchte ihr dabei zu helfen. Wahrscheinlich stand er nur im Weg rum und begann schon sie zu nerven. Es wurde Zeit, sie zu erlösen und ihn abzuholen. Hier gab es nichts mehr zu sehen.

## Bielefeld, 3. Dezember, 21.29 Uhr

Eva war geschafft. Sie waren den ganzen Tag durch Bielefeld gelaufen. Jorma war mit ihr durch eine Reihe von kleineren Technikläden gezogen, von deren Existenz sie noch nie zuvor etwas wahrgenommen hatte. Die Elektronikartikel, die dort verkauft wurden, kannte sie nur aus *James-Bond*-Filmen. Kein normaler Mensch würde so etwas jemals brauchen. Wieso also, hatte Eva sich gefragt, gab es so ein Zeug in so vielen Varianten?

Während sie kleine ferngesteuerte Hubschrauber, Kulis mit Abhörgeräten und winzigste in Knöpfen, Schrauben oder Büstenhaltern versteckte Kameras bewundert hatte, war in ihr die Frage aufgekommen, wer diese Dinge einsetzte und ob sie selbst auch schon einmal ins Visier eines solchen Gerätes geraten war. Derweil hatte Jorma sich von verschiedenen Typen, die tatsächlich auch so aussahen, als würden sie in zweifelhaften Technikgeschäften arbeiten, fachmännisch beraten lassen. Am Ende hatte er ein kleines Mikrofon mit seltsamem Zubehör gekauft. Danach waren sie auf ihren Wunsch hin in die Kunsthalle gegangen und Eva hatte in jeder Ecke Überwachungskameras entdeckt. Das ungehemmte Rumknutschen in einsamen öffentlichen Ecken gehörte von nun an wahrscheinlich der Vergangenheit an.

Zu Evas Erleichterung gab es in der Kneipe, in der sie jetzt saßen, keine Kameras. Trotzdem traute sie sich nicht, Jorma einfach zu küssen. Eine kleine schwarzhaarige Kellnerin brachte ihnen ihre Getränke und Eva legte ihre Hände um die große warme Tasse. Sie sah auf die Uhr. Sie warteten nun schon eine ganze Weile auf den Kommissar. Allerdings waren sie auch zu früh da gewesen.

Als sie ihren Blick erneut durch den Raum schweifen ließ, stand er plötzlich in der Tür. Er grüßte den Mann hinter der Theke und kam dann direkt zu ihnen an den Tisch.

»Was für eine Zufall. Wie klein die Welt ist. Darf ich mich setzen? Ich heiße übrigens Thomas.«

Er hängte eine Umhängetasche an einen Stuhl und setzte sich. Dann fing er den Blick der Bedienung auf und hob seine Hand. Die verstand offenbar, was er wollte, und nickte. Eva beobachtete erleichtert, dass Jorma freundlich blieb. Er lächelte sogar und legte sein neues Elektronikspielzeug auf den Tisch. Jakobson sah sich das Gerät an und erklärte ihm, wie er es am besten befestigen konnte und worauf er alles achten musste. Die Handhabung war wohl nicht so einfach, wie sie gedacht hatte. Die beiden taten, als hätte sie gar nichts mit der Aktion zu tun.

Nachdem die technischen Details um Akkulaufzeiten und Reichweiten geklärt waren, schien sie endlich wieder sichtbar geworden zu sein. Jorma erklärte ihr, was das praktische Ergebnis der Techniksichtung war.

»Wenn du telefonieren darfst, ist alles ganz einfach. Du meldest dich einfach einmal am Tag, gibst mir kurz durch, wie es dir geht und was du herausgefunden hast. Wenn du das nicht darfst, was wahrscheinlich ist, musst du dieses Gerät benutzen. Wir probieren das zu Hause mal aus. Wenn du dich zur vereinbarten Uhrzeit nicht meldest, hole ich dich raus, notfalls mit polizeilicher Unterstützung.«

Verschwörerisch deutete er zu dem Kommissar, den er mittags noch angeschnauzt hatte.

Der nickte.

»Ich kann auf jeden Fall bestätigen, dass du zurechnungsfähig bist und dich nur zu Recherchezwecken einweisen lassen hast. Ihr müsst mit allem rechnen. Zumindest theoretisch ist es möglich, dass man dich für vorübergehend nicht entscheidungsfähig betrachtet und irgendwelche Zwangsmaßnahmen an dir vornimmt. Natürlich würde ich nicht von so etwas ausgehen, andererseits wäre das natürlich die bessere Story, oder?«

Damit hatte er sicher recht. Trotzdem war es nicht das, worauf sie scharf war. Aber eine Geschichte würde sie bekommen. Ganz gleich, wie es lief. Allein sich einweisen zu lassen war ein abenteuerlicher Selbsterfahrungstrip, über den man schreiben konnte. Das war definitiv das Aufregendste, was sie in ihrem Berufsleben bisher gemacht hatte. Allerdings verstand sie noch nicht, warum sie sich zu bestimmten Zeiten melden sollte.

»Ich dachte, mit der Überwachungsausrüstung kann Jorma jederzeit alles mithören.«

Der Kommissar schüttelte den Kopf.

»Die Reichweite von solchen Geräten ist leider sehr begrenzt. Jorma kann nicht in Münster sitzen und dich überwachen. Für jeden Kontakt muss er hierherkommen und sich unauffällig in der Nähe der Klinik postieren. Dazu macht ihr Uhrzeiten aus. Du kannst dann kurz auf die Toilette gehen und Jorma berichten. Für den Fall, dass du weißt, dass du mal einen Termin nicht einhalten kannst, könnt ihr noch ein Zeichen ausmachen, zum Beispiel ein bestimmtes Kleidungsstück, das am Fenster hängt. Während du Kontakt zu Leuten aus der Kinderwunschpraxis hast, solltest du die Überwachungstechnik auch tragen, dann hast du einen Zeugen. Vorher musst du Jorma über die Termine informieren, damit er pünktlich zur Stelle ist. Ansonsten gilt, wenn du dich nicht in etwa zur angegebenen Zeit meldest, gehen wir davon aus, dass dir etwas passiert ist.«

»Und dann rettet ihr mich?«

»Dann retten wir dich.«

## Außerhalb der Zeit

Sie drehte sich vom Rücken auf die Seite und wieder auf den Rücken. Alles tat ihr weh. Sie konnte einfach nicht mehr liegen. Wann sie zum letzten Mal geschlafen hatte, wusste sie nicht. Zeit gab es hier unten nicht. Der einzige Rhythmus war der Aufzug, der sie mit Nahrung versorgte und das aufnahm, was sie von sich gegeben hatte. Sie wusste nur, dass sie unendlich müde war. In jeder Hinsicht.

Der Kampfgeist, den sie immer gespürt hatte, wenn ihr Vater sie wegen ihres unmöglichen Verhaltens, ihrer mangelnden Gottesfurcht oder der fehlenden Dankbarkeit für seine Erziehungsbemühungen in den Keller gesperrt hatte, war verschwunden. Vielleicht hatte sie ihn zusammen mit dem anderen Zeug ausgekotzt.

Manchmal bekam sie Krämpfe. Aber meistens passierte nichts. Sie konnte sich nur von einer Seite auf die andere drehen oder ein paar Schritte in einem kleinen Kreis gehen. Das musste die Ruhe vor dem Sturm sein. Sie dachte, dass sie nie wieder schlafen könnte. Dann nickte sie doch kurz ein.

Wirre, brutale Szenen schoben sich ineinander, als ein dröhnendes Rattern in ihren Traum drang. Als sie erwachte, konnte sie nicht sagen, was Traum und was Realität war. Alles um sie herum war gewaltiger Lärm.

War er da? Würde ihr Entführer sie jetzt holen? Sie schlug die Augen auf und bedeckte sie sofort mit ihrem Arm. Ihre Höhle war in ein gleißendes Licht getaucht. Sie richtete sich auf und kroch auf ihrer Matratze rückwärts, bis sie die kalte Wand im Rücken spürte.

Der Krach setzte aus. Durch die geschlossenen Lider sah sie, dass die Dunkelheit zurückgekehrt war. Sie nahm den Arm herunter und öffnete die Lider. In ihrem Blickfeld tanzten wilde

Flecken, von denen sie wusste, dass sie nichts Reales abbilde-
ten. Der rote Punkt aber, der ihr entgegenleuchtete, war echt.
Seltsamerweise musste sie sofort an das ewige Licht der Katho-
liken denken.

## Bielefeld, 4. Dezember, 16:20 Uhr

Es begann schon dunkel zu werden. Die Welt um sie herum wirkte fremd. Als sie den Berg hinaufgefahren waren, hatte es angefangen ganz leicht zu schneien. Alles war von einem kalten weißen Hauch bedeckt, der wie eine dünne Watteschicht alles einhüllte. Es war auffällig still um sie herum. Jorma nahm Evas Reisetasche aus dem Kofferraum und setzte sie auf dem Gehweg ab. Die Straße war ziemlich abschüssig. Man hätte meinen können, dass man im Gebirge war. Hinter ihnen lag eine weiß überzogene Rasenfläche, die von einem alten roten Backsteingebäude überragt wurde. Im Obergeschoss waren die Fenster mit eng gewundenen weißen Metallstäben vergittert. Links und rechts ragten hohe Nadelbäume auf und gaben dem Haus eine düstere Atmosphäre. Mitten in die Grünfläche war ein großes Metallkreuz gerammt worden. Auch das verschwand hinter einem Schleier aus winzigen Schneeflöckchen. Kein Ort, an den man sich wünschte.

Evas Augen wirkten seltsam leer. Jorma fragte sich, ob sie die Aktion lieber abblasen würde. Er nahm ihre Hände in seine. Sie waren ganz kalt. Dann zog er sie zu sich und küsste sie. Ihr Haar roch nach seinem Shampoo. Eva schmiegte sich an ihn und schien ihn nicht wieder loslassen zu wollen. Aber sie mussten vorsichtig sein, um nicht die Überwachungsausrüstung zu lösen, die sie sicherheitshalber unter Evas Kleidung versteckt hatten. Er zog seine Hände zurück. Eva trat einen Schritt zur Seite. Sie schloss für einen Moment die Augen. Ob sie ihren Plan aufgeben würde, wenn er versuchen würde sie zurückzuhalten? Sie schien Schwierigkeiten zu haben, ihn anzusehen. Jorma nahm die Tasche und reichte sie ihr. Sie presste die Lippen zusammen, nahm die Henkel und drehte sich um. Dann ging sie den Abhang hinunter. Ihre Schritte wirkten seltsam unsicher.

**Bielefeld, 4. Dezember, 16.45 Uhr**

Jakobson wartete auf den Rückruf der Staatsanwältin, mit der
er noch einmal über die Vermisstensache sprechen wollte.
Erst hatte sie versucht ihn zu erreichen, jetzt war sie nicht da.
Derweil klickte er sich durch die Internetpräsenz der professionellen Kindermacher. Dr. Büscher war hier noch nicht
getilgt worden. Er zeichnete verantwortlich für ethische Fragen, naturheilkundliche Begleitung und psychologische
Betreuung. Er hatte gemeinsam mit den Paaren entschieden,
welche Behandlung für wen sinnvoll war, und mit homöo-
pathischen Mittelchen und Gesprächen angeblich unglaublich
erfolgreich Blockaden gelöst, die die Empfängnis verhinder-
ten. Die Erfolgsquote der Praxis war beachtlich. Wenn er richtig recherchiert hatte, lag sie weit über dem Durchschnitt.
Wahrscheinlich konnten es sich die Ärzte deshalb leisten,
ausschließlich privat abzurechnen. Kassenpatienten waren
unerwünscht.

Jakobson nahm einen Schluck Kaffee, als er über einen
von Dr. Büscher verfassten Satz stolperte: *Ganz gleich, wie ein
Baby entsteht, alle Kinder sind Gottes Kinder.* Jakobson fragte
sich unwillkürlich, was im Zusammenhang mit einer Kinderwunschbehandlung wohl *Gottes Kinder* heißen sollte. Ließen sich die Götter in Weiß dann mal dazu herab, ein Kind
zu erschaffen, oder was? Hier stand, die Fachärzte dieser
Praxis hätten in interdisziplinärer Zusammenarbeit einen
innovativen Weg entwickelt, den weiblichen Körper gemäß
seiner Natur wieder empfängnisbereit und den männlichen
wieder zeugungsfähig zu machen. Dazu würden sie von den
Wunderärzten einfach in ihre gesunden Grundzustände zu-
rückgeführt. In fast allen Fällen sei es ihnen möglich mit
alternativen Ansätzen eine befruchtete Keimzelle zu erzeugen, die sich teilen und wieder teilen werde, um sich dann
zu einem kleinen Menschen zu entwickeln, der das Leben
seiner Eltern vervollkommnen konnte. Das war doch

Schwachsinn, oder? Wie verzweifelt musste man sein, um das zu glauben? Jakobson war froh, dass er so etwas nicht nötig hatte.

Er war sich nicht sicher, ob etwas an den Verdächtigungen der beiden Hobbydetektive aus Münster dran war. Da diese Eva sich aber anscheinend wirklich dort umsehen wollte, entschied er, sich diese Göttergleichen auch einmal vor Ort anzusehen. Er griff zum Hörer und wählte eine interne Durchwahl. Es meldete sich seine Kollegin Iris.

»Thomas hier. Hast du Lust, mal mit mir zu einer Kinderwunschbehandlung zu gehen?«

## Bielefeld Bethel, 4. Dezember, 16.46 Uhr

Eva lief den Gehweg entlang. Sie spürte den Wind in ihren Haaren und irgendetwas Feuchtes legte sich auf ihr Gesicht. Sie war müde und freute sich auf das Bett, das sicher in der Klinik auf sie wartete. Sie sah sich um und brauchte einen Moment, um sich zu orientieren. Dann lief sie den Weg zum Haupteingang hinauf. Sieben hohe Stufen führten zu einer riesigen zweiflügeligen Holztür mit massiven Metallbeschlägen hinauf.

Als Eva die letzte Stufe genommen hatte, schwang eine Seite auf und gab ihr den Weg frei. Sie war froh, die schwer wirkende Tür nicht selbst öffnen zu müssen.

Sie gelangte in einen dunkel getäfelten Windfang. Dahinter öffnete sich ein düsterer kleiner Vorraum. Links saß in einem kleinen Glaskasten eine mindestens achtzigjährige Nonne in einem braunen Gewand und mit einer altertümlichen Haube auf dem Kopf. Eva setzt ihre Tasche mitten im Raum ab. Sie hatte das Bedürfnis, sich auszuruhen. Als sie ihren Weg fortsetzen wollte, bemerkte sie, dass die Schwester schon zu ihr gekommen war. Sie spürte ihre Hand an ihrem Rücken.

»Brauchen Sie Hilfe?«

Eva sah sie verwundert an.

»Bin ich hier richtig in der Psychiatrie *Maria Frieden*?«

»Sie sind ganz richtig. Brauchen Sie einen Arzt?«

Eva war erleichtert.

»Ja. Ich möchte gern hierbleiben, wenn das geht. Ich kann nicht mehr.«

»Ich rufe jemanden. Setzen Sie sich kurz in dieses Zimmer.«

Die Nonne schob sie sanft in einen kleinen Raum mit einigen Stühlen und einem alten grünen Sofa. Eva ließ sich in die Kissen sinken und schloss die Augen. Sie war unglaublich müde. Noch viel müder als beim letzten Mal. Sie versuchte sich auf ihre Aufgabe zu konzentrieren, aber sie merkte, dass ihre Gedanken ihr immer wieder entglitten. Vielleicht hätte sie die Beruhigungstablette doch nicht nehmen sollen - oder vielleicht früher? Eigentlich hatte sie sich geschworen, nie wieder eine davon zu schlucken, aber in dieser Situation war es ihr ganz sinnvoll erschienen, es doch noch einmal zu tun.

Zu ihrem Magisterabschluss hatte sie sich die Tabletten verschreiben lassen, weil sie unter schrecklicher Prüfungsangst litt. Das Prüfungsgespräch war allerdings eine einzige Katastrophe gewesen. Sie hatte sich überhaupt nicht konzentrieren können und war einfach nur müde gewesen. Ihr Prüfer hatte ihr später erzählt, sie hätte wie weggetreten gewirkt und er hätte schon Angst gehabt, sie sei ernsthaft psychisch krank. Genau den Eindruck wollte sie aber jetzt ja erwecken. Schließlich konnte man einen Aufenthalt in der Klapse nicht einfach im Reisebüro buchen. Sie überlegte angestrengt. Worauf wollte sie noch einmal hinaus?

Etwas berührte sie an der Schulter. Eva schreckte hoch und blickte an einem weißen Kittel empor in das Gesicht eines älteren Mannes.

»Haben Sie den Fragebogen schon ausgefüllt?«

Eva sah sich fragend um.

Der Mann deutete auf einen Zettel auf einem roten Klemmbrett, das sie in der Hand hielt. Dann nahm er es selbst in die Hand.

»Ich sehe schon, dass Sie noch nicht dazu gekommen sind. Dann folgen Sie mir bitte.«

Eva fragte sich, wo dieses Brett hergekommen war, und erhob sich langsam. Sie versuchte dem alten Arzt zu folgen, der zügig durch ein unübersichtliches Gewirr langer und kürzerer Gänge mit unzähligen Türen schritt. Irgendwann hatten sie ein Zimmer erreicht, in dem sie sich setzen durfte.

Sie nannte ihren Namen, ihr Geburtsdatum, eine Adresse in Bielefeld, gab an privat versichert zu sein und versuchte sich an die Beschwerden zu erinnern, die sie als Symptome einer akuten Krise bei einer bipolaren Störung recherchiert hatte. Als sie fertig war, wusste sie nicht genau, ob sie alle genannt hatte, aber der Arzt sah zufrieden aus. Es schien, als hätte sie alles richtig gemacht. Er sagte ihr, dass sie bleiben dürfe und dass sie gleich schlafen könnte. Sie verneinte, als sie gefragt wurde, ob sie unter dem Einfluss von Medikamenten stand. Sie nahm eigentlich nie etwas. Nicht einmal die Pille. Dann ging es um ihre Familie und psychische Erkrankungen und irgendwelche Therapien - Ergotherapie, Kunsttherapie, Psychopharmakotherapie, Verhaltenstherapie. Eva nickte alles nur noch ab. Sie musste jetzt einfach schlafen.

Dann wurde sie endlich in ein Zimmer gebracht, in dem in einer Nische unter einem Holzkreuz ein frisch gemachtes Bett stand. Sie legte sich in ihren Sachen hinein und schlief erleichtert ein.

## Bielefeld Bethel, 4. Dezember, 21.15 Uhr

Jorma saß in dem alten Kadett seines Mitbewohners und spähte in die Dunkelheit hinaus. In der Klinik waren noch viele Fenster erleuchtet. Im Grunde sah sie jetzt belebter aus als vor einigen Stunden. Die Minuten zogen sich. Es schneite schon wieder. Auf der Windschutzscheibe hatte sich bereits eine dünne weiße Schicht gebildet. Umso besser. So sah ihn niemand.

Eva hatte sich bisher nicht gemeldet. Jorma hatte bereits sichergestellt, dass sein Handy Empfang hatte und die Überwachungstechnik richtig eingestellt war. Sie hatten zu Hause überprüft, ob alles einwandfrei funktionierte. Er hatte auch an keinem Fenster eine neongelbe Sporthose gesehen. Allerdings wusste er auch noch nicht, in welchem Zimmer Eva untergebracht war. Streng genommen wusste er nicht einmal, ob sie sich überhaupt in diesem Gebäude befand. Da er nichts mehr von ihr gehört hatte, seit er sie hier abgesetzt hatte, musste er davon ausgehen, dass ihr Plan funktioniert hatte und Eva wegen einer bipolaren Störung aufgenommen worden war. Immerhin hatten sie sich eine Erkrankung ausgesucht, mit der nicht zu spaßen war. Wenn sie überzeugend gewesen war, musste sie praktisch aufgenommen worden sein.

Jorma war sich noch nicht sicher, was er von der Funkstille halten sollte. Es war auf jeden Fall noch zu früh, um Alarm zu schlagen. Vielleicht war Eva bei einer Untersuchung oder sie war nicht allein. Sie musste die Ausrüstung aktivieren, um den Kontakt herzustellen. Jorma ging davon aus, dass sie das Handy nicht mehr hatte. Sie hatte tagsüber nicht angerufen und als er es versucht hatte, bevor er sich auf den Weg nach Bielefeld gemacht hatte, war niemand rangegangen. Wahrscheinlich hatte man ihr das Telefon abgenommen. Aber man würde eine neue Patientin doch nicht filzen.

Während Jorma grübelte, was er jetzt tun sollte, fing plötzlich der Empfänger, der neben ihm auf dem Beifahrersitz lag, an zu rauschen. Dann hörte er Eva, die völlig verschlafen klang.

»Jorma? Hörst du mich?«

Sie machte eine Pause. Hatte sie etwa vergessen, dass er nicht antworten konnte?

»Ich hab geschlafen, tut mir leid. Ich hoffe, du hast noch keine Rettungsaktion in Gang gesetzt. Mir geht es gut, aber mein Handy ist weg. Ich habe ein Einzelzimmer. Essen gibt es um sechs Uhr in einem Speisesaal. Das hab ich heute wohl verpasst. Eben war noch eine Schwester hier, die mir einiges erklärt hat. Ich habe morgen noch ein Gespräch mit einem Arzt und dann schon verschiedene Therapien. Telefonieren kann man nur von einem öffentlichen Apparat. Ich denke, das ist nicht so gut. Ich melde mich also immer nur abends um neun und berichte dir. Jetzt gehe ich mal in einen der Aufenthaltsräume und versuche ein paar Kontakte zu knüpfen.«

Es folgte noch eine Pause.

»Ich vermisse dich. Bis dann.«


Das Brummen war verstummt. Trotzdem konnte Jorma sich nicht entschließen wieder nach Hause zu fahren. Er beobachtete noch einige Minuten lang, wie die Schneeschicht, die über ihm hing, langsam dicker wurde. Auch die Stille schien immer dichter zu werden. Dann stieg er aus dem Wagen und lief mit knartschenden Schritten um das Gebäude herum. *Maria Frieden*. In dichte Schneeflocken eingehüllt sah es wirklich friedlich aus. Allerdings wirkte diese weiße Stille auch gespenstisch. Jormas Blick glitt über die Fensterreihen. Eva hatte vergessen ihm zu sagen, in welchem Zimmer sie untergebracht war. Er hoffte, sie irgendwo an einem der Fenster zu sehen oder wenigstens ihre Jogginghose zu entdecken, aber alle Fenster sahen gleich aus mit ihren hellen Gardinen. Hinter einigen bewegten sich Schemen, aber das konnte irgendwer sein. Vielleicht lief sogar nur ein Fernseher. Trotz der Lichter und der Bewegungen erschien ihm jetzt alles wie tot oder betäubt hinter den weißen Flocken. Eva schien unendlich weit weg zu sein.

## Bielefeld Bethel, 9. Dezember, 10.25 Uhr

Eva fuhr mit den Händen durch ein tiefes Grün. Auf einem riesigen Bogen Papier vor ihr breitete es sich immer weiter aus. Sie spürte die feuchte Masse an ihren Handflächen. Mittlerweile hatte die Farbe etwas von ihrer Körperwärme aufgenommen und war nicht mehr kalt. Im Hintergrund zwitscherten Vögel und man hörte leise vor sich hin tröpfelnde Tonkaskaden. Eva war sehr entspannt. Es tat tatsächlich gut, in sich hinein zu spüren, etwas ohne Termindruck mit den eigenen Händen zu erschaffen und die Ruhe zu genießen. Im Moment fühlte sie sich angenehm weit entfernt von ihrem normalen Leben.

Etwas anderes war es, wenn sie mit den etwas extremeren Patientinnen in Kontakt kam. Nachts hörte sie oft Rufe und Getöse, das sich fast wie Kampflärm anhörte. Dann schrien die sonst eher ruhigen Schwestern genervt herum. Das war befremdlich. Einige der Frauen waren ziemlich aggressiv und suchten ständig Streit oder quatschten einfach nur wirres Zeug. Dem ging sie, soweit das möglich war, aus dem Weg.

Es gab aber auch ganz nette Leute. Ingrid zum Beispiel, die am anderen Ende des Tisches malte. Sie war extrem abgemagert. Sie hatte eine Essstörung und ritzte sich. Außerdem hatte sie schon mehrmals versucht sich umzubringen. Aber sie war nett. Ein bisschen auf sich selbst und ihre Probleme fixiert vielleicht. Sie war ein Scheidungskind und sah das als Keim all ihrer Probleme. Außerdem war ihre Zimmergenossin und inneranstaltliche Weggefährtin Maja interessant für Eva, denn sie war die einzige, von der sie wusste, dass sie an dem seltsamen Therapieprogramm bei dem Nachfolger von Dr. Büscher teilnahm.

Ein Gong ertönte und zu Evas Bedauern verstummten die Vögel und die Musik. Die Leiterin der Kunsttherapie lobte pauschal all ihre Erzeugnisse und forderte sie auf, die Materialien wieder in den Schrank zu räumen. Die Bilder konnten vorsichtig mit auf die Zimmer genommen werden.

Eva war froh ein Einzelzimmer zu haben, auch wenn es ein wenig karg eingerichtet war. Als sie das Bild mit den grünen Wellenlandschaften unter ihrem Bett verstaut hatte, klopfte es an der Tür und eine Schwester trat ein. Sie hielt ein Glas Wasser in der einen Hand und einen kleinen Becher mit einer blauen Pille in der anderen.

»Es ist wieder Zeit für Ihre Medizin, Frau Große-Westhues.«

Sie reichte ihr den Becher. Eva nahm die Tablette und schluckte sie. Es hatte keinen Zweck, sich dagegen zur Wehr zu setzen. Das hatte sie am ersten Tag vergeblich versucht. Man konnte die Tablette nicht einfach im Mund behalten und diskutieren brachte auch nichts. Die kannten hier alle Tricks. Offensichtlich hatte sie bei der Aufnahme auch eine Erklärung unterschrieben, die den Ärzten freie Hand bei der Therapie ließ. Das beinhaltete auch die Verordnung von Medikamenten. Sie wusste nicht einmal, wie das Präparat hieß, das sie nahm, oder welche Wirkung es hatte. Aber es war nur eine kleine Pille und sie fühlte sich gut, dann konnte es nicht so schlimm sein.

Sie machte sich auf den Weg ins Atrium. Dort versammelten sich nach einer Therapiestunde immer die Raucherinnen, um das verpasste Nikotin nachzutanken. Sie konnte also sicher sein, dass sie Ingrid dort treffen würde - und wo Ingrid war, war auch ihre Freundin nicht weit entfernt.

Wie Eva erwartet hatte, fand sie die beiden rauchend im Innenhof. Sie waren dick vermummt in Daunenjacken und Schals. Ingrid trug sogar eine Mütze und Handschuhe ohne Finger. Eva stellte sich zu ihnen und behauptete ein bisschen frische Luft schnappen zu müssen. Tatsächlich war die Luft in der gesamten Klinik abgestanden und muffig, hier draußen allerdings gab es auch keine Frischluft, sondern nur stinkenden Zigarettenqualm. Maja hielt eine Packung Zimtsterne in die Runde und erzählte triumphierend, dass sie eine Verlängerung bekommen hatte. Sie wollte offensichtlich nicht entlassen werden. Ingrid drehte sich sichtlich angewidert zur

Seite, zeigte sich aber ebenfalls erleichtert darüber, dass Majas Rausschmiss abgewendet war.

Eva sammelte angestrengt all ihre Konzentration, um sich in das Gespräch einzuklinken. Alles in ihrem Kopf schien momentan etwas langsamer zu laufen als sonst.

»Machst du keine Kunsttherapie?«

Maja wandte sich mit einem genervten Gesichtsausdruck um.

»Nee. Das hatte ich schon. Das hat nichts gebracht.«

Eva fragte sich, ob das je etwas brachte, wenn man eine handfeste Störung hatte und nicht einfach nur ein bisschen abschalten wollte, so wie sie. Soweit sie wusste, hatte Maja seltsame Ängste und lehnte so ziemlich alles ab, was es gab.

»Aber du gehst zu einer Therapie außerhalb der Klinik?«

»Ja. Das ist so ein Hypnoscheiß. Und ich kriege irgendwelche Naturheilmittel. Ich probier das einfach. Vielleicht hilft es.«

»Wirst du da richtig hypnotisiert?«

»Klar. Dann wird die ganze verkorkste Vergangenheit aufgearbeitet.«

»Ist das nicht komisch, wenn man gar nichts mehr mitkriegt? Die könnten im Prinzip alles mit einem machen, oder?«

Maja grinste sie schief an.

»Du bist ja paranoid.«

»Kann da jeder hingehen?«

»Nur wenn man länger bleibt. Sonst lohnt sich das nicht. Man muss da öfter hin und zwischen den Terminen müssen große Pausen sein.«

»Wann gehst du denn das nächste Mal?«

»Heute Nachmittag.«

Eva fingerte an ihrer Lippe herum. Heute schon. Das war kurzfristig.

»Und kommt man in dieses Programm rein?«

»Keine Ahnung. Ich bin da einfach hingeschickt worden.«

Sie dachte kurz nach.

»Aber einmal ist eine mitgekommen, weil sie irgendwelche Frauenprobleme hatte. Das wird nämlich in einer Frauenarztpraxis gemacht, aber in einem Extraraum, ohne den Folterstuhl. Aber weil sie so ein Frauenproblem hatte, durfte sie mit, und danach war sie immer dabei und bekam auch Hypno-se. Die hat wohl mit dem Arzt gequatscht, als er ihr zwischen die Beine geguckt hat.«

»Gute Idee. Danke.«

Eva versuchte sich zu erinnern, welche Frauenprobleme es so gab. Ob eine mögliche Schwangerschaft ausreichte? Aber da musste man sicher nur über einen Streifen pinkeln und bekam keinen Arzt zu Gesicht. Dann schon besser eine Pilz-infektion.

Maja zog ein seltsames Gesicht.

»Ich weiß nicht, ob das eine gute Idee ist, aber wenn es dich glücklich macht ...«

Sie schmiss ihre Zigarette neben den Aschenbecher. Gemeinsam gingen sie ins Haus.

## Außerhalb der Zeit

Es war wieder völlig dunkel. Das ewige Licht war erloschen, nachdem sie das Kabel in einer Kurzschlussreaktion gekappt hatte. Nach einiger Zeit in gewohnter Stille hatte sie es gewagt sich vorzutasten und den roten Punkt zu untersuchen. Er hatte sich als das Licht einer Kamera entpuppt. Zunächst war sie entsetzt darüber gewesen, dass ihr Raum angetastet worden war. Diese kleine Höhle war schließlich alles, was ihr geblieben war. Die letzte fragile Schutzhülle, die sie noch umgab. Ohne weiter darüber nachzudenken, hatte sie wild am Kabel gerissen.

Seitdem herrschte wieder Dunkelheit. Das Kabel hing nur noch nutzlos herum. Es war nicht sehr lang und führte unter der Tür hindurch. Auf der anderen Seite musste es Strom geben. Auf der anderen Seite musste derjenige sein, der ihr all das antat. Jetzt war ihre Seite mit seiner verbunden.

Mit dem Verlöschen des Lichts hatte sich zuerst Erleiterung in ihr breitgemacht. Dann hatte sie angefangen zu zweifeln. Die Kamera bedeutete, dass der Mann auf der anderen Seite der Tür wissen wollte, was sie machte oder wie es ihr ging. Er wollte Kontakt aufnehmen. Und in ihr keimte der Wunsch auf, gesehen und vielleicht sogar gehört zu werden. Sie sagte sich, dass es gut sein könnte, wenn er sie als menschliches Wesen wahrnahm. Dass sie ihn vielleicht überzeugen könnte, sie gehen zu lassen. Dass sie die Macht hatte, Männer dazu zu bringen, das zu tun, was sie wollte - und wenn es nur dazu reichte, das Ende zu beschleunigen.

Irgendwann kroch sie zur Tür, tastete den Boden nach dem Kabel ab und stöpselte es wieder ein. Das Licht leuchtete wieder. Eine neue Ewigkeit konnte beginnen. Aber diesmal würde sie eine andere Rolle darin spielen.

## Bielefeld Bethel, 9. Dezember, 16.13 Uhr

Eva saß mutterseelenallein auf einem Sessel in einem langen
Gang. Maja und die andere Frau waren in einen anderen Raum
gebracht worden und ihr Fahrer war wieder nach draußen
verschwunden. Man hatte ihr gesagt, dass sie noch warten
müsse. Sie blickte den Korridor entlang, aber nichts rührte
sich. Also stand sie auf und sah sich nach der Empfangshalle
um. Das war nicht schwer. Sie betrat einen großen dunklen
Raum. Hinter einer Mauer fand sie riesige Aktenschränke mit
Patientenunterlagen. Sie öffnete eine Schublade nach der
anderen und suchte nach einer Akte mit Johannas Namen,
aber sie konnte keine finden. Ansonsten fiel ihr nichts ein,
was sie sich noch hätte ansehen können. Deshalb blätterte sie
nur noch ein bisschen wahllos in den Mappen und kehrte
dann wieder auf ihren Platz zurück. Eva ärgerte sich, dass sie
Majas Nachnamen nicht mehr wusste, sonst hätte sie wenigstens ihre Akte lesen können - falls es eine gab.

Sie lehnte sich zurück. Das Vogelgezwitscher vom Vormittag
klang ihr wieder im Ohr. Sie war erstaunlich ruhig dafür, dass
sie gerade in fremden Unterlagen gewühlt hatte.
   Als sie gerade die Augen schließen wollte, bog ein Mann
mittleren Alters in einem weißen Kittel um die Ecke und
streckte ihr seine Hand entgegen.
   »Dr. Schultheiß. Was kann ich für Sie tun?«
   Dr. Schultheiß? Wollte sie nicht zu einem Dr. Gottlieb?
Egal. Eva folgte dem Arzt. Sie schilderte ihr Frauenproblem
und durfte sich in einem Behandlungsraum mit Folterstuhl
hinter einem Schirm untenherum frei machen. Dann begut-
achtete der Arzt die Sache. Anschließend durfte sie sich
wieder anziehen und an einen großen Schreibtisch setzen. Dr.
Schultheiß saß auf der anderen Seite und grübelte. Als Eva
dazu ansetzten wollte, mit ihm über die Psychotherapie zu

sprechen, hob er ermahnend seine Hand. Dann nahm er einen Stift und ein Blatt Papier.

»Wann erwarten Sie Ihre nächste Regelblutung?«

Eva sah ihn mit großen Augen an. War sie schwanger? Sie überlegte.

»Eigentlich jetzt.«

»Haben Sie irgendwelche chronischen Erkrankungen?«

Eva dachte angestrengt nach.

»Nein.«

»Gibt es in Ihrer Familie chronische Krankheiten?«

»Meine Mutter hat Asthma.«

»Krebs? Bei Ihnen oder in der Familie?«

»Meine Tante ist an Brustkrebs gestorben.«

»Nehmen Sie Medikamente?«

»Irgendwas, was ich im Krankenhaus bekomme. Ich weiß aber nicht, was das ist.«

»Ich fordere Ihre Akte an. Gibt es in Ihrer Familie Erbkrankheiten?«

»Ich glaube nicht.«

Dr. Schultheiß faltete die Hände und sah sie mit ernster Miene an.

»Es ist so. Ich habe keine Pilzinfektion festgestellt, aber Sie haben etwas anderes in Ihrer Gebärmutter, das mir nicht gefällt.«

Eva wunderte sich selbst darüber, wie ruhig sie blieb. Ein solches Gespräch hätte sie bei ihrer Frauenärztin sicher in Panik versetzt. Aber jetzt fühlte sie nichts.

»Ich gebe Ihnen naturheilkundliche Medikamente mit.«

Er kramte in der Schublade seines Schreibtisches und reichte ihr ein kleines braunes Fläschchen und ein Tütchen mit Tabletten.

»Das in der Flasche wird in die Nase gespritzt. Ich schreibe Ihnen auf, was davon Sie wann nehmen müssen. Tag eins ist der erste Tag Ihrer Regelblutung. An Tag dreizehn untersuche ich Sie dann noch einmal. Ich denke, dass dann alles wieder normal sein wird. Falls diese Anomalie in Ihrem Unterleib dann immer noch da ist, machen wir einen Termin zur Entfernung. Das ist nur ein kleiner Eingriff.«

Er schrieb ihr alles noch einmal auf den unteren Teil des Zettels, riss den Abschnitt ab und gab ihn ihr. Eva nickte, nahm alles entgegen und trat dann mit dem Arzt zusammen wieder auf den Flur hinaus. Dort ließ er sie mit den Medikamenten stehen. Auf dem Sessel hing zusammengekauert Maja und konnte kaum die Augen offen halten.

Jakobson starrte auf Hunderte von Babyfotos, die an einer gigantischen Pinnwand hinter dem Schreibtisch seines Gegenübers hingen. Hier sammelte Dr. Gottlieb also die Trophäen seiner Arbeit. An der Zeugung all dieser Kinder war er beteiligt gewesen. Eine mindestens vier Meter breite Motivationshilfe für kinderlose Paare, sich einer kostspieligen Therapie zu unterziehen, deren Erfolg höchst ungewiss war.

Jakobson hatte völlig taktlos gleich zu Beginn des Gesprächs die Frage nach den Kosten einer Behandlung gestellt und eine Spanne genannt bekommen, die ihm erst einmal die Sprache verschlagen hatte. Das war in der Spitzensumme weit mehr, als er für möglich gehalten hätte. Allerdings ging es immerhin um nichts Geringeres als das persönliche Lebensglück und die Erfüllung der natürlichen Bestimmung. Für eine Eigentumswohnung legte man solche Summen schließlich auch auf den Tisch. Woanders als aussichtslos beurteilte Paare zahlten sogar noch mehr.

Dr. Gottlieb redete ununterbrochen vor sich hin. Jakobson wunderte sich nicht, dass er eine Zusatzqualifikation als Psychologe besaß. Obwohl es da vielleicht auch nicht schlecht war, wenn man zuhören konnte.

»Wir sind in der Lage, durch die Verbindung von psychologischer Betreuung, naturheilkundlicher und schulmedizinischer Behandlung die inneren Blockaden zu lösen, die die Empfängnis verhindern. Jeder weibliche Körper ist dazu fähig, Kinder zu empfangen und zu gebären. Er ist so geschaffen worden. Wir ebnen ihm lediglich den Weg, diese Bestimmung auch erfüllen zu können.«

Jakobsons Kollegin hakte nach. Jakobson wusste, dass sie keine Kinder hatte und auch nicht vorhatte, welche zu bekommen. Er hoffte, dass sie sich nicht provozieren ließ und an ihrer Rolle als babytolle Möchtegernmama festhielt. Ihr verärgerter Blick verhieß nichts Gutes.

»Was meinen Sie denn mit *Bestimmung*?«

»Sie sind als Frau dazu gemacht, Kinder zu bekommen. Alles in Ihnen ist darauf ausgerichtet. Es ist ganz gleich, ob man es vom Standpunkt der Evolution oder von dem der Religion betrachtet. *Gehet hin und mehret euch.* Wir müssen nur ein klein wenig nachhelfen und alles klappt wie vorgesehen.«

Bevor Iris ihre Tarnung gefährdete, ging Jakobson dazwischen.

»Wie würde so eine Therapie denn überhaupt ablaufen?«

»Das liegt ganz daran, was die Ursache für das Problem ist. Wir machen zuerst eine gründliche Diagnostik. Das heißt, wir erstellen ein Spermiogramm und verfolgen einen Zyklus Ihrer Frau. Die Spermaprobe können Sie jetzt gleich abgeben. Von Ihrer Frau brauchen wir Blutproben zu verschiedenen festgelegten Zeitpunkten.«

Dr. Gottlieb zwinkerte ihm aufmunternd zu.

»Sie können die Spermaprobe natürlich auch zu jedem anderen Zeitpunkt abgeben oder Ihre Frau zur Unterstützung mit in die Kabine nehmen.«

Jakobson vermutete, dass er etwas erschreckt gewirkt haben musste. Er versuchte die richtigen Worte zu finden. Auf gar keinen Fall wollte er im Beisein seiner Kollegin in einer Kabine verschwinden, um eine Spermaprobe zu produzieren.

»Ich glaube, ich komme dazu noch einmal wieder. Ich denke, ich muss mich da ein bisschen drauf vorbereiten.«

Der Arzt nickte verständnisvoll.

»Selbstverständlich. Die Termine besprechen Sie einfach draußen mit unseren Vorzimmerdamen.«

Jakobsons Blick hing wieder an den Kinderfotos. Die stammten von unzähligen dankbaren Eltern. Er war unschlüssig. Sollte er jetzt noch vorsichtig nach den Aktivitäten außerhalb des normalen Praxisgeschehens forschen? Das wäre vielleicht zu auffällig. Gerade nachdem dieser Jorma mit seinem dilettantischen Auftritt schon genug Aufmerksamkeit erregt hatte. Im Anbetracht des Umstandes, dass Eva sich tatsächlich einweisen lassen hatte, um den Dingen auf den Grund zu gehen, entschied er, dass es besser wäre, die Alarmbereitschaft nicht noch zusätzlich durch seltsame Fragen zu steigern. Wenn sich seine Kundschaft in die Ecke gedrängt fühlte, brannten manchmal alle Sicherungen durch und es passierten Dinge, die in der Regel nicht gut waren. Falls hier also irgendetwas geschah, das nicht in Ordnung war, war es besser, erst einmal nicht daran zu rühren. So schwer es einem auch fiel.

## Bielefeld Bethel, 11. Dezember, 11.43 Uhr

Eva öffnete verschlafen die Augen und drehte sich auf den Rücken. Sie fühlte ein Ziehen in ihrem Bauch und in ihren Beinen. Unwillig zog sie sich die Bettdecke über den Kopf. Sie hatte sich nach der Gesprächstherapie noch einmal ins Bett gelegt und war eingenickt.

Sie führte in dieser Anstalt wirklich ein ganz angenehmes Leben. Der ganze Aufenthalt kam ihr mehr wie eine Kur als wie Arbeit vor. Gern hätte sie sich noch einmal umgedreht, aber es würde bald Essen geben. Das war zwar nicht das beste, aber immerhin musste man es nicht selbst kochen - und das Salatbuffet war wirklich gut. Außerdem störten sie die Bauchschmerzen. Sie öffnete ihre Hose und fühlte mit der Hand zwischen ihren Beinen. Sie brauchte einen Tampon. Umständlich wühlte sie die Decke beiseite und zog sich ihre Wollsocken wieder an. Dann ging sie ins Bad.

Als sie fertig war, fiel ihr ein, dass damit Tag eins ihres Medikamentenplans angebrochen war. Sie musste der Schwester Bescheid sagen. Sie hatte die Medizin, die sie von dem Frauenarzt bekommen hatte, lieber abgegeben. Hier konnte man sich alles abnehmen lassen, was einem zu kompliziert oder zu anstrengend war, und Eva hatte ehrlich zugegeben, dass sie mit dem Plan momentan etwas überfordert war. Was aber nicht schlimm war. Das lag an den Pillen, die sie schluckte, und würde wieder verschwinden, wenn sie sie wieder absetzte. Bis dahin würden die Schwestern ihr sagen, wann sie welches Medikament nehmen musste. Sie konnte also in Ruhe zum Mittagessen gehen und sich später noch einmal hinlegen. Sie hielt sich am Türrahmen fest. Sie durfte nur nicht vergessen Bescheid zu sagen.

Jakobson stellte seinen Kaffeebecher neben den Bericht, den Takis ihm hingelegt hatte. Der stand vor seinem Schreibtisch und grinste. Er hatte den Sticker mit dem Babybauch in Bombenoptik entdeckt. Auf der Zündschnur lief ein Count-down. Es ging dem Ende entgegen und seine Kollegen fieberten mit. Es wurden schon Wetten abgeschlossen, ob er diesmal tatsächlich Elternzeit beantragen würde, um ganztags Windeln zu wechseln. Die meisten wussten nicht, dass die Frist dafür schon um war, selbst wenn sich das Baby so viel Zeit lassen würde wie Milla damals. Auch Sarah wusste noch nicht, dass er den Antrag nicht abgegeben hatte. Vor der Geburt war auch nicht der richtige Zeitpunkt, ihr das beizu-bringen. Jakobson wollte für dieses Geständnis lieber auf den Schwall der Glückshormone nach der Geburt warten. Dafür hatte er schon mit seiner Mutter abgeklärt, dass sie ab und zu kommen würde, um im Haushalt zu helfen. Obendrein schlie-fen Kinder am Anfang fast nur. Was sollte er da zu Hause?

Takis schlug den Bericht auf. Er zeigte ihm ein Blatt Papier mit lauter parallelen Balken. Das Ergebnis eines Gentests.

»Das dürfte euch weiterhelfen. Die DNA, die wir in dem Haus an der Herforder Straße gefunden haben, stimmt mit der aus den Haarwurzelzellen aus der Bürste überein, die wir in Johanna Düwels Wohnung sichergestellt haben. Die Frau ist also sehr wahrscheinlich in diesem Haus gewesen. Blutspuren oder Leichengeruch haben wir allerdings nicht gefunden. Wir haben extra den Hund durchgeschickt.«

Für die Spurensicherung stand ein Leichenhund zur Verfügung. Laika konnte den Geruch toter Körper und noch andere Spuren wittern. Dass Johanna da gewesen war und keine Anzeichen für einen Mord gefunden worden waren, war entweder ein gutes Zeichen und machte Hoffnung, dass sie noch lebte, oder es deutete darauf hin, dass das Haus eine

Sackgasse war und sie an einem anderen Ort verschwunden war.

»Außerdem gehen wir davon aus, dass jemand in den letzten Monaten den Strom eingeschaltet hat, der sonst per Hauptschalter gekappt ist. Das Garagentor in der mittleren Garage scheint bewegt worden zu sein. Es gibt dort im Vergleich zu den anderen Toren neuere Schleifspuren.«

Jakobson setzte sich auf seinen Stuhl. Was hatte das zu bedeuten?

## Bielefeld, 16. Dezember, 11.00 Uhr

Benrich ließ sich auf den Besucherstuhl nieder, der ihm angeboten worden war. Vor ihm stand ein Schreibtisch. Dahinter erstreckte sich eine Fensterfront, die einen fantastischen Blick über die Stadt bis hin zum Telekom-Gebäude bot. Er bedankte sich für den Kaffee und verfrachtete Jakobsons Thermostasse, die er gerade auf den Tisch gestellt hatte, um sich darin einschenken zu lassen, mit einem gezielten Wurf wieder in dessen Tasche zurück. Die Immobilienmaklerin verzog keine Miene und blätterte weiter in einem dicken Ordner.

»In dem Haus an der Herforder gab es in den letzten Monaten wie gesagt keine Besichtigungen. Es gab nur zwei telefonische Anfragen. Die Interessenten haben sich aber beide schon im Vorfeld von dem relativ hohen Kaufpreis abschrecken lassen.«

Sie reichte Benrich zwei Formulare mit den Namen der Anrufer. Der reichte die Zettel an seinen Kollegen weiter, der die Daten notierte.

»Wer hat denn alles Zugang zu dem Haus, Frau Hoppe?«

»Das bin eigentlich nur ich. Die Besitzer haben alle Schlüssel hier hinterlegt. Es handelt sich um eine Erbengemeinschaft, die eine größere Firma und einige Immobilien geerbt hat und finanziell recht gut aufgestellt ist. Der Verkauf eilt also nicht besonders. Die Vorgabe ist vor allem, den angestrebten Verkaufspreis zu erzielen.«

Wieder reichte sie ein Formular über den Tisch. Jakobson nahm es entgegen. Dann stand er auf und ging zu einem kleinen Kopierer, der auf einem Rollwagen neben der Tür stand, und öffnete den Deckel.

»Ich darf doch mal, oder?«

Damit kopierte er das Schriftstück und schob das Blatt aus dem Kopierer in seinen Notizblock.

Benrich wandte sich wieder an die Maklerin.

»Wann waren Sie das letzte Mal dort?«

Die Frau blätterte erneut.

»Am dreißigsten Juli. Mit dem Geschäftsführer einer Zeitarbeitsfirma. Hier sind die Unterlagen.«

Sie drehte den Ordner um.

»Ich kann Ihnen auch für einige Zeit die Aufzeichnungen überlassen, wenn Sie das möchten.«

Benrich nickte.

»Haben Sie während dieses Termins ein Garagentor geöffnet?«

»Nein. Ich zeige den Interessenten die Garagen von innen. Es gibt Zugänge vom Haus.«

»Kennen Sie eine Johanna Düwel?«

Die Frau sah sie verunsichert an.

»Nein. Aber ich habe auch mit sehr vielen Menschen zu tun. Ich erinnere mich ehrlich gesagt nicht immer an alle Namen.«

»Das macht nichts. Kann sonst noch jemand an die Schlüssel für das Haus kommen?«

»Im Prinzip kann das jeder hier. Die Schlüssel für die Häuser werden in einem großen Schlüsselkasten aufbewahrt.«

Die Kommissare folgten der Frau zu einem großen Metallschrank, in dem Hunderte Schlüssel zu hängen schienen.

»Die Schlüssel für das Objekt, für das Sie sich interessieren, hängen auf Platz achtundsiebzig. Nachts ist der Kasten verschlossen. Morgens macht der Chef ihn dann wieder auf.«

Sie hob die Hand, um nach den Schlüsseln zu greifen, aber Jakobson hielt sie sofort zurück. Ohne sie zu berühren, bugsierte er die Schlüssel in ein kleines Plastiktütchen.

»Haben Sie nicht eine Chefin?«, wunderte Benrich sich.

»Das stimmt. Die eigentliche Chefin und Inhaberin ist Frau Büscher, aber die ist so gut wie gar nicht mehr im laufenden Geschäft. Die Geschäftsführung hat Herr Werritz. Der regelt hier eigentlich alles.«

»Aber Frau Büscher kann hier ein- und ausgehen.«

»Ja, natürlich. Wie gesagt, sie ist die Inhaberin.«

»Galt das auch für Herrn Büscher?«

»Herrn Büscher habe ich hier noch nie gesehen.«

Benrich warf Jakobson einen skeptischen Blick zu.

»Wir brauchen noch eine Mitarbeiterliste von Ihnen. Inklusive Reinigungspersonal oder sonstigen Angestellten, die hier Zutritt haben.«

Jakobson hinterließ seine Karte, damit die Maklerin ihnen die Liste mailen konnte. Dann stiegen sie in den Fahrstuhl. Benrich sah seinen Kollegen an.

»Wir müssen alle Leute, die hier Zutritt haben, auf Verbindungen zu Johanna Düwel, zu Dr. Büscher oder zum Milieu überprüfen. Das dürfte einige Zeit in Anspruch nehmen.«

## Bielefeld Bethel, 17. Dezember, 19.42 Uhr

Eva öffnete ihre Strickjacke. Ihr war manchmal unerklärlich heiß in den letzten Tagen. Wahrscheinlich war das die Nebenwirkung der netten blauen Pillen, die ihr zur Zeit eine unglaubliche Gelassenheit schenkten. Ihr Verstand wusste, dass der Arzt einen Hinweis auf Krebs gefunden haben musste, aber sie reagierte emotional nicht darauf. Sie war noch nicht alt. Sie hatte noch keine Kinder. Wenn man ihr die Gebärmutter entfernen müsste, würde das auch so bleiben. Sie könnte sterben. Sie wusste, dass sie auf solche Gedanken normalerweise panisch reagiert hätte. Jetzt regte sich nichts in ihr.

In einer Gruppentherapie gab es eine Frau, die ihr Kind bei einer Fehlgeburt verloren hatte. Sie legte zu Hause nachts ein Messer an ihr Bett, weil sie nur der Gedanke beruhigte, sich notfalls die Pulsadern durchschneiden zu können, wenn die Trauer unerträglich werden würde.

Sie stellte nur nüchtern fest, dass sie großes Glück gehabt hatte, dass sie sich ausgerechnet jetzt zu einem Frauenarzt gemogelt hatte und daher eine Untersuchung gemacht worden war. Sonst war sie mit Vorsorgeterminen sehr nachlässig. Manchmal entpuppte sich Pech eben auch als Glück. Sie hatte es noch nicht in das Therapieprogramm von diesem Dr. Gottlieb geschafft, aber dafür wurde jetzt die Anomalie behandelt und sie hatte eine angenehme Zeit. Und Dr. Gottlieb würde sie wahrscheinlich bei ihrer nächsten Untersuchung kennenlernen. Noch nie war sie in der Vorweihnachtszeit so entspannt gewesen wie in diesem Jahr. Nur das Schreiben klappte nicht. Sie konnte sich einfach nicht richtig konzentrieren. Daher beschränkte sie sich darauf, Notizen zu machen.

Eva sah auf ihre Uhr. Es wurde Zeit, Jorma zu kontaktieren. Sie nahm die Überwachungstechnik aus ihrer Tasche, aktivierte den Sender und gab durch, dass alles in Ordnung war.

Sie nannte ihm den Termin für die nächste Untersuchung in der Kinderwunschpraxis und kündigte an, dass sie dann sicher auch in Dr. Gottliebs Programm kommen würde.

## Bielefeld, 20. Dezember, 8.46 Uhr

Benrich hielt die Liste aller Mitarbeiter des Maklerbüros von Storck unter seine Schreibtischleuchte. Keiner der dreiundzwanzig Mitarbeiter hatte eine auf den ersten Blick erkennbare Verbindung zu Johanna Düwel. Es gab auch keine offensichtlichen Kontakte zu Prostituierten, Zuhältern oder zu Dr. Büscher. Das musste natürlich noch einmal genauer abgeklärt werden, aber so etwas brauchte seine Zeit. Er konnte nur zwei Leute dafür abstellen und die würden sicher Wochen brauchen, um alle noch einmal gründlicher unter die Lupe zu nehmen. Außerdem bezweifelte Benrich die Sinnhaftigkeit einer solchen Aktion. Schließlich führten alle Spuren zu Dr. Büscher. Er hatte ein Verhältnis mit der Vermissten gehabt. Er hatte über seine Frau eine Verbindung zu dem leer stehenden Haus, in dem Johannas DNA gefunden worden war. Sicher hatte er sich auch allein Zugang zu den Schlüsseln verschaffen können. Und er hatte sich kurz nach ihrem Verschwinden umgebracht. Das alles sollte für einen Durchsuchungsbeschluss doch wohl ausreichen.

## Außerhalb der Zeit

Der Schmerz kam in Wellen, die immer heftiger wurden. Sie wusste nicht, ob sie dem Drang, sich zu bewegen, nachgeben sollte oder ob dadurch alles noch schlimmer werden würde. Mit einem Mal breitete sich auf der Matratze unter ihr eine warme Feuchtigkeit aus. In ihrer Kehle pochte eine immer heftigere Angst vor dem, was noch kommen würde. Ihre Lippen formten immer wieder das Wort Mama. Sie versuchte, sich das Gesicht ihrer Mutter vorzustellen. Mutter - das war der elementarste Beistand, den sie sich vorstellen konnte. Es war der Wunsch, zurückkehren zu können in eine Zeit, in der eine andere dafür gesorgt hatte, dass es einem gut ging, dass man beschützt und behütet war und man wieder gesund wurde, wenn man krank war. Sie wünschte sich, sie wäre wieder sechs Jahre alt und könnte sich in die Arme ihrer Mutter schmiegen, weil sie aus dem Baum auf die Straße gefallen war. Ihre Mutter hatte einen feuchten Lappen auf die Beule gelegt, ein Pflaster auf das aufgeschürfte Knie geklebt und sie dann in ihren Arm genommen, bis alles wieder gut gewesen war. Jetzt gab es niemanden, der sich um sie sorgte oder der sie vor dem Bösen in der Welt beschützte.

Sie wünschte, sie könnte in ihr altes Leben zurückkehren. Sie war nicht wie ihre Mutter. Sie konnte für niemanden sorgen. Das wurde ihr immer klarer. Und sie konnte diese Schmerzen nicht ertragen. Ihr Inneres fühlte sich an, als würde es zerrissen. Sie konnte das nicht länger aushalten. Sie würde in diesem Loch verrecken, ohne dass es jemanden kümmerte. Und das schon bald.

Jorma saß in dem alten Kadett und aß Spekulatius. Er hatte die Tüte schon fast leer gefuttert, als aus dem Rauschen endlich definierbarere Geräusche zu ihm drangen. Unwillkürlich richtete er sich auf.

»So, Frau Große-Westhues, jetzt komme ich zu Ihnen.«

Es folgte lautes Geraschel, das er immer dann hörte, wenn Eva sich zu stark bewegte. Die Position des Mikros war wohl nicht so optimal.

»Machen Sie sich bitte unten frei.«

Wieder raschelte es. Dann rauschte es einfach nur noch.

»Ich führe jetzt den Schallkopf ein. Das kann ein bisschen unangenehm sein.«

Jorma versuchte sich nicht vorzustellen, wie dieser Typ etwas in Eva einführte. Der Gedanke daran, dass Eva allein in einem Haus war, in dem vermutlich Behinderte und psychisch Kranke betäubt und vergewaltigt wurden, machte ihn etwas nervös. Was waren das überhaupt für kranke Ärzte? Der eine ein Mörder und der andere ein Vergewaltiger? Was machte dann der dritte in seiner Freizeit? Jorma musste sich zusammenreißen, um still sitzen bleiben zu können.

»Leider ist die Situation unverändert. Es hat sich bei Ihnen eine Zyste gebildet, die unbedingt entfernt werden muss. Am besten mache ich das morgen Abend, Samstag hin oder her. Ich schreibe Ihnen den Termin auf. Bitte trinken Sie dann morgen nur noch Wasser.«

Jetzt hörte er zum ersten Mal Eva.

»Kann das auch Dr. Gottlieb machen? Ich möchte noch mit ihm über die Psychotherapie sprechen, die er anbietet.«

Stille.

»Sicher. Dr. Gottlieb ist morgen ohnehin da. Wir schicken das Gewebe dann zur Untersuchung ein. Wenn etwas sein sollte, kontaktieren wir die Klinik. Machen Sie sich erst einmal keine Sorgen. In den meisten Fällen ist so eine

Veränderung gutartig. Ich gebe Ihnen aber jetzt noch eine Spritze. Wenn Sie viel Glück haben, tut sich bis morgen doch noch etwas.«

Eva antwortete nicht. Dafür fing das Geraschel wieder an. Dann hörte er, wie der Arzt sich verabschiedete. Einige Minuten später sah er, wie Eva auf dem Rücksitz des Bullis gemeinsam mit einer anderen Frau weggefahren wurde. Sie sah müde aus.

**Bielefeld, 21. Dezember, 10.20 Uhr**

Thomas Jakobson lief angespannt durch die Zimmer der
Büscherschen Villa. Der Hof stand voller Fahrzeuge und überall im Haus waren Einsatzkräfte verteilt. Frau Büscher war
immer noch nicht zurück. Jakobson wusste, dass es seine Zeit
dauerte, ein Anwesen von dieser Größe zu durchsuchen. Er
war überrascht darüber, wie viele Schlafzimmer es in diesem
Haus gab. Zu seiner Verwunderung stand ein Raum im Obergeschoss völlig leer. Hier war frisch renoviert worden. Die
Wände waren sonnengelb gestrichen und auf dem Fußboden
lag ein heller Teppich. Die Hausangestellte hatte angegeben,
dass die Arbeiten in der Abwesenheit der Hausherrin ausge-
führt worden waren. Sie hatte nur auf dem Anrufbeantworter
die Anweisung erhalten, die Maler hereinzulassen und zu
beaufsichtigen.

Frau Büscher war also nichts passiert. Sie tilgte die Spuren
ihres Mannes. Der Raum war früher sein Schlafzimmer gewesen. Die Möbel waren komplett an einen wohltätigen Verein
gegangen, der einen Trödelladen betrieb. Jakobson hatte mit
Erstaunen registriert, dass es sich nicht um die Initiative aus
Bethel gehandelt hatte, an die man als Bielefelder zuerst
dachte. Neben dem neu gestalteten Zimmer lag Frau Büschers
Schlafzimmer. Daran angrenzend gab es einen Ankleideraum
mit meterlangen offenen Regalen mit zahllosen Kleidungsstücken, Schuhen und sonstigen Dingen, die Frauen so
brauchten. Wenn Frau Büscher Kleidung mitgenommen hatte,
fiel das zumindest nicht weiter auf.

Während Jakobson durch die Regale stöberte und nach
versteckten Gegenständen oder anderen auffälligen Dingen
suchte, trat Benrich durch die Tür.

»Komm mal mit in den Keller. Die Kollegen haben da etwas
gefunden.«

Jakobson hängte ein golden schimmerndes Kleid wieder an seinen Platz. Dann folgte er seinem Kollegen die Treppen hinab in das Untergeschoss. Sie wurden von dem typischen leicht muffigen Geruch von historischen Bauwerken empfangen. Die Deckenhöhe war so niedrig, dass Jakobson gebückt gehen musste. Dieses Haus war sicher schon über hundert Jahre alt. Auch die Elektroinstallation wirkte altmodisch. Sein Blick fiel auf einen schwarzen Bakelitschalter.

In einer Ecke eines schlichten Raumes, der früher einmal ein Kohlelager gewesen zu sein schien, standen drei der Kollegen zusammen und diskutierten über irgendetwas. Sie hatten einen Stapel vergammelter großformatiger Bilder auf die Seite geklappt und blickten auf einen kühlschrankgroßen Safe, der an der Wand neben einer Tür befestigt war.

»Für den Tresor brauchen wir einen Experten. Das ist ein Schloss mit einer sechsstelligen Zahlenkombination. Wir haben schon jemanden angefordert.«

Jakobson ging auf die Tür zu.

»Die ist auch abgeschlossen. Vielleicht gibt es irgendwo einen Schlüssel, sonst kann der Panzerknacker die auch gleich öffnen.«

Er nickte. Bis ein externer Spezialist da wäre, würde einige Zeit vergehen. Er konnte sich also noch etwas im Erdgeschoss umsehen, bis dieses Ungetüm seine Geheimnisse preisgeben würde und der letzte Raum geöffnet wäre.


In einem Arbeitszimmer im Erdgeschoss wühlte Iris Kemper sich durch die Unterlagen der Büschers. In einer grauen Kiste lagen schon einige Ordner, die zur genaueren Sichtung mit ins Präsidium genommen werden sollten. Jakobson nahm den obersten in die Hand und sah auf das Etikett.

»Hast du etwas Interessantes gefunden?«

Iris zuckte mit den Schultern.

»Nichts wirklich Umwerfendes. Allerdings hatte Dr. Büscher einige Konten und Geldanlagen mit wirklich großen Guthaben im Ausland, die er nirgendwo offiziell angegeben hat. Das ist ein Fall von Steuerhinterziehung. Seine Frau war zu seinen Lebzeiten nicht verfügungsberechtigt. Sie hat aber

nach seinem Tod als Erbin die Übertragung der Gelder ein-
geleitet. Ob sie den Vorgang beim Finanzamt gemeldet hat,
habe ich noch nicht überprüft, es sieht aber nicht danach aus.
Vielleicht durchblickt sie das Ganze auch gar nicht. Woher
das Schwarzgeld stammt, ist mir auch noch nicht klar.«

Jakobson ließ seinen Blick über den Tisch streifen.

»Haben die keinen Computer?«

»Braucht man so etwas als Hausfrau?«

Wie meinte sie denn das jetzt? Iris winkte ab und lachte.

»Der ist schon in eurem Büro. Ungesichert und frei zugänglich. Außerdem scheint es ein Notebook zu geben. Ich
habe einen Karton dazu gefunden. Das Gerät haben wir aber
noch nicht entdeckt.«

Im Haus hatte er jetzt alles gesehen. Benrich war draußen
schon alles abgegangen. In den Garagen und Schuppen schien
es nichts Außergewöhnliches zu geben. Das Auto, das dort
geparkt war, wurde von der Spurensicherung untersucht. Das
zweite Fahrzeug der Büschers fehlte. Ein drittes war nach
dem Tod des Psychologen verkauft worden.

Bis der Panzerknacker da war, würde es noch dauern. Das
Vielversprechendste war wahrscheinlich, wieder ins Büro zu
fahren und sich den Rechner anzusehen. Wenn sie Glück
hatten, hatte Dr. Büscher dort irgendwelche brauchbaren
Hinweise für sie hinterlassen.

Jakobson hatte den Computer hochgefahren und wunderte sich, wie unpersönlich dieses Gerät erschien. Nicht einmal ein individuelles Hintergrundbild war eingestellt.

Es gehörte Frau Büscher und war lange nicht genutzt worden. Es gab nur eine Handvoll alter Mails, die alle uninteressant waren. Ihr Surfverhalten bestätigte Jakobsons Vorurteil, dass die Hauptbeschäftigung von reichen, nicht berufstätigen Frauen das Shoppen war. Frau Büscher hatte sich für Mode, Einrichtung und Sicherheitstechnik interessiert.

Ihre eigenen Dateien waren akribisch geordnet. Sie hatte ihre privaten E-Mail-Korrespondenzen und die mit diversen Handwerksbetrieben und einer Firma für Sicherheitstechnik getrennt gespeichert. Es gab einen Ordner für ihre Immobilienfirma und diverse Ordner mit Unterlagen zu irgendwelchen Wohltätigkeitsveranstaltungen, bei deren Organisation sie geholfen zu haben schien.

Jakobson stand auf, um sich einen Kaffee zu holen. Danach würde er systematisch alle Daten durchsehen.

**Bielefeld, 21. Dezember, 12.15 Uhr**

Benrich stand im Keller und hielt vor Spannung fast die Luft an. Der junge Kollege im blauen Overall versuchte gerade mit Hilfe mehrerer elektrischer Steuergeräte den Tresor zu öffnen. Benrich hatte eine Kiste Bier gewettet, dass er das nicht schaffen würde. Die modernen elektronischen Geldschränke waren nicht mehr so einfach zu knacken. Da brauchte man ein Bohrloch und eine Menge Erfahrung und nicht so eine Computerkiste. Mittlerweile hingen an der Rückseite des herausgelösten Tastenfeldes überall Kabel in den verschiedensten Farben herum. Benrich hätte gern auch noch gewettet, dass der Angeber nicht einmal alle Strippen auseinanderhalten konnte, aber das ließ sich natürlich nicht überprüfen. Der verknüpfte jedenfalls munter und zuversichtlich Kabel um Kabel mit seinen Platinen und klärte Benrich über seine Vorlieben für Astra-Bier und St. Pauli auf. Vor allem die Werbung mit der nackten Tätowierten hatte es ihm angetan. Seine eigenen Unterarme zierten auch mehrere Bildchen.

Als er endlich alles angeschlossen hatte, trat er einen Schritt zur Seite, drückte auf eine Taste und Benrich hörte ein leises Klicken.

»Voilà!«

Dann wandte der Techniker sich der Tür zu. Nach einigen weiteren Sekunden war auch die geöffnet. Benrich drückte dem Mann das Geld für das Bier in die Hand und senkte die Klinke.

Jakobson stieß einen zufriedenen kleinen Pfiff aus. Nachdem er sich durch lauter langweilige Dokumente und Mails geackert hatte, schien es nun endlich interessant zu werden. Sehr interessant sogar. Frau Büscher hatte Kontakt zu einer Person, die ihre Mails nur mit *Guardian* unterschrieb und eine anonyme E-Mail-Adresse benutzte. Dieser *Guardian* hatte von Frau Büscher irgendeine vereinbarte Summe in bar verlangt. Dafür hatte er offensichtlich ihren Mann überwacht. Jakobson öffnete die nächste Nachricht, die eine sechsstellige Zahl und eine Reihe Fotos im Anhang enthielt.

Jakobson lehnte sich zurück, bewegte seine Maus auf das erste Bild und klickte es an. Einen Moment später erschien Dr. Büscher auf seinem Bildschirm. Er betrat das überraschende kleine Etablissement in Babenhausen, das sie schon kennengelernt hatten. Auf dem nächsten Bild verließ ein Mann auf allen vieren in einem Gummikostüm und mit einer Gummimaske dasselbe Haus, an einer Leine geführt von einer Frau, die mit Sicherheit die vermisste Johanna Düwel war. Auf einem weiteren Bild waren die beiden in eindeutiger Stellung in einem Bett zu sehen. Alles wirkte wie bei einem normalen Paar. Das Schlafzimmer war allerdings nicht das von Johanna. An das erinnerte Jakobson sich noch gut. Das Betthaupt sah aus wie das von Frau Büscher. Das war schon ganz schön abgebrüht.

Diese Fotos veränderten die Sachlage komplett. In Jakobsons Kopf begann es zu rattern. Nun hatte Frau Büscher plötzlich ein starkes Motiv, Johanna Schaden zuzufügen. Und auch ihre Beziehung zu ihrem Mann erschien vor diesem Hintergrund in einem anderen Licht. Jakobson sah noch einmal auf das Empfangsdatum. Zum Zeitpunkt des Todes ihres Mannes hatte sie schon über seine Affäre Bescheid gewusst. Allerdings hatte sie das geleugnet. Benrich und er hatten sie explizit danach gefragt, ob ihr Mann vielleicht untreu gewesen war.

Es gab viele Gründe, warum Menschen etwas vor der Polizei verschwiegen. Nicht immer war das ein Hinweis auf eine juristische Schuld. Wenn sie ihren Mann mit den Bildern konfrontiert hatte und er sich daraufhin das Leben genommen hatte, hatte sie vielleicht auch ein Interesse daran, dass niemand davon erfuhr. Wenn sie aber damals schon von der Existenz dieser Bilder gewusst hätten, dann hätten sie die Witwe sehr viel genauer unter die Lupe genommen.

Es gab noch ein Video, das in deutlich schlechterer Qualität aufgenommen war. Es zeigte Dr. Büscher allein vor dem Tresor im Keller seiner Villa bei der Eingabe des Zahlencodes. Jakobson vermutete, dass es mit einer versteckten Überwachungskamera aufgenommen worden war. Das bedeutete, dass der gute Doktor den Code für seinen Safe vor seiner Frau geheim gehalten hatte und sie ihn ausspioniert hatte, um so die Kombination zu bekommen.

Jakobson griff zum Telefon. Er musste Benrich anrufen. Die Zahlenfolge für den Tresor lautete 9-6-3-1-2-8. Das war die Zahl, die in der E-Mail stand.

Benrich meldete sich sofort. Er klang frustriert.

»Ich habe den Code für den Safe.«

»Wir auch. So ein zwanzigjähriger Computernerd vom BKA hat ihn mit seinem Elektrospielzeug geknackt. Jetzt darf er sich auf meine Kosten besaufen.«

»Habt ihr die Kiste geöffnet?«

»Haben wir.«

»Was war drin? Die Ehefrau hat jemanden beauftragt die Kombination auszuspähen. Sie wusste schon vor Büschers Tod von seiner Beziehung zu Johanna und sie kannte den Code, den er wohl geheim halten wollte.«

»Es war nichts drin außer einem Handy.«

»Nur ein Telefon? Der Kasten ist doch riesig.«

»Sonst nichts.«

»Und? Wem gehört das Ding? Ist was Brisantes drauf?«

»Ich weiß es nicht. Ich hab das Gerät aufs Präsidium geschickt. Da wird es von den Computermenschen aufgeladen und entsperrt. Die bringen es dir, sobald sie den Zugang haben.«

»Und was war in dem Raum nebenan?«

»Nur Ordner und Bücher. Iris arbeitet sich da durch.«

Jakobson verabschiedete sich knapp und legte den Hörer auf. Er trommelte mit den Fingern auf die Tischplatte. Er konnte hier im Moment nicht mehr viel tun. In einer halben Stunde hatte Sarah einen Ultraschalltermin im Krankenhaus. Andererseits wollte er unbedingt wissen, was auf diesem Handy war, das in einem gigantischen Safe aufbewahrt werden musste. Er holte sich also noch eine Tasse Kaffee und wartete.

Jakobson sah auf seine Uhr. Es waren schon Stunden vergangen und er saß untätig herum, weil die Computerleute ihren Arsch nicht hochkriegten. Wütend griff er zum Telefonhörer. Nachdem er seinem Ärger Luft gemacht und irgendwen von den Technikern angemotzt hatte, dass das verdammte Handy aus dem Haus, das gerade durchsucht wurde, endlich mal fertig werden musste, erfuhr er, dass das Gerät längst entsperrt war und im Nebenraum auf die Sichtung wartete. Er sprintete in Mannis Büro und fragte sich, wieso es so schwierig war, das richtige Zimmer zu finden. Jeder Pizzabote schaffte das.

Die PIN fand sich auch im Kalender des Mobiltelefons wieder. Es war der Geburtstag der alten Frau Büscher. Das Handy gehörte ihrem Sohn. Es war das gleiche Modell wie das, das sie bei seinem Tod durchgesehen hatten, aber dieses hatte einen völlig anderen Inhalt. Es waren viele Termine und ein umfangreicher SMS-Wechsel gespeichert, außerdem war ein einziger Kontakt eingerichtet, der auch Empfänger und Absender der Kurznachrichten war: *Maria*. Johannas Künstlername.

Jakobson begann zu lesen. Büscher hatte sich regelmäßig mit Johanna getroffen. Fast jeden zweiten Tag hatten sie sich gesehen. Phasenweise auch täglich. Büschers Texte hörten sich nach einem Abhängigen an, der um die Gunst seiner Angebeteten bettelte. Ihre Antworten waren distanziert, manchmal sogar schroff und abweisend gewesen. Außerdem hatte sie immer wieder etwas von ihm verlangt. Kleidung. Eine Reise. Geld. Aber auch persönliche Dinge von Büschers Frau hatte sie als Beweis seiner Loyalität zu ihr gefordert. Ohne solche Votivgaben hatte sich die *heilige Maria* nicht bereit erklärt, ihren Jünger zu treffen. Ihre Drohung, den Kontakt zu beenden, hatte Dr. Büscher offensichtlich jedes Mal in solche Panik versetzt, dass er willig alles getan hatte, um dieses Schicksal abzuwenden. Er hatte ihr Geschenke, Geld und die Besitztümer seiner Frau versprochen. Später schien Maria allerdings kein Interesse mehr an solchen Dingen gehabt zu haben. In einigen Kurznachrichten forderte sie etwas, worüber die beiden anscheinend mehrfach gesprochen hatten. Zunächst hatte Dr. Büscher nicht auf diese Nachrichten reagiert. Dann hatte er eingewilligt, es zu versuchen.

Jakobson öffnete die nächste Textnachricht. Er rührte Zucker in seinen Kaffee, aber er war nicht mehr fähig auf seinen Löffel zu achten, als er verstand, was er da las. Den Kaffeelöffel in die Luft gerichtet starrte er auf die Zeilen. Dann ließ er ihn auf den Schreibtisch fallen und wählte Benrichs Nummer.

Eva lief durch die düstere Halle, die nur ansatzweise von einem kleinen Weihnachtsbaum erhellt wurde. Hinter ihr schrie eine Frau mit einer dicken Pudelmütze. Sie wurde von einem Pfleger zurückgehalten, der die Frau gewaltsam von Evas Arm hatte lösen müssen. Die Verrückte hatte versucht sie davon abzuhalten, das Haus zu verlassen. Sie warf einen Blick zurück. Die Frau tobte und riss dem Pfleger an den langen Haaren.

Ingrid fasste Evas Hand.

»Sieh da nicht hin. Die ist total durchgeknallt.«

Eva schluckte. Waren sie das nicht alle?

»Was will die denn von mir?«

»Sie glaubt, dass alle, die nach draußen gehen, von irgendwelchen Parasiten befallen werden, die dann ihre Gedanken kontrollieren. Sie erzählt immer eine Geschichte von Ameisen, die von kleinen Egeln befallen werden, die von Schnecken ausgekotzt worden sind und die in ihre kleinen Gehirne kriechen und dann die Steuerung übernehmen. Alle normalen Ameisen gehen abends in das Nest, nur die befallenen klettern auf einen Grashalm und warten dort darauf, dass sie am nächsten Morgen von einem Schaf gefressen werden, denn der Parasit legt seine Eier im Körper der Schafe ab. Wenn dann das Schaf mal muss, gelangt das nächste Überfallkommando für die Schnecken auf die Wiese. Das hat sie in ihrem Studium gelernt. Und sie behauptet, dass es so etwas auch bei Menschen gibt.«

»So ein Aufwand, nur um sich fortzupflanzen? Denkst du, dass sie wirklich an so etwas glaubt?«

»Sonst wäre sie kaum hier.«

Eva sah, wie der Fahrer auf sie zukam. Zwei andere Frauen begleiteten ihn, eine davon war Maja.

»Ich muss los. Wir müssen erst noch die beiden irgendwo absetzen.«

»Viel Glück.«

Ingrid nahm ihre Hand und drückte sie einmal kurz. Dann ging sie durch die Tür.

## Bielefeld, 21. Dezember, 16.13 Uhr

Benrich griff nach seinem summenden Handy.

»Was gibts?«

»Ich habe hier eine Reihe unglaublicher Kurznachrichten, die Büscher an Johanna Düwel geschrieben hat. Hör mal. *Geliebte Maria.* In der Fetischszene nennt sie sich doch *Maria. Ich verstehe, dass Du einen Beweis meiner unbedingten Hingabe haben musst. Was Du von mir verlangst, ist das Äußerste, was Du verlangen kannst, aber ich bin bereit, Dir alles zu geben.* Dann die nächste: *Die Zellen sind in einem sehr guten Zustand. Es sind nicht die einer Fremden, sondern die meiner Frau. Du bekommst unser Kind, wie Du es Dir gewünscht hast.* Dann kommt das: *Mein Kollege kann sie einsetzten.*«

Benrich fasste sich an die Stirn.

»Bist du noch da? Was sagst du dazu?«

»Krank. Der Kerl war total krank.«

»Seine Frau hatte die Kombination für den Safe. Die PIN für das Handy ist das Geburtsdatum seiner Mutter, das könnte sie erraten haben. Wenn sie das hier gelesen hat, dann hat sie ein erstklassiges Motiv, sich an der Frau zu vergreifen. Jede normale Ehefrau würde ihren Mann für so etwas hassen und die Person, die ihn so weit getrieben hat, auch. Vielleicht hat sie sie mit einem erfundenen Kunden in das Haus an der Herforder Straße gelockt.«

»Dann versuch einen Haftbefehl zu besorgen und schreib eine Fahndung aus. Und probier ihr Handy zu orten. Die Nummer haben wir.«

## Bielefeld Bethel, 21. Dezember, 17.52 Uhr

Jorma saß verkrampft auf seinem Sitz und lauschte. Langsam bekam er Kopfschmerzen. Er hatte keine Ahnung, ob Eva die Überwachungstechnik wieder angelegt hatte oder nicht. Eigentlich hätte sie längst da sein sollen, aber es stand kein Bulli auf dem Parkplatz. Ohne wirklich darauf zu achten, was er tat, spielte er an seinem Handy herum. Dann aber änderte sich das bisher konstante Hintergrundgeräusch und er hatte das Gefühl, Musik zu hören. War das jetzt Einbildung? Wie die Stimmen des Teufels, die immer wieder in weißem Rauschen auftauchten? Jorma glaubte nicht, dass er für Teufelsvisionen empfänglich war. Die Musik wurde langsam deutlicher und dann sah er den Wagen der Psychiatrie um die Ecke biegen. Alles war gut. Eva war da und hatte die Überwachung angelegt. Im Wagen spielte offensichtlich das Radio. Langsam konnte Jorma sich etwas entspannen. Jetzt konnte nichts mehr passieren.

*Lieber Guardian,*

*es geht dem Ende entgegen. Sie haben mir geholfen die Ordnung wiederherzustellen. Danke. Bald ist alles geschafft. Es muss dann nur noch alles entsorgt und gründlich gereinigt werden.*

## Bielefeld, 21. Dezember, 18.20 Uhr

Jakobson hielt mit einer Vollbremsung vor dem Anwesen der Büschers. Benrich wartete schon auf ihn. Er öffnete seine Tür einen Spalt weit.

»Spring rein! Ich hab eine ganz heiße Spur!«

Benrich setzte sich auf die Beifahrerseite und sah ihn erwartungsvoll an.

»Ich war noch kurz in dem Maklerbüro und habe mir alle Vorgänge zeigen lassen, mit denen Frau Büscher in letzter Zeit zu tun hatte. Das Einzige, was sie gemacht hat, war ein Immobilienkauf auf Rechnung ihrer Firma. Das passiert zwar hin und wieder, weil eine Abteilung auch Projektentwicklung betreibt, es ist aber trotzdem auffällig, weil das Haus, das sie gekauft hat, in dieser Abteilung gar nicht aufgetaucht ist. Nach den Angaben der Maklerin, mit der ich gesprochen habe, eignet es sich auch weder zur Vermietung noch zum baldigen Weiterverkauf.«

»Wollen wir da jetzt hin?«

»Ja. Sie hat das Haus direkt vor Johannas Verschwinden gekauft. Es stand leer und ist absolut einsam gelegen. Es ist ein ehemaliger Gasthof im Teutoburger Wald. Hinter Augustdorf.«

»Da sollten wir aber nicht allein auftauchen.«

»Dann besorg eine Streife.«

Benrich streckte die Hand nach dem Funkgerät aus, als Jakobson plötzlich ein Kribbeln an seinem Gesäß verspürte. Dann hörten sie *Mother* von *Danzig*. Seine Frau. Er beugte sich vor, zog das Gerät aus seiner Tasche und reichte es Benrich.

»Sarah? - Thomas fährt. Was ist denn?«

Benrich schwieg für einen Moment.

»Ich sorg dafür. Du kannst dich auf mich verlassen.«

Er gab Jakobson sein Handy zurück und rief über Funk einen Streifenwagen zu ihrem Standort.

Was sollte das denn?

»Lass die doch direkt zum Haus kommen, das ist noch ganz schön weit weg.«

»Das ist nicht die Streife, die mit ins Haus gehen soll. Das ist die Streife, die dich ins Krankenhaus bringt. Dein Sohn ist im Anmarsch.«

## Bielefeld Bethel, 21. Dezember, 18.41 Uhr

Jorma konnte es kaum noch aushalten. Eva war schon seit fast einer Stunde da drin und nichts passierte. Nur ab und zu hörte er das vertraute Rascheln ihrer Sachen. Er kurbelte das Fenster eine Spalt breit herunter, nur um etwas zu tun. Dann kam endlich die Stimme eines Arztes aus dem Lautsprecher. Er bat Eva in das Behandlungszimmer und schickte sie hinter den Schirm, um sich *untenherum auszuziehen*.

Es folgte das bekannte Geraschel. Dann das Urteil. Es hatte sich nichts verändert. Die Anomalie musste raus. Eva war merkwürdig still. Der Arzt erklärte ihr in einem Monolog, wie die Betäubung ablaufen würde und dass er eine Kurznarkose präferieren würde. Jorma wurde unruhig. Erst als sie gefragt wurde, ob sie noch Fragen hätte, hörte er ihre Stimme. Sie erkundigte sich, was man tun müsse, um die Psychotherapie bei ihm ausprobieren zu dürfen. Der Arzt lachte und sagte, dass sie das später klären würden. Dann bat er sie, wieder auf dem Untersuchungsstuhl Platz zu nehmen und sich zu ent-spannen.

Stille. - Jorma zählte die Minuten. Wieso musste es denn eine Narkose sein? Er verfluchte, dass er sich nicht doch für eine Ausrüstung mit Bildübertragung entschieden hatte. Der Arzt hatte von maximal einer halben Stunde gesprochen. Das erschien ihm wie eine Ewigkeit. Er richtete sich darauf ein, für diese Zeit nichts zu hören. Dennoch horchte er ange-strengt. Manchmal meinte er ein Stöhnen zu hören. Dann gestand er sich ein, dass das Rauschen unverändert war und er langsam seltsame Effekte bekam.

Plötzlich unterbrach ein lauter Ruf seine Gedanken. Die Stimme des Arztes dröhnte aus dem Lautsprecher.

»Du kannst kommen. Sie schläft.«

Was ging da ab? Jorma kroch mit seinem Kopf immer näher an den Lautsprecher heran. Hektisch drehte er die

Lautstärke hoch. Es waren laute Geräusche und dann wilde Flüche zu hören.

Eine zweite Stimme schrie: »Was ist denn das für ein Mist? Die hat ein Aufnahmegerät unter ihren Sachen. Die weiß irgendwas! Was machen wir jetzt?«

Dann wurde die Verbindung unterbrochen. Scheiße! Jormas Herz pochte wild. Er versuchte einen klaren Kopf zu bewahren und nicht dem Impuls nachzugeben, einfach in die Praxis zu stürmen und Eva herauszuholen. Thomas hatte ihm eingeschärft nicht auf eigene Faust zu handeln, wenn es brenzlig wurde, weil er Eva damit möglicherweise noch mehr gefährden würde. Er griff also mit zittrigen Händen zu seinem Handy und suchte Jakobsons Nummer.

## Teutoburger Wald, 21. Dezember, 18.55 Uhr

Benrich sprang aus dem Wagen. Am Straßenrand wartete schon der Streifenwagen aus dem Kreis Lippe. Er machte sich kurz mit den Kollegen bekannt und schilderte ihnen die Lage. Dann fuhren sie hintereinander in den Waldweg hinein, der als Privatweg gekennzeichnet war. Tiefe Furchen im Boden sagten ihm, dass der Pfad regelmäßig von Autos befahren wurde. Das Haus schien nicht mehr leer zu stehen.

Sie mussten weit in den Wald hineinfahren. Nadelbäume ragten links und rechts von ihnen in die Höhe und verdeckten den Blick auf den Himmel. Mond und Sterne waren nicht mehr zu sehen. Irgendwann erweiterte sich der schmale Weg etwas und sie sahen die Konturen eines verfallenen Gebäudes in der Dunkelheit liegen. Benrich nahm eine Stablampe aus dem Kofferraum und leuchtete das Haus ab. In der Mitte führten drei Stufen zu einer Tür hinauf. An beiden Seiten reihten sich einige alte Sprossenfenster mit verdreckten Butzenscheiben aneinander, die von innen mit Brettern vernagelt waren. Die Bruchbude war ganz sicher nicht bewohnt.

Die beiden Streifenpolizisten klopften und rüttelten laut rufend an der Tür, aber niemand öffnete. Sie bedeuteten Benrich, dass sie es von hinten versuchen würden.

Nach einigen Minuten kamen sie wieder zurück. In der Zeit hatte Benrich bereits die Tür mit einer Brechstange aus ihrem magischen Kofferraum geöffnet, die er dort auch gleich wieder verstaut hatte. Einer der beiden Schutzpolizisten warf ihm einen kritischen Blick zu, den er ignorierte.

Er schob sich durch den Türspalt in den früheren Gastraum. An der hinteren Wand stand noch eine Theke neben einem alten Ofen, ansonsten war der Raum weitgehend leer. Zwei Eimer standen in einer Ecke. Hinter der Theke gab es einen Durchgang.

Benrich schritt durch den Raum, gefolgt von den beiden Lippern. Lichtkegel tanzten über den Boden. Überall lag Staub und Dreck, aber Benrich hatte den Eindruck, dass es Schleifspuren gab. Er rief noch einmal, aber alles blieb still.

Hinter dem Schankraum gab es zwei weitere Räume. Einen größeren, vermutlich die ehemalige Küche, und einen kleineren, der nur als Vorrat gedient haben konnte. Benrich leuchtete mit seiner Lampe hinein. Die Kammer war noch kleiner, als er vermutet hatte. Die Wand zwischen der Küche und diesem Zimmer müsste über einen Meter breit sein - zu breit für eine massive Innenwand. Er lief zurück in die Küche. Auf dieser Seite fand er eine Holzvertäfelung mit einer Klappe, die sich öffnen ließ. Dahinter war ein mit Holz verkleideter Hohlraum. Sie hatten wohl einen alten Kohleaufzug vor sich. Benrich drückte auf den Knopf und sofort ertönte ein lautes Rattern und Quietschen. Der Holzkasten bewegte sich und verschwand in der Tiefe. Es gab also Strom. Und es gab einen Keller.

Thomas Jakobson ließ die Hand mit seinem Telefon sinken.

»Planänderung. Wir fahren nicht zum Krankenhaus, sondern zu einer Kinderwunschpraxis in der Nähe.«

Der Streifenpolizist, der auf dem Beifahrersitz saß, drehte sich grinsend zu ihm um.

»Sie können aber auch nicht genug kriegen, was?«

Jakobson tat, als hätte er die Bemerkung gar nicht gehört. Ihm war nicht nach Blödeleien zumute. Was Jorma ihm berichtet hatte, war mehr als besorgniserregend. Wenn in der Praxis wirklich etwas nicht stimmte, musste er Eva schnellstens dort herausholen. Er konnte jedenfalls nichts riskieren.

Er nahm sein Handy und wählte die Nummer seiner Frau. Er ließ es dreimal klingeln. Zu seiner Erleichterung nahm niemand ab. Zu lange wollte er es nicht läuten lassen. Bestimmt war sie beschäftigt. Dann rief er zu Hause an. Er wusste gar nicht, wer sich um Milla kümmerte. Dort meldete sich seine Mutter. Milla lag schon zufrieden im Bett und freute sich auf das neue Geschwisterchen. Sarah hatte alles organisiert.

Der Wagen stoppte. Jakobson deutete auf die Kinderwunschpraxis.

»Da müssen wir rein. Wir suchen Eva Große-Westhues, eine Journalistin, die dort verdeckt wegen sexuellen Missbrauchs recherchiert hat und mit ihrer Verkabelung aufgeflogen ist. Die Frau ist wahrscheinlich narkotisiert.«

Als er aus dem Wagen stieg, kam Jorma schon auf ihn zugestürmt. Er begrüßte ihn kurz und bat ihn, noch schnell sein Handy unter dem hinteren Rücksitz zu suchen, damit sie Verstärkung anfordern konnten. Jorma sah ihn etwas verwirrt an, kletterte aber in den Streifenwagen und versuchte mit einer Hand den Boden unter den Sitzen abzutasten.

Schnell schloss Jakobson die Tür. Jorma fluchte und versuchte vergeblich sie zu öffnen. Er hatte keine Chance. Darauf waren Polizeiautos ausgelegt.

Jakobson drehte sich um und lief rasch die Treppe hinauf. Er zog an der Praxistür. Hier bewegte sich nichts. Die Polizisten waren schon auf dem Weg in den Hof. Der Hintereingang war ebenfalls verschlossen, durch das kleine Fenster im oberen Bereich der Tür drang allerdings Licht. Der kleinere der beiden Polizisten sah Jakobson fragend an. Jakobson erklärte ihm, dass er mit seinem Kollegen stehen bleiben und die Tür im Auge behalten sollte. Er selbst lief wieder um das Haus herum zum Vordereingang. Dort hämmerte er mit einer Faust gegen die Tür.

»Aufmachen! Hier ist die Polizei!«

Er bemühte sich so viel Lärm zu machen wie möglich.

Als er gerade entschieden hatte, die Kollegen zu bitten, ihn an den Lautsprecher aus dem Streifenwagen zu lassen, hörte er Rufe und Geräusche aus dem Hof. Die beiden hatten Beute gemacht. Schnell lief er wieder nach hinten. Dort standen zwei Weißkittel in Handschellen. Mit einem von beiden hatte er bereits Bekanntschaft gemacht. Er ging auf ihn zu.

»Guten Abend, Herr Doktor. Jetzt ist es wahrscheinlich schon etwas spät, um noch eine Probe abzugeben, oder? Aber irgendwie hatte ich das Gefühl, dass Sie noch arbeiten. Was treiben Sie denn da drin - um diese Uhrzeit und am Wochenende?«

»Sie? - Was wollen Sie von uns? Wir hatten noch eine Besprechung.«

»Wir suchen Eva Große-Westhues.«

Der jüngere der beiden Ärzte wurde sichtlich nervös, aber Dr. Gottlieb blieb ganz ruhig.

»Der Name sagt mir nichts.«

»Sie ist eine Patientin aus der Psychiatrie und war gerade noch in Ihrer Praxis.«

Dr. Gottlieb schwieg. Der andere Arzt suchte mit seinem Blick den Abendhimmel ab, als hoffte er auf eine Eingebung von dort.

»Ach so, die meinen Sie. Die ist entwischt. Wir wollten gerade die Klinik informieren und uns auf die Suche nach ihr machen.«

Jakobson lachte spöttisch auf.

»Wie konnte das passieren? Hatten Sie sie nicht in Narkose versetzt?«

Dr. Gottlieb sah ihn verärgert an.

»Dazu kam ich gar nicht. Als ich die Spritze in die Hand genommen habe, ist sie panisch davongelaufen. Das kommt vor bei Psychiatriepatienten. Deshalb sind wir auch sehr beunruhigt. Die Frau ist akut selbstmordgefährdet. Am besten Sie suchen mit Ihren Leuten sofort die nähere Umgebung ab. Besonders weit kann sie noch nicht sein.«

Jakobsons Alarmglocken schrillten. Das Stichwort *Selbstmord* ließ ihn das Schlimmste befürchten.

Er trat auf den Arzt zu und sah ihm herausfordernd in die Augen. Dann suchte er die Taschen des Mediziners ab. In der rechten Hosentasche fand er, wonach er gesucht hatte. Er nahm den Schlüsselbund und lief zur Hintertür. Dort probierte er einen Schlüssel nach dem anderen aus. Einer passte. Einen Moment später hatte er die Tür geöffnet.

Er ordnete an die Ärzte ins Präsidium zu bringen und zu dem Vorfall zu vernehmen. Danach forderte er ein Team zur Durchsuchung der Praxis an.

Jakobson lief rufend von Raum zu Raum. Bereits im zweiten Behandlungszimmer fand er die Überwachungstechnik, die Eva getragen hatte. Hinter einem Paravent lagen eine Jeans, ein Slip und ein Paar Damenstiefel, aber sie selbst war nirgendwo zu sehen.

Er musste das Gebäude durchsucht haben, bevor die Ärzte ihre Anwälte mobilisiert hatten und ihm Steine in den Weg legen konnten. Natürlich war Eva am wichtigsten, er wollte aber auch gern noch einen Blick in die Unterlagen werfen, die hier aufbewahrt wurden. So konnte er vielleicht herausfinden, ob Johanna Düwel und Frau Büscher hier als Patientinnen geführt worden war und ob es Akten über Frauen aus dem Behindertenheim oder der Psychiatrie gab. Das wäre auf dem offiziellen Weg deutlich schwieriger. Wenn ihm aber bei der Suche nach einer vermissten Person etwas auffiel, was achtlos offen liegen gelassen worden war, konnte ihm niemand einen Vorwurf machen. Im Anbetracht des Zeitdrucks beschloss er Jorma als Unterstützung aus dem Wagen zu holen. Einen Moment lang hielt er inne. Er hatte den Streifenwagen weggeschickt. Wo war dann Jorma?

Jakobson trat auf den Hof hinaus und sah ihn sofort. Er hatte sich an der Hausecke postiert. Er winkte ihn zu sich und erntete einen vorwurfsvollen Blick. Aber Jorma setzte sich in Bewegung.

»Wo ist Eva?«

»Ich hab sie noch nicht gefunden. Du kannst mir helfen sie zu suchen. Du bist doch sicher, dass sie nicht abgehauen ist, oder?«

»Sie ist hier nicht rausgekommen! Ich war die ganze Zeit in dem Auto vorne an der Straße. Ich bin ganz sicher, dass sie irgendwo da drin ist.«

»Dann los! Wir suchen alles systematisch ab. Gleich kommt Verstärkung.«

Benrich leuchtete durch den Raum. Er suchte den Boden nach einer Falltür ab. Er war sich mehr und mehr sicher, dass sie auf der richtigen Spur waren. In der Speisekammer wurde er fündig. Ein eiserner Ring war im Boden verankert. An einer Wand gab es eine Rolle, an der man früher sicher ein Seil entlanggeführt hatte, das an dem Ring befestigt gewesen war, um mit der Zugkraft die schwere Klappe zu öffnen. Die Lipper Streifenpolizisten waren ihm wie Schafe gefolgt und versuchten jetzt vergeblich, den Deckel anzuheben.

Benrich drehte sich um und lief zum Auto. Ihr Kofferraum beherbergte so ziemlich alles, was man bei Polizeieinsätzen gebrauchen konnte. Natürlich hatte er auch ein Seil. Er warf es sich über die Schulter und hetzte zurück ins Haus. Dort knotete er es an den Ring, legte es über die Rolle und zog dann an dem losen Ende. Langsam bewegte sich die Klappe nach oben.

Ein Polizist beugte sich vor und nahm sie an. Benrich ließ das Seil los und sein Kollege gab dem dicken Holzdeckel einen Stoß, so dass er mit einem lauten Krachen nach hinten auf den Boden fiel. Dann rief er in das Loch: »Ist da jemand? Hier ist die Polizei!«

Niemand antwortete.

Benrich leuchtete nach unten. Eine primitive Holztreppe führte in die Tiefe. Er trat auf die morschen Stufen und ging vorsichtig in den Keller hinab. Die Treppe endete vor einer verschlossenen Eisentür. Benrich drückte die Klinge hinunter. Die Tür ließ sich nicht bewegen. Sie mussten sie aufbrechen. Er musste also noch einmal zum Wagen.

Jorma stützte seine Hände auf die Knie. Er war außer Atem. Fieberhaft überlegte er, wo sie noch suchen konnten. Sie waren beide mehrmals alle Zimmer abgelaufen und hatten in jeden größeren Schrank gesehen. Sie waren in allen Stockwerken gewesen und hatten dort sämtliche Türen mit den Schlüsseln von dem Bund, den Jakobson hatte, geöffnet. Einige Räume im Keller waren mit Metalltüren und Sicherheitsschlössern ausgestattet, aber auch dort war Eva nicht zu finden gewesen.

Er musste nachdenken. Weiter kopflos durch das Haus zu rennen und immer wieder die gleichen Türen zu öffnen würde sie nicht weiterbringen. Jorma versuchte sich zu konzentrieren. Was tut man mit einer Person, die einen ausspioniert? Wollten sie Eva einfach loswerden? Jakobson hatte gesagt, dass Menschen manchmal alle Sicherungen durchbrannten. Vielleicht hatten sie sie einfach nur schnell loswerden wollen.

Jorma richtete sich auf und rief laut durchs Haus: »Thomas! Ich brauche den Schlüssel!«

Jakobson kam die Treppe hinunter warf ihm den Bund zu. Jorma sah in seine Hand. Sein Herz klopfte noch etwas rascher. Schnell lief er zum Hinterausgang und auf den Hof hinaus. Dort stand ein schwarzer Porsche Panamera und in seiner Hand hatte er den Schlüssel dazu. Er drückte auf den Öffner und zog am Griff der Beifahrertür. Im Innenraum waren nur eine kleine Kiste und viele kleine Röhrchen in einer Plastikwanne. Er trat zurück und ging zum Kofferraum. Mit einem Daumendruck auf den Autoschlüssel brachte er den Deckel dazu, sich langsam zu öffnen. Sein Blick bohrte sich in den Schlitz, der immer größer wurde und nach und nach den Blick in den Innenraum freigab. Schweiß trat auf seine Stirn. Dort lag sie. Verrenkt. Die Augen geschlossen. Bewegungslos. Beine und Unterleib völlig nackt. In Panik fasste er ihren Hals und suchte nach ihrem Puls. Ihre Haut war kühl und er konnte keinen Herzschlag spüren. Jakobson stand hinter ihm und rief einen Notarztwagen. Dann spürte er eine Hand an seiner Schulter, die ihn zur Seite schob. Jakobson beugte sich zu Evas Gesicht herunter.

## Teutoburger Wald, 21. Dezember, 19.37 Uhr

Alles war voller Blut. Jemand hatte versucht es wegzuwischen, aber überall konnte man Reste davon ausmachen. Der ganze Raum war mit rötlich braunen Schmierspuren besudelt. Hier war etwas Schreckliches geschehen. Die Männer sahen sich betreten um. Irgendwie hoffte man immer, die Menschen doch noch retten zu können. Benrich griff zu seinem Handy und bestellte die Spurensicherung und den Leichenhund. Dann machte er sich an die Arbeit.

## Bielefeld Bethel, 21. Dezember, 20.14 Uhr

Thomas Jakobson lief den Gang entlang. Mit seinem ganzen Gewicht stemmte er sich gegen die Flügeltür, die ihm den Weg versperrte. Seine Schulter prallte gegen das drahtdurchzogene Sicherheitsglas, das sich keinen Zentimeter bewegte. Jakobson registriere Schmerz, aber das interessierte ihn im Moment nicht. Er musste da rein. Sofort.

Sein Blick wanderte an der Tür hoch und wieder herunter. Rechts von ihm befand sich eine Klingel, auf die ein dicker roter Pfeil hinwies. Er läutete und wartete. Ewige Sekunden verstrichen, in denen er sein Gewicht von einem Bein auf das andere verlagerte und überlegte, wie er seine Verspätung erklären konnte. Dann bewegte sich endlich die verdammte Tür und er konnte hinein. Vor ihm stand eine Schwester - oder war das die Hebamme? Sie wies ihm den Weg.

Noch bevor er die Türklinke berührt hatte, hörte er sie schon schreien. Ihre Stimme klang tief und gewaltig, so wie beim letzten Mal. Jakobson dachte, er wäre dieses Mal darauf vorbereitet, aber er hatte sich geirrt. Es traf ihn tief in seinem Inneren. Er hatte sie allein gelassen, als sie für ihre Familie kämpfte und litt. Und selbst jetzt, als er endlich angekommen war, konnte er nichts für sie tun. Am liebsten wäre er wieder umgekehrt, aber er wusste, dass er jetzt da reingehen musste, um irgendwie das Richtige zu tun.

Er drückte entschlossen die Klinke hinunter und öffnete die Tür. Sarah hockte auf einem Geburtsbett im Arm einer Hebamme. Sie hatte einen roten Kopf und ihre Haare klebten in ihrem verschwitzten Gesicht. Sie trug einen grünen OP-Kittel, der hinten offen war und der bis über ihren Bauch hochgeschoben war. Vor ihr standen ein Arzt und eine weitere Frau. Es gab also entweder Probleme oder es war gleich so weit.

Gerade hatte sie sich nach hinten fallen lassen, jetzt schien es wieder loszugehen. Sie richtete sich auf und schrie. Erst leiser, dann verzweifelt und laut. Die Frau vor ihr hatte alle Mühe, ihre Beine in Richtung ihres Oberkörpers zu drücken. Sie versuchte den Weg für das Kind so kurz wie möglich zu machen, das wusste er noch vom ersten Mal, aber Sarah schien sich mit aller Kraft dagegen zu wehren.

Er ging vorsichtig in den Raum hinein und stellte sich an das Bett. Sie bemerkte ihn überhaupt nicht. Die Frau am Fußende nickte ihm kurz zu und beugte sich dann wieder über das Gesicht seiner Frau.

»Noch einmal, dann haben wir es. Das Köpfchen ist schon da. Ihr Sohn hat braune Haare.«

Ein Lächeln glitt über Sarahs Gesicht. Dann ging es noch einmal los. Ihr Gesicht verzerrte sich. Sie schrie, wie er es ihr niemals zugetraut hätte. Dann hob die Hebamme ein kleines Bündel Mensch in die Luft. Seinen Sohn. Er hing nass und bleich und verschmiert in der Luft. Eine Nabelschnur verband seinen Bauch mit Sarahs Innerem. Jakobson fühlte sich leicht und euphorisch und verletzlich zugleich. Er hätte jubeln können und heulen, aber er traute sich nichts davon.

Die Hebamme zog behutsam den Kittel von Sarahs Brust und legte erst das Neugeborene und dann ein Handtuch darauf. Sarahs Züge hatten sich vollkommen entspannt. Die Schmerzen schienen weggeblasen zu sein und sie tastete verzückt das Köpfchen des Winzlings ab. Er sah, sie liebte diesen kleinen Wurm vom ersten Augenblick an, so wie sie Milla vom ersten Moment an geliebt hatte. Sie war eine Mutter, durch und durch, auch wenn sie das manchmal nicht wusste.

Vorsichtig trat er noch einen Schritt näher an sie heran und berührte ihren Arm. Überrascht blickte sie ihn an. Sie hatte ihn tatsächlich noch nicht bemerkt gehabt. Aber sie hatte ihm verziehen, das sah er in ihrem Blick.

Die Schwester reichte ihm eine Schere und er durchtrennte mit festem Druck die Nabelschnur.

## Teutoburger Wald, 21. Dezember, 23.14 Uhr

Kommissar Benrich krabbelte auf allen vieren über den Fußboden des Kellerraumes und suchte nach irgendwelchen Hinweisen. Er überlegte, was sich wohl in der Ecke befunden haben konnte, die weniger stark verunreinigt war. Der übrige Boden war über und über mit Resten von Blut bedeckt. Nach der chemischen Behandlung durch die Spurensicherung konnte man das ganze Ausmaß im UV-Licht sichtbar machen. Natürlich verteilte man beim Schrubben das Blut im ganzen Raum - trotzdem musste schon eine gewisse Menge davon vorhanden gewesen sein, um so ein Bild zu erzeugen.

Er richtete sich auf und massierte sein Kreuz. Von der Größe her könnte dort ein Bett gestanden haben. Ansonsten gab es nur ein relativ frisches Bohrloch neben der Tür, die zu der Treppe führte. Der Kohleaufzug konnte vom großen Keller aus be- und entladen werden. Er hatte sich gefragt, ob eine zerteilte Leiche in den Aufzug passen würde, aber die Frage hatte sich erübrigt. Es gab keine Blutspuren im Aufzug. Auch auf der Treppe waren nur noch kleine Spritzer zu finden.

Benrich stieg die schmale Stiege hinauf. Im Gastraum war alles hell erleuchtet. Die Leute von der Spurensicherung hatten Scheinwerfer aufgestellt. Auch draußen war das Gelände um das Gebäude herum taghell. Dort war Takis dabei, den Waldboden nach brauchbaren Spuren abzusuchen. Es war eiskalt. Der Hund wurde schon wieder in den Anhänger gebracht. Schnell ging Benrich zu dem Wagen.

»Habt ihr was gefunden?«

»Keine Leiche, aber hinter dem Haus war etwas. Takis hat es eingetütet.«

»Was ist es denn?«

»Keine Ahnung.«

Benrich wandte sich zu Takis um.

»Hast du dir schon angesehen, was Laika gefunden hat?«

»Ich hab es hier vorn in einer Kühltasche.«

Takis erhob sich und ging zu einer weißen Box, auf der ein *Batman*-Aufkleber von Jakobson klebte. Er nahm den Deckel ab und hob mit beiden Händen einen mittelgroßen Klarsichtbeutel heraus, in dem Dreck und etwas Fleischiges zu sein schien.

»Was ist das?«

»Das ist eine menschliche Plazenta, noch nicht sehr alt.«

»Eine Plazenta?«

»Ein Mutterkuchen.«

»Wo haben sie den gefunden?«

»Vergraben unter einem Holunderstrauch. Es gibt eine Tradition, die Plazenta nach der Geburt eines Kindes zu vergraben und einen Baum darüber zu pflanzen, in diesem Fall war der Strauch aber schon da.«

»Du meinst, hier hat jemand ein Kind bekommen?«

»Es sieht so aus.«

»Johanna Düwel. Und danach wurde sie getötet.«

»Wahrscheinlich.«

»Aber wieso vergräbt man die Plazenta separat? Die kann man doch viel besser drin lassen.«

»Die kommt nach der Geburt raus, ob man will oder nicht. Dann muss man sie irgendwo lassen.«

»Habt ihr denn schon einen Hinweis darauf, wo die Leiche sein könnte?«

»Leider nicht, aber ich habe eingefrorene Reifenprofile und Fußabdrücke von mindestens zwei Personen.«

Eva versuchte ihre Augen zu öffnen. Sie war unglaublich müde, aber sie hatte auch unerträglichen Durst. Als es ihr endlich gelang, ihre Lider einen Spalt weit zu heben, nahm sie gedämpftes Licht wahr. Sie lag in einem Bett. Die Umgebung war fremd. Ihre Augen fielen wieder zu. Sie konnte sich kaum wach halten. Wo war sie? Sie versuchte einen Gedanken zu fassen. Was hatte sie gemacht? War sie in der Psychiatrie? Sie schlug noch einmal die Augen auf. Das Zimmer kam ihr nicht bekannt vor. Sie schien in einem richtigen Krankenhaus zu sein. Sie wandte ihren Kopf und hob den Arm ein Stück an. In ihrem rechten Handrücken steckte eine Nadel mit einem Schlauch daran.

Was war denn nur passiert? Wie sehr sie sich auch anstrengte, es fiel ihr nicht ein, wie sie hierhergekommen war und was geschehen war. Nach ihrer Erinnerung müsste sie irgendwo in der Psychiatrie sein. Plötzlich fiel ihr der Krebs wieder ein. War sie deshalb hier? Sie hob mit aller Kraft ihren Oberkörper an und wunderte sich, wie anstrengend das sein konnte. Über ihr hing ein Kabel. Das war doch bestimmt eine Klingel. Sie streckte den Arm danach aus und erwischte den Knopf. Sie hoffte, dass jemand kommen und ihr erklären würde, was in aller Welt mit ihr passiert war.

Benrich sah zur Decke des Behandlungszimmers empor. Privatpatientinnen blickten also auf Stuck und pinkfarbene Kronleuchter, während sie sich künstlich besamen ließen. Alles in den vorderen Räumen wirkte teuer und repräsentativ. Hier musste richtig Kohle verdient werden. Und im Keller standen Hightech-Geräte, die ebenfalls ein Vermögen wert sein mussten. Neben Regalen voller Akten gab es dort mehrere mit Schlössern gesicherte Metallkisten mit blinkenden Displays. In diesen Kästen hatten sie genau solche Röhrchen gefunden wie in dem Auto des Arztes. Sie hingen in runden Edelstahlbehältern, die dampften, sobald sie geöffnet wurden. Takis hatte ihnen erklärt, dass das flüssiger Stickstoff war, der zur Kühlung diente. Die Elektronik stellte sicher, dass es keinen unbemerkten Temperaturanstieg gab.

Eine der Kisten war offen gewesen. Auch die Behälter, die sich darin befanden, standen offen und waren leer. Die Kontrollanzeige meldete Kühlungsausfall. Den mutmaßlichen Inhalt hatte Jakobson schon am Vortag auf dem Rücksitz des Porsches gefunden. Die Röhrchen waren immer noch eiskalt gewesen. Takis hatte die Behälter zur Analyse in seinem Labor. Er hatte es ziemlich ungewöhnlich gefunden, dass Probenbehälter, die vermutlich äußerst empfindliche Biomaterialien enthielten, just zu dem Zeitpunkt ungekühlt - und damit ungeschützt - in ein Auto gepackt worden waren, in dem auch eine betäubte Frau dort deponiert worden war. In so einem Moment sollte man eigentlich andere Sorgen haben.

Die kleinen Behälter schienen den Ärzten also ziemlich wichtig zu sein. Benrich war gespannt, was in den unscheinbaren nummerierten Röhrchen zu finden sein würde. Er beschloss, mal bei Takis vorbeizuschauen und zu hören, ob er schon etwas herausgefunden hatte. Schließlich musste er sowieso noch zur Asservatenkammer und das viele Bargeld einlagern, das sie in der Praxis und im Auto gefunden hatten.

Als Benrich die Tür zu Takis Reich öffnete, schlug ihm der unvermeidliche unangenehme Geruch entgegen. Auf dem Labortisch standen ein Mikroskop und eine Zentrifuge, die gerade irgendwelche Proben in Höchstgeschwindigkeit im Kreis herumwirbelte. Takis saß an seinem Notebook und tippte.

»Hast du schon Ergebnisse für uns?«

Takis sah zu ihm auf.

»Benrich. Ich wünsche auch dir einen guten Morgen.«

Takis grinste und Benrich wusste, dass er seine Ergebnisse bekommen würde.

»Machs nicht so spannend.«

»Geduld, Geduld. Ich habe mir erst eine Probe angesehen. Ich fürchte auch, für die anderen bräuchte ich eine Genehmigung.«

Benrich sah ihn fragend an.

»Das wird nicht nötig sein. Wir können davon ausgehen, dass alle Röhrchen den gleichen Inhalt haben. Es handelt sich um Eizellen. Das ist ja auch nicht weiter verwunderlich im Kinderwunschgeschäft.«

»Aber die fährt man doch nicht im Auto spazieren, oder?«

»Nein. Das wohl nicht. Außerdem waren die Eizellen nicht befruchtet. Normalerweise lagert man die Zellen befruchtet im Vorkernstadium ein. In dieser Form sind sie für die Kryokonservierung besser geeignet. Wenn man sie auftaut, entwickeln sie sich zu Embryonen weiter und die können dann der Frau eingesetzt werden. Unbefruchtete Eizellen konserviert man nur, wenn absehbar ist, dass eine Frau keine brauchbaren Keimzellen mehr produzieren wird, aber noch kein Vater für ein späteres Kind zur Verfügung steht. Vor bestimmten Krebsbehandlungen wird das manchmal gemacht. Ich denke aber, dass solche Frauen anteilig einen eher kleinen Teil der Kundschaft dieser Praxis bilden. Allerdings war die Methode, mit der diese Zellen eingefroren worden sind, sehr fortschrittlich. Sie nennt sich *Cryotop*. Dabei werden sehr kleine Portionen schockgefrostet, um die Bildung von Kristallen zu verhindern, die die Zellen sonst schädigen können. Noch ungewöhnlicher ist der Umstand, dass die Beschriftung in keinster Weisen den üblichen Standards und den Leitlinien der *Arbeitsgemeinschaft Reproduktionsmedizin des Menschen* entspricht. Man würde erwarten, dass der Name der Patientin und das Entnahmedatum dauerhaft auf dem Röhrchen fixiert ist. In unserem Fall sind die Proben lediglich mit Nummern versehen. Wahrscheinlich hat man sich dafür entschieden, die Dokumentation separat in einer Datenbank zu führen, was allerdings aus gutem Grund keine gängige Praxis ist. Es erhöht einfach unnötig das Verwechslungsrisiko. Von den Proben im Keller sind übrigens viele ordnungsgemäß beschriftet, drei weitere Behälter enthalten aber auch dort nur Röhrchen mit Zahlencodes.«

»Also fragen wir uns: Wieso lagert einer dieser Ärzte anonyme schockgefrostete Eizellen in seinem Porsche? Wollte er die jemandem zeigen? Sind Briefmarkensammlungen in Akademikerkreisen aus der Mode gekommen?«

»Wir wissen, dass die Behälter gerade erst eingeladen worden waren. Wenn man bedenkt, dass außerdem eine sedierte Frau im Kofferraum lag, kann man davon ausgehen, dass diese Proben eine besondere Bedeutung für ihn haben müssen. Ich vermute, er wollte sie einfach wegbringen oder entsorgen, wie Frau Große-Westhues. Versucht mal die Dokumentation zu finden, dann erfahrt ihr vielleicht mehr. Ich habe hier die Zahlencodes aufgeschrieben.«

Takis reichte ihm eine Liste mit mindestens fünfzig dreistelligen Zahlen zwischen sechshundert und achthundert. Dann wandte er sich wieder seinem Mikroskop zu.

**Bielefeld, 23. Dezember, 11.43 Uhr**

Jakobson klickte sich durch die Computer der Reproduktionsmediziner und stieß nebenbei immer wieder den Stubenwagen an, in dem sein Sohn einschlafen sollte. Sarah hatte sich noch einmal hingelegt. Die winzigen Ärmchen zuckten unkoordiniert auf und ab und gelegentlich hörte Jakobson witzige Geräusche, die man bei entsprechender Lautstärke auch zur Vertonung eines Alienstreifens hätte nehmen können.

Er suchte nach einer Datenbank, in der die Patientinnendaten zu den Eizellen aus dem Auto des Arztes stehen könnten. Die Arzthelferin, mit der er telefoniert hatte, hatte behauptet, es gebe nur standardbeschriftete Proben. Von den nummerierten Röhrchen im Keller wollte niemand in der Praxis etwas gewusst haben und die Mediziner beriefen sich auf ihre ärztliche Schweigepflicht und schwiegen. Es war nicht so einfach in den unbekannten Programmen alles zu finden, aber soweit er sehen konnte, gab es tatsächlich keine Aufzeichnungen, die irgendwie zu den Zahlen auf der Liste passten.

Gerade als er das Gefühl hatte, dass die Bewegungen in dem Wagen endlich langsamer wurden, klingelte es an der Tür. Milla lief laut jubelnd durch den Flur, denn die Türglocke bedeutete Besuch - und Besuch bedeutete seit gestern Geschenke. Das Beste an ihrem kleinen Bruder war für sie im Moment, dass er noch keine Päckchen auspacken konnte und dass er nichts dagegen hatte, dass sie zuerst mit seinen Sachen spielte. Seit Sarah in die heiße Phase der Babyvorbereitungen eingetreten war, war auch Milla wieder von Rasseln und Schnullern begeistert. Zeitweise hatten sie jetzt zwei Babys, nur dass das größere schon Türen öffnen konnte.

Das kleinere schien im Moment keinen Besuch zu wünschen. Aus dem Stubenwagen kam der Auftakt eines Weinens. Jakobson erhöhte die Schaukelfrequenz und blickte zur Tür, durch die Patenonkel Karl hereinkam. Hinter ihm lief Milla mit einer klingelnden Buggykette mit kleinen Autos und Baggern. Benrich reichte ihm einen kleinen Fußball. Außerdem hatte er noch einen grauen Kasten unter dem Arm.

»Für später.«

Da erschien auch Sarah in der Tür. Sie hatte sich einen Bademantel übergeworfen und nahm Max aus dem Wagen.

»Ich nehme den kleinen Mann mal mit. Hast du Hunger?«

Sie strich mit ihrem kleinen Finger über die Wange des Kindes. Sofort öffnete es den Mund und suchte nach der Brust.

»Ihr kommt auch ohne uns zurecht, oder?«

Benrich grinste.

»Du kennst uns viel zu gut.«

Sarah legte ihre freie Hand auf Millas Kopf und bugsierte sie zur Tür heraus.


Sobald sie allein waren, stellte Benrich die Kiste, die er mitgebracht hatte, auf den Tisch. Dann deutete er auf die Reihe von Computern, die unter Jakobsons Esstisch standen.

»Du kannst mir die ganzen Rechner wieder mitgeben. Die Lösung steckt hier drin. Die war bei dem Zeug im Auto.«

Er legte seine rechte Hand auf die Kiste und tätschelte sie zärtlich. Jakobson sah seinen Partner überrascht an. Der nahm mit einer einladenden Geste seine Hand zur Seite.

Jakobson öffnete den Deckel und blickte auf eine altmodische Karteikartensammlung. So etwas hatte er zum letzten Mal als Teenager in der Schülerbücherei gesehen. Links oben war jede Karte handschriftlich mit einer dreistelligen Nummer versehen. Der Zahlenraum entsprach dem der Probennummern, die er auf seiner Liste hatte. Darunter standen jeweils verschiedene Daten. Nationalität, Größe, Gewicht, Alter, Haar- und Augenfarbe, Beruf, Schulabschluss, Krankheiten und ein Datum. Auf keiner der Karten war ein Name zu finden. Nach dem, was er von Takis über die Standards zur Probenbeschriftung in der Reproduktionsmedizin zu lesen bekommen hatte, war das absolut unüblich. So waren die Proben nicht zuzuordnen. Die Angaben zum Aussehen konnten sich nicht auf die Zellen beziehen, sie mussten die Patientinnen beschreiben. Das Ganze wirkte eher so, wie er sich den Katalog einer Samenbank vorstellen würde. Aber Eizellen durften in Deutschland nicht gespendet werden. Eine legale Eizellenbank konnte es also nicht geben. Jakobson sah auf.

»Denkst du an das Gleiche wie ich?«

»Ich schätze, zumindest einer der Herren hat mit illegalen Eizellspenden gearbeitet.«

»Sieht ganz so aus. - Hast du schon eine Ahnung, woher er die Spenden bezogen hat? Das sind ja ganz schön viele.«

»Die beiden schweigen immer noch und in den Akten, die ich bisher gesichtet habe, gibt es auch keine Spur. Aber ich habe noch einige Stapel da liegen. Außerdem habe ich den Anwälten gesteckt, dass wir auch in dieser Sache gegen ihre Mandanten ermitteln. Ich denke, das wird den Druck noch einmal etwas erhöhen.«

Jakobson überlegte.

»Ich komme heute Nachmittag mal kurz rein und ab morgen bin ich wieder ganz da.«

Benrich lachte.

»Glaubst du, wir schaffen das nicht ohne dich?«

»Gibt es denn schon eine Spur von Frau Büscher?«

»Ihr Handy ist im Umkreis des Entführungshauses benutzt worden. Dort gibt es auch diverse Belastungen für ihre EC-Karte. Sie hat in verschiedenen Hotels in der Nähe gewohnt. Die Jungs vor Ort fahnden nach ihr. Das ist nur noch eine Frage der Zeit.«

Benrich rückte seine Lesebrille zurecht und griff nach dem nächsten Ordner, als das Telefon klingelte. Er versuchte gerade alle Geldbewegungen der Praxis zu rekonstruieren und mit den privaten Einnahmen und Ausgaben der Ärzte abzugleichen. Wenn aus diesen Transaktionen nicht schlüssig hervorging, woher das ganze Bargeld aus der Praxis stammte und wo es hinwanderte, dann hatten die Ärzte neben namenlosen Eizellen und einer bewusstlosen Frau im Kofferraum noch ein weiteres Problem. Benrich hätte jede Wette gehalten, dass das Geld in keiner Buchhaltung auftauchen würde. Das nachzuweisen war allerdings eine Menge Arbeit.

Als das Telefon klingelte, warf er genervt seinen Stift auf die Tischplatte. Es war die Gerichtsmedizin. Takis hatte Nachricht aus dem Krankenhaus erhalten. Dort hatte man die Ergebnisse der Blutproben von Eva Große-Westhues vorliegen. Außerdem gab es Neuigkeiten zu den Spuren aus dem Teutoburger Wald. Takis hatte einen DNA-Abgleich gemacht.

Benrich sah, wie sich die Tür bewegte. Jakobson steckte seinen Kopf herein und schwenkte seinen Kaffeebecher, auf dem er selbst zusammen mit dem kleinen Nachwuchssuperhelden im *Spiderman*-Schlafanzug zu sehen war. Wie hatte er das denn so schnell hinbekommen? Benrich stellte schnell auf Freisprechen.

»Die DNA aus dem Haus im Wald stimmt mit der DNA aus Johanna Düwels Wohnung überein. Außerdem habe ich die Ergebnisse aus dem Krankenhaus. In dem Blut von Frau Große-Westhues waren Reste eines Narkosemittels zu finden, das standardmäßig für kurze operative Eingriffe verwendet wird. Dass die Wirkung des Medikaments so lange angehalten hat und noch so lange nach Verabreichung eine so hohe Restkonzentration zu finden war, lässt auf eine ungewöhnlich hohe Dosis schließen. Zwei Einstichstellen an ihrem Körper legen die Vermutung nahe, dass noch einmal nachgespritzt worden ist. Der eigentliche Knaller kommt aber noch. Ich habe außerdem noch einen Anruf von einer Ärztin des Krankenhauses bekommen. Die hat Frau Große-Westhues auf ihren Wunsch hin noch einmal gynäkologisch untersucht. Sie hat aber nichts entdecken können, was einen chirurgische Eingriff rechtfertigen würde. Sie sagte, nach ihrer Auffassung sei sie völlig gesund. Auch ein Abstrich hat nichts ergeben. Allerdings waren zum Zeitpunkt der Untersuchung gleich fünf reife Eizellen auf dem Ultraschall zu sehen. So etwas passiert wirklich extrem selten. Wie oft gibt es schon Fünflinge? Nie! Es sei denn, man unterzieht sich einer Hormonbehandlung. Das bestreitet Frau Große-Westhues aber. Außerdem war die Ärztin sehr überrascht, dass ihre Patientin vor dem Eingriff homöopathische oder naturheilkundliche Mittel bekommen hat. Sie hat sich also über den ganzen Vorgang sehr gewundert und mir daher ihre Beobachtungen mitgeteilt. Was sehr gut war, denn mir kam das Ganze auch merkwürdig vor. Deshalb habe ich noch ein paar Tests gemacht.«

Jakobson setzte sich.

»Was für Tests?«

»Ach! Hallo Thomas! Herzlichen Glückwunsch! Alles gut?«

»Danke, es ist alles prima. Ich hab mich aufrecht gehalten. Aber jetzt sag mal, was du noch für Tests gemacht hast.«

»Es ist so schön. Du kannst es keinen Tag ohne meine Anrufe aushalten, oder?«

»Takis!«

»Ja! Ich habe mir noch etwas Blut von der Frau besorgt. Ich wollte wissen, was das wohl für Medikamente waren. Homöopathische Mittel dürften das Blut nicht verändern, aber ich habe Besonderheiten gefunden, die mit Sicherheit nicht von Naturheilmitteln oder irgendwelchen Globuli hervorgerufen worden sind und die perfekt zu den Beobachtungen der Ärztin passen. Bei Frau Große-Westhues lassen sich sehr ungewöhnliche Hormonkonzentrationen feststellen, die so einfach nicht vorkommen. Sie muss Hormonpräparate in hoher Dosierung bekommen haben, die gelegentlich auch bei Kinderwunschbehandlungen zum Einsatz kommen.

Standardmäßig werden die Hormone alle gespritzt oder per Nasenspray verabreicht, es gibt aber auch entsprechende Tabletten. Ich nehme also an, dass die Ärzte der Kinderwunschpraxis Frau Große-Westhues heimlich einer Eizellenstimulationstherapie unterzogen haben.«

Benrich schüttelte den Kopf.

»Wozu denn?«

»Um die Eizellen zu bekommen und später zu verkaufen.«

»Ganz genau, Thomas. Genau das denke ich auch.«

»Und die ganzen anderen Eizellen sind auf genau demselben Weg in ihre Hände gekommen.«

Keiner sagte mehr etwas.

Benrich brauchte einen Moment, um seine Gedanken zu sortieren. Dann stand er auf und drehte das Telefon zu Jakobson.

»Dann hören wir mal, was die Ärzte dazu zu sagen haben. Ich lass die beiden in die Vernehmungszimmer bringen, dann nehmen wir uns die Saubermänner mal so richtig vor. Du lässt alle Medikamente in der Praxis sicherstellen und mit der Bestandsliste und den offiziellen Verordnungen abgleichen. Außerdem soll jemand die Angestellten befragen. Vielleicht ist jemandem etwas aufgefallen. Möglicherweise hängen da auch noch mehr Leute drin.«

Jakobson nickte und notierte sich etwas.

»Wir brauchen auch noch die Namen aller Frauen, die dort außerhalb des normalen Betriebs behandelt worden sind, das sind alles potenzielle Opfer. Ich lass Iris mal die beiden Einrichtungen kontaktieren, die wir schon kennen. Außerdem kann sie versuchen herauszufinden, ob es noch mehr von diesen zweifelhaften Kooperationen gibt.«

»Und wir müssen uns um die Patientinnen kümmern, die Eizellen eingesetzt bekommen haben. Irgendwo müssen die Zellen schließlich auch gelandet sein. Ich schätze mal nicht, dass die beiden sich nur eine private Sammlung anlegen wollten.«

»Allerdings glaube ich auch nicht, dass irgendein Kunde Eizellspenden von Psychos oder Behinderten kauft. Dann kann man doch besser ins Ausland fahren und sich dort

Material von normalen Menschen einsetzen lassen, auch wenn sicher nur ein kleiner Teil dieser Erkrankungen erblich ist.«

»Wahrscheinlich haben die die Herkunft der Zellen verschwiegen. Vielleicht dachten die Patientinnen, es seien ihre eigenen. Immerhin haben die angeblich auch bei aussichtslosen Kandidaten Kinder gezeugt.«

»Aber das sieht man doch, oder? Ich meine, wenn das Kind da ist.«

»Die ganzen Väter mit Kuckuckskindern sehen das auch nicht. Babys sehen sowieso alle gleich aus. Deins natürlich ausgenommen.«

Jakobson zog zweifelnd eine Augenbrauen hoch. Da kam plötzlich wieder Takis Stimme aus dem Telefon.

»Man kann sogar die Zellen von Menschen mit Erbkrankheiten verwenden, wenn man eine Präimplantationsdiagnostik durchführt. Bei den *Spenderinnen* mit Trisomie 21 könnte man zum Beispiel relativ einfach die Eizellen aussortieren, die zum Down-Syndrom führen würden, wenn man die Polkörperchen untersucht. Da gibt es dann nämlich eins mit zu wenig Chromosomen. Außerdem könnte man immer noch argumentieren, dass solche Anomalien meist spontan auftreten, vor allem bei älteren Frauen.«

Benrich überlegte.

»Nur für den Fall, dass unsere Ärzte weiter schweigen. Wie können wir denn herausfinden, von wem die Eizellen tatsächlich sind und ob Frauen gestohlene Eizellen eingesetzt wurden?«

»Man müsste eine DNA-Analyse von allen Zellen machen und die Ergebnisse mit den genetischen Fingerabdrücken der potenziellen Spenderinnen vergleichen. Für die Identifikation illegal eingesetzter Eizellen müsste ich die genetischen Fingerabdrücke der Retortenbabys mit denen der Eltern und denen der Spenderinnen abgleichen. Dafür bräuchten wir allerdings die Einwilligung aller Beteiligten. Für die Kinder entscheiden die rechtlichen Eltern. Juristisch gesehen ist die Mutter diejenige, die das Kind gebiert. Rechtlicher Vater ist der Mann, mit dem diese Frau zum Zeitpunkt der Geburt verheiratet ist. Dabei spielt es zunächst einmal keine Rolle, wer die biologischen Eltern sind.«

»Dann müssen wir uns diese Einwilligungen beschaffen.«

Jakobson runzelte die Stirn.

»Du willst doch nicht zu Hunderten von Eltern gehen und sagen: *Ihr Kind ist übrigens wahrscheinlich gar nicht von Ihnen.* Kannst du dir vorstellen, was das für Wellen schlagen würde? Selbst wenn nichts dran ist, so etwas verunsichert wahnsinnig.«

»Dann schickt einen Seelsorger mit.«

Jakobsons Mine veränderte sich kaum, aber Benrich nickte.

»Takis Vorschlag ist gut. So machen wir es. Wir brauchen nur noch mehr Leute. Ich sprech mal mit dem Chef.«

Er packte die Unterlagen zur Seite und ging zur Tür. Dann kehrte er zum Schreibtisch zurück und holte den Zettel mit den Telefonnummern der Anwälte der Kinderwunscherfüller. Den würde er mit Sicherheit brauchen.

**Bielefeld, 23. Dezember, 15.34 Uhr**

Jakobson suchte in seinen Notizen nach den persönlichen Daten der Mitarbeiterinnen der Kinderwunschpraxis, da klingelte sein Telefon. Die Mitteilung, die er bekam, ließ ihn sofort an gutes Karma glauben. Sein Arbeitseinsatz wurde belohnt. Es war die richtige Entscheidung gewesen, das Baby-watching der Schwiegereltern ausfallen zu lassen und statt-dessen seine Arbeitskraft in den Dienst des Guten zu stellen. Frau Büscher war gesichtet worden. Sie war tatsächlich wie-der bei sich zu Hause aufgetaucht, als wäre nichts geschehen. Er griff zu seinem Handy und wählte Benrichs Nummer.

Jakobson bog in die Einfahrt zu dem Büscherschen Anwesen. Das Tor hatten sie sich diesmal sicherheitshalber selbst geöff-net. Tatsächlich stand genau der silberne Mercedes auf dem Parkplatz, von dem sie wussten, dass er Frau Büscher gehörte, und den sie zur Fahndung ausgeschrieben hatten. Er setzte seinen Wagen quer dahinter und stieg aus. Benrich hatte seine Waffe bereits in der Hand, obwohl das wahrscheinlich etwas übertrieben war. Jakobson rechnete eigentlich nicht damit, dass sie auf Widerstand stoßen würden. Aber Benrich hatte recht. Man musste immer mit allem rechnen.

Sie nahmen die Stufen bis zur Tür und läuteten. Nichts rührte sich. Jakobson trat einen Schritt zurück und blickte an der Fassade empor. Einige Fenster waren gekippt. Das war bei ihren letzten Besuchen nicht der Fall gewesen. Er drückte noch einmal auf die Klingel. Benrich lief die Treppe wieder hinunter und verschwand mit der Waffe in der Hand um die Hausecke.

Plötzlich öffnete sich die Tür einen Spalt weit. Frau Büscher schaute hinaus. Ihr Lächeln gefror, als sie erkannte, wer draußen stand. Trotzdem sah sie gut aus. Der Tod ihres Mannes schien ihr gut zu bekommen.

Jakobson streckte ihr die Hand entgegen.

»Guten Tag, Frau Büscher. Darf ich kurz reinkommen? Hauptkommissar Benrich läuft hier auch irgendwo rum.«

Er wandte sich um.

»Karl? Kommst du mal?«

Frau Büscher machte keinerlei Anstalten, ihn hineinzulassen. Als Benrich um die Ecke bog, machte Jakobson einen Schritt vorwärts.

»Sie müssen uns leider noch einmal einige Fragen beantworten. Wir haben ein paar neue Erkenntnisse, die wir gerne mit Ihnen besprechen wollen.«

Frau Büscher verzog ihr Gesicht.

»Im Moment passt es mir nicht besonders. Können wir nicht einen Termin machen? Dann komme ich zu Ihnen aufs Präsidium. Ich wollte ohnehin noch bei Ihnen vorbeischauen, um mich bei Ihrem Vorgesetzten über Sie zu beschweren. Meine Haushälterin hat mir berichtet, dass Sie während meiner Abwesenheit mein Haus durchsucht und meinen Computer und einige Unterlagen entwendet haben.«

Benrich stieg die Stufen hinauf.

»Dazu bekommen Sie später sicher Gelegenheit. Wir werden Sie nämlich gleich mitnehmen.«

Frau Büscher sah sie feindselig an.

»Ich bin hier leider nicht abkömmlich.«

Langsam wurde Jakobson ungeduldig.

»Das ist uns völlig egal. Wenn wir sagen, Sie müssen mitkommen, dann ist das so.«

»Darf ich fragen, aus welchem Grund Sie mich mitnehmen wollen?«

»Sie sind verhaftet wegen Entführung von Johanna Düwel und mutmaßlichen Mordes.«

Frau Büscher wirkte sichtlich erschrocken, versuchte aber laut loszulachen.

»Das ist ja lächerlich!«

Jakobson sah sie ernst an. Langsam schien sie zu begreifen. Sie sah sich mehrmals um und wirkte zunehmend panisch.

»Ich muss vorher noch etwas regeln. Ich muss telefonieren. Das wird doch alles nicht lange dauern, oder?«

Noch immer sah sie durch den schmalen Spalt und hatte ihren Körper hinter der Tür postiert, als würde sie sie zuhalten wollen. Jakobson hatte immer mehr das Gefühl, dass hier etwas nicht stimmte. Er warf seinem Kollegen einen Blick zu und sah, dass es ihm genauso ging. Sie mussten ins Haus und nachsehen, was los war. Er drückte mit seinem Körper gegen die Tür. Frau Büscher wich zurück und sah ihn überrascht an. Benrich nahm sie am Arm und zog sie beiseite.

»Sie kommen jetzt mal mit ins Auto.«

Frau Büscher fing an zu schreien: »Ich will auf der Stelle meinen Anwalt sprechen! Sie werden sich noch wundern! Sie begehen gerade den größten Fehler Ihres Lebens!«

Wie oft hatten sie solche Drohungen schon gehört.

Jakobson schob sich durch die Tür und lief ins Wohnzimmer. Es sah wieder bewohnt aus. Auf dem Sofa lagen gelbe Kissen mit Blumenmuster, die vorher nicht dort gewesen waren und die irgendwie auch nicht in das Zimmer passten. Auf dem Tisch sah er eine Schachtel Zigaretten. Es war ihm nicht klar gewesen, dass Frau Büscher rauchte.

Jakobson lief zurück in den Eingangsbereich und von dort in den Keller hinunter. Dort hatte sich nichts verändert. Es roch auch ganz normal.

Im oberen Stockwerk stand ein Koffer im Flur herum. Jakobson öffnete eine Tür nach der anderen, bis er zu dem ausgeräumten Zimmer kam. Die Tür war nur angelehnt und als er sie öffnete und hineinsah, war er einigermaßen überrascht. Damit hatte er nicht gerechnet. Das Zimmer war komplett eingerichtet. An den Fenstern hingen weiße Gardinen, an der rechten Wand stand ein kleiner Kleiderschrank und eine Kommode mit einer flauschigen gelben Decke darauf. Mitten im Raum befand sich ein Kinderbett und daneben eine Wiege mit einem weißen Himmel und einem Mobile mit vielen kleinen Sternen, dem Mond und einem freundlich wirkenden alten Mann, der auf einer Wolke schwebte. Jakobson wollte schon zur nächsten Tür eilen, da hielt er inne und ging in das Zimmer hinein. In der Wiege lag der unvermeidliche Deckenpfropf, aber am Kopfende sah man den winzigen, mit einem kleinen weißen Mützchen bedeckten Kopf eines Babys. Es hatte die Augen fest geschlossen. Neben dem kleinen Gesicht lag ein zur Faust geballtes Händchen.

Jakobson ging näher an die Wiege heran und streichelte sanft über das Gesicht des Kindes. Dann sah er sich nach einer Wickeltasche und einer Babyschale um.

**Bielefeld, 23. Dezember, 17.42 Uhr**

Benrich lief im Büro auf und ab. Wie lange konnte eine kurze Beratung mit einem Anwalt dauern? In dem einen Raum sprach Frau Büscher mit ihrem Rechtsverdreher und in den Räumen daneben berieten die Ärzte mit ihren Juristen. Es war schon fast sechs. Irgendwann mussten die doch auch mal Feierabend machen. Jedenfalls hatte er keine Lust, auf sein Privatleben zu verzichten, nur weil die keins hatten. Wahrscheinlich alle unglücklich verheiratet oder Kinder in der Pubertät.

Jakobson schaukelte geduldig das Baby in seinem Autositz. Das verschlief seinen ersten Aufenthalt auf einem Polizeipräsidium fast komplett. Es wachte nur gelegentlich auf, um etwas Milch aus einer Flasche zu trinken. Benrich war froh, dass Jakobson das mit seinen Fachkenntnissen alles professionell managte. Gerade bei der Polizei konnte man richtige Allrounder immer gut gebrauchen. Er hatte sogar schon eine Windel gewechselt, was einem sofort an dem markanten Geruch in ihrem Dienstzimmer auffiel.

Er setzt sich kurz und fuhr sich durch die Haare. Es war zum Verzweifeln. Frau Büscher behauptete, sie habe keine Ahnung, wo Johanna Düwel sei, sie habe sie auch nicht entführt oder umgebracht. Sie leugnete nicht, sie zu kennen. Angaben zu ihrem Verhältnis zu Johanna wollte sie aber partout nicht machen. Außerdem verlangte sie immer wieder nach ihrem Kind. Sie behauptete, kurz vor dem Tod ihres Mannes schwanger geworden zu sein und dann nach seinem Selbstmord eine Auszeit gebraucht zu haben. Für das Kind hatte sie tatsächlich eine einwandfreie Geburtsurkunde, nach der sie selbst die Mutter war. Auch die Konfrontation mit den Kurznachrichten ihres Mannes zur künstlichen Befruchtung seiner Geliebten mit ihren Eizellen hatte sie nicht aus der Fassung gebracht. Sie hatte das einfach nicht kommentiert und lediglich stoisch wiederholt, dass sie das Recht habe, zuerst mit ihrem Anwalt zu sprechen und ihr Kind ausgehändigt zu bekommen.

Benrich versuchte den Fall noch einmal zu durchdenken. Sie hatten natürlich nur Indizien gegen Frau Büscher in der Hand und theoretisch konnte sie durchaus die Wahrheit sagen. Natürlich war es sehr unwahrscheinlich, dass jetzt auf einmal geklappt haben sollte, was vorher nie funktioniert hatte. Aber rein rechnerisch war es tatsächlich möglich, dass Dr. Büscher seine Frau noch kurz vor seinem Ableben geschwängert hatte und jetzt das Kind zur Welt gekommen war. Das hatte Jakobson mit einem Anruf bei seiner Frau abgeklärt. Dass sie bei der Befragung von Frau Büscher noch keinen Bauch gesehen hatten, wäre zu dem Zeitpunkt normal gewesen. Dass er aber praktisch zeitgleich seine Geliebte mit den Eizellen seiner Frau künstlich befruchten ließ, war schon sehr seltsam. Außerdem hatten sie Johannas Blut in dem Waldhaus gefunden. Das hatte Takis über einen DNA-Abgleich eindeutig nachgewiesen. Das Haus war von Frau Büschers Immobilienfirma gekauft worden. Johanna war in einem Haus verschwunden, zu dem Frau Büscher ebenfalls Zugang hatte. Das waren doch nicht alles Zufälle.


Endlich klingelte das Telefon. Die Hebamme, die die Geburt bescheinigt hatte, war am Apparat.

Als Benrich den Hörer wieder aufgelegt hatte, musste er sich erst einmal setzen. Jakobson gab der Kleinen schon wieder die Flasche.

»Das war die Hebamme.«

Jakobson grinste.

»Das hatte ich mir schon fast gedacht.«

»Sie hat die Mutter nach der Geburt in ihrer Praxis untersucht. Sie hat gesagt, dass das Kind in einem verlassenen Haus im Teutoburger Wald auf die Welt gekommen sein soll. Wo genau, weiß sie leider nicht. Sie ist von der Frau angerufen worden, die behauptet hat, sie sei im Wald spazieren gegangen, als die Wehen eingesetzt haben. Sie sei dann nicht mehr in der Lage gewesen, in ein Krankenhaus zu fahren. Aber sie hätte dieses Haus entdeckt und das Kind dort bekommen.

Die Hebamme hat die Geburtsbescheinigung dann im Nachhinein nach der Untersuchung der Mutter ausgefüllt. Ich habe sie einbestellt, damit sie Frau Büscher identifiziert. Zumindest theoretisch wäre es schließlich denkbar, dass Johanna Düwel das Kind zur Welt gebracht hat. Immerhin war sie auch in einem alten Haus im Teutoburger Wald.«

Benrich fuhr sich mit der Hand über die Stirn und schaltete dann das Radio ein. Warten lag ihm nicht besonders.

Jakobson hatte gerade das Kind wieder in seine Babyschale gelegt und schaukelte es langsam zu *Last Christmas* hin und her, da öffnete sich die Tür und Manfred Oligschläger sah hinein.

»Dr. Gottlieb ist jetzt mit seinem Anwalt fertig und möchte eine Aussage machen. Er sitzt in Raum zwei.«

»Gut, wir kommen. Kümmerst du dich solange um die kleine Maus?«

Sie gingen in den Verhörraum und setzten sich auf die freien Stühle. Benrich schlug die Akte auf. Dann sah er erst den Arzt und danach den Anwalt an. Der hob langsam den Blick von seinen Notizen.

»Mein Mandant möchte ein Geständnis zu den Vorgängen in seiner Praxis ablegen. Es ist ihm dabei wichtig zu betonen, dass nicht finanzielle Interessen seine Handlungen motiviert haben, sondern Menschenfreundlichkeit. Mit der Sache mit Frau Große-Westhues hatte mein Mandant eigentlich nichts zu tun. Als Dr. Schultheiß das Aufnahmegerät der Patientin entdeckt hatte, geriet er in Panik. Mein Mandant und er wollten wissen, mit wem sie es zu tun hatten und welches Interesse hinter der technischen Ausrüstung stecken könnte, also haben sie den Namen der Dame gegoogelt und sind sofort fündig geworden. Da es sich um eine Journalistin handelte, vermuteten mein Mandant und sein Kollege, dass sie Aufzeichnungen für eine Enthüllungsstory machen wollte. Dr. Schultheiß war darüber so aufgebracht, dass er meinen Mandanten bedrängte, die Patientin erst einmal in den Kofferraum seines Autos zu bringen, um dann in Ruhe zu überlegen, was mit ihr geschehen solle. Mein Mandant war selbst verwirrt und hat daher zunächst den Plänen seines Kollegen zugestimmt. Er hätte sich aber niemals an Gewalttaten gegen die Frau beteiligt oder diese gebilligt. Seine einzige Verfehlung war die Entnahme und Verpflanzung von Eizellen.«

Dr. Gottlieb beugte sich vor.

»Ich habe lediglich verzweifelten Paaren ihren Herzenswunsch erfüllt. Für viele gab es doch erst mit einer Schwangerschaft wieder einen Sinn im Leben. Und ich möchte betonen, dass ich niemandem damit geschadet habe. Ich sehe bei nüchterner Abwägung von Nutzen und Belastung den Hippokratischen Eid nicht beschädigt.«

»Ach, Sie sehen sich als großen Menschenfreund? Sie geben also zu, Patientinnen aus der Psychiatrie *Maria Frieden* und behinderten Frauen aus dem *Insel-Wohnheim* ohne ihr Wissen einer Hormontherapie unterzogen zu haben und ihnen dann Eizellen entnommen zu haben, um diese danach für gutes Geld ihren Kundinnen einzupflanzen? Das ist natürlich wahre Nächstenliebe. Und die Frau haben sie zum Schlafen in den Kofferraum gelegt, um sie später wieder in die Psychiatrie zurückzubringen? Warum haben Sie uns nicht darüber informiert, dass da bei Eiseskälte eine halbnackte sedierte Frau in Ihrem Auto liegt?«

»Ich stand unter Schock. Was das für das Urteilsvermögen bedeutet, können Sie in der Fachliteratur nachlesen.«

»Dann erklären Sie mir, wie Sie Frauen ihre Eizellen stehlen konnten, ohne ihnen Schaden zuzufügen.«

»So eine Hormontherapie ist in Wirklichkeit gar keine große Sache. Das eigentlich Belastende ist der psychische Druck, der durch die ungewollte Kinderlosigkeit erzeugt wird. Der fiel natürlich bei den Frauen, die wir ausgewählt haben, weg. Keine Frau hat sich bei uns über nennenswerte Nebenwirkungen beschwert. Die eigentliche Entnahme ist auch ein winziger Eingriff, der vaginal erledigt werden kann und der auch immer unter einer leichten Betäubung durchgeführt worden ist. Die Zellen wurden nicht vermisst und sie wären auch nicht gebraucht worden, wenn man das so sagen kann. Es handelte sich um ungenutztes Potenzial.«

»Sie geben diese Punkte also zu?«

»Ja. Aber machen Sie sich doch mal klar, was wir damit erreichen konnten. Haben Sie eine Ahnung, unter welchem Leidensdruck ungewollt kinderlose Paare manchmal stehen? Die müssen sich in psychologische Betreuung begeben, um überhaupt weitermachen zu können.«

»Und die psychologischen Behandlungen waren nur vorgeschoben?«

»Ja, aber für viele Patienten reicht schon die Tatsache aus, dass sie glauben behandelt zu werden. Der sogenannte Placeboeffekt führt dazu, dass sie sich trotz der Wirkungs-losigkeit der Behandlung besser fühlen. Es tritt also para-doxerweise doch eine Wirkung ein.«

»Wussten Ihre Patientinnen denn von der Herkunft der Eizellen?«

»Nein, die allermeisten haben wir in dem Glauben gelassen, ihre eigenen Zellen zu empfangen. Das hielten wir auch für die spätere Bindung an das Kind für besser. Alles in allem wurden die Familienstrukturen dadurch nicht unnötig verkompliziert.«

»Und man hat keine Mitwisser. Warum haben Sie nicht tatsächlich die eigenen genommen?«

»Oft sehen wir bei der Untersuchung schon, dass die Zellen nicht vielversprechend sind. Manchmal ist die Ausbeute an eigenen Zellen zu gering.«

»Haben Sie dann auch nur die Kosten für eigene Zellen in Rechnung gestellt? Ich weiß nicht genau, wie das Abrechnungssystem von Ärzten funktioniert, aber da gibt es doch für bestimmte Leistungen bestimmte Gebührensätze, oder?«

»Wir haben immer nur die Kosten für die Implantation eigener Zellen abgerechnet.«

»Und wo kommt das viele Bargeld her, das in Ihrer Praxis herumlag? Auch Ihr persönliches Vermögen ist recht üppig, wenn ich das sagen darf.«

»Wir sind eine Privatpraxis. Das heißt, wir können mit dem maximalen Faktor abrechnen. Außerdem bieten wir viele Zusatzleistungen an, die die Erfolgsquote erheblich steigern.

Psychologische Betreuung, naturheilkundliche Unterstützung.«

»Jaja, vielen Dank. Diesen Vortrag haben Sie mir und meiner Kollegin schon in Ihrer Praxis gehalten. Aber woher stammt das ganze Geld? Man bezahlt Sie doch nicht direkt in bar. Glauben Sie mir, wir kriegen das heraus. Es wäre uns aber lieber, es von Ihnen zu hören.«

Dr. Gottliebs Anwalt beugte sich kurz zu ihm herüber und flüsterte ihm etwas ins Ohr.

»Manchmal haben Patienten auch Bargeld dabei, um einen schnelleren Termin zu bekommen oder um bestimmte Untersuchungen oder Behandlungen machen zu lassen, die in der Gebührenordnung nicht gelistet sind.«

»Sie lassen sich also zusätzlich auch noch bestechen? Und dann die ganzen Zusatzleistungen. Das macht die Sache natürlich äußerst lukrativ.«

Dr. Gottlieb sah ihn verärgert an.

»Sie sind einfach nicht vom Fach. Wenn Menschen mit Kinderwunsch das Gefühl haben, dass sie jetzt endlich bei professionellen Ärzten sind, die ihnen wirklich helfen können, dann nimmt das den Druck. Und dann, erst dann, kann eine Schwangerschaft zustande kommen. Das heißt, die Zusatzleistungen sind schon vom psychologischen Standpunkt aus unverzichtbar.«

»Und vom finanziellen Standpunkt?«

»Was meinen Sie?«

»Was kosten diese Zusatzleistungen?«

»Das kommt immer auf das Paar und dessen Bedürfnisse an.«

»Dr. Gottlieb, wir sehen uns die Rechnungen ohnehin an.«

»Ja, die sind teuer. Sehr teuer. Allerdings erhöht das auch den Effekt. Je teurer eine Behandlung ist und je mehr Elemente sie umfasst, desto mehr Vertrauen setzen die Paare in den Erfolg.«

»Außerdem haben Sie wegen der fremden Eizellen eine enorme Erfolgsquote aufzuweisen.«

»Das stimmt. Aber wir sind auch in der traditionellen Behandlung nicht schlecht.«

»Haben auch Frauen gestohlene Eizellen bekommen, die keine Zusatzleistungen bezahlt haben?«

»Nein. Solche Behandlungen haben wir abgelehnt. Eine Kinderwunschbehandlung, die keinen Erfolg bringt, ist für Paare eine echte Tortur. Viele Beziehungen zerbrechen daran. Wir hielten das für nicht zumutbar.«

»Das heißt, Sie haben ausschließlich schwierige Fälle behandelt, bei denen die Paare alle Zusatzleistungen in Anspruch genommen und entsprechend gezahlt haben.«

»Ja, aber aus psychologischen Gründen.«

»Natürlich.«

»Vielleicht ist das schwer nachzuvollziehen, aber wir haben Leben geschaffen. Sehen Sie sich die Babyfotos in unserer Praxis mal an. Und die Eltern. All diese glücklichen Familien gäbe es nicht, wenn wir nicht diesen Weg gegangen wären. Wollen Sie diesen Kindern die Existenzberechtigung absprechen? Wir haben die Fähigkeit, Menschen Kinder zu schenken, die sonst keine bekommen könnten. Dass wir das können, hat sicher einen Grund. Ich nehme nicht an, dass die Menschheit dieses Wissen erlangt hat, um es nicht anzuwenden.«

Jakobson sah den Mann fassungslos an.

»Wollen Sie damit sagen, Ihr Vorgehen war gottgewollt?«

»Wenn Sie es so formulieren wollen, ja. Gott ist immer auf der Seite des Lebens.«

»Haben Sie auch mal an die Frauen gedacht, denen Sie ihr Erbgut gestohlen haben? Was meinen Sie, wie die es finden, dass sie jetzt plötzlich Kinder haben, die in fremden Familien aufwachsen?«

»Diese Frauen können doch mit ihrem Erbgut allesamt nichts anfangen.«

Der Anwalt legte behutsam seine Hand auf den Arm des Mediziners. Dann sah er den Hauptkommissar an.

»Ich würde gern noch etwas unter vier Augen mit meinem Mandanten besprechen.«

Benrich sah auf die Uhr und nickte.

»Nur zwei Fragen habe ich jetzt noch. In wie vielen Fällen haben Sie gestohlene Eizellen eingesetzt und gibt es über Spenderinnen und Empfängerinnen Aufzeichnungen?«

»Die genaue Zahl kann ich Ihnen nicht nennen, aber wir befinden uns schon deutlich im dreistelligen Bereich. Aufzeichnungen gibt es keine.«

»Dann erstellen Sie mir bitte eine Liste mit den Namen, an die Sie sich erinnern. Eine Kollegin wird Ihnen später Stift und Papier bringen. Wir machen dann morgen weiter.«

»Wozu wollen Sie die haben? Sie wollen doch wohl nicht die Eltern informieren? Das würde Familien zerstören und nur Unglück bringen, mal ganz abgesehen von den Folgen für den Ruf unserer Praxis.«

Benrich sah den Anwalt kritisch an. Dr. Gottlieb schien noch nicht in der Realität angekommen zu sein. Er fragte sich, was ihm sein juristischer Beistand wohl versprochen hatte. Aber das war nicht sein Problem.

Er legte seine Brille auf den Tisch und strich sich mit beiden Händen durchs Gesicht. Zumindest wegen Freiheitsberaubung würden die beiden auf jeden Fall drankommen. Wie die andere Sache juristisch einzuordnen war, mussten sie mit der Staatsanwältin besprechen, aber auch hier hatten sie jetzt ein Geständnis. Dieser Mann würde sicher nie wieder in seine Praxis zurückkehren.


Dr. Gottlieb machte Anstalten, sich zu erheben, doch Jakobson hob seine Hand.

»Haben Sie einer Johanna Düwel, der früheren Geliebten von Dr. Büscher, fremde Eizellen eingesetzt?«

Dr. Gottlieb setzte sich wieder.

»Das habe ich nicht.«

»Hat Ihr Kollege das getan?«

»Das weiß ich nicht.«

»Gab es befruchtete Eizellen von Dr. Büschers Ehefrau in Ihrer Praxis?«

»Ja, die gab es. Sie hat sich vor einigen Jahren einer Kinderwunschbehandlung unterzogen, die aber erfolglos war. Dr. Büscher hat seinerzeit darauf bestanden, dass nur ihre eigenen Zellen verwendet werden. Einmal ist es tatsächlich zu einer Schwangerschaft gekommen. Frau Büscher hat das Kind allerdings wieder verloren. Das war so belastend für sie, dass sie danach keine weiteren Versuche mehr unternommen hat. Es waren damals noch einige befruchtete Zellen übrig. Die lagern wir ein.«

»Dr. Büscher wusste also von Ihren Machenschaften?«

Dr. Gottlieb sah Jakobson verächtlich an.

»Dr. Büscher hat diese Machenschaften erdacht und eingefädelt. Er hat das alles geplant. Er hatte die Kontakte zu den Einrichtungen. Und er brauchte am dringendsten von uns allen das Geld, das damit zu verdienen war.«

Jakobson stemmte die Hände auf den Tisch und erhob sich. In dem Moment öffnete sich die Tür und Iris Kemper betrat den Raum. Sie flüsterte Benrich ins Ohr, dass Frau Büscher jetzt mit ihnen sprechen wollte. Außerdem war die Hebamme dagewesen. Frau Büscher war nicht die Frau, die sie versorgt hatte und für die sie die Geburtsbescheinigung ausgestellt hatte. Die Beschreibung der Mutter könnte aber auf Johanna Düwel passen.


Benrich öffnete die Tür zum Vernehmungszimmer. Frau Büscher saß aufrecht neben ihrem juristischen Beistand und sah Benrich direkt in die Augen. Ihr Gesicht wirkte hart. Als er den Raum betrat, schrie sie ihn an: »Ich will sofort mein Kind haben! Ich habe Dorothea mit Einwilligung der Mutter zu mir genommen. Biologisch ist das meine Tochter, ich habe sie nur nicht selbst zur Welt gebracht. Machen Sie einen DNA-Test, dann werden Sie feststellen, dass das Kind, das Sie mir vorenthalten, mir gehört.«

Der Anwalt drehte seinen Oberkörper zu seiner Mandantin und räusperte sich kurz, so dass Frau Büscher ihren Redefluss unterbrach.

»Die kleine Dorothea ist bereits an Frau Büscher gewöhnt. Sie hat sich seit ihrer Geburt rührend um sie gekümmert und ihr ein Zuhause geschaffen, während die Frau, die sie ausgetragen hat, sich aus dem Staub gemacht hat. Es liegt also im Interesse des Kindes, die Verhältnisse so zu belassen, wie sie von Geburt an sind, bis wir beweisen können, dass Frau Büscher das Kind von Frau Düwel zur Adoption überlassen bekommen hat. Sie hat sich als Leihmutter für das Ehepaar

Büscher zur Verfügung gestellt. Im Embryonenschutzgesetz steht ausdrücklich, dass Leihmutterschaft in Deutschland verboten ist, dass aber nur die Befruchtung und Übertragung von Eizellen unter Strafe gestellt wird. Die aufnehmenden Eltern wie auch die Leihmütter bleiben nach Paragraph drei ausdrücklich straffrei. Insofern ist weder meiner Mandantin noch der Leihmutter etwas vorzuwerfen.«

»Wie wollen Sie das denn beweisen? Bis vor Kurzem hat Ihre Mandantin noch behauptet, sie wisse nicht, wo Frau Düwel ist. Die Frau ist seit Anfang Mai spurlos verschwunden.«

Er sah Frau Büscher ins Gesicht.

»Sie hatte ein Verhältnis mit Ihrem Mann. Er hat sie mit Ihrem Geld für Sex bezahlt und ihr dann Ihre Eizellen eingesetzt, um mit ihr das Kind zu bekommen, das Sie immer wollten. Dann verschwand Johanna Düwel in einem Haus an der Herforder Straße, das über Ihre Immobilienfirma zum Verkauf angeboten wird. Wir haben dort DNA-Spuren des Opfers gefunden und ich wette, auch Sie haben welche hinterlassen. Frau Düwels Blut haben wir in einem Kellerverließ eines abgelegenen Hauses gefunden, das Sie genau zu dem Zeitpunkt für Ihre Firma erworben haben, als Frau Düwel verschwunden ist. Erklären Sie mir das.«

Der Anwalt setzte zu einer Antwort an, aber Frau Büscher kam ihm zuvor.

»Sie geben mir jetzt sofort mein Kind zurück! Das ist mein Fleisch und Blut! Es hat mein Gesicht. Es trägt meine Gene. Ich habe so lang auf dieses Kind gewartet. Jetzt lasse ich nicht zu, dass zwei kleine Polizeibeamte es mir wegnehmen! Ein Kind gehört zu seiner Mutter! Diese Frau kann doch nicht für meine Tochter sorgen! Sie kann sie nicht so lieben wie ich!«

Der Anwalt erhob sich.

»All Ihre Erkenntnisse passen genau zu der Aussage meiner Mandantin. Das Ehepaar Büscher hat Frau Düwel als Leihmutter engagiert. In der Privatpraxis Gadderbaum wurden die mit dem Sperma von Dr. Büscher befruchteten Eizellen von Frau Büscher bei Frau Düwel eingesetzt. Zugegen war damals tatsächlich nur Herr Büscher, aber er handelte in vollem Einverständnis meiner Mandantin, die von Anfang an über das Vorhaben informiert war. Auch der SMS-Wechsel, den Sie gefunden und meiner Klientin gezeigt haben, bezieht sich auf den Plan, Frau Düwel als Leihmutter zu verpflichten. Die Initiative in dieser Sache ging zwar von Frau Düwel aus, aber meine Mandantin war mit der Leihmutterschaft einverstanden. Tatsächlich gab es auch ein Treffen zwischen Frau Büscher und Frau Düwel in dem besagten Haus an der Herforder Straße. Von dort hat Frau Büscher Frau Düwel in das Haus im Wald gebracht, da diese die Schwangerschaft aus verständlichen Gründen vor ihrem Umfeld geheim halten wollte. Dass Frau Düwel es versäumt hat, ihre Angehörigen über ihre Abwesenheit zu informieren, ist bedauerlich, kann meiner Mandantin aber nicht vorgeworfen werden. In dem Haus hielt sich Frau Düwel bis zur Geburt des Kindes auf. Nach der Geburt übergab sie das Kind meiner Mandantin, die sie dann zu der Hebamme fuhr, um eine fachgerechte Versorgung des Kindes und der frisch Entbundenen zu gewährleisten. Dort machte Frau Düwel die falschen Angaben zu ihrer Identität, was schon beweist, dass sie das Kind Frau Büscher überlassen wollte. Dann trennten sich die Wege der beiden Frauen, wobei das Kind und die Geburtsbescheinigung bei der biologischen Mutter, meiner Mandantin, verblieben. Diese Geburtsbescheinigung war die Grundlage für die Ausfertigung der Geburtsurkunde. Frau Büscher bedauert den Versuch, das Kind mit erschlichenen Papieren zu sich zu nehmen. In der damaligen Situation erschien es den beiden Frauen auf diese Weise am einfachsten. Jetzt wird Frau Büscher selbstverständlich die Adoption auf dem üblichen Weg einleiten. Bis dahin verbleibt das Kind selbstverständlich bei ihr. Wenn bei Ihnen darüber immer noch Zweifel bestehen, bitte ich Sie das Jugendamt zu kontaktieren, das eine Mitarbeiterin von mir soeben über den Fall in Kenntnis gesetzt hat. Dort ist man ebenfalls der Auffassung, dass das Kind bei der aufnehmenden Mutter verbleiben sollte, bis die rechtlichen Schritte der Adoption erfolgt sind.«

Benrich sah zu Jakobson, der wiederum ihn ungläubig ansah. Seufzend erhob er sich.

»Hol das Baby. Frau Büscher kann gehen.«

Thomas Jakobson trat in die Bremse. Dann sah er über seine Schulter nach hinten in den Anhänger. Dort saß dick eingepackt Milla und hielt ein kleines Geschenk in den Händen. Sie waren auf dem Weg zu ihrem ersten Kindergeburtstag. Jakobson blickte die Straße entlang, die rechts abging. Dort stand ein offener Möbelwagen vor der Kinderwunschpraxis, die ihn in den letzten Wochen beschäftigt hatte. Jetzt wurde sie ausgeräumt.

Er beschloss einen kleinen Umweg zu machen. Am *Insel-Behindertenwohnheim* hielt er an. Im Garten stand ein aufgebockter alter Trabbi, aus dem laute Musik dröhnte. Neue Deutsche Welle. Am Lenkrad saß ein junger Mann mit den typischen Gesichtszügen einiger Bewohner Bethels, der eine Mütze mit einem Helm darüber trug. Er sang laut mit, während er wilde Lenkbewegungen vollführte. Die meisten Fenster des Heims waren dunkel, aber in einigen brannte Licht. Ob die Frauen wohl mittlerweile wussten, was ihnen angetan worden war? Ob sie es überhaupt verstehen konnten? In einem Fenster saß eine Puppe. Irgendwie konnte sicher jede Frau Mutterschaft verstehen. Vielleicht auch die, die sich über eine fremde Frau vollzog.

Johanna Düwel war tatsächlich einfach wieder aufgetaucht. Sie hatte alles bestätigt, was Frau Büscher behauptet hatte. Ihre Entlohnung war üppig gewesen, aber sie hatte nicht glücklich damit gewirkt. Er hatte sie als eine verschlossene, schreckhafte Frau kennengelernt, die keine Ähnlichkeit mit der *Maria* hatte, nach der er gesucht hatte. Sie hatte dieselben Gesichtszüge besessen, aber ihre Ausstrahlung war völlig anders gewesen. Er hatte einer gebrochenen Frau gegenübergesessen. Man hatte sich nicht mehr vorstellen können, dass ein Mann ihr vollkommen verfallen gewesen war. Aber Dr. Büscher hatte alles für sie getan.

War es vorstellbar, dass er sie wirklich als Leihmutter angeheuert hatte? Für ein Kind, das seine Frau wollte? War Frau Büscher so abgebrüht, dass es ihr egal war, wenn ihr Mann zu einer Domina ging? Würde sie ausgerechnet diese Frau für so einen Job aussuchen? Aber warum hätte Dr. Büscher sich dann umbringen sollen? - Hatte vielleicht doch Johanna endlich ein Kind gewollt? War es für sie der ultimative Kick, einen Mann zum Äußersten zu treiben? War der größte vorstellbare Verrat an der Ehefrau ihres Gönners vielleicht für sie der größte Liebesbeweis? Es blieben noch so viele Fragen offen.

## Freckenhorst, 8. Januar, 15.00 Uhr

Eva legte ihre Hand auf Jormas Bein. Der stellte den Wagen aus und nahm ihre Hand in seine. Sie sah ihm in die Augen.

»Was denkst du?«

»Es ist ein bisschen seltsam, Johannas Vater nach so langer Zeit und unter diesen Umständen wiederzutreffen.«

»Es war ihm wichtig, dass wir beide kommen. Ich glaube, er möchte sich dafür bedanken, dass wir nach Johanna gesucht haben.«

Sie stiegen aus dem Wagen und gingen durch den Klostergarten auf das Altenheim zu. Auf einer Bank vor dem Haus saß schon Herr Düwel und winkte ihnen zu. Sie begrüßten ihn wie einen alten Lehrer oder eine andere Respektsperson, die einmal furchteinflößend war, aber mit den Jahren ihren Schrecken verloren hat. Johannas Vater war kleiner geworden und wirkte milder als früher. Er lächelte sogar etwas schief.

Eva setzte sich auf das kalte Holz. Jorma blieb vor der Bank stehen. Sie reichte dem alten Mann eine aufgeschlagene Zeitung.

»Ich habe Ihnen den Artikel mitgebracht, den ich geschrieben habe.«

Sie zeigte auf ein Foto.

»Das ist Isabel, eine der Behinderten. Sie hat jetzt auf einmal mehrere Kinder. Eins davon darf sie sogar sehen. Die Eltern sind bisher die einzigen, die einem Kontakt zugestimmt haben, weil sie der Meinung sind, dass ihr Kind alle Elternteile kennenlernen soll und ich bin mir sicher, dass sie das Leben ihres Sohnes bereichern wird. Wegen der Geschichte bin ich mittlerweile sogar im Gespräch mit einer Kollegin aus Spanien. Dorthin haben diese Ärzte ihre Eizellen nämlich unter anderem auch verkauft. Da sind Eizellspenden legal, so dass sie einen großen Markt für ihre Ware hatten.«

Eva sah den alten Pfarrer an. Er reagierte nicht auf das, was sie sagte.

Dann sah er auf.

»Johanna ist wieder da.«

Eva sah ihn ungläubig an.

»Sie hat mich gestern besucht.«

Sie spürte, wie Jorma unruhig wurde.

»Was hat sie gesagt? Hat sie irgendetwas erklärt?«

»Sie hat gesagt, dass sie einige Zeit weg war, dass jetzt aber alles in Ordnung sei. Sie hat von der Frau sehr viel Geld bekommen und wird wegziehen. Nach Berlin wahrscheinlich. Wieso ausgerechnet Berlin, weiß ich auch nicht. Sie hat gesagt, dass sie einen Neustart braucht. Macht es sich leicht. Immer wenn es ihr nicht mehr passt, macht sie einen Neustart.«

Jorma nickte. Er hatte den Blick gesenkt.

»Hat sie nicht gesagt, was während der Zeit passiert ist?«

»Nein. Sie hat nur gesagt, dass sie jetzt das Geld hat, um sich irgendwo ein Haus zu kaufen und eine Existenz zu gründen. Sie wollte mir nicht einmal sagen, was für eine Existenz das sein soll. Sie kann ja nichts, hat noch nicht einmal ihr Studium abgeschlossen.«

Eva zuckte mit den Schultern.

»Sie lebt und sie war hier. Das ist doch die Hauptsache.«

»Ja, sie lebt. Aber sie hat sich verändert. Ihre Haltung, ihr Blick, das ist alles anders. Als hätte sie keine Hoffnung mehr.«

Er sah zu Boden, als ob er dort etwas suchen würde.

»Ich habe sie gefragt, ob das alles wirklich so gewesen ist, wie der Kommissar es euch erzählt hat, aber sie hat gesagt, dass das gleichgültig sei. Ich würde die falschen Fragen stellen, hat sie gesagt. Die richtige Frage sei, was dabei herausgekommen ist und was die Alternative gewesen wäre.«

Keiner wusste mehr etwas zu sagen. Eva fror. Man konnte sogar ihren Atem als kleine Dampfwölkchen in der Luft sehen.

Johannas Vater stand mühsam auf. Er stützte sich auf den Rollator, der neben der Bank stand, und schob Richtung Haus. Zum Abschied hob er noch einmal kurz die Hand.

Die Wagentür fiel ins Schloss und Jakobson sah zum Eingang der Villa empor. Frau Büscher war zu Hause. Der Mercedes stand neben ihnen. Gerade als er sich in Bewegung setzen wollte, öffnete sich die Haustür und die Haushälterin blickte ihm entgegen.

»Das Baby schläft. Frau Büscher hat mich gebeten, Ihnen auszurichten, dass Sie sich an ihren Anwalt wenden sollen, wenn noch etwas unklar ist.«

Jakobson reichte ihr ein Blatt Papier.

»Das ist ein Durchsuchungsbeschluss. Es werden gleich ein paar Leute kommen, die hier noch einmal alles auf den Kopf stellen werden. Aber Sie kennen das ja schon vom letzten Mal.«

Die Frau sah ihn verständnislos an.

»Was suchen Sie denn jetzt noch?«

»Angora vor allem. Aber manchmal findet man auch Dinge, von denen man noch gar nicht weiß, dass man sie sucht.«

Die sonst so reservierte Dame kicherte los.

»Kaninchen?«

»Irgendein rotes Angoraprodukt. Pullover, Jacke, Schal oder so etwas.«

Rote Angorafasern waren die einzige Spur, die ihnen noch blieb. Rote Angorafasern hatten sie damals in Dr. Büschers Praxis gefunden, als sie seinen Tod untersucht hatten. Damals hatten sie diese Fährte nicht weiter beachtet, aber jetzt ließ sie Jakobson nicht mehr los.

In dem Augenblick, in dem er *rot* gesagt hatte, fing die Hausdame an, sich ebenso zu verfärben. Jakobson konnte wie an einem Teststäbchen ablesen, dass sie von einem entsprechenden Teil wusste.

»Wenn Sie mir jetzt etwas dazu sagen können, würde das unsere Arbeit ziemlich abkürzen.«

Jakobson bemühte sich sie streng anzusehen.

»Muss ich Sie daran erinnern, dass ich von der Polizei bin?«

Die Haushälterin sah wie ertappt zu Boden und fummelte am Kragen ihrer Strickjacke herum.

Dann flüsterte sie: »Es gab mal ein rotes Paar Angorahandschuhe, aber das hat Frau Büscher schon vor einiger Zeit zur Altkleidersammlung gegeben.«

Jakobson horchte auf.

»Wann war das?«

Die Frau zog sich zusammen. Sie fühlte sich sichtlich unbehaglich.

»Als Dr. Büscher gestorben ist.«

Jakobson stöhnte innerlich auf. Die Handschuhe befanden sich wahrscheinlich mittlerweile auf irgendeinem Markt in Weißrussland.

Langsam beugte die Hausdame sich vor.

»Die waren aber noch wie neu. Deshalb habe ich es nicht übers Herz gebracht, sie beim Roten Kreuz abzugeben. Ich habe sie behalten. Ich bin mir sicher, dass Frau Büscher nichts dabei gefunden hätte.«

Davon war Jakobson allerdings nicht so überzeugt.

»Die Handschuhe muss ich leider beschlagnahmen.«

Er lächelte entschuldigend.

»Dafür bleibt die Sache erst einmal unter uns.«

## Bielefeld, 13. Januar, 9.34 Uhr

Thomas Jakobson saß an seinem Schreibtisch und sah zufrieden auf das Papier, das er von Takis aus der Gerichtsmedizin geschickt bekommen hatte. Die Fasern von der Medikamentenpackung, die im Zusammenhang mit Dr. Büschers Tod beschlagnahmt worden war, stimmten nahezu zweifelsfrei mit denen der entsorgten Handschuhe von seiner Witwe überein. Frau Büscher hatte ein Motiv. Sie hatte Spuren ihrer Handschuhe am Tatort hinterlassen - mitten im Mai bei schönstem Wetter - und dann versucht die Beweisstücke loszuwerden. Zudem bröckelte ihr Alibi. Iris Kemper hatte noch einmal bei der alten Frau Büscher vorbeigesehen und festgestellt, dass die junge Frau, die immer bei ihr war, eine illegale Pflegerin war, die sich nahezu ausschließlich um die Alte kümmerte. Als Iris ihr versichert hatte, dass sie sich nicht für ihre Arbeit interessierten, hatte sie bestätigt, dass Frau Büscher nie nachts bei ihrer Schwiegermutter gewesen war, sondern ausschließlich sie. Dass Frau Büscher damals eine andere Aussage gemacht hatte, führte sie auf die Verwirrtheit der alten Dame zurück, die alles Mögliche bestätigte, wenn man sie danach fragte.

Das Ganze war zwar unter Umständen noch etwas dünn, es gab aber auch aussichtslosere Fälle. Er griff zum Telefon und wählte erneut die Nummer der Staatsanwältin, die dieses Mal auch tatsächlich abnahm. Nachdem er wieder aufgelegt hatte, öffnete er seine Schreibtischschublade und holte eine Pappschachtel heraus. Dann klebte er mit einem kleinen Triumphgefühl einen neuen Aufkleber über das *Arminia*-Logo auf seiner Tasse. Es war einer seiner Lieblingssticker, der nur für interne Zwecke bestimmt war. Ein grünes Polizeiauto mit einer Sprechblase am Auspuff. *Tatütata und eingebuchtet.*

Ein großes Dankeschön geht an Knut Hackenholt, Nadine Kursawe, Jenni Machleidt, meinen Mann und alle anderen, die den Text bereits vorab gelesen und mir wertvolle Hinweise gegeben haben. Danke auch an alle, die sich geduldig meine Pläne angehört haben.